文庫

〈トニ・モリスン・セレクション〉

ビラヴド

トニ・モリスン
吉田廸子訳

epi

早川書房

6596

BELOVED

by

Toni Morrison

Translated by

Michiko Yoshida

Published 2009 in Japan by

HAYAKAWA PUBLISHING, INC.

This book is published in Japan by

arrangement with

INTERNATIONAL CREATIVE MANAGEMENT, INC.

through TUTTLE-MORI AGENCY , INC., TOKYO.

六千万有余の人々へ

わたしは、わたしの民でなかったものを、わたしの民と呼び、愛されなかった者を、愛されし者《ビラヴド》と呼ぶだろう。

ローマ人への手紙　第九章二十五節

ビラヴド

第一部

一二四番地は悪意に満ちていた。赤ん坊の恨みがこもっていた。その家に住んでいる女たちはそのことを知っていたし、子供たちだって同じだった。何年ものあいだ、それぞれが、その悪意にじっと耐えてはきたものの、一八七三年には、まだ残っていた被害者はセサと彼女の娘デンヴァーだけになっていた。祖母のベビー・サッグスは死んでいたし、セサの息子のハワードとバグラーは十三歳になる前に逃げ出していた。覗《のぞ》きこんだだけで鏡が粉々に砕《くだ》けたとたん（これでバグラーの心が決まり）、二つのちっちゃな手形がケーキの上に現れたとたん（これでハワードの決心もついて）二人は逃げ出したのだ。息子たちはそれ以上の異変が起きる前に、家出を決行した。鍋《なべ》一杯分のヒヨコ豆がこんもりと小さな山になって、床の上で煙を上げているのを二度も目撃したり、ソーダクラッカーの屑《くず》が敷居にそって直線に撒《ま》かれているのを、見つけたりするまでぐずぐずしてはいなかった。

二人とも中休みの時期がめぐってくるのも待たなかった。何週間、いや何カ月もが、平穏無事に過ぎる時期もあるにはあったのだ。しかし待つことなど論外だった。二人とも即座に逃げ出した。それぞれこの家がしでかす無礼な行為にこれ以上我慢できないし二度と見たくないと決断して、時を移さず逃げ出したのだ。二カ月と間をおかず、冬のさなかに、祖母ベビー・サッグス、母親セサ、妹デンヴァーを、ブルーストーン通りの灰白色《かいはく》の家に置き去りにして出ていったのだ。シンシナティはまだそれほど大きな街になっていなかったから、当時この家には番地がなかった。最初に兄の方が、次に弟が、帽子の内側に寒さよけの綿を詰めこみ、靴を摑《つか》んで、彼らに悪意をむきだしにする家から忍び足でぬけだした時、そこはオハイオ州になってからわずか七十年しかたっていなかった。

ベビー・サッグスは頭を上げさえしなかった。病床で二人が出ていく気配を聞きながら、身じろぎもしなかったのは、耳をすましていたせいではなかった。人が住むすべての家が、ブルーストーン通りの自分たちの家とは似たようなものではないらしいと、孫たちが気づくのにこれほど長くかかったことが、彼女には、かえって不思議だった。吐き気をもよおすような人生と、死者たちの悪意のあいだで立ち往生したまま、ベビー・サッグスは人生を去る気力も、さりとて生きる意欲も持てなかったから、まして、忍び足で去っていく少年たちの恐怖を、思いやる気にもならなかった。彼女の過去は彼女の現在と似たようなものだった。つまり、思い出すのも耐えがたいということにつきた。しかも死はけっして忘却などもたらさないことを知っていたので、彼女は自分に残されていたわずかな命のほむらを、色彩をじっくり眺めることに費やした。

「もしあれば、ラベンダー色を少し持ってきておくれ。なけりゃ、ピンクがいいね」

こう言われるとセサは、布切れを捜すことから自分の舌の色を見せることまでして、労を厭《いと》わず義母《はは》の望みを叶《かな》えてやった。色彩を愉《たの》しみたいものにとって、オハイオの冬はとりわけ荒涼としていた。天空が、唯一のドラマを提供してはいたが、シンシナティの地平線に目を注ぎ、生命本来の歓喜に出合いたいなどと期待するのは、実に無謀な行為だった。この状況の中でセサと小さな娘のデンヴァーは、自分たちでできる範囲のことを、ベビー・サッグスにしてやった。母と娘は一つになって、この家の不埒千万《ふらちせんばん》な所業に、その場しのぎの対処をした。ひっくり返されたおまる、人の尻をピシャリと叩《たた》く見えない手、すえた臭《にお》いのする突風と戦った。抗戦に熱がこもらなかったのは、この乱暴な行為の出所が、光の源が明らかであるように明々白々だったからだ。

兄弟が出ていって間もなくベビー・サッグスが死んだ。二人が家を捨てたことにも、自分がこの世を去ることにも、いっさい関心を示さないまま彼女が逝《い》ってすぐ、セサとデンヴァーは、自分たちをこれほどまでに苦しめている幽霊を召喚し、迫害騒ぎを終わらせようと決心した。話し合ってみたらどうかしら、と二人は考えた。意見の交換とか、何かそんなことをやってみたら、事態は好転するかもしれない。そこで母と娘は手をつないで、こう呼んだ。「出テオイデ。出テオイデ。正々堂々、顔ヲオ見セ」

サイドボードが一歩進み出たが、他に出てきたものはなかった。

「ベビーばあちゃんがきっと引き止めてるんだ」デンヴァーが言った。彼女は十歳だったが、ベビー・サッグスが死んだことに、まだ腹をたてていた。

セサは目を開けた。「そうかしら？」と彼女は言った。

「だって、出てこないじゃない」

「おまえは幽霊が赤ちゃんだってことを忘れてるよ」母親が答えた。「死んだ時、二つにもなってなかったんだもの。小さくて聞きわけがないんだよ。赤ちゃんだから口も満足にきけないんだよ」

「聞きわけたくないのかもしれない」デンヴァーは言った。

「そうね、だけど、あの子が出てきてくれさえすれば、はっきりわかるように説明してやれるのに」

セサは娘の手を離し、二人は力を合わせてサイドボードを壁ぎわに押し戻した。表を通る駅者《ぎょしゃ》が鞭《むち》をあてて馬の歩みを速めた。一二四番地の前を過ぎる時、そうしなければいけないような気になるのだった。

「赤ちゃんにしちゃ、強い魔力を出すのね」デンヴァーが言った。

「こんなもんじゃなかったわ、わたしがあの子を愛した強さは」こう答えたセサの心に、またあの光景が甦《よみがえ》った。

のみの刃が入っていない墓石の、こちらを迎え入れてくれるようなひんやりした感触。爪先《つまさき》立ちになって寄りかかるために彼女が選んだ墓石。彼女の両膝《ひざ》はどの墓穴にも劣らず大きく開いていた。墓石は指の爪のようなピンク地で、細く光る斑点《はんてん》が一面に散っていた。十分、と男は言った。十分間やらせてくれれば無料で彫ってやろう。

〝BELOVED〟と七文字彫るのに十分。さらにもう十分あったら「かけがえなく」という文字も彫らすことができただろうか？　あの時は頼んでみようと思わなかったのだが、そうしてもらうこともできたかもしれないと考えると、いまだに心が乱れた。二十分、もしかしたら三十分あれば、全部彫ってもらえたかもしれないのだ。葬式で牧師が言い、彼女が聞いた一語一句を残さず（しかも、そこには間違いなく言いたかったすべてがあったから）、赤ん坊の墓標に刻みこんでもらえたかもしれないのだ。

「かけがえなく愛されし者《ディアリービラヴド》」

結局彼女が選び彫ってもらったのは、一番大切な一言だった。墓標が並び立つ墓場で、犬のように石工《いしく》とつがいながら、この一言で充分だろうと考えた。石工の年端《としは》もいかぬ息子がかたわらで眺めていた。その顔に浮かんだ怒りはいつもの怒りだったが、そこには初めて欲望が見えた。「愛されし者」で当然不足はないはずだ。この上牧師をもう一人、奴隷制廃止論者もう一人ぐらい怒らせ、嫌悪に満ちた町の人々に応えるには、これで充分だ。

自身の鎮魂の成就《じょうじゅ》に気を取られ、彼女はもう一つの魂のことを忘れていた。赤ん坊だった娘の魂を。ほんの小さな赤ん坊がこれほど激しい怒りを抱くことができるなどと、誰《だれ》が想像しただろう。墓石に囲まれて、石工の息子が見ている前で、犬のようにつるむだけでは償《つぐな》い足りなかったのだ。喉《のど》を掻《か》き切られた赤ん坊の怒りで半身不随にされた家の中で、命が絶えるその日まで長い年月を生きなければならない、というだけではなかったのに。あの十分、星くずのような斑点がちりばめられた暁《あかつき》色の石に躰《からだ》を押しつけられたまま、膝を墓穴のように開いてすごしたあの十分間は一生の時間より長く、彼女の指を油のように浸した赤ん坊の血糊《ちのり》よりも鮮明に、激しく脈打っていた。

「引っ越しするってこともできますけど」一度姑《しゅうとめ》に言ってみたことがあった。

「それでどうにかなるのかい？」ベビー・サッグスが訊《き》いた。「死んだニグロの嘆きが天井のたる木に届くほど詰まっていない家なんか、この国には一軒だってありゃしない。うちの幽霊は赤ん坊だから、わしら、運がいい方だ。わしの亭主の霊がこの家に帰ってくるわけじゃなし。それにあんたの亭主の霊だってね。無駄なことは言わないでおくれ。あんたは運がいいんだから。三人子供が残ってるんだからね。三人があんたのスカートを引っぱっていて、あの世からやってきて暴れるのはたった一人じゃないか。ありがたいと思わなくちゃ、そうだろう？　わしには八人いた。一人残らずわしから離れていった。四人が取り上げられて、四人が追手をかけられた。今頃は八人が八人みんな幽霊になって、誰かの家を悩まして災難に引きこんでるかもしれないね」ベビー・サッグスは眉毛《まゆげ》をこすった。「最初に生まれた子。あの娘《こ》のことで思い出せるのは、パンの底のお焦げがそりゃ好きだったってことだけさ。驚くだろう？　八人も子供を産んで、それしか憶《おぼ》えていないなんてね」

「自分でそれしか思い出せないようにしてるんですよ」とセサは姑に言ったこともあったが、彼女自身も思い出す子供は一人、生きている一人だけになっていた。つまり、死んでいる一人に息子たちが家を追い出されていなくなってしまうと、バグラーについての記憶は急速に薄れていった。ハワードは、少なくとも誰だって忘れられないような頭の形をしていた。他のことに関しては、心を乱さずにすむように、できる限り何も思い出さないようにひたすら努力した。不運にも、彼女の脳は彼女の意志に逆らって働いた。草原を横切っていた。ほとんど駆けるようにしてポンプのついた井戸に着き、脚についたカミルレの汁を洗い落とそうとした。他のことはいっさい頭になかった。彼女の乳を吸いにきた男どもの光景は、洗濯板のようによじれた皮膚をした背中の神経同様、生気がなかった。インクやインクの原料に使う桜の樹脂や樫《かし》の樹皮の、ほんのかすかな匂《にお》いも甦ってこなかった。何の気配も。水に向かって走る顔にひんやり微風《そよかぜ》が当たるだけだった。井戸に着くと、水とぼろきれでカミルレを洗い落とし、小さなしみ一つさえ残すまいと神経を集中させた。

半マイルの近道をすることに気をとられたばっかりに、うかつにも草原の中を歩き、かゆみが膝まで上がってくるまで、雑草があんなに生い繁《しげ》っていることに気がつかなかったのだ。そのとき何かが起こった。水がパシャリと跳ねる音、小径《こみち》に放りだした靴とよじれたストッキング、足もとの水たまりでパチャパチャ水を飲んでいる犬のヒヤボーイ。突然この現実の上に、かつてのスウィートホーム農園の光景がグルグル、グルグルまわりながら彼女の目の前でひろがっていった。木の葉一枚だってあの農園にまつわるものを見れば悲鳴を上げたくなるのに、スウィートホーム農園は恥を知らない美しさで彼女の前に現れた。身の毛のよだつような農園だったのに、目の前に浮かんだ光景は、そんな気配を微塵《みじん》も感じさせなかった。それを見て、彼女は地獄もこんなふうにきれいな所なのかもしれないと思った。硫黄の臭気を放ちながら業火は燃えているのだが、木の葉の揺れる森の中に隠れて見えないのだ。この世でいちばん美しい鈴掛けの木からぶらさがっている男の子たちが。彼らの姿ではなく、風にざわめく見事な木立の姿を思い出したことが、彼女を後ろめたくさせた。子供たちの姿を思い浮かべようと努めても、そのたびに鈴掛けの木だけが甦るので、彼女は自分の記憶を許すことができなかった。

カミルレの最後のしみが消えると、靴とストッキングを拾い上げて、ぐるっと家の正面にまわった。彼女の恐ろしい記憶をさらに罰するかのように、四十フィートと離れていないポーチに腰を下ろしていたのは、スウィートホーム農園の最後の男、ポールDだった。

この男の顔を他の誰かの顔と見まがうことなどけっしてないのに、彼女は思わず「ポールDじゃない？」と、言っていた。

「その残がいだよ」彼は立ち上がり微笑《ほほえ》んだ。「どうしてた、あんたの方は？　裸足《はだし》だったのはわかるけど？」

彼女は笑った。声は打ちとけて若々しかった。「向こうの原っぱで足をひどく汚しちまったのよ。カミルレのせいで」

男はティスプーンで何か苦いものでも舐《な》めたように、顔をしかめた。「カミルレの話は聞くのもいやだね。昔からあれは大きらいだった」

セサはストッキングを丸めてポケットに押し込んだ。「さあ入って」

「ポーチがいいよ、セサ。ここは涼しい」彼は再び腰を下ろし、熱い思いがこみ上げて目の中にまで溢《あふ》れてきそうなのを意識しながら、道の向こうの草原に視線をすえた。

「十八年」彼女がつぶやいた。

「十八年」彼が繰り返した。「しかも、十八年間歩きどおしだった。おれもあんたのようにしていいかな？」彼は彼女の足を見ながら、靴紐《くつひも》をほどき始めた。

「足を水に浸す？　たらいに水を入れてくるわ」彼女は家の中に入るために、さらに彼のそばに来た。

「いや、いいんだ。足を甘やかすことはできんから。この足でまだまだ放浪を続けなきゃならん」

「すぐ出発だなんて、だめよ、ポールD。少しは泊まっていってくれなきゃ」

「それじゃ、ともかくベビー・サッグスの顔を見るぐらいはね。彼女はどこ？」

「死んだわ」

「まさか。いつ？」

「もう八年。もう少しで九年に」

「長く苦しんだ？　苦しまずに亡くなったと思いたいが」

セサは首を振った。「クリームが溶けるみたいに楽に。生きていることが苦しかったんだから。でも残念だわ、あなたに会ってもらえなくて。立ち寄ってくれたのは、そのためだけ？」

「それもここに来た理由の一つだが。あとの理由はあんただ。けど、ほんとうのところを言っちまえば、近頃は行く場所を選ばずなんだ。腰を下ろしても追い出されない所だったらどこにだって行く」

「あなた、調子が良さそう」

「悪魔の手ちがいさ。奴《やっ》はおれの心がしょげているあいだは、外面《そとづら》はよく見えるようにしてくれる」男が女を見つめてこう言うとしょげているという言葉は別の意味を持った。

セサは微笑んだ。こんなふうな話し方は、いかにもあの人たちらしかった。昔はこんなふうだった。ずっとこんな調子だった。セサがハーレを夫にする前も夫にした後も、スウィートホームの男たちはみんな、妹をやさしくからから兄といった調子でしゃれを飛ばして女心をくすぐった。そのしゃれはとても微妙で、うっかり聞いていると意味が取れないくらいだった。

髪の毛がひとかさ多くなり、目には何かを待っているような表情が宿っているのを別にすれば、男の外観はケンタッキーにいた頃と変わらなかった。桃の種のような肌。まっすぐに伸びた背筋。ふだんは無表情な顔をしている男だったので、ひとの気持ちに寄りそってたちまち微笑んだり、激怒したり、こちらといっしょになって悲しんだりする変化のすばやさは、見ている者を驚かした。まるで、この男の注意をこちらに向けるだけで、即座に向こうもこちらと同じ気持ちになってくれるようだった。まばたきもしないうちに、顔が変わったように見えた。彼の顔の下には休まず動くものがあった。

「あの人のことは、わたしの方から訊かなくてもいいわね？　話すことがあったら、あなたの方から教えてくれますよね？」セサは足元に視線を落としたが、また鈴掛けの木立が脳裏に浮かんだ。

「知ってたら教える。もちろん教えるさ。けどあの時と同じで、いまだって何も知らないんだ」攪乳器《かくにゅうき》のことは別として、と彼は思った。あのことはあんたが知る必要はないんだ。「あんたは彼がまだこの世に生きていると、きっと信じてるんだろうね」

「いいえ、あの人は死んだと思うわ。生きているかもしれないっていう思いがなくならないのは、はっきり確かめられないからよ」

「ベビー・サッグスはどう思っていたの？」

「わたしと同じ。でもね、義母《はは》が話すのを聞いていると、彼女が産んだ子供は一人残らず死んでるみたい。一人一人が息を引きとった日も時間も、感じたんだって言い張ってたわ」

「ハーレが逝ったのはいつだと言ってた？」

「一八五五年。わたしの赤ちゃんが産まれた日だって言ってたわ」

「それじゃ、あの赤ん坊は産んだんだね。無事に産めるなんて思ってもいなかった」彼はクスクス笑った。「妊娠してたのに逃亡したんだから」

「他にしようがなかったわ。待ってる余裕なんかなかったから」彼女はうつむいて、彼がそう考えたのも当然で、無事に産んだなんて、自分でも信じられないようなことだと思った。ベルベットを捜していたあの女の子に会わなかったら、けっして無事には産めなかっただろう。

「しかもたった独りで産んだんだ」彼はこの女を誇らしくも思ったが、ちょっとおもしろくない気持ちもあった。彼女がやりとげたことを誇らしく思ったが、やりとげるのにハーレも自分も必要としなかったことは、おもしろくなかった。

「ほとんどわたし独りでやったのよ。でも、全部独りでというわけではなかったわ。白人の娘が助けてくれたの」

「それじゃ、その娘は自分自身も助けたことになる。その娘に神の祝福あれだ」

「今夜、泊まってもいいんですよ、ポールＤ」

「いやいやながらのご招待のようだが」

セサは彼の肩ごしに、閉まった扉をちらりと見た。「もちろん本気で言ってるんだけど。ただわたしの家の失礼を許して頂きたいの。入ってくださいな。なにか食べるものをつくるわ。そのあいだデンヴァーに話しかけてやって」

ポールＤは靴を一つに縛って肩にかけた。彼女の後について敷居をまたぐと、次の瞬間、赤く揺れている光の池の中に足を踏み入れていて、池はその場でがっしりと彼を捕らえた。

「客がいるのかい」彼は眉をひそめて囁《ささや》いた。

「消えたり出たりだけど」セサが答えた。

「まいったな」彼はポーチに引き返した。「どんな種類の悪霊なの？」

「悪霊ではなくって、ただ悲しんでるの。さあ、入って。かまわず通りぬけて」

彼はあらためて注意深く女を見た。彼女が片手に靴とストッキングを持ち、もう一方の手でスカートをつまみ、濡《ぬ》れて光る脚を見せて、この家の裏手から最初に現れた時よりも、もっと注意深く。ハーレの恋人だった少女。鉄の意志をたたえた瞳《ひとみ》を持ち、それにふさわしい背筋をした少女。ケンタッキーにいた頃は、髪を出している彼女を見たことがなかった。顔は最後に会ったときから十八年ぶん老けていたが、前より柔らかな感じだった。髪の毛のせいだ。慰めを求めるにはあまりにも静かな顔。虹彩《こうさい》は皮膚と同じ色。その静かな顔の中の二つの虹彩は、慈悲によって瞳をぬかれた仮面を、彼に連想させたものだった。ハーレの女。毎年身ごもっていたが、焚《た》き火のそばに坐《すわ》って、逃げ出すつもりだと彼に打ち明けた年もそうだった。彼女はすでに三人の子供たちを、逃亡者たちの乗った荷馬車に託していたが、子供たちは河を渡るニグロの幌《ほろ》馬車隊に合流することになっていた。河を渡った後は、シンシナティの近くに住むハーレの母親に預けられる手筈《てはず》になっていた。あの狭い小屋の中でさえ、服が吸った熱の匂いが嗅《か》げるほど火の近くにかがんでも、彼女の瞳はちらりとも焚き火の明かりを映さなかった。あの目は、覗き込むのが難しい二つの井戸のようだった。たとえ目玉をくりぬかれていても、覆《おお》いをかぶせ、蓋《ふた》をして、この空虚がたたえている不気味さを警告する印をつけておく必要があった。だからポールDは、女が彼に打ち明けているあいだも、女を見ないで火を見つめていた。彼女の夫がそこにいなかったので、彼が代わりに聞いたのだ。ガーナー氏は故人になっていて、奥さんの方はさつま芋《いも》大の瘤《こぶ》が首にできて、誰とも口がきけなかったのだ。身重の躰が許す限り近々と火に寄って、女は彼、ポールD、スウィートホーム農園に残った最後の男に打ち明けた。

農園が所有していた黒人は六人で、セサがただ一人の女性だった。夫に先立たれたとたん表面化した負債の返済にあてようと、ガーナー夫人は、赤ん坊のように声を上げて泣きながらも、ポールDの兄を売ってしまった。それから「先生」が経営の立てなおしをするために到着した。だがこの男がやったのは、さらに三人のスウィートホームの男の誇りを挫《くじ》き、セサの瞳からキラキラ輝く鉄をくりぬき、焚き火の火も映さない虚ろな井戸を残すことだった。

いま、鉄は再び瞳に宿り、その顔は髪にかこまれて柔らかになごんでいたので、男は女を信頼して敷居をまたぎ、脈打っている赤い光の小さな池にまっすぐに足を入れた。

彼女の言った通りだった。それは悲しんでいた。歩きぬける時、嘆きが波のように全身を浸したので、彼は声を上げて泣きたくなった。食卓を照らす普通の光に着くまでが長く感じられたが、ともかくそこまでたどり着いた。幸い涙もこぼさずに。

「あの女《ひと》は楽に死んだ、とあんたは言ったが——。クリームが溶けるみたいだったって」

彼は彼女の言葉を繰り返した。

「いまのはベビー・サッグスじゃないわ」彼女は言った。

「じゃあ、誰？」

「わたしの娘。息子たちといっしょに先に逃がした方の娘よ」

「生き延びなかったの？」

「ええ。逃げた時お腹にいた子だけがわたしに残された子。息子たちもいなくなってしまって。二人ともベビー・サッグスが亡くなる前にさっさと出ていった」

ポールDは、先刻嘆きが自分を浸した場所を見つめた。赤い色は消えていたがその後に漂《ただよ》う空気には、すすり泣きのような気配がしがみついていた。

たぶんいちばんいいのは、と彼は考えた。ニグロに脚があるなら、それを使うことだ。長く坐りすぎれば、誰かがその脚を縛る方法を思いつくというものだ。そうは言っても……息子たちが出ていって、いないとすれば……。

「男手はないのかい？　あんた一人でこの家で暮らしているのかい？」

「わたしとデンヴァーとで」彼女が答えた。

「あんたはそれで大丈夫なのか？」

「わたしはこれで大丈夫」

男が半信半疑なのを見て、女は続けて言った。「町のレストランで料理の仕事をしてるわ。それに内緒で縫い物もちょっとしてるし」

それを聞いてポールDは、新床用のドレスのことを思い出して微笑んだ。スウィートホーム農園に来た時、セサは十三歳だったが、すでに鉄の瞳を持っていた。夫の世間離れした理想に従ってベビー・サッグスを手放していたガーナー夫人にとって、セサは時宜《じぎ》を得た贈り物だった。スウィートホームの五人の男たちは新来の少女を見て、彼女をそっとしておくことに決めた。彼らは若く、女のいない生活におかしくなって、子牛を相手にしている始末だった。それでも彼らは鉄の瞳を持った少女を、そっとしておいた。彼女を自分のものにするために、誰もが他の四人を叩きのめしても不思議はないくらいだったのに、そっとしておいて彼女の方で選べるようにしておいたのだ。彼女は選ぶのに一年かかった。彼女の夢に苛《さいな》まれて、わらぶとんの上を輾転反側《てんてんはんそく》した、長く苛酷《かこく》な一年。強姦《ごうかん》が人生のたった一つの贈り物に見えた、欲望に灼《や》かれた一年。彼らが実行したような抑制は、彼らがスウィートホームの人間だったからこそできたのだ。他の農園主たちが首を横に振り警告するのもかまわずに、ガーナー氏が自慢した男たち。

「あんたがたが持っているのは半人前《ボーイズ》の男たちだ」ガーナー氏は言った。「若い半人前《ボーイズ》、年をくった半人前《ボーイズ》、臆病《おくびょう》な半人前《ボーイズ》、不平たらたらの半人前《ボーイズ》の男たちだ。それにひきかえスウィートホームじゃ、わしのクロンボは一人残らず一人前の男だ。男として買って、男に育てた。一人残らずだ」

「言葉を返すようだが、ガーナー。クロンボに一人前の男はいない」

「あんたが脅かせば、男じゃなくなる」ガーナーの微笑は満面にひろがっていた。「しかしだな、あんた自身が男なら、自分のクロンボにも男でいてほしいだろうが」

「わしだったら、自分の女房の近くに一人前のクロンボの男なんぞ置いとく危ないまねはしないがな」

この台詞《せりふ》こそガーナーが手ぐすね引いて待ちかまえていた反応だった。「わしだってそうさ」彼は言った。「わしだってそうさ」と二度言うと、いつも一つ間《ま》を置いて、近隣の者か、他所者《よそもの》か、そうでなかったら行商人か、女房の兄弟か誰かが言葉の真意に思いあたった。すると激しい口論が起こり、ときには殴り合いになって、ガーナーは生粋《きっすい》のケンタッキー男児の心意気をまたもや派手に披露《ひろう》した後で、痣《あざ》だらけになって、しかも得意満面で帰館するといった具合だった。ケンタッキー男児とは、自分たちの女の純血を黒人から護り、同時に自分のクロンボを一人前の男にして、しかもそのクロンボを男《マン》と呼べるだけの度胸と知恵のある男のことだった。

そして、確かに彼らは一人前の男だった。ポールD・ガーナー、ポールF・ガーナー、ポールA・ガーナー、ハーレ・サッグス、それから野人シックソウの面々。全員二十代で、女を持たず、牝牛《めうし》と性交し、強姦を夢見て、わらぶとんの上でのたうちまわり、太腿《ふともも》をこすって新来の少女を待っていた。ハーレが五年間日曜日に働いて買い取った、ベビー・サッグスの後を埋めた少女。たぶん、それがセサがハーレを選んだ理由だったのだ。母親を深く愛する二十五歳の男が、彼女が坐っている姿を見たいばっかりに五年ぶんの安息日を犠牲にしたのだから、夫にするにはそれでもう立派な取柄《とりえ》だった。

少女は一年待った。彼女といっしょに待つあいだ、スウィートホームの男たちは牝牛を不当に扱った。少女はハーレを選び、初夜に着るために独りでこっそりドレスを縫ったのだ。

「しばらくここに泊まったら？　たった一日で十八年は追いつけっこないわ」

　二人が坐っている部屋の薄明かりの中から、白い階段が二階の青と白の壁紙に向かって伸びていた。ポールDに見えるのは壁紙の始まりの部分だけだったが、青地にマツユキ草が吹雪《ふぶき》のように散った図柄に、黄色い目立たない斑点が点々とついていた。手すりと階段の光沢を帯びた白さに気をとられ、ついそっちへ視線が何度もいった。全身のあらゆる感覚が、吹きぬけの上の空気には妖気がこもり、ずいぶんと希薄になっていることを、彼に告げていた。意外にも、その空気の中から降りてきた少女は、敏感な人形といった表情で肉づきのよい茶色の肌をしていた。

　ポールDが少女を見て、それからセサを見ると、彼女はにこやかに「娘のデンヴァーよ。デンヴァー、この方はポールD、スウィートホームからいらしたの」と言った。

「こんにちは、ミスター・D」

「ガーナーっていうんだよ、娘さん。ポールD・ガーナーだ」

「わかりました」

「あんたに一目会えてうれしいな。最後にあんたのママを見たときは、あんたはママのドレスの前をぐいぐい押し出していたんだからね」

「まだ引っ張るわ」セサは微笑んだ。「ドレスの下にもぐりこめればね」

　デンヴァーは階段の最後の一段を降りないまま立っていたが、突然躰がほてって恥ずかしくなった。誰かが（善意で訪ねてきた白人の女性、牧師、演説家、新聞記者などが）自分たちの食卓に坐ったのはずっと昔になっていた。あの時彼らの目に浮かんでいた嫌悪の情は、同情に満ちた彼らの声が偽りであることを語っていた。十二年前から、ベビーばあちゃんが死ぬずっと前からということになるが、どんな類《たぐ》いの訪問者も、もちろん友達の姿も見なくなっていた。黒人も一人も来なかった。もちろん伸びすぎた髪の毛をして、筆記用のノートも持たず、炭もオレンジも持たず、うるさく質問もしない薄茶《ハシバミ》色の肌をした男など来たことはなかった。母親の方から話したくなるほどのしかも裸足でいるとき話してもいいとさえ思うほどの人など来たことはなかった。デンヴァーが小さい時から知っていた、寡黙《かもく》で女王然とした女が、少女のような表情を見せて、いや実際に少女のようにふるまっていた。彼女が知っていた母親はけっして目をそらしたことのない女だった。ソーヤーのレストランの真ん前で、男が牝馬《めうま》に踏み殺されても目をそらさず、母豚が産んだばかりの一腹の子豚を食い殺し始めても目をそらしはしなかった。赤ん坊の霊がヒヤボーイをつまみ上げ、したたか壁に叩きつけたので、肢《あし》が二本折れ片目が飛び出し、引きつけを起こして舌を噛んだ時でさえ、やっぱり彼女は目をそらさなかった。金槌《かなづち》を握ると犬を殴って気絶させ、よだれまじりの血を拭《ふ》きとり、飛び出た目を押し込んで、肢の骨を治した。犬は回復したが、吠《ほ》えなくなって変な歩き方をした。曲がった肢のせいよりも、狂った視力のせいだった。それからは冬も夏も、降っても照っても、宥《なだ》めようがすかそうが、二度と家の中には入ってこなくなった。

　痛みに暴れ狂う犬の手当てができるほど物に動じたことのない女が、いま目の前で組んだ足首を揺すりながら、実の娘の躰から目をそらしていた。まるで大きくなった娘の躰そのものを、見るに耐えないといった風情《ふぜい》だ。その上母親も男も靴を履いていなかった。最初は熱くなり恥ずかしくなって、いまデンヴァーは寂しくなった。みんないなくなる。最初は兄たち、それから祖母。彼女を遊戯の仲間に入れて円陣で囲んだり、彼女の家のポーチの手すりに膝をかけてぶらさがって遊ぼうとする子など一人もいなかったので、家族が欠けると深い穴が開いたようだった。それだって、いましているように母親が自分から目をそらしたりしない限り、問題にならなかった。いまの母親を見ていると、デンヴァーは赤ん坊の幽霊が恨みの印を見せてくれればいいのにと思った。本気でそう願った。

「若い、愛らしい娘さんだ」ポールDは言った。「すてきだな。父親ゆずりのやさしい顔立ちだ」

「あたしの父を知ってるの？」

「知ってたさ。よく知ってた」

「そうなの、母さん？」彼女は母親の愛情を取りもどしたいという衝動と闘った。

「もちろん、おまえの父さんを知ってたわ。さっき言ったでしょ、ポールDはスウィートホームの人間だって」

デンヴァーはいちばん下の段に腰を下ろした。礼を失せずにさがっていける場所が、どこにもなかった。二人とも、自分たちだけの親密さに浸って、「おまえの父さん」とか「スウィートホーム」とかいう言葉を、この二つはデンヴァーのものではなくて、彼らのものだと言わんばかりの響きをこめて口にした。彼女の実の父親の不在は彼女とは関係がないような言い方だった。かつては、この不在をいつも口にしていたのはベビーばあちゃんだった。デンヴァーの父親は、ばあちゃんをあそこから買い取ってくれた人間であり、ばあちゃんからその死を深く悼《いた》まれた息子だった。それから、彼は母親のまだ帰ってこない夫だった。いまは、目の前に坐っている薄茶色《ハシバミ》の肌をした見知らぬ男の行方不明の友人となっていた。彼を知っていた（「よく知ってた」とこの男は言った）人たちだけが、いまここにいない彼のことを話題にする権利を持っていた。それはちょうどスウィートホーム農園で暮らした人たちだけが、スウィートホームを思い出し、小声でその名を口にし、そうしながら横目で互いに視線を合わせたりすることができるのに似ていた。再びデンヴァーは赤ん坊の幽霊が出てきてくれたらと願った。赤ん坊の怒りは彼女の心にスリルを喚《よ》びおこした。昔は彼女を疲れさせたものだったのに。疲れ果てさせたものなのに。

「この家には幽霊がいるわ」デンヴァーがそう言うと、効果はてきめんだった。彼らの二人だけという雰囲気は消えてしまった。母親は足を揺すり、少女のような態度を取るのをぴたりとやめた。彼女が少女のしぐさを見せていた男の目から、スウィートホームの記憶がぽとりと落ちた。デンヴァーの後ろの稲妻のような白い階段を、男はちらりと見上げた。

「そういう話だが」彼は応えた。「でも悲しんでるんだっていうじゃないか、あんたのママから聞いたけど。底意地の悪いもんじゃないんだと」

「ええ」デンヴァーが言った。「意地悪っていうんじゃないわ。でも悲しんでるんでもない」

「それじゃ、何なのかい？」

「抑えられてるんだわ。淋しくて、そして抑えつけられてるの」

「そうなのかい？」ポールDはセサの方を向いた。

「さあね、淋しいのかしら」デンヴァーの母親は言った。「腹をたててるのよ、たぶん。でも、この幽霊みたいに、四六時中わたしたちといっしょにすごしていて、淋しいなんて合点がいかない」

「あんたが持っている何かを、幽霊がほしがってるに違いない」

セサが肩をすくめた。「ほんの赤ん坊なのに」

「でもあたしの姉さんよ」デンヴァーが口をはさんだ。「この家で死んだの」

ポールDは顎《あご》の毛を掻いた。「スウィートホーム農園の裏手に出た、首なし花嫁を思い出させるね。覚えてるかい、セサ？　いつもあそこの森をさまよってた」

「忘れるもんですか。めそめそして……」

「なぜスウィートホームを逃げ出した人たちは、そろいもそろって、スウィートホームの話をやめられないの？　それほどスウィートな所だったら、そこで暮らしていたはずでしょ」

「デンヴァー、お客さんに失礼だよ」

ポールDは笑った。「そのとおり、そのとおり。彼女の言うとおりだよ、セサ。あそこはスウィートでもなかったし、たしかにホームでもなかった」彼は首を振った。

「でも、わたしたちがいたとこよ」セサは言った。「みんないっしょにね。望もうと望むまいと、思い出の方で戻ってきてしまうのよ」彼女はちょっと身震いした。軽い小波《さざなみ》が腕の皮膚に走って、彼女はそれを宥めるように撫《な》でて鎮《しず》めた。

「デンヴァー」彼女は声をかけた。「かまどの火をかきおこしておくれ。友達が寄ってくれたのに、食事を出さないって法はないからね」

「わしのために面倒なことはしないでくれよ」ポールDは言った。

「パンを焼くのは面倒じゃないわ。他のものは働いている店から持ってきてあるし。夜明けから正午まで料理して、せめてできるのは、お菜《さい》を持って帰ることなの。川ますは嫌い？」

「向こうがよけりゃ、こっちには文句ないね」

またあの調子だ、デンヴァーは思った。二人に背を向けて焚きつけの木を乱暴に突っついたので、もう少しで火を消すところだった。

「今夜泊まったら、ガーナーさん？　あなたとママで一晩じゅうスウィートホームの話をしたらいいわ」

　セサはつかつかと二歩かまどに近寄り、デンヴァーの襟首《えりくび》をつかもうとしたが、少女は身をかがめて泣き始めた。

「いったいどうしたの？　おまえがこんな態度をとるなんて初めてだわ」

「叱《しか》らないでやってくれ」ポールDが口をはさんだ。「彼女にとっちゃ、わしは見ず知らずの他人なんだから」

「それだから言ってるの。見ず知らずの方に、失礼な態度を取る理由はないわ。ねえ、デンヴァー、何なの？　何があったっていうの？」

　そう言われてもデンヴァーは、躰を震わせてしゃくり上げていたので、口がきけなかった。九年間流したことのなかった涙が、少女というには豊かすぎる彼女の胸を濡らしていた。

「もうがまんできない。もうがまんできないわ」

「何がなの？　何ががまんできないの？」

「この家には住めないわ。どこに行くとか、何をするかはわからないけど、でも、ここには住めない。誰もあたしたちには話しかけてくれない。誰も立ち寄ってくれない。男の子たちはあたしを嫌ってる。女の子たちだってそうよ」

「よしよし、泣かないで」

「誰もあんたがたに話しかけないっていうのは、どういうことなんだい？」ポールDが尋ねた。

「家のせいなの。みんながいやがって――」

「ちがうわ！　家のせいじゃない。あたしたちのせいよ！　それに母さんのせいよ！」

「デンヴァー！」

「よせ、セサ。幽霊屋敷の中で暮らすなんて、若い娘にとっちゃ辛《つら》いことだ。らくなはずはない」

「他のことと比べたらまだらくだわ」

「考えてもごらん、セサ。わしは大の男で、たいていのことはこの目で見て、この躰で経験してきた。そのわしがらくじゃないって言ってるんだよ。たぶん、二人とも住む場所を変えたらいいんだ。家主は誰だい？」

デンヴァーの肩越しに、セサは雪のようなまなざしでポールDを貫いた。「あんたには関係ないことでしょ？」

「向こうが出ていかせてくれないのか？」

「そうよ」

「セサ」

「引っ越しはしないわ。出ていくもんですか。いまのままでけっこうだわ」

「この子の頭が半分おかしくなっているのに、けっこうだって言うのかい？」

家の中で何かが突っ張った。すると全員が耳をすまして鳴りをひそめる静けさの中で、セサが言った。

「わたしの背中には木が生えて、わたしの家には幽霊が住みつき、わたしにあるのは、こうして抱いている娘だけ。もう逃げるのはまっぴら、何からも。この世のどんなものからも、二度と再び逃げるもんか。一度だけ旅をして、その支払いはすませたわ。でも、聞いてよ、ポールD・ガーナー。あの旅は高くつきすぎた！　聞いてる？　高くつきすぎたのよ。それじゃ坐ってわたしたちと食事をするか、わたしたちにかまわず出ていくか、どっちかにしてちょうだい」

ポールDはベストのポケットに手を入れて刻みタバコの小さな袋を取り出し、袋の中身や紐《ひも》の結び目に気持ちを集中させ、セサの方はデンヴァーを連れて、彼が坐っている大きな部屋と隣り合った居間にさがった。巻き紙がなかったので、袋を弄《もてあそ》びながら、セサが娘の昂《たかぶ》った気を鎮めているのを、開いたドアの向こうに聞いていた。もどってきたセサは彼の視線を避けて、まっすぐに歩いてかまどと並んだ小さなテーブルのところへ行った。背中をこちらに向けていたので、彼女の顔に気を散らさずに、彼は豊かな髪の毛をほしいままに眺めることができた。

「なんの木が背中についてるって？」

「えっ」セサはテーブルの上にボウルを置き、小麦粉を出すためにテーブルの下に手を伸ばした。

「なんの木が背中についてるの？　何かが、あんたの背中に生えてるのかい？　見たところ何も生えてないようだけど」

「見えなくても生えてるわ」

「誰がそう言った？」

「白人の娘。木って呼んだのは彼女なの。自分じゃ一度も見てないし、これからだってけっして見ることはないと思うけど。でも木みたいな形をしてるって、その娘が言ってた。渋実桜《シブミ》の木に似てるって。幹、枝、そして葉っぱまでついてるって。細い、小さな桜の葉っぱが。でも十八年前のことよ。いま頃は桜んぼがなってても不思議じゃないわ」

セサは舌の先で人差し指にちょっと唾をつけた。そしてすばやく軽くかまどに触れてみた。それから小麦粉の中にスウーッと指を走らせて、いくつもの山や隆起に分けながら虫がいないか確かめた。いないとわかると、すぼめた手のしわに重曹《じゅうそう》と塩をサァッと入れて、小麦粉にパッパッと振りかけた。次に手近の缶に手を入れて、手のひらに半分ほどラードをすくいとった。器用な手つきで小麦粉をラードに押し混ぜて、それから左手でパラパラと水を振りかけ、生パンの塊をつくった。

「お乳が出てたわ」彼女は言った。「デンヴァーがお腹にいたけど、赤ん坊だった娘に飲ますお乳は出てた。あの子をハワードやバグラーと先に逃がした時、まだ乳離れさせてなかったの」

今度は、こねた生パンの塊の上に木の麺棒《めんぼう》をころがしてグリグリ伸ばした。

「誰でも、わたしの姿を見るずっと前から、お乳の匂いでわたしだとわかった。そしてわたしを見れば、わたしの服の胸元がお乳のしずくで濡れているのも見たんだわ。お乳がもれるのはどうしようもなかった。わたしにわかっていたのは、わたしのちっちゃな娘にお乳を届けてやらなくちゃならないんだということだけ。わたしに代わってわたしと同じに、あの子に乳がやれる女なんかいなかった。飲みたい時は待たせずに、たっぷり飲んでまだ乳首をくわえていても、あとを引かさずに乳房をしまえる女は、わたしの他にいなかった。肩にもたせかけるようにたて抱きにしてもゲップをしないけど、膝の上に寝かせればちゃんと出るってことも、誰も知らなかった。わたしだけが知っていて、あの子の飲むお乳を持っているのもわたしだけだった。そのことを荷馬車に乗りこんだ女たちに言っておいた。二、三日後に追いついた時、あの子がわたしを忘れてないように、布切れに砂糖水をふくませたのを、吸わせておいてくれって頼んでおいた。お乳も届くし、お乳といっしょにわたしもそっちに着くことになっていた」

「男というものはたいしてものを知らないが」ベストのポケットに袋をしまいながら、ポールDが言った。「それでも、乳飲み子が母親と長く離れていることができないのは、よくわかる」

「それならお乳が張ってる女が、どんな気持ちで子供を先に送り出すか、男にもわかるはず」

「木の話を始めてたんだよ、セサ」

「わたしがあんたと別れた後、あの若僧たちがあそこに入ってきて、わたしのお乳を盗んだのよ。あいつらが入ってきたのはそのためだった。わたしを押さえつけてお乳を盗んだ。ガーナー夫人にあいつらのしたことを言いつけた。奥さまにはあの瘤《こぶ》ができていて、口をきくことができなかったけど、あの方の目から涙がはらはらこぼれた。あの若僧たちは、わたしが言いつけたことを知った。『先生』がやつらの一人に、わたしの背中を水瓜みたいに割れるまで打たせた。肉がもりあがったら、背中は木になった。木はいまもそこに生えている」

「やつらは、あんたを牛皮の鞭で打ったのか？」

「その上わたしのお乳を盗んだ」

「やつらはあんたを鞭で打ったのか、身重のあんたを？」

「その上わたしのお乳を盗んだ！」

ふっくらと膨らんだ白い生パンの輪が、焼き皿の上に幾列も並んだ。セサは濡れた人差し指でもう一度かまどに触ってみた。天火の蓋を開け、パンが並んだ焼き皿をその中に滑りこませた。熱した天火のそばから立ち上がりかけると、背中にポールDの気配を、次に彼の両手を乳房の下に感じた。背筋を伸ばしてすっかり立ったとき、彼の頬《ほお》が桜の木の枝にくいこむように押しつけられているのが頭ではわかったが、肌では感じることはできなかった。

そうしようと努めもしないのに、彼は一軒の家に入り、その家の女たちを泣かせることができる男になっていた。なぜなら彼といると、彼が見てくれると、女たちは泣くことができたのだ。この男の態度には清め祝福された何かが感じられた。女たちは彼の姿を見ると泣きたくなった。胸が痛む、膝も疼《うず》くと訴えたくなったのだ。強い女そして賢い女は、彼に会うと女同士でしか話さないようなことを打ち明けた。更年期もとうの昔に過ぎたのに欲望が突然大きく貪欲《どんよく》に、十五歳の頃より激しくなってしまったこと、そんな現象が女たちを当惑させ悲しませていること、欲望から解放されるために死んでしまいたいとひそかに望むほどで、だから眠りは目覚めて過ごすどんな一日よりも貴重なのだ、などと打ち明けた。若い女たちはこっそり彼に近寄ってきては、夢から覚めた後でさえ目前から消えない聖者の巡察の幻の中で、人々がどんなに美しく着飾っていたかを打ち明けて、こと細かに説明した。そんなふうだったから、どうしてそうなるのかわからなかったが、デンヴァーがかまどの火に涙を落としても、彼は驚かなかった。その十五分後に、自分の乳が盗まれた話をした後で、デンヴァーの母親が泣いても驚かなかった。彼女の背後でかがみながら、彼の躰はやさしい弧《こ》になり、彼の二つの手のひらは彼女の乳房をくるんだ。彼は彼女の背中に頬をこすりつけ、そうやって彼女の嘆きを、嘆きの根を肌で知った。嘆きの太い幹と入り組んだ枝のありかを感じとった。ドレスのホックに指を這《は》わせながら、涙を見なくても溜息をきかなくても涙があふれ流れているのがわかった。そして、ドレスの身頃がヒップのまわりに下がって、彫り物細工に変わり果てた彼女の背中が現れた。作品を大切にするあまり人目に晒《さら》すのをいやがる、かたくなな鉄細工職人が彫り上げた、凝《こ》った装飾品のような背中。「ああ、神よ、いたましすぎる」と思ったが、言葉にすることができなかった。そして彫りものの隆起の一つ一つに、木の葉の一枚一枚に唇ですっかり触れてしまうまでは、乱れた心を鎮めようとはしなかった。背中の皮膚はもう何年も無感覚のままだったから、セサは彼の唇の一触れも感じることはできなかった。彼女にわかったのは、自分の乳房の重荷が、やっと他人の手の中に預けられたということだった。

少しゆとりがあるかしら、わずかな時間でいいんだけど、と彼女は思った。次々に物事が起こってくるのを押しとどめ、忙しさを部屋の隅に追いやって、一分、それとも二分、肩から腰のくびれまで裸のままで、乳房の重荷から解放され、思い出すまいとしていた盗まれた乳の匂いと、パンの焼けてくる心地よい匂いを嗅ぎながら、ただこうやって立っているゆとりがあるかしら？　食事の支度の最中に——かまどのそばに立ったまま——たったいまここでピタリと動くのをやめれば——ほんとうは疼《うず》いているはずの背中の痛みを、感じることができるかもしれない。彼女が崩れるようにしゃがみこんでも、スウィートホーム最後の男がそこにいて受けとめてくれるから、物事を信じたり思い出したりすることができるかもしれない。

熱になじんだかまどは、かすかな音もたてなくなっていた。隣の部屋でデンヴァーは物音一つたてていなかった。脈拍のように揺れる赤い光は消えたまま戻ってこないし、ポールDの躰は一八五六年以来震えていなかった。あの時は八十三日間震えが止まらなかった。監禁され鎖につながれたまま、両手の震えが激しくて、タバコを吸うことはおろか、躰も満足に掻けなかった。いま、彼は震えていたが、今回は脚の震えだった。不安のせいで脚が震えているのではなく、床板が揺れているせいであり、しかも、きしり、押し合っている床は振動の一部でしかないことがわかるまで、少し時間がかかった。家そのものが縦に揺れていたのだ。

セサは床にしゃがみこみ、あたふたと服を着た。四つん這《ば》いになりまるで我が家を地面に押さえつけているような格好をしていると、デンヴァーが居間から飛び込んできた。目には恐怖が浮かんでいたが、口もとにはあいまいな微笑が浮かんでいた。「この野郎！　静かにしろ！」ころびかけて重心を取ろうと手を伸ばしながらも、ポールDは叫んでいた。

「この家に手を出すな！　さっさと失せろ！」テーブルが彼に向かって突進し、彼はその脚を摑んだ。よろけながらも立ち続け、二本の脚を持ってテーブルをあたりかまわず振りまわし、あらゆるものを打ち壊し、キィキィと叫び声を上げている家に向かって叫び返した。「やる気なら出てこい！　この野郎！　彼女はおまえがいなくたって、苦労の種は充分あるんだ。もう充分なんだ！」

振動は徐々に弱くなり、ついには時々ぐらりと揺れる程度におさまっていたが、ポールDは、あらゆるものが岩のように微動だにしなくなるまでテーブルをビュンビュン振りまわした。汗をかき、荒々しく息をしながら、彼はサイドボードが動いた跡の壁に寄りかかった。セサはまだかまどの脇《わき》にうずくまって、拾い上げた靴を胸に押しつけるように摑んだままだった。セサ、デンヴァー、ポールDの三人は、たった一人の疲れた人間のように、同じリズムで息をした。もう一つ別の呼吸も三人と同じように疲れていた。

振動の張本人は退散した。デンヴァーは静寂の中をふらふら歩いてかまどのところへ行った。火に灰をかけ、天火からパンが並んだ焼き皿を引き出した。ジャムの瓶の並んだ食器棚が仰向けになってころがっていた。中に並んでいたジャムの瓶は、一番下の棚の隅にひとかたまりになって転がっていた。瓶を一つ手に取って皿はないかと見まわすと、部屋の入口に半分欠けた皿があった。パンとジャムと半欠けの皿をポーチの階段まで運んでくると、彼女はそこに腰を下ろした。

あの二人は二階に姿を消してしまっていた。軽々とした足どりで、ためらいも躓《つまず》きもせず、彼女を階下に残して、白い階段を上がっていってしまった。デンヴァーは瓶の蓋に巻きついた針金を、それから蓋を苦労して開けた。蓋の下には布切れが、布切れの下には薄い蠟《ろう》が敷いてあった。蠟をきれいに取り除いてから、半月形に壊れた皿の半分に、ジャムをうまくポトンと落とした。パンを手に取ると、黒く焦げたてっぺんを引っぱるようにしてちぎった。柔らかな白い中身から湯気が渦を巻いて立ちのぼった。

兄さんたちが恋しかった。バグラーとハワードは二十二と三になっているはずだ。幽霊が騒ぎを起こさない平穏な時期には、二人とも兄らしい礼儀正しさで振るまい、彼女にベッドの枕《まくら》側を全部使わせてくれた――でも彼女が思い出すのは、兄たちと三人で幽霊に対抗したことだ。彼女が、ハワードかさもなければバグラーの膝の間にはさまって、白い階段に寄りそって坐っていた時の楽しかったこと。そうして坐りながら兄たちは、「彼女」を殺す様々な確実な方法を使った「魔女ヨ死ネッ！　物語」をいくつも作り上げたのだ。それにベビー・サッグスも居間で彼女にいろいろな話をしてくれた。デンヴァーの躰からは、昼間は樹皮の、夜には木の葉の匂いがした。それというのも兄たちが家を出ていってしまってからは、もと寝ていた部屋で眠ろうとしなかったからだ。

いま母親は、デンヴァーに残されたたった一人の遊び相手を追い出した男と二階にいるのだ。デンヴァーはパンを一口ジャムに浸した。ゆっくりと、味気ない几帳面さで、惨《みじ》めな気持ちで、彼女はそれを口に入れた。

急いでいる様子はなかったが、時を移さずにためらわずに、セサとポールDは白い階段を登った。セサが自分のセックスを受け入れてくれることがいよいよ現実になるのだという確実性と、彼女の家ばかりか、そこに生きていた本人の姿を見つけるという幸運すぎるような幸運に圧倒されて、ポールDは最近の記憶から二十五年の時間を一瞬捨てた。一段先を上がっていくのは、ベビー・サッグスの代わりに来た女になっていた。彼女の選択を待つあいだ、男たちが夜になれば彼女を夢に見て、夜明けには牝牛と交わった、あの新来の少女になっていた。背中の鉄細工のような傷あとに口づけしただけで家が揺れ、彼はやむなく、この家の一部を木っ端《こ　ぱ》みじんに叩き壊した。いま、彼は口づけ以上のことをするところなのだ。

女は階段のいちばん上まで男を先導したが、そこでは空から光が垂直にさしていた。二階の窓は壁にではなく、傾斜した天井にはめこまれていた。部屋が二つあって、女はその一つに男を導き入れながらも、自分の準備ができていないのを、相手が気にしないでくれればいいがと思った。欲望を思い出すことはできたが、欲望がどんなふうに働くのかを、すっかり忘れてしまっていたのだ。両の手に宿っていたのは、強い握力と何をどうしていいのかわからない不器用さだった。何も見えなくなった目、次の瞬間、突然視界に飛び込んだのは、身を横たえる場所。それ以外のすべては——ドアの把手《とって》、スリップの紐、ホック、部屋の四隅にうずくまる悲しみ、刻々と過ぎていく時間——邪魔だった。

服を脱ぐ前に、終わってしまった。脱ぎかけの格好で息を切らして、二人は並んで横たわり、互いを、そして自分たちの上の天窓を恨んだ。男が女のことを夢に見、恋い焦がれていた期間はあまりにも長すぎたし、それもあまりにも遠い昔のことだった。奪われるばかりの人生を生きて、女にはひそかにいつくしんできた夢など一つだってありはしなかった。いま二人は後悔の念に追いつかれて、恥ずかしくて話もできなかった。

セサは仰向けになって、彼から顔を背《そむ》けていた。横目に、ポールDはふわっと浮かぶような女の乳房を見て、嫌悪を感じた。左右に広がって平たく潰《つぶ》れたような丸み。この乳房がなくても、生きていけることは間違いなかった。先刻階下で、この二つの乳房が彼自身のいちばん高価な一部でもあるかのように両手で囲い包んだことだって、忘れてしまえばよいのだ。それから、砂金取りが砂地を念入りにまさぐるように、台所で彼がやさしくたどった鉄細工の迷路。あれは実のところ、胸の悪くなるような無数の傷の塊《かたまり》なのだ。彼女が言ったような木なんかじゃない。たぶん形は木のようだが、彼が知っているどんな木にも似ても似つかないものだった。木は人を誘い招くものなのだから。信頼してそのそばにいられるものなのだから。ずっと昔、スウィートホームの畑で、めし時に彼がよくやったように、話しかけたくなったら、話しかけることもできるのだ。食事はできればいつも同じ場所で食べたが、その場所をどこに決めるかがむずかしかった。スウィートホームは、その地方でも美しい木立がいちばんたくさんある農園だったから。自分が選んだ木を彼は「兄弟」と呼んで、その下に坐った。時々は一人で、またハーレや他の二人のポールと並んで坐ったが、いちばんひんぱんに坐ったのはシックソウとだった。シックソウはあの頃は穏やかで、まだ英語を喋《しゃべ》っていた。インディゴのような藍色《あいいろ》の肌を持ち、炎のように赤い舌をしたシックソウ。彼は夜のあいだに芋を焼く実験をしたことがあった。仲間が定時の食事をするために仕事を中断し、騾馬《らば》を繋《つな》ぎ畑を離れて、「兄弟」のところへ着くきっかりその時に、芋が申し分ないホクホクの食べ時にピタリと焼き上がるように、焼け石を穴に放り込み、その上に芋を並べ、それを小枝で覆う作業を正確にいつ行うべきかを、確かめようとしたのだ。夜中に起き出し、はるばる芋のところまで出かけ、星明かりを頼りに土をかぶせることもあった。またある時は、石の温度を低くして、昼食のすぐ後で翌日食べる芋を載せてみたりもした。会心のできには一度も仕上がらなかったが、みんなは笑い、唾《つば》を飛ばし、シックソウの調理の仕方にあれこれ忠告しながら、生焼けや焼けすぎを、干からびた芋も生の芋も食べた。

時間は、シックソウの考えたようには、ただの一度も動いてくれなかった。だから、彼がただの一度も正しく頃合いに恵まれなかったのも当然だった。一度彼は女に会うために、三十マイルの遠出を分の単位で計画したことがあった。土曜日に、月がここだと思う位置に来るのを待って出発して、女の小屋に彼女が日曜日の礼拝に出かける前に到着し、おはようの挨拶《あいさつ》もそこそこに即座に帰途につき、月曜日の朝、作業開始の合図に間にあうように戻ってきた。十七時間歩いて一時間坐り、まわれ右をしてさらにもう十七時間歩いたのだ。ハーレとポールたちは一日じゅう、シックソウの疲労をガーナー氏に悟られないように気を配った。みんなはその日、さつま芋にしろ、じゃが芋にしろ、一個の芋も口にしなかった。「兄弟」のそばに大の字にひっくり返り、青黒い顔は炎のような赤い舌も見せず、目も閉じて、シックソウはめし時を、屍体《したい》のように眠り続けた。そうだ、あそこにいたのが男だし、あそこに生えていたのが木というものだ。このベッドに寝ている彼自身も、隣で横になっている「木」も、あの男やあの木とは比べものにならなかった。

ポールDは足元の上の天窓ごしに外を眺めて、頭の下で手を組んだ。片肘《かたひじ》がセサのこちら側の肩をかすった。肌に布地が触れて彼女はギクリとした。男がシャツを脱いでいなかったことを忘れていたのだ。犬みたい、と思いかけて、それから自分の方で彼に脱ぐ間も与えなかったことを思い出した。彼女だってペティコートを脱ぐ余裕はなかったのだ。ポーチに坐っていた彼の姿を見る前に脱ぎ始めていたのに、と不思議だった。会った時には靴とストッキングはすでに手に持っていて、そのまま穿《は》かなかったし、彼の方は彼女の濡れた素足を見て自分も脱いでいいかねと尋ね、彼女が台所にたった時、素足のままの彼女の、今度は服を脱がせたのだ。あれほど早々と裸になり始めたことを考えれば、二人とも今頃はすっかり脱いでいるはずだった。ともあれ、たぶん男はしょせん男なのだ。これはベビー・サッグスの口ぐせだった。男というものは、女たちに背負っている重荷をいくらかでも自分たちに持たせてくれるようにと勧めはするが、女たちが軽くなった身の心地よさを味わう間もなく、彼らは女の傷あとや苦難をじろじろと点検する。それがすむと彼らは、この男がさっきやったと同じように振るまうのだ。女の産んだ子供たちを追い払い、女の家を壊すのだ。

セサは起き上がり、階段を降りて、散々に壊れた家の破片をかき集め、つなぎ合わせて、元通りにしなければならなかった。この家を出ればいいじゃないかと、男は彼女に言ったのだ。まるで家一軒が、いつだって置きっぱなしにしたり捨てたりできる、ブラウスとか裁縫箱のような小物にすぎないみたいな言い方だ。

家というものをこの家以外に持ったことのない彼女、地べたがそのまま床だった奴隷小屋からこの家に来た彼女、自分の身分を忘れて働くことができるように、主人の台所のいくぶんかは自分のものだという気分になれるように、毎日ガーナー夫人の台所に西洋ゴボウを一つかみ持って入ってきた彼女だった。自分の仕事を愛したかったのだ。仕事から醜い部分を除いてしまいたかったのだ。スウィートホーム農園で我が家にいるような気分になれるたった一つの工夫は、きれいな庭の作物を何か摘《つ》んで持っていくことだった。彼女が忘れた日は、バターがどうしてもうまく仕上がらなかった日や、塩水の桶《おけ》に手を入れて両腕が火ぶくれになったようにかぶれた日だった。

少なくとも外見《そとみ》にはそのように見えた。テーブルには黄色い花を二、三輪飾り、風を入れるために開けた戸口の扉を火のしで押さえる時には、サルスベリの花を柄に結ぶと不安が鎮まったし、ガーナー夫人といっしょに腰を下ろしてブラシを作る豚のコワ毛をそろえたり、インクを作ったりしていると、さわやかな気分だった。申し分なかった。館の外にいる男たちに脅えることもなかった。少女の小屋のすぐ近くの小屋で眠っていても、けっして夜這いなどしなかったあの五人。少女の姿を見かけると、よれよれの帽子にちょっと手をかけて、じっと見つめるだけだった。清潔なふきんにベーコンとパンをくるんだ弁当を、畑にいる五人に届けにいくと、彼らはそれを彼女の手からけっして受け取らなかった。後ろにさがって、少女が食べ物を地面に（一本の木の根元だったが）置いて、去っていくのを待っていた。どんなものでも彼女からは直接受け取りたくなかったが、自分たちが食べているところを彼女に見られることをいやがったのだ。二回か三回、彼女がすぐに帰らなかったことがあった。スイカズラの茂みに隠れて観察したのだ。

彼女がいないと、彼らはすっかり別人のようになった。楽しそうに笑いふざけ、小便をしたり、唄を歌ったりしていた。そうしなかったのはシックソウだけだった。シックソウが笑ったのは一度だけ、それもこの世を去る最期の時に笑ったのだ。ハーレは、もちろん男たちの中でいちばんやさしかった。ベビー・サッグスの八番目の子供で、末っ子だった。母親を農園から買い取り、自由にしてやるために、郡のあちこちに出かけていっては、自分の躰と労力を賃貸しした。だが彼も、後でわかったのだが、つまるところはただの男にすぎなかった。

「男は、しょせん男だよ」ベビー・サッグスは言った。「じゃあ息子は何かって？　そうさね、息子となりゃ、これは頼りにできるじんぶつさ」

彼女の言葉には幾重《いくえ》にも意味があり、理由があった。なぜなら、ベビー・サッグスは一生のあいだ、男も女もチェッカーの駒のようにあちこち動かされるのを見てきたからで、これはセサとて同じだった。ベビー・サッグスが愛した人間は言うに及ばず、彼女が知っていた人間は、逃亡もせず、首も吊《つ》られていなかったら、みんな必ず、日決めの賃貸しに出されたり、長期の貸し出し契約でよそにやられたり、買い上げられたり、連れ戻されたり、市場用に保管されたり、抵当物件にされたり、賞品として人手に渡ったり、盗まれたり、捕獲されたりした経験を持っていた。

そんなわけで、ベビー・サッグスの八人の子供たちには六人の父親がいた。吐き気をもよおすような人生と彼女が呼んだのは、駒の中に彼女の子供が交ざっていても、だれ一人としてゲームをやめる者はいないことがわかった時の衝撃だった。ハーレを彼女はいちばん長く手元に置いておくことができた。二十年。一生と呼んでもいい月日だった。彼を授かったのは、きっと、二人の娘が、永久歯が生えない前に遠い所へ売られていったことを、その耳に聞かされるような不幸の埋め合わせに相違なかった。娘たちにさようならと手を振ってやることさえできなかったのだ。男の子だった三番目の子を自分の手元に置かせてもらうのと引き換えに、作業監督と四ヵ月もつがい続けた悲惨の埋め合わせに相違なかった。あの時、結局赤ん坊は翌年の春に、木材との物々交換で取り引きされ、彼女の方は、妊娠させたりしないと約束だけはしておいて、それを守らなかった監督の子を身ごもっていた。その子を愛するなど、とうていできるはずはなかったし、他の子供をも彼女は愛すまいとした。「神はそうと思ったものは、必ず奪ってしまわれる」彼女は言った。その通り神は奪った。そして神は奪った。そしてまた神は奪い、その後に彼女にハーレを授け、ハーレは彼女に自由を与えたが、その時自由は何の意味も持たなかった。

セサは、その「頼りにできるじんぶつ」たる息子と、丸々六年間も結婚生活を送るという、驚くべき幸運に恵まれた。彼女が産んだ子供たちは、そろって同じ男を父親に持ったのだ。スウィートホーム農園が、本物のスウィートホームででもあるかのように、彼女が無謀にもそのことをあたりまえのように受け取り、あてにしてしまった僥倖《ぎょうこう》。それは白人の女主人の台所の扉を押さえている火のしの柄《え》に、サルスベリの花を飾れば、台所を自分のものにできるかのように思い込む無謀さだった。それは口に入れた薄荷《はっか》の小枝が口臭を消せば、息の臭いも変わると思いこむような無謀さだった。これ以上の愚か者はいなかった。

セサは寝返りをうって腹這いになろうかと動きかけたが、思いなおした。ポールDの注意を自分に引き戻したくなかったので、足首を組むだけにした。

それでもポールDは、セサの息づかいが変わったのも、彼女が身じろぎしたのにも気がついた。もう一度、今度はもっとゆっくりしなければとは思ったが、欲望は消えていた。実のところ、これは爽快《そうかい》な気分だった――この女を抱きたいという欲望にせかされないですむのは。二十五年の月日とあっという間の一瞬！　シックソウがやりそうなことだ。彼が三十マイルの女パッツィとの逢いびきの手筈《てはず》を整えた時のことみたいだ。それを実行するために三カ月かかり、三十四マイルの道を二往復することが必要だった。三十四マイルを三分の一出てきて、彼が知っているある場所まで来るように女を説得するためだった。ずっと昔赤い人々《インディアン》が、この土地は自分たちのものだと信じていた頃彼らが使っていた、いまでは無人の石の建造物だった。シックソウはひそかな夜の忍び旅を繰り返す途中でこの建物を見つけ、どうか入らせてくださいと建物に許可を求めた。中に入ると、家の気持ちが手に取るようにわかったので、彼は赤い人々の大霊に、自分の女をここに連れてきてもよろしいでしょうかと訊ねた。大霊がよかろうと答えてくれたので、シックソウは女に、詳しく念入りに、そこへの行き方を指示した。

正確に何時に出発すればよいかを伝え、大丈夫だからおいでという合図はこう、危険だ近寄るなという合図はこうと、口笛を吹いて聞かせた。二人とも自分自身の用足しでどこかへ出かけることなど許されていなかったし、三十マイルの女はすでに十四歳で、誰にあてがわれるかも決まっていたから、想定される危険はいつでも起こり得るものだった。シックソウが到着してみると、女はまだ来ていなかった。口笛を吹いたが返事はなかった。赤い人々の廃屋《はいおく》に入ってみた。彼女はそこにもいなかった。約束の地点に戻ってみた。彼女はそこにもいなかった。彼はさらに待った。彼女はそれでも来なかった。彼女の身を案じて恐ろしくなり、彼女がやってくるはずの方角に向かって歩いていった。三、四マイル行って、立ち止まった。こんなふうに歩き続けても見込みがないので、風に吹かれて立ったまま、助けを乞《こ》うた。何か気配はないものかと耳をすますと、シクシク泣く声が一度聞こえた。声がした方に向きを変えて待っていると、また聞こえた。思わず不用心にも、彼は女の名を大声で叫んだ。それに応えた女の声は、命そのもののように響いた――死とは無縁の声だった。「動くんじゃないぞ！」彼は叫んだ。「おれが見つけてやるから、聞こえるように息をしろ」彼は見つけた。

女は約束の場所に着いたと勘違いした上に、男が約束を守らなかったのだと思い込んで泣いていたのだ。赤い人々の家まで行って逢《あ》いびきするには遅すぎたので、二人はその場に倒れこんだ。その後で、男は女のふくら脛《はぎ》に、蛇の咬《か》んだ傷に見せかけた小さな穴を開けた。そうしておけば、タバコの葉の虫落としの作業に遅れても、なんとか言い訳することができるからだ。男は川にそって帰れば近道になると言い、詳しく行き方を教えて、女を見送った。彼が公道に出た時は、空はかなり白んでいたのに、服はまだ手に持ったままだった。突然、くねった道の向こうから一台の荷馬車が現れ、彼に向かってゴロゴロ進んで来た。駅者台に坐った男が目を剝《む》いて鞭を振り上げ、隣に坐っていた女は顔を覆った。だが間一髪、シックソウは、鞭の先端が弧を描いて、彼の藍色の臀部《でんぶ》にあたってほどけるより先に森の奥へとかき消えてしまった。

彼はこの一部始終を独特の話術で語り聞かせ、ポールF、ハーレ、ポールA、ポールDの面々を泣かせながら笑わせた。シックソウは夜になると森へ入った。踊りに行くんだ、と彼は言った。血管がつまらないようにね、と彼は言った。人目につかないように、一人で彼は踊った。四人の男たちの中で踊っている彼を見た者はいなかったが、でも、みんな想像することはできた。シックソウが踊る姿を思い描くと、彼らはやたらにおかしくなって笑ったが、笑ったのは昼間のうちだけだった。つまり、そうしても安全な時だけだった。

だが、こういうことがあったのは、英語には未来がないと言って、シックソウが英語を話すのをやめてしまう以前のことだった。三十マイルの女がいたので、シックソウはセサに焦がれて腑抜《ふぬ》けたようにならないですんだ、ただ一人の男だった。ポールDにとっては、二十五年間、折りにふれては脳裏に思い描いてきたセサとのセックスこそ、間違いなく、この世でいちばん願わしくすばらしいものだった。寝返りをうってセサの方に向きながら、我ながら自分がいとおしくなった。セサの両目は閉じられ、髪は乱れていた。磨き出されたような光沢を持つ目が閉じられた状態で、こうやって眺めてみると、彼女の顔はさして魅惑的ではなかった。つまり、彼を警戒させてやまず、そのくせ、その胸をときめかせていたものは、セサの瞳に違いなかった。あの瞳がなければ、彼女の顔を見てもどぎまぎしないですむというものだ。彼が平然と見ていることのできる顔なのだ。彼女がいましているように、じっと瞳を閉じ続けていてくれさえしたら、たぶん——いや、それは違う、彼女の口があった。ほれぼれする。ハーレの奴は自分の女房のすばらしさを、全然わかっちゃいなかったな。

両目を閉じたまま、セサは顔に男の視線を感じていた。相手の目に映っているに違いない自分のやつれた顔が、画用紙に描いた絵のように、ありありと浮かんだ。それでも、彼の凝視から嘲笑《ちようしよう》の気配は伝わってこなかった。やさしい。じっと待っていてくれるようなやさしさが伝わってきた。彼女を鑑定しているのではなかった。というより、鑑定していたが、比べてはいなかった。ハーレと別れて以来、男からこんなふうに見つめられたことはなかった。いとおしそうに見ているのでも、情熱をこめて見ているのでもなく、まるでトウモロコシの実のつき具合を調べているような、真剣な表情で見つめていたのだ。

ハーレは夫というより、兄に近かった。彼が示してくれた気づかいは、男がこれは自分の女だと主張する態度から出ているというより、家族の安全を護《まも》ろうとする気持ちから出ているようだった。何年ものあいだ、二人が明るい昼の光の中で互いの姿を見たのは、日曜だけだった。あとの六日は暗がりの中で語り、触れ、そして食べた。暁の光が射す前の暗闇と日没後の残照。だから、熱心に互いの姿を見つめ合うことが、日曜日の朝の愉しみだった。そしてハーレが詳細に調べるようにセサを見つめる様子は、まるで明るい日光の下で見たものを、影でしか見られない後の六日のために溜め込んでいるかのようだった。その上、彼にはほとんど時間がなかったのだ。週日は、スウィートホーム農園での割り当てられた仕事が終わった後の時間と、日曜日は午後、母親を買い取った時の負債を返済するために働いていた。ハーレがセサに妻になってくれと申し込んだ時、セサは幸せにときめいて承諾したものの、次にどうしたらよいのかわからなくて、考え込んでしまった。式をあげなきゃいけないんだわ、そうじゃない？　牧師さんが来て、ダンスなんかして、パーティとか、何かそういうものがあるんだわ。農園で女は彼女とガーナー夫人だけだったので、セサはガーナーの奥さま、ガーナー夫人に尋ねてみることにした。

「ハーレとわたしは結婚したいのです」

「そうですってね」彼女は微笑んだ。「ハーレがガーナーに報告してましたよ。おまえはもう妊娠してるの？」

「じゃあ、じきそうなるわ。そのことは知ってるんでしょ?」

「いいえ、奥さま」

「ハーレはやさしいわ、セサ。きっとおまえにもよくしてくれますよ」

「はい、奥さま」

「でも、わたしたちはケッコンしたいと申し上げてるんです」

「おまえはたったいまそう言ったわ。そうしてわたしはいいですよ、と言いましたよ」

「式はどうなるんですか」

ガーナー夫人はしゃもじを置いた。ちょっと声を出して笑い、セサの頭に手を触れて、

「おまえはかわいいネンネだわ」と言った。そして、それっきりだった。

セサはこっそりドレスを縫い、ハーレは彼女の小屋の壁の釘《くぎ》に、自分の馬の繋ぎ綱を引っ掛けた。それから土間に敷いたマットレスの上で三度目の媾合《こうごう》をした。最初の二回は、小さなトウモロコシ畑を新床にした。トウモロコシは人も家畜も食べられるので、ガーナー氏が作替えしないでおいた畑だった。ハーレもセサも自分たちの姿は隠れているものと思いこんでいた。茎のあいだでもみくしゃになって、何も目に入らず、頭上ではトウモロコシの穂が揺れて、それがみんなに見えていることももちろん知らぬが仏だった。

セサは自分とハーレの間抜けぶりを思い出して微笑んだ。カラスだって気がついて見物にやってきたのだ。組み合わせていた足首をほどきながら、声をたてて笑いそうになるの

を抑えた。

相手が子牛から少女に替わったって、思っていたほど大そうなことじゃなかったんだ、とポールDは考えた。ハーレが信じてたほどの大そうな変化じゃない。セサを射止めそこなった他の男たちの小屋からわずか一跨《ひとまた》ぎの彼女の住居より、トウモロコシ畑を選んだのは、ハーレが示してくれたやさしさだった。ハーレはセサのために人目につかない場所を求めたあげく、かえって仲間たちに自分たちの姿を晒《さら》してしまったのだ。風はそよとも吹かず、雲一つない晴れた日にトウモロコシ畑に立つさざ波を誰が見逃そう？　彼、シックソウ、あと二人のポールは「兄弟」の下に坐って、瓢《ひさご》の水を頭からじゃあじゃあかけていた。そして瞼《まぶた》の上を流れ落ちる井戸水の向こうに、眼下に広がる畑の中で、トウモロコシの房がザワザワと乱れ動く様子をじっと見ていた。犬のように勃起して、昼のさなかに、トウモロコシの茎が踊るのを坐して見つめているのは、つらい、つらい、つらいことだった。頭から流れ落ちる水は、事態をさらにみじめなものにした。

ポールDはため息をついて躰の向きを変えた。セサもそれをしおに位置を変えることができた。ポールDの背中を見ながら、彼女は、トウモロコシの茎が折れてハーレの背中にかぶさるように曲がったことや、自分の指が摑んでいたものの中には、トウモロコシの外皮や絹のような房もあったことを思い出した。

あの絹の毛のなんとすべらかに乱れ広がったことか。なんとたっぷり汁がその実から流れ出したことか。

見守る側に立ってしまった男たちの羨望《せんぼう》と賞賛は、その夜彼らが自らにふるまった初物のトウモロコシの饗宴《きょうえん》と一つに溶け合った。ガーナー氏が洗い熊の仕業《しわざ》だと信じて疑わなかった折れた茎から捥《も》いできた実だった。ポールFは焼いて食べたかった。ポールAは茹《ゆ》でて食べたかった。そしていまポールDは、まだ食べ頃になっていなかったトウモロコシを、結局はどう調理したのか思い出すことができなかった。確かに憶えていたのは、一粒の実も傷つけないように、指先をそっとさし入れながら、穂軸まで毛を分けていったことだ。

固く巻いた葉鞘《ようしょう》を引き下ろすと、ピリピリと裂ける音がして、彼女はそのたびにいつもトウモロコシが痛がっているに違いないと思った。

外皮が一枚引き下ろされるとすぐに残りは無理なくはがれ、ついに裸身となって、穂軸は羞じらうように並んだ実を、彼に委《ゆだ》ねた。なんとすべらかに乱れ広がった絹のような毛。なんとすみやかに迸《ほとばし》り出る閉じこめられていた芳香。

歯が一本残らず、濡れた指が一本残らず、どんなにすばらしい体験を思い描き、待ち望んでいても、あの簡単至極な歓びが全身を震わせる時の感動を、言葉で説明することは不可能だった。

なんとすべらかに乱れ広がった絹のような毛。なんと細く、すべらかで、しなやかな。

デンヴァーの秘密は甘い香りを放っていた。

コロンの存在を知るまでは、秘密の場所に行くたびに、野生のクワガタ草の香りをつけて戻ってきた。最初の一瓶は贈り物で、二本目は母親のをこっそり持ち出し、ツゲの茂みに隠しておいたのだが、やがて凍《こお》って割れてしまった。あれは、冬が夕飯時に大急ぎでやってきて、そのまま八カ月も居着いてしまった年だった。南北戦争中のことで、ミス・ボドウィンという白人の女性が、母親とデンヴァーにはクリスマス用のコロン、男の子たちにはオレンジ、ベビー・サッグスにはもう一枚暖かいウールの肩かけを持ってきてくれた年だった。死者がたくさん出ている戦争の話をしているのに、ミス・ボドウィンははればれとした様子だった――顔は上気していたし、彼女が話している声は男の声のように太かったが、躰は部屋いっぱいの花のような香りをさせていた――デンヴァーもツゲの茂みの中で、こんなふうに良い香りをさせて生き生きとすることができた。一二四番地の裏手をずっと行ったところには、森に遮《さえぎ》られた狭い野原があった。その森の向こう側には小川が流れていた。森に入ると、野原と小川の中間に、樫の木の柱のような太い幹に隠れるように、五本のツゲの灌木《かんぼく》が輪になって植えてあった。ツゲは地上四フィートのところから互いに枝を伸ばし合い、高さ七フィートの丸いがらんどうの部屋を作っていた。部屋の壁は五十インチの厚さで、風にざわめく木の葉だった。

身をかがめて、デンヴァーはこの部屋に這うようにして入り込めた。中に入ってしまえば、エメラルド色の光に浸されて、のびのびと背を伸ばして立つことができた。

それはちっちゃな女の子のママゴトとして始まったのだが、彼女の望みが変わるにつれて、遊びも変わった。コロンのむせかえるような香りがたちのぼり、兎《うさぎ》が落ち着かなくなり、やがて右往左往しだすことを別にすれば、静かで、一人になれて、絶対に他人に見つかる心配がなかった。最初は遊び部屋（ここでは静寂が家の中の静寂よりやさしかった）、それから避難所（兄たちの恐怖から逃れるため）になり、それから間もなく、この場所は生活のなくてはならない中心となった。あのツゲのあずまやに入り、傷ついた世界の痛みから隔離されると、デンヴァーの想像力は、活発に働き、ほしいものを次々と思い浮かべ、それを一つ一つ満たすことができた。孤独は彼女を疲れきらしていたので、こうした想像力の働きは、彼女にとって是非とも必要だった。本当に疲れきっていたのだ。命ある木の葉に覆われ護られていると、彼女は自分が豊かで、清らかであると感じ、救済は願えばすぐに訪れた。

ある時、ツゲの部屋にいると、それはポールDがやってきて、少女の母親とあの家で暮らしだすよりずっと以前の秋のことだったが、肌につけた香水に風が吹きつけ、突然躰が冷たくなったことがあった。服を着て、かがんで部屋を出て、立ち上がったのは雪の中だった。薄い、鞭のように打ちかかってくる雪片は、母親が描いてくれた絵とそっくりだった。その絵を描きながら母親は、白人の少女が両足を開いて踏んばるように立っている小舟の中で、デンヴァーが生まれた時の様子を詳しく話してくれた。デンヴァーの名前はその少女にちなんでつけられたのだ。

寒さに震えながら家に近づくと、デンヴァーはいつものようにそれを、建物というより人間を見るように、注意深く眺めた。泣き、ため息をつき、身をふるわせ癇癪《かんしゃく》を起こす人間。デンヴァーの足どりや目つきは、神経質な無為徒食《むいとしょく》の親類（食客のくせに横柄にかまえている人間）に近寄っていく子供を思わせた。胸壁のような暗闇が、一つを残してすべての窓を隠していた。一つだけ見える窓の弱々しい明かりは、ベビー・サッグスの部屋から洩《も》れていた。デンヴァーが中を覗くと、母親が跪《ひざまず》いて祈っている姿が目に入ったが、それは珍しいことではなかった。異様だったのは（死者が生者のように動きまわっている家で、生まれてこのかたずっと育ってきた少女にとってさえである）、一着の白いドレスが少女の母親と並んで跪き、その袖を彼女の腰にまわしていたことだった。そして、デンヴァーが自分の誕生の場面を詳しく思い出したのは、母親の腰をやさしく抱いているドレスの袖を見たためだった——その光景と、彼女のまわりに舞い落ちてくる、ありふれた野の花の実のような、薄い、鞭のように打ちかかってくる雪片を見たためだった。そのドレスと母親がいっしょにいるところは、仲の良い大人の女性が二人並んでいるように見えた。その一人が(ドレスの方が)もう一人を助けているといったふうだった。そして、事実、奇蹟とも言えるデンヴァーの誕生の魔法は、デンヴァーという名前自体からもわかるように、そんな女同士のやさしさ、頼もしさが存在していたことを証明していた。

窓から離れて歩きだすと、デンヴァーの目の前に母親の話が甦り、彼女はやすやすと物語の中に入っていった。この家には入口が一つしかなかったので、裏手から入口に行くには、家の周囲をぐるっと歩いて一二四番地の表玄関に出なければならなかった。物置を過ぎて、冷蔵小屋、外便所、差し掛け小屋を過ぎて、それからポーチへと出るのだった。そして、デンヴァーが物語の中でいちばん好きな場所に着くためには、ずっと遠い所から始めなければならなかった。つまり、うっそうと繁った森の中で、鳥の声や足に踏まれる木の葉の音を聞き、人家の影も見えない山の中を喘《あえ》ぎながら歩いていく母親の姿を見るところから始めなければならなかった。ほんとうはじっと立っているはずの二本の足で、セサは必死で歩いていた。その足は腫れあがり甲の形もわからなくなっていて、足首には感覚がなかった。脚の先端についていたのは生肉の塊で、五本の爪がホタテ貝のようにギザギザに広がっていた。それでも彼女は立ち止まれなかったし、立ち止まろうともしなかった。

立ち止まると小さな羚羊《れいよう》が角で彼女の子宮を突いたり、じれったそうに蹄《ひづめ》で子宮の床をひっ掻いたりするからだった。歩いているあいだは、羚羊は草を食《は》んでいた。暴れないで——。そこで彼女は歩いた。妊娠六ヵ月の躰で、じっと立っているはずの二本の足で。

　やかんのかたわらで、静かに、攪乳器をまわしながら、静かに、洗濯だらいやアイロン台を前にして、静かに、立っているはずの足だった。ドレスに染みて、べとつき、すえた臭いをさせた乳に、蚋《ぶよ》からバッタにいたる、あらゆる小さな羽虫がたかってきた。丘のふもとにたどりついた頃には、手で虫を追い払うのを、とっくにやめていた。頭の中でガーン、ガーンと響く音は、遠くで聞く鐘の音のように始まったが、その頃になると耳もとで鳴っていて、まるでいくつもの鐘がいっせいに鳴り轟《とどろ》いている小さな帽子を、きっちり被《かぶ》っているようだった。彼女はへたへたと坐りこんで、自分は穴に落ちたのか、それとも膝をついたのかと、下を見て確かめなければならなかった。乳首の感覚と小さな羚羊を除いては、生きているものは何もなかった。とうとう、横になっていた——というよりは、韮《にら》の葉がこめかみや頰をかすっていたので、そうに違いないと思ったのだ。「母親が死んだら子供たちはどうなるんだろう」と心配にはなったが、「ああ、少なくともこれでもう、一歩も足を前に出さなくてすむんだ」と考えたことを憶えているわ、とセサはデンヴァーに話した。臨終の感慨なるものがあるとすれば、これがそうだった。そして彼女は小さな羚羊が抗議するように暴れだすのを待った。羚羊など一度も見たことがなかったので、なぜ、腹を蹴《け》られて、そんな動物を思いついたのか、セサには見当がつかなかった。ずいぶんと小さかった頃《ころ》、スウィートホーム農園にやってくる前に、自分の心が勝手に作りだしたのが、記憶の奥で消えずに残っていたに違いない、と彼女は推測した。自分が生まれた場所のことで（カロライナだったかしら？　それともルイジアナ？）彼女が憶えているのは、唄と踊りだけだった。産みの母親さえ記憶になかった。赤ん坊たちの番をしていた八歳の子供が、指でさして教えてくれたことがあったのに──背中をこちらに向け、水を張った畑の中で、前かがみになって働くおおぜいの中の一人をさして母さんだよと言ったのだ。セサはしんぼう強く、その指をさされた背中が畝《うね》の終わりまで来て、腰を伸ばすのを待った。さされた指の向こうに見えたのは、他の女たちの被っている麦わら帽子ではなく、布の帽子だった。これは、鳩が喉を鳴らすような声で話す女たちが、互いに区別もつけず「マーム《おっかさん》」と呼び合っていたその世界では、充分に際立つ目印だった。

「セサーや」

「なあに、マーム」

「このややこをつかまえていておくれ」

「はい、マーム」

「セサーや」

「はい、マーム」

「焚きつけを少し運んできておくれ」

「はい、マーム」

それでも、はあ、マームたちが歌った様子のみごとだったこと。それから、はあ、マームたちが踊った時の、時々は羚羊になって踊った姿のみごとだったこと。マーム連中ばかりか、男も歌い踊り、その中の一人は、間違いなく彼女の父親だったのだ。男たちは姿を変え、何か他の生きものになった。鎖に繫がれていない存在、要求することを知っている別の生きものになり、彼らの足は、本人よりも本人の鼓動がよくわかった。いまセサの腹の中にいるこの生き物とそっくりだった。

「この子のおっかさんは、オハイオ河の地獄側で、葦に埋もれて死んでいくらしい」これがセサの頭にあったことで、デンヴァーに語ったことだった。一言もたがえずにその通りに。そして、それも、これ以上歩かなくてもすむことを思えば、それほど悪いことでもなさそうだった。それより、自分の躰が冷たくなってしまった後も、小さな羚羊は胎内で生き続けることを考えると――一時間？　一日？　それとも一昼夜？　――胸が潰《つぶ》れるほど悲しくなって彼女は呻《うめ》き、その呻き声は、十ヤードと離れていない小径を歩いていた人間をピタリと立ち止まらせ、息を呑《の》ませた。セサは人が歩く気配を聞いてはいなかったが、突然、息を殺した人の気配を聞き、次に髪の匂いを嗅いだ。「そこにいるのは誰だ？」と言っている声を聞いただけで、白人の少年に見つかってしまうのだということが、ありありとわかった。そいつもやっぱり苔《こけ》の生えたような歯をして、ガツガツしていることが、わかった。もうすぐオハイオ河だという松山の尾根で、三人の我が子の所へたどり着こうと死にもの狂いになっている最中に、しかもその一人は、彼女が運んでいく食べ物を、お腹をすかして待ちこがれているというのにだ。夫が姿を消してしまった上にだ。自分の乳が盗まれて、背中がぐしゃぐしゃに割れただれ、子供たちは親なし子にされてしまったあげくの果てに、彼女は、楽に死を迎えることもできないらしい、とわかったのだ。いやだ。なにかが大地の中から上がってきてわたしの躰の中に入ったんだよ、とセサはデンヴァーに話した。凍りつくような感触に似ていたが、動いてもいて、口の中の顎《あご》のようだった。「歯ぎしりしている冷たい一組の顎になったみたいだったんだよ」彼女は言った。突然、彼女はそいつの目を見てやりたい、そしてその目に噛みついてやろう、そいつの頬を食いちぎってやろうと思った。

「わたしはお腹がぺこぺこだった」彼女はデンヴァーに言った。「それ以上考えられないぐらいお腹がぺこぺこで、そいつの目に食いついてやろうとしていた。待ちきれなかった」

そこで彼女は片肘をついて身を起こし、一引っ張り、二引っ張り、三回、四回と、躰を引きずって、「そこに隠れているのは誰だい？」という若い白人の声に近づいていった。

『来てみるがいい』とわたしは考えていた。『おまえがお天道《てんと》さまの下で拝む最後のものさ』するとはたせるかな、二本の足が目に入ったので、なるほど、これが神の御心ならば、ここから始めなければ、まずは足から食いちぎってやろうって、考えた。いまは笑ってるけど、ほんとうなんだよ。そうしようと心に決めてたばかりじゃない。そうするぐらい腹ぺこだった。蛇みたいに。躰じゅうが顎と飢えになっていた。

　現れたのは、白人の男の子なんかじゃなかった。女の子だった。見たこともないようなボロボロの服を着た浮浪者が、『おやまあ、クロンボがいる。たまげたねえ』と言っていた」

　そしてここからやっと、デンヴァーがいちばん好きなくだりになるのだった。

　彼女の名はエイミーで、この世の誰よりも牛肉と肉汁を必要としていた。腕はサトウキビの茎みたいで、四人や五人分の頭をたっぷり覆えるくらいの髪の毛を生やしていた。動きの鈍い目だった。何を見るにも、すばやく見るということをしなかった。のべつまくなしに喋るので、話しながらどうやって息ができるのか、不思議なくらいだった。それから、後でわかったのだが、サトウキビの茎のような腕は、鉄のように頑丈だった。

「おまえさんときたら、あたいがいままでにおめにかかったもんの中で、いちばんおっかない姿をしているよ。こんな山ん中で何してんのさ？」

　草むらの中にうずくまり、自分ではてっきり蛇になったと思い込んでもいたので、蛇のような姿勢でセサは口を開けたが、牙と二叉に割れた舌の代わりに、いきなり飛び出したのは、真実だった。

「逃げてるんです」セサは言ってしまった。それはその日に喋った最初の言葉で、しかもその言葉は、ヒリヒリ痛む舌のせいで不明瞭《ふめいりょう》だった。

「その足で逃げてんのかい？　いやはや、神さま、何てこったい」彼女はしゃがみこんで、セサの足をまじまじと見つめた。「何か持ってないかい、ねえちゃん？　食べものって言えそうなしろもんをさ」

「いいえ」セサは躰を動かして、坐ろうとしたが無理だった。

「腹ぺこで死にそうなんだよ」少女はのろりと目を動かして、自分の周囲の緑を点検した。「コケモモの実があるんじゃないかと思ったんだけどな。そんなふうに見えたんだ。だからこっちへ来てみたんだよ。クロンボの女を見つけるなんてオドロ木モモノ木さ。あったとしても、鳥が食っちまったんだろうな。おまえはコケモモが好きかい？」

「赤ん坊が産まれそうなんです、おじょうさん」

エイミーはセサを見た。「ということは、食欲はぜんぜんないっていうことかい？　でも、あたいは何か腹に入れなくちゃ」

五本の指で髪の毛を梳《す》きながら、彼女はもう一度、目の前の風景を吟味した。食べられるものは何もないことを納得すると、立ち上がって行きかけた。その時、一本の牙も持たずに草むらの中に独りぼっちに置き去りにされるのだと思って、セサの心も立ち上がった。

「どこに行くんですか？」

彼女は振り向くと、突然明かりが灯ったように目をきらきらさせて、セサを見た。「ボストンさ。ベルベットを買いにね。あそこにあるウィルソンっていう店なんだよ。写真を見たんだけど、あそこには最高にきれいなベルベットがあるんだよ。あたいがそれを買うなんて、店のもんは信じないだろうけど、あたいは、必ず買うよ」

セサはうなずいて、もう一方の肘に躰の重みを移した。「あなたのおっかさんは、あなたがベルベットを買いに出かけたのを、知っておいでですか？」

少女は、顔にかかった髪の毛をゆするように振ってどけた。「あたいの母さんは、この国に渡った時の船賃を払うのに、あすこのあの人たちのところで働いてたんだよ。でもさ、それからあたいが生まれちまって、その後すぐ死んじまってね。そしたらさ、やつらはこう言ったんだよ、あたいが働いてすっかり返せって。あたいはちゃあんと働いた。でもさ、今度は、自分のためにベルベットがほしいんだよ」

二人はまともに顔を合わせなかった。顔を見たとしても、まっすぐに目を覗きこむことはしなかった。それでも、二人は庭先でとりとめもない立ち話をするように——一人が地べたに横になっていることを別にすればだが——ごく自然におしゃべりを始めていた。

「ボストンですか」セサが言った。「遠いんですか？」

「すごおーくね。百マイル。もっとかもしれない」

「近くにもベルベットはあるんじゃないですか」

「ボストンのとはだんちだよ。ボストンのは最高なんだ。あたいが着たら、そりゃイカすよ。おまえ、ベルベットに触ったことあるかい？」

「いいえ。ベルベットなんていうものに、触ったことなんかないですよ」声のせいか、ボストンか、それともベルベットのせいかセサにはわからなかったが、白人の少女が喋っているあいだは、赤ん坊は眠っていた。一度も角で突きもしなければ、足で蹴りもしなかったので、運が向きかけたのかもしれない、と彼女は思った。「きっと見たことさえないんだね」

「見たことはあるのかい？」少女はセサに訊いた。

「見たとしても、ベルベットだっていうことを知らなかったんですよ。どんなものなんですか、ベルベットっていうのは？」

エイミーは、セサの顔の上で、自分の二つの目を引きずりまわすようにして、のろのろと彼女を見ていたが、その様子はまるで、行きずりの赤の他人に、こんな重大な機密情報を洩らすものか、と言っているようだった。

「おまえさん、なんて呼ばれてんだい？」

スウィートホーム農園からどんなに遠くにきていても、最初に出会った人間に本名を言ってしまうのは、賢いことではなかった。「ルウ」セサは答えた。「ルウって呼ばれてます」

「じゃあ、ルウ、ベルベットっていうのはね、生まれたての世界みたいなんだ。清潔で、新しくて、そりゃ、すべすべしてるんだ。あたいが見たベルベットは茶色だった。でもボストンには、ぜんぶの色があるんだよ。カーマイン。これは赤っていう意味だけど、ベルベットの話をするときは、『カーマイン』と言わなきゃいけないんだよ」少女は空を仰《あお》いだ。それから、ボストンから遠く離れたところで、たっぷり時間を無駄にしてしまったと言わんばかりに、「行かなくちゃ」と呟《つぶや》いて歩きだした。

藪《やぶ》の中をかき分けて進みながら、少女はセサに叫んだ。「これからどうするつもりなのさ？　そこにころがったまんまで、産むってわけかい？」

「立ち上がれないんですよ」セサが答えた。

「何だって？」少女は立ち止まって、こちらを向いて聞きなおした。

「立ち上がれないって言ったんです」

エイミーは腕で横ざまに鼻をこすってから、のろのろとセサが寝ているところまで戻ってきた。

「あっちの方に家があるよ」彼女は言った。

「いえがですか？」

「うん。その前を通ってきたんだよ。人が住んでるような普通の家とは違うけどさ。差し掛け小屋みたいなもんだよ」

「ここからだいぶあるんですか？」

「距離のことなんか言ってる場合じゃないだろう。ここで夜明かしすりゃ、蛇にやられるからね」

「出たけりゃ、出りゃいいんですよ。こっちは、歩くことはおろか立ち上がることもできないんですから。それに、情けないんですけど、おじょうさん、這うことだってできないんです」

「もちろん、できるさ、ルウ。さあ、おいで」エイミーはこう言うと、五つの頭をたっぷり覆えるぐらいの髪の毛をさあっと振って、小径に向かって行進を開始した。

そこでセサは這い、エイミーは彼女につきそって歩いた。セサが休憩を必要とする時には、エイミーも立ち止まって、ボストンやベルベット、そしておいしい食べ物の話をさらに続けた。十六歳の少年が喋っているようなその声の響きは、えんえんと切れ目なく流れて、小さな羚羊はおとなしく草を食《は》み続けた。差し掛け小屋をめざしての、いまわしい匍《ほ》匐《ふく》前進のあいだじゅう、羚羊はただの一度も跳びはねなかった。二人が小屋にたどり着いた時には、セサの躰も服もすり切れすりむけて、無傷のままだったのは髪を包んだ布だけだった。膝は血だらけで、膝から下の感覚はまったくなかった。胸は二つの針差しだった。ベルベットとボストンとおいしい食べ物の話がいっぱい詰まったまさにこの声が、彼女をがむしゃらに這わせ進ませ、六カ月の子をお腹に入れてこうして這って行く先には、結局死を迎える墓場ではなく生があるのだと考えさせたのだ。

差し掛け小屋には落ち葉がいっぱい溜まっていて、エイミーはそれを集めて、セサのふとんにした。次に彼女は石を集め、その石を落ち葉で覆って、セサに足を載せさせた。

「あんまり腫《は》れあがっちまって、足を切られた女を知ってるよ」彼女は言った。そして、セサの足首に手のひらを鋸《のこぎり》の歯のように置くと、切断するしぐさをして見せた。「ズッーコ、ズッーコ、ズッーコ」

「あたい、昔はいい躰してたんだ。きれいな腕とか、他のとこなんかもね。あんた信じられないんだろう？　あいつらに根菜貯蔵所にぶち込まれる前のことさ。ビーバー河で魚をとって暮らしてたことがあるんだよ。ビーバー河のナマズは雛鳥《ひなどり》の肉みたいにうまいんだ。それでさ、そこで釣りをしてたらさ、すぐそばにクロンボがプカプカ浮いてたんだよ。ドザエモンは好きじゃないけど、おまえはどうだい？　おまえの足を見てると、あのときのドザエモンを思い出しちまうんだ。ちょうどこれとそっくりに腫れあがってたからね」

それから彼女は魔法をおこなった。セサの爪先や踵《かかと》を持ち上げて、セサが塩からい涙を流して泣き出すまで、揉《も》んだのだ。

「そろそろ痛みだすからね」エイミーは言った。「死んでるものが生き返る時は、なんだって痛むものさ」

それはどんな場合だってほんとうのことだわ、とデンヴァーは思った。たぶん母親の腰に腕をまわしていたあの白いドレスも、痛みを感じていたのだ。もしそうだとしたら、赤ん坊の幽霊は何かを計画している、ということかもしれない。デンヴァーが玄関を開けたとき、セサは居間を出ていくところだった。

「白いドレスが母さんにつかまってるのを見たわよ」デンヴァーは報告した。

「白? ひょっとしたら、シーツで縫ったわたしのドレスだわ。くわしく話してみて」

「ハイネックだったわ。背中にずうっとややこしいボタンがついていた」

「ボタンねえ。それじゃ、シーツのドレスじゃないね。着るものにボタンなんかつけたことないから」

「ベビーばあちゃんはどうだったの?」

セサは首を振った。「ばあちゃんはボタンなんかはめられなかったから。靴のボタンさえはめられなかったんだよ。他に何があった?」

「後ろに、こんもりしたものを着けてたわ。坐ると下に敷いてしまうくらいのとこに」

「スカートの腰あてかしら? 腰あてのついたドレスだった?」

「なんていうものか知らないんだけど」

「ギャザーがよってるみたい? 後ろで、腰の、細いとこより下の方?」

「そうね」

「お金持ちのレディのドレスだね。絹だった?」

「綿、だったみたい」

「たぶん、ライル織りだよ。白綿のライル織りね。それがわたしにつかまっていたというんだね。どんなふうに？」

「母さんと同じ姿勢よ。母さんそっくりだった。母さんがお祈りしているあいだじゅう、母さんの隣に跪いていたの。片方の腕を母さんの腰にまわしてね」

「ふうーん、ふしぎだね」

「何をお願いして祈ってたの、母さん？」

「何かをお願いするんじゃないの。わたしはもうお祈りはしないんだよ。喋るだけだよ」

「何を喋ってたの？」

「話してもわからないわよ、おちびちゃん」

「ううん、わかるわよ」

「時間の話をしてたんだよ。時間を信じるなんて、わたしにはとても難しいことなのさ。過ぎあるものは過ぎていく。どんどんと。あるものは、ずっとそのまま、とどまってる。過ぎていかないのは、わたしが繰り返し繰り返し思い出すせいだと思ったもんだよ。わかるかい？　あるものは、けろっと忘れちまう。別のものは、絶対忘れない。でも、そうじゃない。場所なんだね。場所がまだそこにあるんだよ。家が焼け落ちれば、家は消えちまうけど、でもその場所は――つまりその家の姿や形のことだけど――とどまるんだよ。しかも、わたしの繰り返し甦ってくる思い出の中にとどまるだけじゃなくて、現実に、この世の中にとどまってるんだよ。わたしが思い出すのは、わたしの頭の外、実際にそこいらに漂《ただよ》っている姿や形なんだよ。つまりね、たとえ、わたしがそのことを考えなくっても、たとえ、わたしが死んでしまっても、わたしがしたり、知ったり、見たりしたものの姿や形は、この世に残るってわけだよ。それが起こった場所にちゃんと存在するんだよ」

「他の人たちの目にも、それは見えるの？」デンヴァーが尋ねた。

「もちろん、見えるよ。もちろん、見えるよ。見えるよ。見えるのよ。ある日、おまえが道を歩いていると、何かが聞こえたり、何かが起きているのが見えたりするわ。そりゃあありありとね。するとおまえは、これは自分の頭が考え出していることなんだ、と思ってしまう。頭が考え出した絵なんだと。でも、違う。それはね、おまえが誰か他人の記憶に衝突した時起こることなの。わたしがこの土地に来る前にいた所ではね、あの場所は現実の中にとどまっているんだよ。けっして過ぎてはいかない。たとえ農園全部が、木一本、草の葉一枚残らず死滅しても。一度起きてしまったことの絵や姿や形は、まだそこにあるんだよ。それだけじゃない、おまえがあそこへ行けば——一度もあそこに行ったことのないおまえがよ——もしも、おまえがあそこへ行って、事件が起きた場所に立てば、事件は再び起きるのよ。おまえにとっても現実になるんだよ。あそこでおまえを待ちかまえてる。だからね、デンヴァー、絶対にあそこへ行ってはいけないんだよ。絶対に。だって、すっかりすんでしまったことでも――すんでけりがついたことでもよ――やっぱり、それは永遠にそこにとどまって、おまえを待っているんだから。だからこそ、わたしは自分の子供たちを一人残らず、あそこから連れ出さなければならなかった。なんとしても」

デンヴァーは指の爪を突っついた。「もしもよ、それがまだ起きたところにあって、待ちかまえているとしたら、何もけっして死なないってことになるわ」

セサはデンヴァーの顔をひたと見つめた。「どんなものだって、けっして死なないんだよ」彼女は断言した。

「母さんは起こったことを全部、まだ一度も話してくれてないわ。話してくれたのは、奴らが母さんを鞭で打って、母さんはお腹が大きかったけど逃げ出したことだけよ。お腹の中にいたわたしと一緒に」

「『先生』のことを別にすれば、話すことなんかないからだよ。『先生』は小男だった。背が低いんだよ。年じゅうカラーを着けていた。畑に出る時もだよ。学校の先生だったんだって、奥さまが言ってた。自分の夫の妹のつれあいが、教育があって、しかも、ガーナーの旦那さまが逝った後で、スウィートホーム農園に来ることに乗り気になってくれたんで、奥さまはほっとしていた。ポールFが売られてしまっていたけれど、それでも残った男たちでちゃんとやっていけたのにねえ。ハーレが言ってたとおりなんだよ。奥さまは、農園でたった一人の白人に、しかも白人の女になりたくなかったってわけさ。それで、その学校教師が来るって承知した時は、満足そうだった。あの男は若い男を二人連れてきた。息子だったか、甥《おい》だったか、いまでも知らない。二人はあの男をオンカって呼んで、そりゃ礼儀正しく振るまってた。三人とも行儀がよかった。低い声で喋るし、ハンカチを出して唾を吐いたんだよ。何をするにも物静かだった。ほら、イエス・キリストのファーストネームを知ってるくせに、失礼になるからと言って、イエスさまの前に出ても、けっしてその名を呼ばないやからさ。なかなか優秀な農夫だって、ハーレが言ってた。ガーナーさまのように躾は強くなかったけど、頭のめぐりがよかった。あの男はわたしが作ったインクがお気に入りだった。奥さまの調合法だったけれど、混ぜ方はわたしの方のを気に入ってたんだよ。夜になると坐って、自分の帳面に何やら書き込むんで、インクの滑りは彼にとって重大事だった。それはわたしたちのことを書いた帳面だったけど、わたしたちはみんな、それがすぐにはわからなかった。わたしたちに質問するのは、彼のやり方なんだ、と思ってたぐらいだった。どこへ行くにも帳面を持ち歩き、わたしたちが言うことは何から何まで書きとめ始めたんだよ。シックソウの心を引き裂いたのはあの男がした質問だったって、いまでもわたしは思ってる。未来永劫《みらいえいごう》、彼の心を引き裂いてしまったんだよ」

彼女は黙りこんだ。

デンヴァーは、母親の話は終わったのだ、ともかく今回はこれで終わりにしたのだ、と納得した。両目が一度だけゆっくりまばたいて、下唇がゆっくりせり上がり滑って上唇を覆うと、ロウソクの炎がふっと消えるように、鼻孔から吐息がもれる――セサがもうそれから先は話すまいという地点に着いた印だった。

「あのね、赤ん坊は何か計画してるんだと思うけど」

「どんな計画？」

「わからないわ。けど母さんにつかまってたドレスは、何かを意味してるはずよ」

「そうかもしれないね」セサは言った。「たぶん、きっと計画を持ってるんだね」

その計画が何だったのか、どんなものだったかはともかく、ポールDが永久にそれを潰してしまった。テーブルを振り上げ、大きな男の声を上げて、このあたりでは名の知れたお化け屋敷をもって任じていた一二四番地から、その原因を追放した。それまでデンヴァーは、ニグロたちが自分たち一家に浴びせる非難や糾弾《きゅうだん》を、かえって誇らしく思うようにと、自身に言いきかせていた。ニグロたちは、幽霊の徘徊《はいかい》は、邪悪なものがさらに邪悪を求めているせいなのだと推測した。彼らは誰一人として、魔法にかけられることとの純粋な喜びを知らなかった。事物の背後にある秘密をあれこれ推測する代わりに、実際に「知っている」喜びを知らなかった。デンヴァーの兄たちは秘密を知っていたが、それは彼らを怖がらせた。ベビーばあちゃんだって知っていたが、それはばあちゃんを悲しませた。幽霊といっしょに暮らしても安全なのに、誰もそれをありがたいとは思わなかった。セサさえも、幽霊を愛していなかった。ただ、しかたないことだと受け入れていたのだ。天気が突然変わっても、文句が言えないのと同じだった。

でも、幽霊は消えてしまった。薄茶色《ハシバミ》の肌をした男の一喝《いっかつ》で一陣の風に吹き払われるように、ピューッと消えていって、デンヴァーの世界は味気ないものになってしまった。しかしすっかりそうなったわけではなく、森の中の、七フィートの高さのエメラルド色をした小部屋は別だった。彼女の母には秘密があった。けっして話そうとしない過去や、半分話して口をつぐんでしまう出来事だった。でも、デンヴァーにも秘密があった。そして彼女の秘密は甘い香りがした。すずらんのコロンのように甘い香りがした。

ポールDが来るまで、セサは白いドレスの一件をほとんど考えてもみなかったが、彼の姿を見てから、デンヴァーの解釈を思い出した。「計画」。ポールDと最初の夜を過ごした次の朝、この言葉は何を意味するのかしらと考えただけで、顔をほころばせた。計画なんてことを考えるのは、この十八年間味わったことのない贅沢《ぜいたく》だったし、計画を持ったことがあるのは、ただ一度だけだった。それ以前もそれ以後も、彼女の全努力は、苦痛を回避することにではなく、苦痛を可能な限りすみやかに通りぬけることに向けられていた。彼女が立てた一連の計画は――それはスウィートホームから逃亡するためのものだった――あまりにも悲惨な結果に終わったので、彼女は二度と再び、新しく計画を立てて人生に立ち向かっていくようなことはしなかった。

それにもかかわらず、ポールDの隣で目覚めた朝、数年前娘が口にしたこの言葉が心をよぎり、セサは、デンヴァーが目撃した、自分の隣で跪いていたものについて思いをめぐらし、また、彼の腕に抱かれてかまどの前に立っていた時、相手に心を預けて思い出に耽《ふけ》りたいという誘惑にとらえられたことも、思い返していた。そんなことをして大丈夫なのだろうか？　ためらわず心を動かし感じたりしてしまって、大丈夫だろうか？　ためらわないとすれば、それじゃ「何を信じてそんなことができるのだ？」

彼の隣に横たわり、彼の息づかいを聞いていると、考えがまとまってこないので、こっそり、こっそり、ベッドを離れた。

独りで声に出して、考えごとをする時は、たいてい居間に行ったが、そこで跪いていると、ベビー・サッグスがあんなに色彩に飢えていた理由がはっきりわかった。キルトぶとんの柄《がら》には二カ所に四角いオレンジ色がある他は、色らしい色はなく、オレンジ色の部分はかえって、色の欠乏を声をあげて知らせているようだった。部屋の壁は石板色、床は土の茶色、木製の化粧だんすはそのまま生地の色、カーテンは白、そしていちばん目につく物は、鉄の簡易ベッドを覆っているキルトのふとんだったが、ふとんは青のサージ、黒、茶そして灰色の布切れでできていた。節約精神と慎み深い心が許す限りの暗く陰気な色彩が、黒から灰色までの濃淡さまざまな段階をふとんいっぱいに見せていた。この憂鬱《ゆううつ》な広がりの中で、二枚のオレンジ色の布切れは猛々《たけだけ》しく目立った——生《き》のままの人生のように。セサは自分の両手を、それからガラス瓶《びん》のような緑色の袖を眺めて、この家はなんて色彩に乏しいんだろう、しかも色彩がなくても、わたしがベビーばあちゃんみたいに淋しがらなかったのは、なんて不思議なんだろうと考えた。わざとだわ、と彼女は思った。わざとそうしていたに違いない。なぜならセサの記憶にいちばん新しい色は、赤ん坊で死んだ娘の墓石に散っていたピンクの斑点だったから。あれから後、彼女はめんどりのように色彩に敏感になった。毎朝夜明けになると、料理番が、スープや肉やその他の調理にとりかかっているあいだに、彼女はフルーツパイを焼き、ジャガイモや野菜の取り合わせ料理をつくった。それなのに、赤いリンゴや黄色いカボチャを憶えている自分の姿が思い出せなかった。夜明けのたびに朝焼けの空を見たのに、その色を見分けたり、意識したりすることはけっしてなかった。何かがどうかなってしまったのだ。ある日、赤ん坊の鮮血を目にし、別のある日にピンクの墓石の斑点を見て、それが色彩を心にとめた最後になったかのようだった。

一二四番地には強烈な感情が充満していたので、たぶんセサは、何かが欠如していても、それにまったく気がつかないでいたのかもしれなかった。朝な夕なに息子たちの姿を求めて、目を凝らし野原を眺めていた時期があった。開け放した窓辺に立って、蝿《はえ》が入ってくるのも頓着《とんちゃく》せずに、首を左にかしげ、左から右へとくまなく目を動かして捜したのだ。路上に映った雲の影、老女、繋ぎ綱を切って逃げ出して木イチゴを食《は》んでいる迷子《まいご》の山羊、それぞれが最初はハワードに見えたり、いや違う、バグラーだ、などと思ったりした。少しずつそんな習慣もおさまると、二人の十三歳当時の顔は完全に薄れて消えて、赤ん坊時代の顔に変わり、それも眠りの中でしか現れなかった。

彼女の見る夢が一二四番地を離れ、望む所へはどこへでもさまよっていく時など、セサは息子たちの姿を、時々、美しい木立の中に見た。木の葉の茂みの中に、彼らの子供らしい脚だけが、ようやく見えるのだ。時々、二人は鉄道の線路づたいを、笑いながら走っていた。彼女の呼ぶ声が聞こえないくらい大声で笑っているらしく、一度もこちらを振り向いてくれなかった。目を覚ますと、家が躰の上にのしかかってくるようだった。扉が見えて、敷居にそってソーダクラッカーが一列に並んでいた。赤ん坊だった娘がよじ登っていくのが大好きだった白い階段、ベビー・サッグスが靴直しの仕事場にしていた一隅が見え、靴の山は火の気の絶えた部屋に積まれたままだった。デンヴァーが火傷《やけど》をした時に、彼女の指が触った箇所も正確にわかるストーブ。それから、もちろん家自体の怨念があった。これ以上、物でも人でも入れる余地はなかったのに、ポールDが到着すると、彼は家を壊し、場所を作り、その怨念を追いたてて何処かよそへやり、それから自分が作った場所に立ったのだ。

だから、ポールDがやってきた翌朝、こうして居間に跪いていても、一二四番地が実に荒涼とした住居であることを際立たせていた二枚のオレンジ色の布地に目がいって、セサの心は乱れた。

こんなふうになったのは彼のせいだった。彼といっしょにいると、いろいろな感情が急速度で心の中に浮上してきた。ものごとは、ありのままの姿になった。生気のないものは生気なく見えた。熱は暑かった。窓には突然、景色が映った。その上、ほらね、やっぱり彼は唄がうまかった。

少しの米、少しの豆
けれども肉はからっけつ
つらい仕事はラクじゃない
乾いたパンにゃ油がないよ

彼は起き出して、昨日壊した家具を直しながら歌っていた。刑務所の農場や、その後戦った南北戦争で憶えた古い唄だった。スウィートホームでは、身を灼く恋の思いが一節一節を生み出した。ジョージアで憶えた唄は、ドッシン、ドッシン、ドッシンと打ち下して叩く、平釘の頭だった。

汽車の線路に頭を乗せてェー
汽車は来る来る、あわてちゃいけねェー
おいらの躰が石ならばァー
殴ってやるぜェー親方をォー
ついには、あいつの目ん玉がァー
石ころみたいに役たたずゥー
五セント銅貨
十セント銅貨
石を砕《くだ》いて時間を砕けェー

こういう唄は調子が合わなかった。いまやっているような家庭内の雑用に合わせて歌うには——テーブルの脚をつけ直し、ガラスを嵌《は》めたりしていたのだが——大仰《おおぎょう》すぎて、力が出すぎてしまう唄だった。

スウィートホーム農園の木陰でみんなで歌った『水上の嵐』を歌う気にはなれなかったので、ハミングを唸《うな》りながら、心に浮かぶままに一行歌詞を入れては満足した。何度も心に浮かんだのは「カミルレに濡れた素足のせいで、おいらも脱いだよ、靴も帽子も」という歌詞だった。

この言葉を変えてみたい気持ちも生まれていた。「おいらの靴を返しておくれ、おいらの帽子を返しておくれ」彼は、一人の女と――どんな女とでもだ――三カ月と思い定めながら、二カ月以上暮らすとつらくなった。三カ月というのが、一カ所で我慢できる長さだった。時機が来るとさっさと出ていくことで、もう鎖に繋がれたまま眠り、用を足し、食べ、大きなハンマーを振るわなくともいいのだという事実を、自分自身になんとか納得させることができたのだ。デラウェアでの経験があり、その前には、ジョージア州アルフレッドでの辛酸《しんさん》があったからだ。アルフレッドにいた時は、地下で眠り石山を砕くというたった一つの目的のために、日の光の中に這い出した。

そう思ってはいたが、この女は普通の家に住む普通の女ではなかった。赤い光の中を歩きすぎたとたん、一二四番地に比べれば、あとの世界は空っぽで平坦だということが、彼にはわかった。アルフレッドを体験してからは、頭の大部分を閉鎖し、歩き、食べ、眠り、歌うのに役に立つ部分だけを操《あやつ》って生きてきた。この四つができれば――それと仕事が少少、セックスが少々――それ以上望まなかった。それ以上望んだりすれば、ハーレの顔や笑っているシックソウの顔をいやでも思い出し、考え込まねばならなかった。地中に埋めこまれた箱の中で震えていたことも、思いださねばならなかった。手にハンマーを握っていれば震えなかったので、石山で騾馬《らば》なみの仕事をして過ごす日の光があるあいだが、ありがたかった。あの箱は、スウィートホームがしなかったことを、騾馬のように働いて、犬のように生きても起こらなかったことを、やったのだ。つまり箱は、彼が正気を失わなくてもすむように、正常な感覚を麻痺《まひ》させてくれた。オハイオに、そしてシンシナティに、最後にハーレ・サッグスの母親の家にたどり着く頃までには、自分はあらゆることを見つくし、あらゆることを感じつくしてしまった、と思っていた。いまでさえ、こうやって自分で打ちこわした窓枠を入れなおしながらも、ハーレの妻が生きている姿を目にした時の、驚きの中に湧《わ》き上がった喜びの感情を、自身にも説明できないでいた。奴隷の頃のように髪を布で覆わず、素足のまま、手には靴とストッキングを持って、家の裏手からひょっこり現れたのだ。彼の頭の閉ざされていた部分が、油をさした錠前のように開いた。

「このあたりで仕事を捜そうかと、考えてたんだが。あんたはどう思う？」

「たいしてないわよ。河の仕事がほとんどで。それと豚」

「そうさな、わしは河や海で働いたことはないけど、自分の体重ぐらいのものはなんだってかつげる、もちろん豚もだ」

「ここの白人はケンタッキーよりマシだけど、少しはがむしゃらに働かなくちゃならないかもしれないわ」

「がむしゃらに働くとか、働かないとかの問題じゃなくて、どこでそうするかが問題なんだ。この土地でがむしゃらに働いてもいいかな？」

「いいどころか歓迎よ」

「あんたの娘、デンヴァーのことだけど、彼女はきみとは考えがちがうようだな」

「なぜそんなこと言うの？」

「何かを待っているような雰囲気だ。何かが来るのを、あの娘は期待してるんだ。それはわしじゃない」

「それがいったいなんなのか、わたしにもわからない」

「なにしろ、彼女は、わしがそれが来るのを邪魔だてしてる、って思っている」

「あの子のことは心配しないで。あの子は魔法に護られてるの。生まれた時から」

「ふーん、そうかい」

「そうよ。あの子に悪いことなんか何も起こりっこないのよ。それが証拠に、わたしが知っていた人たちは一人残らず死ぬか姿を消すか、さもなきゃ死んで姿を消しちまったけど、あの子は別だった。わたしのデンヴァーは死にも消えもしなかった。あの子がお腹にいた時だって、わたしが生き延びられないってことが——つまりはあの子も生き延びられないってことだけど——それがはっきりわかった時だって、あの子は山の中から白人の女の子を引っぱり出して見せた。あなたが助けなど絶対に期待しそうにない人間をね。それだけじゃなくて、あの学校教師がわたしたちの居場所をつきとめて、おまわりを連れて銃を持ってここに乗り込んできた時だって——」

「『先生』が居場所をつきとめたって？」

「しばらく時間はかかったけど、つきとめたのよ。執念の結果」

「それで、あいつは、あんたたち親子を連れもどさなかったの？」

「とんでもない、そんなことさせるもんか。わたしはけっして帰らないつもりだった。誰が誰を見つけたって問題じゃなかった。どんな人生だって、あそこで生きることを考えたらまだマシよ。あそこへ戻る代わりに監獄に入った。デンヴァーは生まれて間がなかったから、わたしといっしょだったのよ。ネズミが何もかも齧《かじ》ったけど、あの子だけは齧らなかった」

ポールDは顔をそむけた。もっとその先を知りたかったが、監獄の話が、彼の心をジョージア州アルフレッドに連れもどしてしまったのだ。

「釘が少し要る。近所で貸してくれる人がいるかな。それとも町へ行った方がいいかな？」

「町に行った方がいいわ。他にも必要なものがあるでしょ」

一夜明けると二人は夫婦のように話していた。愛とか約束とかはとばして、いきなり「この土地でがむしゃらに働いてもいいかな」と始めたのだ。

セサにとって、未来とは、襲いかかってくる過去の記憶を、寄せつけまいとする闘いだった。自分とデンヴァーが送っていると信じている「もっとましな人生」とは、単にそれがもう一つの、あそこでの人生ではない、ということに過ぎなかった。

ポールDが「もう一つの、あそこでの人生」から脱け出して、彼女のベッドに入ってきたことも、同様に、ましなことだった。彼と共に暮らす未来を考え、そうし始めれば、彼のいない未来のことを考えることにもなって、そんな思案が彼女の心をなごませ始めていた。デンヴァーのことで気をつけてやらなければならない重要な仕事は、いまだに待ちかまえている過去の出来事から、彼女をずっと遠ざけておくことだった。

ほのかに浮き立つ心に戸惑《とまど》いながら、セサは居間に行くのを避け、デンヴァーの横目で窺《うかが》うような視線を避けた。懸念《けねん》した通り（人生はこちらの思い通りにならないことを、セサはよく承知していた）そんな用心をしても、なんの役にも立たなかった。デンヴァーはおおっぴらに二人の邪魔をして、三日目にはポールＤに、一体いつまでグズグズここにいるつもりなのかと、あけすけに訊いたのだ。

この言い草は彼を深く傷つけ、コーヒーカップを持っていた手もとが狂った。食卓に置くはずだったカップは床に落ち、傾斜した床板を玄関に向かってころがっていった。

「グズグズだって？」ポールＤは、自分がこぼしたコーヒーにも落としたカップにも、目もくれなかった。

「デンヴァー！　いったいどういうつもりなの？」セサは怒るよりはうろたえて、娘の顔を見た。

ポールＤは顎の毛を搔いた。「さっさと出ていった方がよさそうだな」

「だめよ！」思わず出した大声に、セサは自分でもびっくりした。

「どうしたいかは、その人が自分で知ってるわ」とデンヴァーは言った。

「ともかく、おまえの知ったことではないんだよ」セサは娘に注意した。「それに、おまえは自分がどうすればいいかもわかっていないようだね。おまえの話は、これ以上一言だって聞きたくないわ」

「ただ訊いただけなのに――もしかしたら――」

「お黙り！　おまえの方がさっさとここから出ておいき。どこか他の場所に行って坐ってなさい」

デンヴァーは自分の皿を手に取って食卓を立ったが、離れる前に、すでに食べ物が載っている皿に、雛鳥の背肉とパンを追加するのを忘れなかった。ポールDはかがんで、青いハンカチでこぼれたコーヒーを拭こうとした。「わたしがやるから」セサは飛び上がるように席を立ち、かまどの方へ行った。かまどの後ろには、大きさも生地もばらばらな布切れが干してあって、それぞれ少しずつ生乾きの状態だった。無言のままセサは床を拭き、カップをテーブルに戻した。それから新しくコーヒーを注いで、注意深く彼の前に置いた。ポールDはカップの縁に触ったまま、黙っていた――まるで「ありがとう」と言うのさえ、彼には返済できない負担となり、コーヒーそのものは、受け取ることのできない贈り物のようだった。

セサは自分の椅子《いす》に再び坐り、沈黙が続いた。とうとう、このままでいたくないのなら、彼女の方から沈黙を破らなければならないのだと気がついた。

「あんなふうには、しつけなかったのに」

ポールDはカップの縁を撫でた。

「だから、あの子の態度には、あんたが気を悪くしてるように、わたしもびっくりしてるの」

ポールDはセサの顔を見つめた。「彼女の質問には歴史があるのかい？」

「歴史？　どういうこと？」

「つまり、彼女がああいう質問をしなけりゃならないことがあったとか、あるいはしたいと思ったことがあったとか、ということなんだ。わしが来る前、誰か他の男にね」

セサは両手を拳固《げんこ》にして、腰にあてた。「あんたは娘に劣らず、意地悪ね」

「何を言うんだ、セサ」

「ええ、言いますとも。言いますとも」

「わしが言いたいことはわかるだろ」

「もちろんだわ。だから気に入らないのよ」

「何てこった」彼は呟いた。

「何だって？」セサの声はまた高くなっていった。

「何てこった！　何てこったって言ったんだ！　わしは夕食の席に坐っただけなんだ。それだけで二回も悪態をつかれたんだよ。一度目はここにいるという理由で、二度目は第一なんだって悪態をつかれる理由があるのかって、尋ねたためにだ！」

「あの子は悪態なんかつかなかったわ」

「つかなかった？　あれは悪態のように聞こえたがね」

「じゃあ、聞いて。あの子に代わってわたしがあやまります。わたしほんとうに――」

「あんたにそんなことできやしないよ。だれかに代わって詫《わ》びるなんてことは、できっこない。あの娘が自分でしなけりゃならないことだ」

「だったら、わたしから、あの子がそうするようにしむけるわ」セサは吐息をもらした。

「わしが知りたいのは、あの娘の質問は、あんたの心にもあることなのか、ということだ」

「ああ、それは違う。違うわ、ポールＤ。とんでもないわ」

「だとすると、あの娘の考えとあんたの考えは別だってことかな？　彼女の頭の中にあるものを、考えと呼ぶとすればだ」

「悪いけど、あの子のことをとやかく言われるのは聞きたくないの。わたしがあの子を叱《しか》るから。あんたは黙ってて」

危ない、とポールＤは思った。かなり危ない。むかし奴隷だった女が、何かをこれほど愛しているのは危険なことだった。しかも愛しぬこうと決めたのは我が子だったとしたら、なおさら危険だった。いちばん賢いやり方は、ほんの少しだけ愛しておくことだ、と彼は経験から知っていた。あらゆることを、ほんの少しだけ愛しておくのだ。そうしておけば、奴らが愛《いと》しいものの背中をへし折ったり、南京袋に押し込んだりするようなことがあっても、ひょっとしたら、まだ次に何かをいとおしむ、ほんのわずかな愛が残るかもしれないのだ。

「なぜだ？」彼はセサに尋ねた。「なぜ娘を庇《かば》ってやらなきゃと思うのかい？　代わりに詫びを言ってやらなきゃと？　あの娘はもう大人だ」

「大人かどうか知っちゃいません。大人って言葉は、母親には何の意味もないのよ。子供は子供。大きくなったり、年をとったりするけど、大人になるかしら？　大人になるってどういうこと？　わたしの心では、そんな言葉、何の意味もないわ」

「大人ってことは、もしあの娘が度はずれの行動を取ったら、その責任は自分で取らなきゃいけないってことだ。年がら年じゅう、あんたが護ってやるなんて、できやしない。あんたが死んだら、どうなるんだ」

「どうにもならないわよ！　生きているあいだも護ってやるし、あの世に行っても、やっぱり護ってやるんだから」

「そうか。じゃあ、言うことないな」彼は言った。「わしは黙るよ」

「そういうもんなの、ポールD。これ以上うまく説明できないけど、そういうものなの。どちらか選ばなければならないとしたら――そうだわ、これは選択の問題でさえないんだわ」

「そこのとこが重要なんだ。とても大切なんだ。わしはあんたに選んでくれなんて、頼んでない。誰だってそんなこと要求しないだろうよ。わしは考えたんだ――つまり、わしが考えたのは、もしあんたに――わしのための場所が少しはあるかってことだ」

「あの子はわたしに選べって要求してるのよ」

「そんなふうにはできないよ。彼女にそう教えてやらなくちゃ。あの娘をさしおいて誰かを選ぶってことではないんだって――彼女といっしょに他の誰かのためにも、場所を作ってやることなんだって、話してやらなくちゃ。そう言ってやるべきだ。あんたが本気でそう言えば、あんたも、わしの口に猿ぐつわをかませることなんてできないとわかるはずだ。わしは彼女の心を傷つけるつもりもないし、彼女に必要なものがあったら、できるかぎり助力するつもりでもいるけど、彼女が無礼な態度を取ってるのに、わしに黙っていてくれなどと命令することなんかできないよ。わしにこの家にとどまってほしいんなら、わしの口に猿ぐつわを押し込まないでくれ」

「たぶん、事態はこのままにしておく方がいいんだわ」

「このままって、どんなふう？」

「ともかくやっていくのよ」

「心の中はどうなるんだ？」

「わたし、心の中には入っていかないの」

「セサ、わしがあんたと、それにデンヴァーといっしょにこの家で暮らすようになれば、あんたは行きたかったらどこへでも自由に入っていけるんだ。飛びたかったら、飛んでもいい。わしが受け止めてやるからな。あんたが落ちるまえに受け止めてやるよ。あんたの足首をしっかり摑んでてやるから必要なだけ心の中に入ってお行き。安全に戻ってこれるように気をつけていてやるよ。泊まる場所がほしくて、こんなことを言っているんじゃない。泊まるとこなんか、わしにはぜんぜん必要ないんだから。前にも言ったが、わしは歩いて暮らしてきた。こっちの方角を取ってから七年間歩いてきたんだよ。この土地をくまなく歩きまわった。オハイオの北も南も、東も西も。地名もないような辺境にも行ったが、どこにも長くはいつかなかった。だがここに着いて、あのポーチに坐ってあんたを待ってたら、わしが来ようとしてたのは、この場所じゃなかったっていうことがわかったんだ。あんたという人に向かってやって来たんだ。わしら二人で、人生を創ろうよ、なあ。人生をだよ」

「そんなことできるかしら、わからないわ」

「わしにまかしてくれ。見ててくれ。したくなかったら、約束なんかしないでもいい。ただ見ててくれ。いいかな？」

「いいわ」

「まかしてくれる気になってるかい？」

「そうね——少しはね」

「少しはだって？」彼は微笑した。「オーケー。その少しの手始めに提案だ。町にサーカスが来てるんだ。木曜日は、つまり明日なんだけど、黒人が入場できる日で、幸いわしは二ドルの金持ちときてる。わしとあんたとデンヴァーとで、一ペニー残らず使っちまおうぜ。さて、御意見は？」

「できないわ」というのが彼女の口に出た反応だった。少なくとも「一日休暇を取ったら、ボスは何て言うだろう」と言いかけたのだが、断りかけながらも、この人の顔を見てるのはなんて楽しいんだろう、と考えていた。

木曜日はコオロギがやかましいほど鳴いて、空は、すっかり青みを剝ぎとられ、午前十一時には白く燃えていた。セサは、この暑気《しょき》に不似合いないでたちだった。でもこの日の遠出は、十八年ぶりに近所の人々と社交的な外出をする機会でもあったから、分厚い生地の一張羅《いっちょうら》を着て、帽子を被らなければ、と思ってしまったのだ。もちろん、帽子をだ。仕事に出かける時みたいに、髪の毛をバンダナで包んだ姿を、レディ・ジョーンズやエラに見せたくなかった。ドレスは、上等のウール地のお下がりで、ベビー・サッグスを愛していた白人の女性、ミス・ボドウィンからベビー・サッグスへのクリスマス・プレゼントだった。サーカスに行くのに晴れ着を着る必要など感じなかったので、デンヴァーとポールDには暑さがセサほど応えなかった。デンヴァーのボンネットは歩くたびに背中にあたっては揺れて、ポールDはベストのボタンをはずし、上着は着ずに、シャツの両袖を肘《ひじ》の上までたくし上げていた。三人は手をつないではいなかったのに、三人の影法師が手をつないでいた。セサが左側に目をやると、三つの影法師がみんな手をつないで、土ぼこりの道の上を滑っていた。たぶん彼の言ったとおりだわ。人生を創らなきゃ。手をつないだ自分たちの影法師を見つめているうちに、セサは教会に行くような身なりをしている自分が恥ずかしくなった。前や後ろを行く他の人たちは、彼女は気取ってる、二階のある家に住んでるんだから、あんたたちとは格が違うのよ、あんたたちが、あの女はしやしないと思っていたことをやり遂げ、生き延びやしないと思っていたのに生き延びたんだから、あんたたちよりはたくましいのよ、と誇示してるんだと思うだろう。おしゃれをおし、せめて髪の毛ぐらいは編みなおすんだよとしつこく言ったのに、デンヴァーが頑《がん》として言うことをきかなかったのは、かえってよかったとセサはほっとしていた。とはいうものの、デンヴァーはこの遠出を楽しいものにするための、何の努力もしていなかった。ふくれっ面をして、出かけることを承知しただけなのだ。彼女の態度は、「どうぞご勝手に。あたしを幸せにするっていうのなら、してみたら」と言っていた。幸せなのはポールDの方だった。彼は二十フィート以内を行く人々に、一人残らず「ごきげんさんで」と声をかけた。天気を話題に冗談をとばし、こう暑くては頭も躰も調子が狂うと言い、カラスの鳴き声に叫び返したり、萎《しお》れ始めたバラの気配を誰よりも早く嗅ぎとったりした。そのあいだじゅう、三人が何をしていても――デンヴァーが額の汗をぬぐったり、しゃがんで靴の紐を結びなおしても、ポールDが石を蹴《け》ったり、母親の肩に抱かれた子供の顔に触れようとして手を伸ばしても――そのあいだじゅう、三人の足元から左手に伸びた三つの影法師たちは、手をつないだままでいた。気がついていたのはセサだけだった。が、彼女は、これは良い兆《きざ》しなんだわと判断して見るのをやめた。これからの人生。そうに違いない。材木置場の柵にそって、目の届く限り、咲きに咲いてきたバラが死にかけていた。木挽《こび》きが十二年前に植えたもので、自分の仕事場をやさしい気分で和らげるためだった。生計を立てるために木の身を切り裂かねばならない罪を除いてくれる何かがほしくて植えたのだが、こんな勢いで繁殖するとは、本人にも思いがけなかった。たちまちに這い広がって、棒杭《ぼうぐい》や柱を打ち込んだ柵をすっかり覆ってしまった。柵は材木置場を隣接した原っぱから仕切っていたが、原っぱでは家のない人々が眠り、子供たちが駆けまわり、それから年に一度サーカスの一行がテントを張った。死に近づけば近づくほど、バラの花はいっそう強い臭いを放ち、サーカス見物に来る者は誰もが、サーカスとバラの悪臭を結びつけた。不快な臭いは軽い目眩《めまい》と喉の渇きをよび起こしたが、列をなしてテントに向かう黒人の熱意をそぎはしなかった。ある者は草の生えた路肩を歩き、他の者は埃《ほこり》のまい上がる道の中央をきしりながら進む荷馬車から身をよけた。みんながみんな、ポールDのように、上機嫌だった。死んでいくバラの臭いですら（ポールDがみんなに気づかせたのだが）、その上機嫌を挫《くじ》くことはできなかった。綱を張った入口に押し合うようにして近づくと、みんなの顔はランプが灯ったように明るくなった。ずっこけたことをしている白人を見物するんだという興奮で息がつまった。魔術あり、道化芝居あり、頭のない人間、頭を二つも持ってる人間、二十フィートのノッポ、二フィートのチビ、一トンのデブ、躰じゅう刺青《いれずみ》をした人間も見られるし、白人たちがガラスを食べたり、火を呑み込んだり、リボンを口から吐き出したり、躰をくねらせて紐のように結んだり、重なり立ってピラミッドを作ったり、蛇とじゃれたり、互いに殴り合ったりするのが見られるのだ。

これはみんな宣伝文の中に書いてあったことで、字の読める者が声を出して読み、読めない者はそれを聞いた。どれをとってもみんな嘘だということがわかっていながら、興味は津々《しんしん》として衰えるどころではなかった。サーカスの呼び込み屋は黒人や黒人の子供たちに乱暴な口調で呼びかけたが（「チビ《ピッカニニー》はロハだよ！」）、当人のベストについた食べ物のかすや、ズボンの穴を見ると、そんな悪態も黒人たちを傷つけるような力も毒を失っていった。ともかく、二度と見られないかもしれないおもしろい見世物の料金としたら、安いものだった。自分たちを見世物にしている白人の姿をこちらが見物する代金だとすれば、二ペニーと白人の呼び込み屋が浴びせる侮辱は、なかなか有効な金と我慢の使い道だった。そんなわけでサーカスそのものは、並をかなり下まわるちゃちなものだったが（一座が黒人専用の木曜日を作ることに同意した理由もここにある）、それは見物席に陣どった四百人の黒人に、スリルの上にもスリル、そしてスリルを味わわせてくれたのだ。

一トン・レディは彼らに向かって唾を吐いたが、躰の肉がじゃまになって的《まと》に届かず、その代わり彼らは、彼女の小さな目に浮かんだやり場のない憎しみを大いにおもしろがった。アラビアン・ナイトを踊るダンサーは、いつもは十五分の踊りを三分で切り上げたが、このことは、次に控えていた「蛇使いアブ」をじりじりしながら待っていた子供たちを、大いに喜ばせた。

デンヴァーは、大人用の編上靴《あみあげぐつ》をはいた白人の少女の屋台で、苦薄荷《にがはっか》の飴《あめ》、甘草《かんぞう》入りキャンデー、ペパーミント、レモネードを買った。砂糖の甘みで心がなごみ、今日ばかりは彼女をもの珍しそうにじろじろ見ることもせず、いや実際には、時折「やあ、デンヴァー」と声さえかけてくれる人々さえいて、彼女は浮き浮きした気分になり、ポールDはそれほど悪い人じゃないかもしれない、と考えてみたりもした。事実、彼には独特の何かが感じられ——たとえば三人が立ち止まって小人が踊るのを見ていた時もそうなのだが——それが他の黒人が芸人に注ぐ好奇のまなざしを、やさしく穏やかなものにしていた。デンヴァーがこの人たちの顔に見たことのない表情だった。二、三人の人はデンヴァーの母親に会釈し微笑を見せさえした。明らかに誰もが、ポールDが愉しんでいる様子に、釣り込まれないわけにはいかなかったのだ。大男が小人と踊った時、彼は膝を叩いておもしろがった。二つ頭の男が自分で自分と話した時も。デンヴァーがほしいものは一つ残らず買ってくれたし、ほしがらなくても、ずいぶんいろいろなものを買ってくれた。セサが入るのをいやがった見世物のテントの中には、からかいながら入れてしまった。食べたくないと言ってもキャンデーを彼女の口に押し込んだ。「アフリカの未開の原住民」が檻《おり》の格子を揺すってワァーワァーと叫ぶと、ポールDはみんなに、この男をロアノーク（ヴァージニア州西部の工業都市）で見たよと教えた。

ポールDは知人を二、三人つくった。彼らに話しかけては、どんな仕事が見つかるかな、などと訊いてみた。セサは自分に向けられた微笑に、微笑み返した。デンヴァーは浮き浮きして躰を揺らしていた。そして帰り途につくと、三人の人間の影法師は、今度は彼ら三人を先導するように動いていたが、やっぱり手をつないでいた。

盛装した女が、水の中から上がってきた。

乾いた川土手にたどり着くか着かないうちに、坐り込み、桑の木に寄りかかった。丸一昼夜そこに坐ったまま、頭をがっくり幹にもたせかけていたので、麦わら帽子の縁が折れて破れていた。躰じゅうが痛んだが、なかでも肺がひどく痛んだ。ずぶ濡れになって浅い息をしながら、彼女は二十四時間重い瞼《まぶた》と闘い続けた。日中の微風はドレスを乾かし、夜風はそれに細かい皺《しわ》を作った。彼女が水から現れるのを目撃した者も、偶然そばを通りかかった者もいなかった。通りかかったとしても、近寄っていく前に一瞬ためらったかもしれない。ずぶ濡れだったからでも、まどろんでいたからでも、喘息《ぜんそく》病みのような息をしていたからでもなく、そんな様子をしているのに、微笑んでいたからだ。地面から立ち上がり、大寺院のように立つツゲの木立を過ぎ、森をぬけ野原に着き、それから石板色をした家の庭先までやってくるのに、翌日の午前中いっぱいかかってしまった。再び憔悴《しょうすい》しきって、最初に目についた手近な場所に腰を下ろした。それは一二四番地のポーチの階段からそう遠くないところにあった切り株だった。その頃には、前よりも楽に目をつぶらずにいることに努力は要らなかった。たっぷり二分かそれ以上、開けていることができた。彼女の首は、客用の華奢《きゃしゃ》なコーヒーカップの受け皿ほどの細さで、がっくりうなだれたままなので、顎が襟元《えりもと》のレースをわずかに掠《かす》っていた。

祝うこともないのにシャンペンを飲む女たちは、こんな様子になるものだ。縁の折れた麦わら帽子は傾《かし》いで脱げかかっていることもしばしばで、人目もはばからず舟を漕《こ》ぐように頭を揺らして居眠りし、靴紐が解《ほど》けていたりする。しかし、そんな女たちの肌は、一二四番地のポーチの階段のそばでひたすら呼吸している女の肌とは似つかない。この女の皮膚は真新しいのだ。手の関節を含めて、一本の筋もなく、すべすべと滑らかだった。

夕方近く、サーカスがはねて、ニグロたちが、運が良ければ荷馬車に乗せてもらい、そうでなければ歩いて帰途についた頃には、女は再び眠り込んでいた。陽射しがまともに顔に当たっていたので、セサ、デンヴァーそしてポールDが道のカーブを曲がって家に近づくと、三人の目に入ったのは、黒いドレス、その下に並んだ紐の解けた靴で、犬のヒヤボーイは姿も気配も見せなかった。

「ねえ」デンヴァーが言った。「あれは何？」

すると、すぐその場ではなぜだか説明がつかなかったのだが、そのドレスの主を見ようと近くに来た瞬間に、セサの膀胱《ぼうこう》がいっぱいになったのだ。「失礼」と言って、一二四番地の裏手にまわった。用が足したくてこれほどせっぱつまったことなど、よちよち歩きの赤ん坊の頃、自分の母親を指さして教えてくれた八歳の幼女に子守りされた時以来、初めての経験だった。外便所に着くまで待てなかった。便所の真ん前でスカートをまくらなければならなくなった。体内から排泄される尿はとめどなかった。馬みたいだわ、と彼女は思った。それでも水はどんどん出つづけて、彼女は、そうじゃないわ、馬よりもデンヴァーが生まれた時、ボートに溢《あふ》れた水に似ている、と思った。あんまり大量の水だったので、エイミーが「こらえておくれよ、ルゥ。この調子で続けたら、おまえさんのおかげで、あたいらドザエモンになっちまう」と言ったくらいだ。しかし、羊膜が破れた子宮から迸《ほとばし》る水を止めることなどできなかったし、いまもあの時と同じように止めることができなかった。ポールDが彼女を捜しにいこうなどと思いついて、自分の家の外便所の前にしゃがんで、見るのも顔が赤くなるような深い泥んこの水たまりを作っている、わたしのはしたない姿に出くわすような羽目になりませんように、とセサは落ち着かなかった。今日見たサーカスで、あと一人ぐらい見世物用の人間を雇ってくれないかしら、と思い始めた頃、尿は止まった。身じまいをして、ポーチへ走ってもどった。誰もいなかった。三人とも中に入っていた。ポールDとデンヴァーは見知らぬ女の前に立って、彼女が何杯も水を飲み続けるのを、じっと見ていた。

「喉が渇いてるって、言うんだ」ポールDが言った。彼はつばつきの帽子を脱いだ。「よっぽど渇いていると見える」

　女は小さな斑点のついたブリキのコップから喉を鳴らして水を飲み、もっとくれというように空《から》になったコップを突き出した。デンヴァーはそれを四回満たしてやったが、四回とも女は、砂漠を越えてきたばかりというように飲んだ。飲み終わると、小さな水滴が顎についていたが、それを拭きもしなかった。その代わり、眠たげな瞳でセサをまじまじと見つめた。食べ物が悪いんだわ、セサは思った。襟元には上等のレースがついてるし、帽子も被っている——大人びた服装をしているけど、ほんとうは若いんだわ、とも思った。肌は染《し》み一つなく滑らかだったが、ただ額に三本ひっ掻いたようなたて皺があった。一見《いっけん》髪の毛かとも思われるほど、細くかすかな線だった。赤ん坊の柔毛《にこげ》のようで、これが茂り伸びれば、彼女の帽子からのぞいている黒々と豊かな房になるのかもしれなかった。

「あなたこの近くの人？」セサは女に訊いた。

　彼女はいいえと言うように首を振ると、かがんで靴を脱いだ。ドレスを膝のところまで引き上げて、くるくるとストッキングを巻き下ろした。ストッキングがすっかり靴の中に押し込まれてしまうと、むき出しになった両足は、ストッキングを巻き下ろした手とそっくりだった。生まれたばかりの赤ん坊の皮膚のようだった。きっと通りがかりの荷馬車に乗せてきてもらったのだ、とセサは思った。たぶん、タバコやサトウキビ作りに明け暮れる生活よりは何かましな暮らしを捜して歩いている、ウェスト・ヴァージニアあたりから出てきた女たちの一人なのかもしれない。セサは身をかがめて靴をつまみあげた。

「名前は何ていうのかな？」ポールDが訊いた。

「ビラヴド《愛されし者》」彼女が答えた。その声はたいそう低く、しかもぜいぜいした感触だったので、聞いていた三人は、互いに顔を見合わした。声が最初に耳に入り、後から名前がわかったのだ。

「ビラヴド。きみは名字の方を使うの、ビラヴドっていう？」ポールDが訊いた。

「みょうじ？」彼女は当惑したような表情を見せた。それから「ちがうわ」と言うと、みんなにわかるように、いま言った名前の綴《つづ》りを、ゆっくりとまるで七文字が、彼女がそれを口に出す瞬間に作られていくように、言ってみせた。

セサはぽとりと靴を落とした。デンヴァーは腰を下ろし、ポールDは微笑んだ。読み書きはできないけれど、自分の名前の綴りを暗記している人間は、彼自身を含めて、注意深くはっきり文字を発音した。この女もそんな発音をすることに彼は気づいたのだ。家族は誰だと尋ねかけたが、思いなおした。若い黒人の女があてもなくさまよっていたら、破滅から逃げ出して、さまよっているに決まっていた。四年前ロチェスター（ニューヨーク州西部の工業都市）にいた時、十四人の女の子を率《ひき》いた五人の女が、たどり着いたところを見たことがあった。彼女たちの身内の男たちは——兄弟、叔父、父親、夫、息子にいたるまで——一人また一人、また一人と、殺されていったのだ。女たちが持っていたのは、デヴォア通りに住む牧師のところへ行くようにと指示した、たった一枚の紙切れだった。南北戦争が終わってすでに四年か五年はたっていたのに、白人にしろ黒人にしろ、誰もそのことを知っているようには見えなかった。ニグロの雑多な集団や群れを離れた浮浪者が、スケネクタディ（ニューヨーク州東部の工業都市）からジャクソン（ミシガン州南部の商工業都市）にいたる裏街道や牛の通るような道を、あてもなく放浪していた。呆然自失の態ではあったが、しかし執拗《しつよう》に諦《あきら》めず、従兄弟や叔母や友人がたった一度、「訪ねておいでよ。シカゴの近くまで来たら、いつでも気楽に訪ねておいで」と言ってくれた言葉を頼りに、互いにめざす相手を捜し出した。ある者は、自分たちを養いきれない家族から逃げ出しているところだったし、ある者は家族のところへ逃げていくところだった。ある者は凶作から、死んだ肉親から、生命の危険から、持ち主の替わった土地から逃げているところだった。バグラーやハワードよりも年端のいかない少年がいた。女子供の家族が寄り合い交じり合って移動する一方、他の場所では、独りぼっちで、追われ駆りたてられ、そしてまた追っている男、男、男がいた。公の交通機関の利用は禁じられ、負債や汚《けが》らわしい『喋るシーツ』（シーツを被ったKKK団員）に追跡され、彼らは間道をたどり、地平線に目を凝らして目じるしを捜し、仲間同士を大いにあてにした。互いに顔を合わせた時は、通りいっぺんの挨拶を除けば、何も喋らなかった。彼らを一つの土地から別の土地へと追いたてている悲しみを細々《こまごま》と語ることもなければ、尋ねもしなかった。白人のことなど、口にするのも耐えられなかった。誰だってわかっていることだった。

だからポールDは、縁の折れた帽子を被った女に、どこからどうやってきたのかと、無理に訊き出そうとはしなかった。女の方で三人に知ってもらいたいと思い、しかも一部始終を話すだけの体力があれば、自分の方から口を開くだろう。さしあたり三人の心を占めていた疑問は、いったい彼女の用向きは何なのだろうか、ということだった。この大きな疑問の下に、三人は各々《おのおの》別の疑問を宿していた。ポールDは女の靴が真新しいのが解《げ》せなかった。セサは女の愛らしい名前に深く動かされた。きらきら光る墓石の記憶のせいで、セサはこの女に対して、格別やさしい気持ちを抱いた。けれどもデンヴァーは震えていた。彼女はこの眠たげな美女を見つめ、もっと多くを知りたかった。

セサは自分の帽子を釘に掛け、やさしさにあふれた様子で若い女の方を向いた。「きれいな名前ね、ビラヴドって。帽子をお脱ぎなさいよ。みんなで食べるものを何かつくるわ。わたしたち、シンシナティの近くでやってるサーカスから帰ってきたところなのよ。あそこにあるものは、珍しいものばかりなの」

セサがさかんに歓迎の意を表している最中に、まっすぐに椅子に腰かけたまま、ビラヴドはまた眠り込んでしまっていた。

「娘さん、娘さん」ポールDはそっと彼女を揺すった。「ちょっくら横になりたいかい？」

女は細目を開けると、その柔らかな真新しい足で立ち上がり、心もとない足どりで、ゆっくりと居間に向かって進んだ。部屋に入ると、ベビー・サッグスのベッドに崩れるように倒れ込んだ。デンヴァーが帽子を脱がせ、二つの四角い明るい色彩をはめたキルトぶとんを足の上に掛けてやった。眠り込んだ女は、蒸気機関車のような音を立てて呼吸していた。

「クループ（偽膜性喉頭炎）にかかっているみたいだな」ドアを閉めながら、ポールDが言った。

「熱があるのかな？　デンヴァー、わかる？」

「ないわ、彼女冷たいもの」

「それじゃ、熱があるんだ。熱があると、あつくなって、それから冷たくなるもんなんだよ」

「コレラってこともある」ポールDが言った。

「そう思う？」

「あんなにたくさん水を飲んだじゃないか、たしかな徴《しるし》だよ」

「かわいそうに。おまけにこの家には、飲ませてやる薬もないのよ。あの娘は薬なしで乗りきらなきゃならないってことだわ。これは確かにいやな病気だわ」

「病気なんかじゃないわ！」デンヴァーは叫び、その激しい語気に二人は微笑んだ。

水を飲むためにだけ目を覚まして身を起こす以外は、女は四日間眠り続けた。デンヴァーが看病した。ぐっすりと眠っている様子を見守り、苦しそうな呼吸に耳をすまし、そして、愛情と心に満ちてくる激しいまでの独占欲から、人格上の汚点を隠すように、ビラヴドの失禁を隠した。汚れたシーツをひそかに洗うのは、セサがレストランへ働きに出かけ、ポールDが、荷揚げ人足の仕事を求めて、荷船の物色《ぶっしょく》に出かけた後だった。後遺症を残さずに熱が引くことを祈りながら、下着を煮沸《しゃふつ》し、漂白用の青味剤に浸した。一心不乱に看護して、食事をすることも、エメラルド色の小部屋を訪れることも忘れていた。

「ビラヴド？」デンヴァーは囁くようにたびたび呼びかけた。「ビラヴド？」すると黒い瞳がかすかに開いたが、デンヴァーは「あたしここにいるわよ。あたし、ずっとここにいるのよ」としか言えなかった。

時折りビラヴドがとろんとした目を開け、長いあいだ横になったまま、一言も口をきかず、唇を舐めては深いため息を大儀《たいぎ》そうについたりしていると、デンヴァーはひどくうろたえた。「どうしたの」彼女は訊いた。

「重いわ」ビラヴドは呟いた。「ここは胸がつまりそう」

「起き上がりたいの？」

「そうじゃない」きしるようなしゃがれ声が言った。

オレンジ色の箇所を、キルトぶとんの暗い色彩の広がりの中にビラヴドが見つけたのは三日後だった。この発見は病人が目を覚ましている時間を長くしたので、デンヴァーは嬉《うれ》しかった。ビラヴドは、二枚の色あせたオレンジ色の布切れにすっかり心を奪われた様子で、大儀そうに躰の重味を肘で支え、布切れを撫でさえした。それは病人をたちまち疲れさせてしまうほどの努力だったので、デンヴァーはいちばん晴れやかなこの箇所が、病気の若い女の視線に入るようにと、ふとんを掛けなおしてやった。

忍耐が、それはデンヴァーがそれまで知らなかった習慣だったが、数日のうちに身についてしまった。母親が干渉しない限り、非の打ちどころのない思いやりに溢れていたが、セサが手助けしようとすると、スズメバチのように怒りだした。

「あの娘は今日、スプーン一杯でも何か食べた？」セサは尋ねた。

「コレラなんだから食べちゃいけないのよ」

「コレラっていうのは確かかい？　ポールDが直感でそう思っただけじゃない？」

「わからない。でもともかく、まだ食べちゃいけないんだったら」

「コレラにかかった人は、ひっきりなしに吐くと思うけど」

「じゃあ、なおさら食べちゃだめじゃないの？」

「でもね、飢え死にさせてもだめじゃないかい、デンヴァー」

「あたしたちを放っておいてよ、母さん。あたしが彼女の面倒をみてるのよ」

「彼女、何か言った？」

「言ったら知らせてあげる」

セサは自分の娘の顔を見て、そうだ、この娘はずっと独りぼっちだったのだ、と思った。

とても淋しかったのだ。

「ヒヤボーイはどこへ行ってしまったのかねえ」セサは話題を変える必要があると考えた。

「あの犬は帰ってこないわ」デンヴァーが答えた。

「どうしてわかるの？」

「ともかくわかるのよ」デンヴァーは皿から四角に切ったトウモロコシの甘パンを一切れ取った。

居間に戻って腰を下ろしかけると、ビラヴドの目が突然大きく見開いた。デンヴァーは心臓が早鐘のように打つのを感じた。それは、初めて眠気の引いた顔を目の前に見ているせいでもなく、その目が大きく黒いせいでもなかった。また白目が白すぎるほど白い、青味をおびた白だったせいでもなかった。それは、その二つの大きな黒い目を奥深く覗きこんでも、何の表情も宿っていなかったせいなのだ。

「何か持ってきてあげようか？」

ビラヴドがデンヴァーが持っていたトウモロコシの甘パンを見たので、デンヴァーはそれを差し出した。受け取って、病人がにっこり笑ったので、デンヴァーの心臓は跳びはねるのをやめて、一安心した。無事に我が家に帰り着いた旅人のように、ほっと緊張がとけた。

その瞬間に始まって、その後に生じたあらゆる出来事を通じ、ビラヴドの機嫌を取る時は、砂糖がいつも頼りになった。まるで、甘いものを食べるために生まれてきたようだった。蜂蜜《はちみつ》をくるんだ蜜蠟《みつろう》までも口に入れ、蜂蜜、砂糖をはさんだサンドウィッチ、缶の中で硬くこびりついたベトベトの糖蜜、レモネード、タフィー、それに、セサがレストランから持ってくるどんな種類のデザートにも目がなかった。サトウキビの茎を繊維になるまで嚙み続け、シロップ状の液をすっかり吸い取ってしまってからも、長いあいだ口の中に筋ばかりになった滓《かす》を含んでいた。デンヴァーは声をたてて笑い、セサは微笑み、ポールDは胃がむかつくと言った。

回復に向かっている病み上がりの躰が、急いで力をつけるために要求しているのだと、セサは考えた。だが、ビラヴドがどこにも去っていかなかったので、眩《まぶ》しいばかりの健康が戻っても、要求は延々と続いた。行き場所など、どこにもないらしかった。場所の名前など口にしたこともなかったし、いま自分はこの場所で何をしているのかも、それまでどこにいたのかも、たいしてわかっていなかった。三人は、高熱が彼女の動作を鈍いままにしているように、彼女の記憶力を弱らせてしまったのだ、と考えた。年の頃は十九か二十の、ほっそりとした若い女なのに、肥った女か老女のように家具につかまって移動し、頭を首だけで支えるには重すぎるといった風情《ふぜい》で、頰杖《ほおづえ》をついた。

「あの娘をこのまま食べさせてやるつもりかい？　これからずうっと？」狭量な気持ちになり、そんな気持ちになったのに驚きながら、ポールDは、自分の声が苛立《いらだ》っているのがわかった。

「デンヴァーはあの娘が好きなのよ。あの娘はちっとも面倒かけないし、呼吸がもう少し楽になるまで待ってみようかと、思ったの。まだ少しゼイゼイ音がしているようだしね」

「あの女の子には、どこかおかしいとこがある」ポールDは、ほとんど独り言のように呟いた。

「おかしいって、どんなふうに?」

「病人みたいにふるまうし、病人みたいな声を出すけど、病人には見えないんだ。血色もいいし、目もきらきらして、牡牛《おうし》みたいに力がある」

「力なんてないわよ。何かにつかまらなきゃ、ほとんど歩けないんだから」

「そこなんだ。歩けない。だのに、あの娘が片手でロッキングチェアを持ち上げるのを見たんだよ」

「まさか」

「わしを相手にとやかく言ってもしようがない。デンヴァーに訊いてみたらいい。デンヴァーはその時あの娘といっしょだったんだから」

「デンヴァー! ちょっとここへ入っておいで」

デンヴァーはポーチを洗う手を止めて、窓から顔を入れた。

「ポールDが、ビラヴドが片手でロッキングチェアを持ち上げるのを、おまえといっしょに見たって言ってるんだけど、そうなの？」

長い密生した睫毛《まつげ》のせいで、デンヴァーの目は実際よりずっとあわただしく動いているように見えた。いまのようにぴたりと視線をポールDに当てていても、彼女の目の表情からはなかなか真意がつかめなかった。

「ううん」彼女は答えた。「そんなとこ見なかったわ」

ポールDは顔をくもらせたが、何も言わなかった。二人のあいだに開いたままの掛け金があったとしても、その時ガチャリと閉まってしまったはずである。

雨水は命がけで松の葉にしがみつく。ビラヴドはセサから目を離すことができなかった。かがんでストーブの調節弁を揺すったり、小枝をポキポキ折って焚きつけを作っているあいだも、セサはビラヴドの目で舐められ、味わわれ、食べられていた。呼び出された一族の霊魂か何かのように、ビラヴドはセサのいる部屋をさまよいうろついていて、出ていってもらいたいとはっきり言われない限り、けっして出ていかなかった。セサのそばにいたいがために、暗いうちから早々に起きた。仕事に出かける前に朝食のホットケーキを焼こうと階下に降りてきた時、すでに台所でセサを待っているのだ。ランプの光に照らされて、かまどから上がる炎の上に、二人の影法師は、天井で黒い剣のようにぶつかり合い交差した。セサが帰宅する二時になると、ビラヴドは窓辺に姿を見せていた。玄関の時もあった。それからポーチになり、ポーチの階段に、道路に出る小径に、それから道路になった。ついにはこの習慣の虜《とりこ》になって、ビラヴドは毎日、尺取り虫のように少しずつ少しずつ、ブルーストーン通りをさらに遠くまで歩いていってセサを出迎え、一二四番地まで連れだってもどってくるようになった。午後になるたびに、この年長の女が帰ってこないのではないかという不安に、新たに駆られているかのようだった。

セサは、ビラヴドが公然と、しかも無言で献身を示してくれるのに、気を良くしていた。もし、これと同じ敬愛を実の娘が示したら（あるいはこれから先、示すようなことになったら）、苛立ち、みっともないほど依頼心の強い子供に育ててしまったと思い、ぞっとしたことだろう。しかし、たとえ奇妙なところがあるにしろ、このかわいらしい客人に付きまとわれることは、教師を熱愛する生徒が教師を喜ばすように、セサを喜ばせた。

夜の訪れが日毎《ひごと》に早くなったので、ランプも早い時刻に灯さなければならない季節になった。セサは暗いうちから仕事に出かけ、ポールDは暗くなってから帰ってきた。暗く冷えこむそんなある夜、セサは黄色いスウェーデン蕪《かぶ》を四つに切って、シチューにするために煮込んでいた。デンヴァーに四リットル半ほどの豆を渡し、より分けて水に一晩浸しておくようにと言いつけた。それがすむと一休みしようと腰を下ろした。かまどの熱が眠気を誘い、ビラヴドが触るのを感じた時は、眠りの淵の中へ滑りこんでいくところだった。羽毛が触れたほどの感触だったが、欲望がこもっていた。セサは身じろぎして、振り向いた。最初は自分の肩に置かれたビラヴドの柔らかで真新しい手を見て、それから彼女の目を覗きこんだ。その中にセサが見たビラヴドの切望は、底知れず深かった。懇願するような何かが、危うくせき止められていた。セサはビラヴドの指をあやすように軽くたたいて、デンヴァーの方をちらりと見た。彼女は豆をより分けるのに余念がなかった。

「あなたのダイヤモンドはどこ？」ビラヴドは、調べ捜すようにセサの顔を見た。

「ダイヤモンド？　わたしがダイヤモンドなんか持ってたって何になるの？」

「あなたの耳についていたわ」

「そうだといいんだけど。昔、水晶を持ってたことがあったけどね。働いてたとこのレディの贈り物だったのよ」

「教えて」満面に幸せそうな微笑を浮かべて、ビラヴドは言った。「あなたのダイヤモンドのこと、あたしに教えて」

それが彼女の飢えを満たす一つの方法になった。デンヴァーが、甘い食べ物がビラヴドをひどく喜ばせるのを発見して、それに頼ったと同じように、セサは、物語を語ってやると、ビラヴドが深い満足を覚えることに気がつくようになった。過ぎた人生の話をするたびに痛みが甦ったので、この事実は、ビラヴドを喜ばせたと同じくらい、セサを驚かせた。思い出す出来事という出来事は、苦痛に満ちていたか、それとも取り返しのつかないものだった。口に出してそうとは言わなかったが、彼女もベビー・サッグスも、過去の人生などロにするのも耐えがたいという思いで一致していた。デンヴァーが知りたがって尋ねることに対して、セサはごく簡単に答えるか、まわりくどくて結末のない夢のような話をするかの、どちらかだった。ポールDは彼女と同じ農園で暮らした年月もあり、少なくとも、あるていど冷静に話ができる相手だったが、彼と話している時でさえ、痛みは消えなかった。口の端に残っているハミ痕《きず》のようなもので、触れればひりひりと痛んだ。

それでも、イヤリングの話を始めてみると、セサは自分が話したがっていて、また話すのが好きなのに気がついた。たぶん、ビラヴドが実際の出来事とは距離があったせいか、それとも話を聞きたいという彼女の渇望のせいだったのだろう。どちらにしても、語ることは思いがけない愉しみをもたらした。

豆をより分けるパラパラという音と、スウェーデン蕪が煮える刺激の強い匂いの中に声を響かせて、セサは、昔自分の耳に揺れていた水晶の由来を語った。

「ケンタッキーでわたしが働いてたとこの奥さまが、わたしが結婚した時下さったんだよ。結婚といったって、あのケンタッキーの田舎で、あの時代『けっこん』って呼んでたものってことなんだけど。いま思うと、あの方は、わたしが式も牧師さんの立ち会いもないっていうことがわかって、どんなにがっかりしたか見ていらしたんだね。何にもなかったんだから。何かが、この結婚は正しく真実であると言ってくれるような何かが、あるはずだと思いこんでいたのにね。トウモロコシの皮が詰まったマットの上を少しずって、もう一人分の場所をあけることが結婚になるなんて、わたしはいやだった。そうじゃなかったら自分のおまるを提げて相手の小屋に行くっていうことがね。何かの儀式があると思ってた。たとえば踊りとか。アメリカ撫子《ナデシコ》の花を一輪、髪にさすとか」セサは微笑んだ。

「結婚式は一度も見たことはなかったけど、洋服ダンスにかかっていたガーナーの奥さまのウエディングガウンを見たことがあったし、奥さまが式の様子を長々と話すのも聞いていた。ケーキに二ポンドも種なし干しブドウを入れたって、おっしゃってた。それに羊を丸々四頭つぶしたんだって。出席した人たちは次の日になっても御馳走を食べていたとか。そういうことを、わたしもしたかった。たぶん食事をしつらえて、わたしとハーレとスウィートホーム農園の男全員が席について、いつもと違った食べ物を食べるとか。コビングトン農園やハイトリーズ農園から他の黒人も何人か招いて——あの二つの農園には、シックソウがよくこっそり訪ねていったけど。だのに実際は、何の行事の予定もなかった。あの人たちは、わたしたちが夫婦になるのはかまわない、と言い、それがけっこんだった。それでおしまいだった。

でもね、わたしは、せめて、働く時に着ていた粗麻《あらあさ》のズダ袋みたいな服とは違ったドレスを手に入れようと、心に決めた。それで布地を盗むことから始めて、とうとう信じられないようなドレスを仕立てあげたの。上半身は、奥さまのつくろい物用のバスケットから持ち出した二枚の枕カバーからできてた。スカートの前身頃はロウソクが倒れて、焼け穴ができてしまった鏡台の覆いと、アイロンの試しがけをするのに使ってた奥さまの腰の飾り帯だったのよ。それから後ろ身頃をどう都合したものか、いちばん最後まで決まらなかった。なくなってることが、すぐに気づかれずにすむものが、見つけられそうにもなかった。作って着た後で、またばらばらに離して、布地は一枚一枚全部あったところへ戻さなければならなかったからね。ハーレはというと、辛抱強く、わたしがドレスをすっかり仕上げるのを待っていてくれた。わたしが、ドレスなしでは、けっしてその先に進むつもりはないことが、彼にはわかっていたからね。とうとう、わたしは納屋の釘から蚊帳《かや》生地をはずした。わたしと奥さまはその生地をゼリーを漉《こ》すのに使ってたんだよ。精一杯気を配ってそれを洗って、水通しをした後で、スカートの後ろ身頃になるように、できかけのドレスにくっつけた。そこで、わたしは花嫁さん。これ以上みすぼらしいガウンなど想像もできないくらい、ちぐはぐなドレスを着たってわけ。ウールのショールを持ってたから、幽霊が行商してるみたいに見えなくてすんだわ。十四歳になったかならずだったから、意気揚々としてたのは、そんな若さのせいだったと思うよ。

ともかく、ガーナーの奥さまは、そのドレスを着込んだわたしを見たに違いない。自分では上手にちょろまかしているつもりだったけど、彼女はわたしがしたことを、何もかも知っていた。わたしたちのハネムーンのことも。つまり、トウモロコシ畑へハーレと出かけていったことをね。だってあそこがわたしたちが最初に出かけた場所だもの。土曜日の午後だったわ、あれは。その日、町へ働きに出なくてすむように、あの人は病気だから休ませて下さいと頼んだ。いつもは、ベビー・サッグスの自由を買い取った時の借金を返すために、土曜も日曜も働きづめだった。でも、あの人は病休を願い出て、あたしはお手製のドレスを着て、二人は手をつないでトウモロコシ畑の中に入っていった。あの農園で、ポール兄弟やシックソウが集まっていたところで焼けていたトウモロコシの匂いが、いまでもするよ。次の日、ガーナーの奥さまは指を曲げておいでおいでの合図をすると、わたしを二階の奥さまの寝室に連れていった。木の箱を開けて一対の水晶のイヤリングを取り出した。彼女はこう言ったの。『おまえにこれを受け取ってもらいたいのよ、セサ』わたしは『はい、奥さま』と答えた。『おまえの耳たぶには穴が開いてるの？』わたしは答えた。『いいえ、奥さま』『じゃあ、穴を開けなさい』彼女は言った。『そしたら、これを付けられるから。おまえにこれを受け取ってもらいたいし、おまえとハーレに幸せになってほしいのですよ』わたしは、ありがとうございますと言ったけど、あそこを出ていくまで、一度もイヤリングはつけなかった。わたしがこの家にやってきた後のことだけど、ある日、ベビー・サッグスがわたしのペティコートの縫い目をほどいて、イヤリングを取り出した。わたしはデンヴァーを抱いたまま、ちょうどいまいる場所に坐って、イヤリングを下げるために、ばあちゃんが耳に穴を開けてくれるあいだじっとしていたっけ」

「母さんがイヤリングなんかしてるの、一度も見たことないわ」デンヴァーが言った。

「それ、いまどこにあるの？」

「なくなっちまったよ」とセサが答えた。「とっくの昔になくなっちまった」そして彼女は、それ以上何も言おうとしなかった。続きは次の機会まで待たなければならなかった。

その機会は、三人がそろって、雨にぐっしょり濡れたシーツとペティコートを抱え、風の中を走って家に跳び込んできた時だった。息を切らして笑いながら、三人は取りこんだ洗濯物を椅子やテーブルの上に掛けた。ビラヴドはバケツから水を飲み、セサがタオル地でデンヴァーの頭髪をごしごし拭いているのを見守った。

「三つ編みをほどかなきゃ、だめなんじゃないかい？」セサが尋ねた。

「うん、明日ね」デンヴァーは細かくつまった櫛《くし》の歯が、髪を引っ張る感触を思い出し、前に乗り出すようにして身を縮めた。

「今日っていう日は、いつもここにあるけど」とセサは言った。「明日という日は、けっしてここにはないんだよ」

「痛いんだもの」デンヴァーが言った。

「毎日梳《と》かしなさい。そしたら痛かないから」

「いたい」

「あなたのものだった女、彼女はあなたの髪を一度も結わないの？」ビラヴドが訊いた。

セサとデンヴァーは、顔を上げて彼女を見た。四週間たっても、母と娘はまだこのゼイゼイ声と、声の中に潜んでいるらしい歌うような感じに慣れていなかった。唄といっても音階を微妙に外したような感じで、彼女たち母娘《おやこ》にはない抑揚があった。

「あなたのものだった女、彼女はあなたの髪を一度も結わないの？」という言葉は、ビラヴドがその時見ていたのはセサだったから、明らかにセサに向けられた質問だった。

「わたしのものだった女？　あなたの言うのはわたしの母親のこと？　結ってくれたことがあったとしても、憶えてないわ。その女の人が、田んぼに出ているところを二、三回と、それから藍作りをしているのを一回見ただけだから。朝、わたしが目を覚ます頃には、あの人は他の女たちと並んで作業してたしね。月が明るい時は、あの人たちは月明かりの下でも働いたんだよ。日曜日には、彼女は棒切れみたいに正体なく眠った。二、三週間は、自分のお乳を飲ませてくれたに違いないけど――他の女たちもそうしてたからね。それから後は、彼女は田んぼに戻り、わたしは、授乳を仕事にしてる別の女のお乳を吸った。そんなだったから、あなたの質問に対する答えは、いいえよ。結ってくれたことはないと思うわ。彼女はわたしの髪を一度も結ってくれたこともないし、他のことだって何もしてくれなかった。わたしが憶えている範囲でも、夜もほとんど、同じ小屋で眠ったことさえなかったからね。朝の点呼の場所から遠すぎたんだわ、たぶん。一つだけ、確かにしてくれたことがあったわ。わたしを抱き上げて燻製《くんせい》小屋の後ろに連れていった時のことだよ。そこで自分の着ているものの前を開き、片方のお乳を持ち上げて、その下を指した。あばら骨の真上に、円で囲んだ十字の印が皮膚の上に焼きつけてあった。彼女は言ったの。『このしるしがおまえの母さんだよ。これだよ』そして、また指した。『このしるしがあるのは、いまはもう、わたし一人だけなんだよ。他の人たちは、みんな死んだ。わたしの身に何かが起こって、おまえがわたしの顔を見分けることができなくなっても、このしるしでわたしだってことがわかるんだよ』すごく怖かった。わたしに考えることができたのは、これは、とっても大切なことなんだ、だからわたしも、何か大切なことを言わなければ、ということとなんだけど、何も思いつかなかった。それで、頭にあったことをそのまま口にした。『うん、母ちゃん』わたしは言った。『でも、母ちゃんはどうやって、あたちを見分けるの？　母ちゃんはどうやって、あたちがわかるの？』って言ったんだよ。『あたちにも、そのしるしをつけてよ』」セサはクスリと笑った。

「彼女、つけてくれた？」デンヴァーが訊いた。

「顔をひっぱたかれたよ」

「なぜ？」

「その時は、なぜだかわからなかった。わたしも、自分の躰に、印をつけられてやっとわかった」

「彼女はどうなったの？」

「首吊りになった。縄を切って、死体を木から下ろした時には、誰にも、彼女に円で囲んだ十字がついてるかどうかなんて、見分けられなかった。特にわたしにはわからなかった。ちゃんと見たんだけどね」セサは櫛の歯にからまった髪の毛を集めると、上体を反らして火の中に投げすてた。毛はパチパチとはじけるような音を立て、そのいやな臭いが彼女たちを、ひどく怒らせた。「ああ、いやだ」と彼女は言って突然立ち上がったので、デンヴァーの髪にさしたままだった櫛が、ぽとりと床に落ちた。

「母さん？　どうしたの、母さん？」

セサは、一脚の椅子の方へつかつかと歩いていき、シーツを取り上げると、両腕いっぱいに広げた。それから二つに折り、四つに折り、それをさらに折り重ねた。彼女は別のシーツを手に取った。二枚ともすっかり乾いてはいなかったが、たたむ作業はとても快適で手を休めたくなかった。知っているという事実をさえ、すっかり忘れていたあることの記憶が、いましきりに甦ってきたので、両手を使って何かをせずにはいられなかった。自分の頬にあたったあの平手打ちと円で囲まれた十字を見せられたすぐ後で、心のすき間に汚水のように染み込んできた、自身にまつわる恥辱にまみれたあることだった。

「なぜそいつらは、母さんの母さんの首を吊ったの？」デンヴァーが尋ねた。デンヴァーが自分の母親の母親に関して、何のことにしろ耳にしたのは、これが最初だった。ベビー・サッグスが彼女が知っている唯一の祖母だった。

「それが、とうとうわからなかった。あの時吊るされた人はたくさんいた」と彼女は答え、生乾きの洗濯物を折りたたみ、折り重ねていたが、そうするうちにも、刻一刻と鮮明さを加えながら甦ってきたのは、ナンと呼ばれていた女の姿だった。ナンはセサの手を摑んで、彼女が例の印を見つけ出すのを待たずに、死体の山から手荒く引き離した。ナンはセサがいちばんよく知っていた人間で、一日じゅう身近なところにいて、赤ん坊たちに乳をやり、炊事をしたりしていたが、まともな腕は一本だけで、あとの片方は肘から先がなかった。それからこの女は周囲とは違った言葉を使った。当時はセサも理解できたが、いまでは思い出すことも、繰り返して言ってみることもできなくなっていた。歌っている場面や踊っている場面、それから大勢の人がいたことを除くと、スウィートホーム農園に来る以前の記憶があまりにも少ないのは、この異なった言葉のせいに違いないと、セサは信じた。ナンが彼女に教えてくれたことは、ナンがそれを話すのに使った言語とともに忘れてしまったのだ。母親が喋っていたのと同じ言語なのだが、どうしても甦ってこないのだ。でも、それが伝えようとしていた本質——その時感じとり、それからも心から消えることのなかった本質は忘れていなかった。湿った白いシーツを胸に抱え、もはや解けなくなってしまった暗号の中から、セサは意味を拾い上げていた。夜だった。ナンがまともな腕の方でセサを抱き、切り株のようなもう一本の腕を振っていた。「よおくお聞き。おまえに話しておくんだから、ちっちゃくても、よおくお聞き、セサよ」そう言ってから、ナンは話してくれたのだ。彼女はセサに、セサの母親とナンはいっしょに、海から来たのだと教えた。二人とも何度も船員に犯された。「おまえのおっかさんは、おまえ以外の子はみんな捨てちまった。船員の種で生まれた子は島で捨てた。他にもっとたくさんの白人に孕《はら》ませられたのも、やっぱり全部捨てたんだ。名前もつけずに、捨てたんだよ。おまえには、あの女《ひと》は、黒い肌をした男の名前をつけたんだ。おまえのおっかさんは、その男の躰に腕をまわした。他の男の時は、あの女《ひと》は腕をまわさなかった。こんりんざい、まわさなかった。おまえに話しておくんだよ。おまえに話しておくんだから、ちっちゃくても、よおくお聞き、セサよ」

ちっちゃな女の子セサだった頃、セサはこの話に関心を持たなかった。成熟した女セサになって、彼女は腹を立てたが、何に対して怒っているのか、自分でもはっきりしなかった。ベビー・サッグスが生きていてくれたらという願いが強くこみ上げてきて、それが頭上で大波のように砕けた。波しぶきが散った後の静寂の中から、セサはかまどの脇に坐っている二人の少女を見やった。病身で頭が少し足りないような下宿人と、短気で淋しがりやの自分の娘。二人ともまだ小さく、ずうっと遠くにいるように見えた。

「ポールDがもうすぐ帰ってくるわ」セサは言った。

デンヴァーは安堵《あんど》のため息をもらした。目の前で、母親が洗濯物をたたみながらも、棒立ちになったまま物思いに我を忘れている一分間のあいだ、デンヴァーは歯を固く嚙み合わせ、この状態が過ぎてくれますようにと、祈っていた。デンヴァーは母親が語ってくれる数々の物語の中で、自分に関わりのないものは嫌いだった。彼女が自分からすすんで訊き出そうとするのが、エイミーのことだけなのは、そのためだった。エイミー以外の物語も、輝き活気に満ちた世界だった。しかもデンヴァーが登場していなかったために、よけいそう見えた。そこに自分がいないという理由で、彼女はその世界を憎み、そんな見込みはまったくなかったが、ビラヴドにも憎んでほしかった。ビラヴドの方はあらゆる好機をとらえては、何かおかしな質問をして、セサに物語をさせようとした。デンヴァーの方でも、この少女が貪欲なまでに、セサの話を聞きたがるのに気づいていた。いま、デンヴァーはそれ以上のことにも気がついた。ビラヴドの質問である。「あなたのダイヤモンドはどこ？」「あなたのものだった女、彼女はあなたの髪を一度も結わないの？」そしていちばん謎《なぞ》めいているのは、あなたのイヤリングの話をしてという要求。

彼女はどうして知ったのか？

ビラヴドは光り輝いていて、ポールDにはそれが不快だった。女というものは、か細い蔓《つる》を勢いよく伸ばし始める前の苺《いちご》の苗のように、変わっていく。まず苗の緑の光沢が変化する。すると糸のように蔓が出て、次に蕾《つぼみ》が顔を出す。白い花びらが死んで、薄荷色の実が頭を突き出す頃には、葉の艶《つや》は金箔《きんぱく》を載せたように固く、蠟《ろう》のようになっている。ビラヴドはそんなふうに見えた——金箔をかぶせたように、すべすべと輝いていた。ポールDは朝目覚めると、セサを抱くようになっていた。そうすれば、後で白い階段を踏んで、ビラヴドに見つめられながらパンを焼いているセサのそばに行っても、頭がはっきりしていた。

夕方家に着き、三人の女たちがそろって夕食の膳立てをしている時など、ビラヴドの艶っぽさはどきりとするほど目立ったので、彼は、デンヴァーとセサがそれに気づかないのが、不思議だった。あるいは、気づいていたかもしれなかった。男が当然それと気づくように、女同士でも、そのうちの一人が艶めけば、他の女たちも気づいていいはずだ——ポールDは、ビラヴドが自身の性的な目覚めを意識しているかどうか知ろうとして、注意深く観察したのだが、彼女の方は彼がいないかのように振るまった――直接問いかけられた質問に答えないことすら、しばしばだったのだから。彼の方を見るのだが、口を開こうとしなかったのだ。五週間も彼、セサ、そしてデンヴァーと暮らしていたのに、三人とも、ビラヴドが切り株に坐って眠っているのを見つけた時と同様に、彼女の素性《すじよう》に関しては無知のままだった。

四人は、ポールDが一二四番地に到着した日に壊したテーブルを囲んでいた。修理した脚は、壊れる前よりもしっかりしていた。キャベツはすっかりなくなり、四人の皿の上には、燻製《くんせい》の豚肉を食べた後の、白く光ったくるぶしの骨が寄せられて小さな山になっていた。セサはパンでつくったプディングを盛っているところだったが、おいしくできていればいいんだけどなどと、腕のいい料理人が、人々が料理を口にする前に決まって使う、へりくだった口上のようなことを呟いていた。その時、セサを見つめるビラヴドの顔に浮かぶ、愛玩《あいがん》動物が飼い主に示すような崇敬の念が、ポールDを動かし、彼の口を開かせた。

「あんたには、兄弟も姉妹もいないのか？」

ビラヴドは自分のスプーンをもてあそんで、彼の顔を見なかった。「あたし、独りぼっちよ」

「ここへ来た時、あんたは何を捜していたんだい？」彼は重ねて訊いた。

「このばしょ。あたしがいられるこのばしょを捜してたの」

「誰がこの家のことを教えたんだ？」

「あの女があたしに教えてくれた。橋のとこにいたら、あの女があたしに教えてくれた」

「昔の知り合いの誰かだわ、きっと」セサが言った。昔というのは、一二四番地に伝言が、その後には、伝言の送り主が到着する連絡所だった時期のことだった。連絡所に着くと、小さな情報は、湧き水に浸された乾燥豆のように人の情に浸された後、ようやく消化できるぐらいに柔らかくなるのだった。

「どうやってきたのかね？　誰が、連れてきてくれたのかい？」

いまビラヴドは、平然と彼の顔を見ていたが、返事はしなかった。

ポールDは、セサとデンヴァーが息をつめて緊張するのを感じた。胃の筋肉を停止させ、ねばねばした蜘蛛《くも》の糸を送り出して、互いに交信しているのを感じた。彼はともかく最後まで問いつめてみようと決心した。

「誰があんたを、ここに連れてきてくれたのかって、わしは訊いたんだよ」

「ここまで歩いてきたのよ」彼女が言った。「ナガイ、ナガイ、ナガイミチヲ。ダレモアタシヲツレテコナイ。ダレモアタシヲタスケナイ」

「あんたは新品の靴を履いていた。そんな長いあいだ歩いたんだったら、なぜあんたの靴はそう見えないのか」

「ポールD、この子をいじめるのはやめて」

「知りたいんだ」ナイフの柄を棒のように握りしめて、ポールDは言った。

「アタシ、クツ！　アタシ、フク！　クツヒモ、ムスベナイ！」ビラヴドが叫んで、ぞっとするような敵意に満ちた視線を彼に浴びせたので、デンヴァーが彼女の腕にそっと触ったほどだった。

「あたしが教えてあげる」デンヴァーが口をはさんだ。「靴紐の結び方をね」そしてビラヴドから報酬として、微笑を受け取った。

大きな銀色の魚の尻尾を掴んだ瞬間、するりと逃げられてしまったような感触をポールDは味わった。魚はいま暗い水中へ流れ滑って戻っていき、その後に光る筋を残して姿を消した。だが、この女の輝くような艶やかさが、彼に向けられたものでないとしたら、いったい相手は誰なのか？　特に誰という相手もいないのに、光が灯ったように突然輝き出して、ただ漠然とあたしを見てちょうだい、とでもいうふうになまめく女など、彼は見たことがなかった。彼の経験では、光は必ず照らすべき焦点がある時現れた。三十マイルの女がそうだった。彼といっしょに溝の中に潜んで待っているあいだは、生彩を失って煙になっていたが、シックソウが到着すると星になった。このことで自分が判断を誤った記憶はなかった。彼がセサの濡れた脚を見た瞬間、光はセサから流れた。そうでなかったら、あの日、両腕に彼女を包んで、その背中に囁きかける大胆さは、けっして生まれてこなかったろう。

過去二十年間に出会った様々な黒人と思い比べてみても、はっきり理由はわからないのだが、この家もなく身寄りもない少女ビラヴドは、群を抜いて異様だった。南北戦争の最中、あるいは戦前、そして戦後を通じて、何かを思い出したり言ったりすること自体が不思議なくらい、呆然自失し、飢え、あるいは疲弊し、あるいは肉親に死なれたニグロたちを彼は目のあたりに見てきた。このニグロたちは、彼がしたように、ほら穴に隠れ、フクロウと食べ物を奪い合い、彼がしたように豚の餌を盗んだ。彼がしたように、昼間は森で眠り、夜歩いた。彼がしたように、肥溜《こえだ》めにもぐり込み、井戸に跳び込んで、監視人、不意打ちをかけてくる暴徒、巡視人、復員兵、山地の住人、自警団、ドンチャン騒ぎの浮かれ者を避けた。一度、十四歳ぐらいのニグロに会ったことがあるが、この少年は森の中でたった一人で生きていて、他の場所で暮らしたことを思い出せないと言っていた。自分の赤ん坊だと思い込んでアヒルを盗んだ頭の足りない黒人の女が、留置場にぶちこまれ、首を吊られたのも見た。

進め。歩け。走れ。隠れろ。盗んで先へ進め。たった一度だけ、一カ所に、女と、あるいは家族と言うべきかもしれないが、数カ月以上とどまることができたことがあった。その一度というのは、デラウェア州の機織《はたお》り女とのほとんど二年に近い年月だった。ケンタッキー州のプラスキ郡、それから、もちろんジョージア州の囚人作業飯場を別とすれば、彼が経験した中でも、いちばん敵意に満ちた土地だった。

こういうニグロたち全てと、ビラヴドは違っていた。彼女の艶やかさ、彼女の真新しい靴。このことは彼を動揺させた。たぶん、彼の存在が、彼女を動揺させていなかったせいかもしれなかった。それとも、頃合いを計算していたような事の次第のせいだったかもしれない。セサと彼が喧嘩の仲直りをして、人中に出ていき心から楽しんだ（まるで家族のようだった）まさにその日に、この女は姿を現し、一家の居候《いそうろう》になってしまったのだ。デンヴァーは、言ってみれば、機嫌を直してくれた。セサは声を出して笑った。彼には長期の仕事が見つかりそうな様子だったし、一二四番地は亡霊から解放された。人生らしい人生の兆しが見え始めていたのだ。それなのに、忌々しい！　水飲み女が病気になって引き取られ、治ったのに、それ以来一インチたりとも動かなかった。

彼は彼女に出ていってほしかったのだが、セサが彼女をこの家に入れたのだし、自分のものでもない家から追い出すことはできなかった。幽霊を叩きのめすことはできたけれど、無力な黒人の少女をクー・クラックス・クランの仲間たちがうろつきまわっている州法の手の届かない土地に放り出すことは、話がまったく別だった。狂ったように黒い血に飢え、この血なしには生きられないかのように、ドラゴン（クー・クラックス・クランの別称）はオハイオ河をわがもの顔に泳ぎまわっていた。

食卓に坐り、夕食がすんだ後、ホウキ草の茎を楊子《ようじ》がわりに嚙みながら、ポールDは、彼女の身元をつきとめようと、心に決めた。町のニグロと相談して、彼女のほんとうの家を見つけよう。

彼がそう考えたとたん、ビラヴドはパンのプディングからつまみ出して食べた干しブドウの一つで喉をつまらせた。仰向けに倒れて椅子から落ち、喉を摑んでころげまわった。セサはビラヴドの背中を叩き、デンヴァーはビラヴドの手を彼女の首からやっとのことで引き離した。

ビラヴドは四つん這いになって、食べたものを吐きもどし、苦しげに喘《あえ》いだ。

発作が鎮まり、デンヴァーが汚れを拭きとると、ビラヴドは「もう寝るわ」と言った。

「あたしの部屋にいらっしゃいよ」デンヴァーが言った。「あそこなら、あなたを看《み》ててあげられるから」

これ以上適切な瞬間はなかったに違いない。ビラヴドに自分の部屋を共用させるにはどうしたらよいかとあれこれ考えて、デンヴァーは自分まで病気になりかけていたのだ。ビラヴドの眠っている真上の部屋で眠るのは、むずかしいことだった。彼女がまた病気にならないかしら、眠ったまま目を覚まさなかったらどうしよう、さもなければ（どうか神さま、そんなことは起きないようにして下さい）起き上がって、迷い込んできた時と同じように、垣根の向こうに迷い出ていったりはしないかしらと、次々に不吉な想像をしてしまったから。デンヴァーの部屋でだったら、若い女の子同士のおしゃべりをもっと気楽にできるだろう。セサとポールDが眠っている夜中、そうじゃなければ、ポールDもセサも帰ってこない昼間でも。半分言いかけては途切れてしまう表現や白昼夢、互いが言ったことを理解した時よりも、もっと大きなスリルを味わわせてくれる数々の誤解、そんなものがいっぱい詰まった、かわいらしくも突拍子もない会話ができるだろう。

少女たちが部屋を出ると、セサは食事の後片付けを始めた。彼女は水を張った桶のそばに皿を積み上げた。

「あの娘の何が、あんたをそんなにいらいらさせるの？」

ポールDは顔をしかめただけで、何も言わなかった。

「わたしたち、デンヴァーのことで言いたいことを言ってやり合ったけど。あの娘のことでも、そうする必要がある？」とセサは尋ねた。

「わしにはどうしても、なんで二人がそんなにくっついているのか、わからない。彼女の方がなぜあんたにしがみつくかは、はっきりしてるけど、なぜあんたが彼女にしがみついているのかが、わしには、どうしても合点がいかない」

セサは皿から手を離して、彼の方に向き直った。「誰が誰にしがみついたからって、気にすることないんじゃない？ あの娘を食べさせてやるのは、一つも苦労じゃないのよ。レストランから少し余分に持ってくるだけなんだから。それにあの娘はデンヴァーのいい友達になってるわ。あんたはそれを知ってるし、わたしは、あんたが知ってるってことを承知してる。それじゃ、あんたを不愉快にしているのは何なの？」

「はっきり突きとめられないんだ。わしのうちにある、何かある感じなんだ」

「それじゃ、こう感じてくれたら？　眠ることのできるベッドがあって、そこには誰かがいる。けどその誰かはベッドで寝るに値するために毎日あんたは何をすべきかと、あんたを死ぬまで口やかましく責め立てる奴じゃないってこと。それがどんなにほっとすることか、感じてみてよ。そして、それでもわからなかったら、いつ飛びかかってくるかわからない、神さまの創ったあらゆる生き物がうようよしている街道を、あてもなくさまよっている黒人の女だってことが、どんな気持ちかを感じてみたらいい」

「そういうことは、一つ残らず知ってるよ、セサ。昨日生まれたわけじゃなし、それにわしは、生まれて一度だって、女を虐待《ぎやくたい》したことなんかない」

「じゃ、この世に一人はまともな男がいるんだわ」セサは答えた。

「二人じゃないのか？」

「いいえ、二人じゃないわ」

「ハーレはあんたにいったい何をした？　ハーレはあんたの味方だった。彼はけっしてあんたを見捨てはしなかった」

「わたしを捨てなかったっていうのなら、じゃあの人が捨てたのは何だったの？」

「わからないが、逃げたのはあんたからじゃない。それは事実だ」

「それじゃ、あの人はそれよりもっとひどいことをしたんだわ。あの人は子供たちを置き去りにしたんだから」

「置き去りにしたかどうか、あんたは知らないじゃないか」

「あの人はあそこにいなかった。来るって約束した場所にいなかった」

「彼は、あそこに、いたんだよ」

「それじゃ、なぜ姿を見せなかったの？　なぜわたしが子供たちを送り出し、後に残ってあの人を捜さなきゃならなかったの？」

「屋根裏から出てこられなかったんだ」

「屋根裏？　どこの屋根裏？」

「あんたの頭の上の干し草置場だ。納屋の中だ」

ゆっくり、ゆっくり、時が静止したような緩慢さで、セサはテーブルに近寄った。

「あの人見たの？」

「見たんだ」

「あの人あんたに話したの？」

「あんたがわしに話してくれた」

「何を？」

「わしがこの家に入ってきた日に。あんたは、あいつらがあんたの乳を盗んだって言った。

何がハーレを打ちのめしてしまったのか、わしには皆目《かいもく》わからなかったんだが、それだったんだ、たぶん。わしにわかったことは、何かが、彼を狂わせてしまったということだけだった。何年も続けて土曜日も日曜日も、おまけに夜まで働いたって、びくともしなかった男だったのに、それが、何だったかは知らんが、あの日納屋で起きていることを見て、小枝がポキッと折れたみたいに、だめになった」

「あの人見たの？」セサは自分の肘を、まるでそれが飛び立っていくのを抑えるかのように、摑んでいた。

「見たんだ。見たに違いない」

「あの人は、あの小僧っ子たちが、あのことをわたしにしているのを見たのに、奴らが息をして生き続けるのを許したってわけ？　あの人は見たの？　見たの？　見たの？」

「待て！　待てったら！　ちゃんと聞いてくれ。ちょっと言わせてくれ。男ってものは斧《おの》じゃない。朝から晩まで絶え間なく、叩き割ったり、切り刻んだり、ぶち壊したりしている斧じゃない。男をまいらせるものがあるんだ。心の中に入り込んじまって、叩き割ることのできないものが」

セサは、ランプの光を受けながら、往ったり来たり、往ったり来たりして、歩き続けていた。

「地下組織の人は、『日曜日までに』って言った。奴らはわたしの乳を盗み、しかもあの人は、それを見たのに降りてこなかった？　日曜日は来たけど、あの人は来なかった。月曜日が来ても、ハーレは姿を見せなかった。あの人は死んだと思ったわ。だから来ないんだと。それから、奴らがあの人を、捕まえたんだと思ったわ。だから来ないんだと。それから、違う、死んでたらわたしにわかるはずだから、あの人は死んじゃいないって思った。それから十八年もたった後で、あんたがここまでやってきて、あんたも知らないもんだから、あの人が死んだとは言わなかった。だからわたしは、そうか、あの人は別のもっといい生き方を見つけたってわけなんだ、と考えた。だって、あの人がどこかこの近くにいたとしたら、わたしの所へ来なくても、ベビー・サッグスに当然会いにくるはずだもの。でも、あの人が見ていたなんて、ちっとも知らなかった」

「そうだとしても、いまさら、それで事情がどう変わる？」

「もしあの人がいまも生きていて、しかも、あれを見たとすれば、わたしが住んでいる家の敷居を絶対にまたぎはしないわ。ハーレはそんなことができる人じゃない」

「あのことが、彼を狂わしたんだよ。セサ」ポールDは目を上げて彼女の顔を見つめ、ため息をもらした。「あんたも全部知った方がいいだろう。わしが最後に見た時は、彼は攪乳器のそばに坐ってた。あの男、顔じゅうにバターをなすりつけてた」

何も起こらなかった。そして彼女には、それがありがたかった。たいていは、耳で聞いたことが即座に絵になって、目の前に見えるのだった。だが、彼女はポールDが言ったことを、心に描くことができなかった。何も浮かんでこなかった。用心して、用心して、彼女は、まともな質問に移った。

「あの人は何て言ったの？」

「何にも」

「一言も？」

「一言も」

「あんたあの人に話しかけた？　あの人に何にも言ってやらなかったの？　何か言ったでしょ！」

「言えなかったんだよ、セサ。どうしたって……言えなかった」

「なぜ！」

「わしの口の中にはハミがはめられてた」

セサは玄関の戸を開けて、ポーチの階段に腰を下ろした。太陽の出なかった一日は、青く暮れていたが、彼方《かなた》の草原に立つ木々の輪郭を、まだ見分けることができた。反乱ばかり起こしている脳に心を委ねながらも、頭を左右に振っていた。なぜ脳は何も拒まないのか？　どんな悲惨も、後悔も、信じられないほど腐り切ったいまわしい光景も拒まないのか？　食い意地の張った子供のように、脳は何もかも摑み取った。一度だけでも、いいえ、要りません、と言えないものだろうか？　いま食べたばかりだから、これ以上一口も入りませんと？　わたしの脳は、苔の生えたような歯をした二人の若僧のことで、むかむかするほどいっぱいだ。一人はわたしの乳を吸い、もう一人はわたしを押さえつけ、本が読める二人の先生が観察して書きとめている。いまでも、あの光景で頭がいっぱいだ。ああ、いやだ。あの場面に戻って、これ以上つけ足すなんてできっこない。あの場面に自分の夫を加えるなんて。あの人は、わたしの上の干し草置場から、じっと見ている——すぐそばに隠れてたんだわ——あそこにだけは誰も捜しにこないと思って。わたしが自分じゃ何も見えない光景を、あの人は見下ろしてた。しかも奴らを止めないで——手をつかねて、見てるだけだった。それなのに、わたしの食い意地の張った脳は言うんだ。「まあ、ありがとう、もっと頂きたいわ」——そこでわたしは、もっと足してやる。足し始めたとたん、もう止めることはできなくなる。夫が攪乳器のそばでしゃがんでるのも見える。奴らが盗んだ乳のことが頭から離れないものだから、固まった牛乳とバターをいっしょにして顔じゅう塗りたくってる。あの人にしてみれば、世間もあの人の苦しみを知ってくれてもいいはずなのだ。それに、その時そこまで錯乱していたとすれば、彼はもう死んでしまっているに違いない。

ポールDがあの人の姿を見ても、自分の口にハミがつけられていたので、あの人を救うことも慰めることもできなかったとすれば、ポールDがわたしに話すことはまだたくさんあるし、わたしの脳はためらうことなくその話を吸収し続けて、けっして、もうけっこうですとは、断らないということになる。わたしは知りたくもないし、無理矢理に思い出させてほしくない。他にしなければならないことがあるのだから。例えば、明日の心配をすること。デンヴァーのこと、ビラヴドのこと、愛のことは言うまでもないけれど、老後のこと、病気のこと。

しかし彼女の脳は未来に興味を持たなかった。過去をすでにいっぱい詰め込んでいるのに、さらに多くの過去に飢えていて、明日の計画を立てることはおろか、明日を想像する余裕さえ残してくれなかった。あの日の午後、野生の菫の中で倒れていた時の状況とそっくりだった。あの時は、もう一歩先に進むことが、彼女に見える精一杯の未来だった。他の人たちは気が狂ってしまった。彼女だけどうして、狂えなかったのか？　他の人たちの脳は先へ進むのを停止した。まわれ右をして、何か新しいものへ向かった。ハーレにはこれが起こったに違いない。そうなっていたら、ずいぶんとラクだったろうに。ハーレと二人して牛乳置場のわきで攪乳器のそばにしゃがみ込み、この世に一つの憂いなく、冷たく固まったバターをお互いの顔にぶっつけ合っていたとしたら。ヌルヌル、ベトベトとバターの感覚に浸り、髪の毛にすり込み、指と指のあいだからギューッと押し出されるのを眺めていたとしたら。そこでぴたりと万事を終わりにしたら、何という安堵だろう。おしまいにするんだ。閉じるんだ。バターをこねるんだ。だが、彼女の三人の子供たちは、毛布の下に隠れて、砂糖水を含ませた布切れをもぐもぐ嚙みながら、オハイオに向かっていたのだ。バター遊びをしたって、現実が変わるものでもなかった。

　ポールDが中から出てきて、彼女の肩に触れた。

「あんたに話すつもりはなかったんだが」

「わたしも聞くつもりはなかった」

「取り消すことはできないけど、これ以上深入りしないでおくことはできるよ」

　この人はわたしに話したがってる、と彼女は思った。わたしがこの人に、どんなにつらかったかを訊くのを待ってる——舌が屈辱的な扱いを受けたこと、鉄で締めつけられ、唾を吐きたくて吐けず、苦しさのあまり叫んだことなどを、わたしに尋ねてほしいのだ。そういうことについては、彼の話を聞くまでもなく知っていた。スウィートホーム農園に来る前にいた場所で、繰り返し目撃していたのだ。ハミを付けられた大の男、少年、いたいけな少女、大人になった女を。唇がぐいと後ろに引っ張られた瞬間、目の中に噴き出す獰《どう》猛《もう》な表情を。ハミが外されて数日たって、ガチョウの脂《あぶら》を口の両端にすりこんでも、屈辱を受けた舌の痛みを和らげ、目に浮かんでいる獰猛な表情を取り除く薬はなかった。

　セサは顔を上げてポールDの瞳を覗き込み、何か痕跡が残されていないかと注意して見た。

「子供の頃見た人たちは」とセサは言った。「ハミを付けられると、その後はずっと、獰猛な顔つきをしてた。何のためにあんなことをしたのか知らないけど、奴らが、黒人にハミを使ったって何の効き目もなかったはずよ。ハミを付ければ、それまで全然なかった獰猛さを帯びるようになったから。あんたを見ても、それが見えない。あんたの目つきには、獰猛なとこなんか、少しもないわ」

「目つきに出す反応もあれば、消してしまう反応もあるんだ。両方見てるがどっちがひどいか、わしにはまだはっきりわからない」彼は彼女の隣に腰を下ろした。セサは彼を見た。太陽の出なかった一日の残光の中で、ブロンズ色で、骨格をくっきりと際立たせて引きしまったその顔は、彼女の心をなごませ落ち着かせた。

「あんた、そのことをわたしに話したい？」彼女は訊いた。

「わからん。いままで一度だって喋ったことがないからね。誰にもだ。唄にして時々は歌ったが。人には一度も話したことがないんだ」

「話してみて。大丈夫聞いていられるから」

「たぶん、あんたは聞いていられるだろうが、わしに言えるかどうか、自信がない。正確に言えるかどうか、っていう意味なんだけど、なぜって、わしにこたえたのはハミそのものじゃないんだ――あれじゃなかったんだ」

「何だったの、それじゃ？」セサが訊いた。

「あのおんどりどもだ」彼が答えた。「奴らの前を通り過ぎた時、おれの姿をじいっと見てる奴らの態度を見たことさ」

セサは微笑んだ。「あの松の木の？」

「そうだ」ポールDもつられて微笑んだ。「あの木には五羽とまってた。それと、めんどりは少なくとも五十羽いた」

「ミスターも？」

「すぐには見えなかった。でも二十歩と歩かないうちに奴の姿も見えた。あそこにあった柵の杭《くい》から降りてきて、桶の上に坐ったんだ」

「ミスターはあの桶がお気に入りだったわ」と言いながら、セサはだめだ、もう話を止めることはできない、と考えていた。

「そうだったたな。玉座みたいにね。あいつを殻から出してやったのは、わしなんだよ。わしがいなかったら、奴《やっこ》さん、死んじまったに違いない。めんどりは、ピヨピヨ鳴いてる孵《かえ》ったばかりのひよっ子を後ろに従えて、さっさと行っちまった。あの卵が一個だけ残ってた。からっぽに見えたんだが、少し待ってると、動くのがわかった。そこで軽く叩いて割ってやったら、ミスターのお出ましとなったわけさ。あの悪い足のまんまでね。わしは、あのワルがでっかくなって、庭じゅうの生き物を負かしていくのを、じっと見ていた」

「あのおんどりは、いつだって憎たらしかったわ」セサは言った。

「そう。あいつは、どこから見てもいやな奴だった。おまけに残虐で、根性も悪かった。ひんまがった足を使ってペッタラペッタラ歩いてた。トサカときたらわしの手ほどもあって、おまけにぎょっとするような赤だった。奴が桶の上に坐り込んで、高見の見物よろしく、わしを眺めてたんだ。誓ってもいいが、奴はニタリと笑ったんだ。わしの頭は、ついさっき見たハーレの悲惨な姿でいっぱいだった。奴の口にはまったハミのことさえ考えていなかった。ハーレのことだけでいっぱいだったし、ハーレを見る前はシックソウのことでいっぱいだった。けどミスターの姿を見た時、わしは、自分だって同じ身の上だってことに思いあたった。彼らばかりじゃない、わしだって同じなんだと。一人は狂い、一人は売られ、一人は行方不明、一人は焼き殺されて、このわしは後ろ手に手首を重ね縛られて、ハミをはめてるていたらく。これがスウィートホーム農園の男衆の最後の一人だったというわけさ。ミスターの方は、奴はすごく……自由な身の上に見えた。わしなんかより立派に見えた。ずっと強くて、ふてぶてしく見えた。あのワルは自分一人じゃ殻から出てこれなかったくせに、それでも王様然として、このわしときたら……」ポールDは言葉を途切らせて、右手で左手をぎゅうっとひねった。彼は左手をそんなふうに摑んだまま、左手と周囲の世界が鎮まって、話が続けられる状態になるのを待った。

「ミスターは、奴はそのままの姿で生き、存在し続けることを許されていた。だのに、わしは、わしはそのままの姿で生き、存在し続けることは、許されなかった。たとえ、あんたが奴を料理しても、あんたはミスターって名のおんどりを料理してることになるわけだ。ところが、生きようが死のうが、わしには二度と再びポールDに戻る途《みち》がなかったんだ。

『先生』がわしを変えちまった。おれは何か他のものになっていた。しかも、その他のものっていうのが、陽を浴びて桶の上に坐ってるにわとりよりも取るに足りないものなんだ」

セサは片手を彼の膝の上に置いて、さすった。

ポールDは話の緒《ちょ》に就《つ》いたばかりだった。セサの指が、そっと安心させるように彼の膝に触れ、話をやめさせた時、彼が語っていたのは、始まりの部分でしかなかった。やめた方がいい。やめた方がいい。これ以上声に出して語れば、二人とも引き返すことのできない場所にまで、追いつめられてしまうかも知れない。話の残りは、あった所に収めておけばよい。胸に潜ませたあの刻みタバコの缶の中に閉じ込めておけばよい。昔は赤い血の通う心臓があった場所に。缶の蓋は錆《さ》びついて閉じたままだった。その蓋を、このやさしい、不屈の勇気に恵まれた女性の見ている前で、こじあけるようなことは、けっしてすまい。彼女が中身の匂いをかすかに嗅いだだけでも、彼は、恥ずかしくていたたまれなくなるだろうから。その上、ミスターの真紅のトサカのように赤く鮮やかな心臓が、彼の身の内で鼓動していないと知ったら、セサの心も傷つくだろうから。

セサは、作業着の布地の上から、石のように固い彼の膝の輪郭を押してはさすり、押してはさすっていた。彼の膝をさすることが、彼女自身を鎮めているように、彼をも鎮めてくれるようにと、願った。レストランの調理場の薄明かりの中で、パン生地をこねている時のように。料理人が出勤してくる前に、ベンチがやっと入るほどのすき間に立つ時のように。隅の方で並んだ牛乳の缶の陰に、左端にできたわずかな空間。そこでパン生地をこねたのだ。パン生地をこねにこねる。過去を叩き出し追い返すという、今日一日のむずかしい仕事を始めるのに、これ以上最適の作業はなかった。

二階ではビラヴドが踊っていた。小刻みにワントゥ、ワントゥ、次に新しく踏みかえて、シャッセ、シャッセ、ツツッと進む。

デンヴァーはベッドに腰を下ろして、にこにこしながら伴奏をつけていた。

これほど幸せそうなビラヴドを、見たことがなかった。砂糖をうれしそうに舐めたり、デンヴァーから新しいことを聞いたりする時などに、彼女のすねているような唇が笑いでぱあっと横に開くのは、前にも見ていた。デンヴァーの母親が語る昔の話にビラヴドが聴き入っている時、彼女の皮膚から放射される温かい満足感を、感じもしていた。しかし陽気になったのを見たことは、一度もなかった。ビラヴドが仰向けに床に倒れ、目を剝《む》き喉を摑んでころげまわって十分もたっていなかった。数秒ほどデンヴァーのベッドに横になっただけで、いまはもう、起きて踊っていた。

「どこで踊りを習ったの？」デンヴァーは彼女に訊いた。

「どこでもないわ。これを見て」ビラヴドは二つの握りこぶしを腰に当てると、素足のままでスキップを始めた。デンヴァーは笑った。

「今度はあんたの番。さあ、おいでよ」とビラヴドが言った。「あんたも踊らなくちゃだめよ」彼女の黒いスカートが大きく左右に揺れた。

ベッドから立ちかけると、デンヴァーは全身が氷のように冷たくなるのを感じた。自分の躰が、ビラヴドの倍も大きいのはわかっているのに、ひとひらの雪のように冷たく、軽くなって、宙に浮き上がってしまった。

ビラヴドは片手でデンヴァーの手を取り、もう一方を彼女の肩に乗せた。こう姿勢をかまえてから二人は踊りだした。グルグルと小さな部屋をまわりながら、デンヴァーがけたたましく笑ったのは、目が眩《くら》んだせいかもしれないが、躰に重量感がなく、同時に氷のように冷たい感触のせいだったかも知れなかった。感染するような笑いで、ビラヴドもつられて笑った。二人の少女は子猫のようにはしゃいで、前に後ろに、後ろに前にと揺れ続け、とうとうくたくたに疲れて床の上に坐り込んだ。

呼吸が楽になるまで、ビラヴドはベッドの縁に、頭を仰向けにもたせかけていたので、デンヴァーには、ビラヴドが寝る前に服を脱ぐ時、いつも全部見えていたあれの先端が見えた。そこにまっすぐに視線を据えたまま、デンヴァーは囁くように訊いた。「なぜあんたは自分のことをビラヴドと呼んでるの？」

ビラヴドは目を閉じた。「暗がりの中では、あたしの名前はビラヴドなの」

デンヴァーはさっと躰を動かして、さらに少しビラヴドのそばに寄った。「あっちはどんな所なの、あんたが前にいた場所は？　あたしに話してくれる？」

「暗い」ビラヴドが答えた。「あたし、あの場所で小さい。あたし、こんな」彼女はベッドから頭を起こすと、脇腹を下にして横になり、躰を丸くちぢめてみせた。

デンヴァーは手で唇を覆った。「寒かった？」

ビラヴドはますます躰をぎゅうっとちぢめて、頭を振った。「暑い。あそこで吸う空気、何もない。それから動く場所、ぜんぜんない」

「誰かに会った？」

「おおぜい。あそこにはたくさん人がいる。死んでる人もいる」

「イエスさまに会った？　ベビー・サッグスには？」

「わからない。名前知らないから」彼女は起き上がって坐った。

「教えて。どうやってここへ来たの？」

「あたし、待つ。それからあたし、橋の上に来た。クライ時に。ヒルマの時に、クライ時に、ヒルマの時に、あたし、そこにずっといる。長い時間だったよ」

「そのあいだ、ずうっと橋の上にいたの？」

「違う。橋はあと。あたしが外に出たとき」

「なぜ戻ってきたの？」

ビラヴドはにっこり笑った。「あの女の顔を見に」

「母さんの？　セサのこと？」

「そうよ、セサのこと」

デンヴァーは少し気を悪くした。自分がビラヴドの帰還の主な理由ではなかったので、侮辱された感じだった。「あたしたち小川のそばでいっしょに遊んだのに、憶えてないの？」

「あたし、橋の上にいた」ビラヴドは言った。「あたしが橋の上にいるの、あんた見える？」

「違うわ、小川のそばよ。うらの森の中の水よ」

「ああ、あたし、水の中にいた。そこであの女のダイヤモンド、見た。あたし、さわろうと思えば、さわれた」

「どうして、さわらなかったの？」

「あの女があたしを置いていった。あたしを独りぼっちにした」ビラヴドが答えた。目を上げてデンヴァーの目と出合い、眉をひそめた。たぶん、ひそめたのだ。見まちがいかも知れない。額についたかすかな掻き傷のせいで、ひそめたように見えたのかも知れない。

デンヴァーは唾を呑んだ。「行かないで」彼女は言った。「行かないでね。あんた、あたしたちを置いて出ていかないわよね？」

「もちろん。出ていきっこないよ。ここが、あたしの家だもん」

デンヴァーは、あぐらをかいていたのだが、突然、身を乗り出してビラヴドの手首を摑んだ。「彼女に言っちゃだめ。母さんに、あんたが誰だか知らせちゃだめ。お願い、いいわね」

「あたしに指図しないで。ぜったいに、ぜったいに、あたしに指図なんかしないでよ」

「でも、あたしはあんたの味方よ、ビラヴド」

「目あてはあの女。あの女が、あたしが必要としている女。あんたはいなくなってもいいけど、あの女は、必ずあたしのものにしとかなくちゃ」彼女の瞳は、これ以上大きくなりようもないくらいまで大きく見開き、明けることのない夜空のように黒かった。

「あたし、あんたに何もしてやしないのに。あんたを傷つけたことなんかないわ。人を傷つけたことなんかないのよ」

「あたしだってそうなのに。あたしだってそうなのに」

「これから、どうするつもり？」

「ここにずっといる。この家のもんだもの」

「あたしだって、この家のもんだわ」

「じゃあ、いたらいい。でも、ぜったいに指図なんかしないでよ。ぜったいに、それはするな」

「あたしたち踊ってたのに。ちょっと前は、二人で仲良く踊ってたのよ。さあ、踊ろうよ」

「踊りたくないよ」ビラヴドは立ち上がって、ベッドに寝そべった。二人の沈黙は、脅えあわてた小鳥のさえずりのように、壁にぶつかって響いた。やっとデンヴァーの呼吸は、ビラヴドがいなくなるかもしれないという耐えがたい喪失の恐怖に打ち勝って平静になった。

「話して」とビラヴドが口を切った。「セサがお舟の中で、あんたをつくった時のこと、あたしに話してよ」

「母さんは、一度もあたしにぜんぶ話してくれたことがないのよ」デンヴァーが言った。

「話してったら」

デンヴァーはベッドに上がり、エプロンの下で腕を組んだ。サーカスから帰ってくると、ビラヴドが庭先の切り株に坐っていたあの日以来、デンヴァーは一度も木立の小部屋に行っていなかったし、このせがまれ追いつめられた瞬間まで、自分がそこへ行っていなかったということさえ、思い出すこともなかった。森の中へ行けば見つかったものはすべて、いまではこの姉にあたる少女が、たっぷり与えてくれた。激しく鼓動する心臓、夢見心地、遊び相手、危険、美を味わわせてくれた。デンヴァーは二回も唾を呑みこんで、物語を始める態勢を整え、幼い頃から切れ切れに聞いてきた話の糸で、ビラヴドを捕える網作りにとりかかった。

「彼女は良い手を持ってたって、母さんは言った。その白人の少女はやせて細い腕をしてたけど、良い手を持ってたって、と母さんは言った。それがすぐにわかったって、母さんは言った。五人の頭を覆えるぐらいの髪の毛と良い手を持ってたって、と母さんが言った。その手を見て母さんは、彼女ならやれるなって考えたんだと、あたしは思うわ。母さんとあたしが河を渡れるようにしてくれるってね。でも母さんが怖がらなかったのは、その女の口のせいよ。白人を判断する手がかりなんて、何もないんだって、母さんは言った。いつどんなふうに飛びかかってくるか、わかったもんじゃないって。言うこととすることが別なんだから。それでも口を見れば、口の形でわかる時があるそうよ。その女の子は、嵐みたいに喋ったけど、口のまわりには、ちっとも意地悪なところがなかったって、母さんは言った。その子は、母さんをその差し掛け小屋まで連れていって、足をさすってくれたのよ。だから、それが一つの証拠でしょ。それで母さんは、その子が自分のことを密告したりはしないって信じた。逃亡奴隷を引き渡したら、お金がもらえたのよ。それに母さんは、この子が他の何よりもお金をほしがっていないなんて信じられなかった。この子が喋ることといったら、ベルベットを手に入れる話ばかりだっていうことがわかってからは、なおさらね」

「ベルベットってなあに？」

「布地よ。毛足が長くて、柔らかい」

「先へ進んで」

「ともかく、その子は母さんの足をさすって生き返らせたの。そしたら母さん、声を出して泣いたって、言ってた。すごく痛かったからだって。だけど、足が生き返ったおかげで、母さんは、無事に河を渡ってベビー・サッグスばあちゃんがいるところへ、たどり着けるんじゃないかって思ったの。それから——」

「それ、誰？」

「いま言ったばかりでしょ。あたしのおばあさん」

「セサの母さん？」

「ちがう。あたしの父さんの母さん」

「先に進んで」

「ベビー・サッグスばあちゃんがいるところで、他のみんなも待ってた。あたしの兄さんたち、それから……赤ちゃんだった女の子。母さんはみんなを先にやってベビーばあちゃんの家で待ってるようにしたの。だから母さんはそこにたどり着くために、あらゆることに耐えなきゃならなかった。そして、エイミーっていうこの女の子が助けてくれたの」

デンヴァーは話すのをやめて、ため息をもらした。そこからが、物語の中でもデンヴァーが大好きなくだりだった。彼女はもうすぐ、そこにたどり着こうとしていた。その部分が大好きだったのは、それが全部彼女自身に関する話だったからだ。でも同時に彼女はその部分が大嫌いでもあったのだ。なぜなら、この話を聞くと、どこかに未払いのままの勘定書があって、それを払わなければならない人物は、彼女自身、つまりデンヴァーであるような気分になったからだ。しかし誰に払えばいいのか、どんな形で支払うのかは、はっきり名ざすことができないままだった。いまこうやってビラヴドの敏捷《びんしょう》で貪欲な興味を浮かべた顔を眺め、彼女が一言も聞き逃さずに話を吸収し、物の色や大きさを尋ねたりなどして、知ろうとする渇望を剝き出しにしている様子を見守っているうちに、デンヴァーは自分が語っている話を、耳に聞くばかりではなく、目で見始めた。ここにいるのは十九歳の奴隷の少女で――彼女より一歳年上だ――遠く離れた土地で待つ子供たちの所へ行こうと、暗い森の中を歩いている。彼女は疲れている。たぶん脅えてもいるし、もしかしたら途方にくれさえしているのだ。何よりも彼女は独りぼっちで、しかも体内には護ってやらなければならない赤ん坊がもう一人いる。ひょっとしたら背後には犬が迫っている。たぶん銃もだ。そしてもちろん苔のような歯が追ってくる。彼女は夜の色をしてるので、夜を恐れはしない。でも昼になればありとあらゆる音が、銃声か、追手の忍び足に聞こえてしまう。

デンヴァーはいまそれを目に見て、躰に感じていた――聴き入っているビラヴドを経由して。母親が感じたに違いない思いを感じていた。母親の目に映じたに違いない光景を見ていた。デンヴァーが微《び》に入り細《さい》をうがって、事こまかに話せば話すほど、ビラヴドはますます喜んだ。そこでデンヴァーは、母や祖母が語ってくれた断片に血を通わせ――それから鼓動も打たせて、聴き手の質問を期待した。二人が並んで横になっているうちに、デンヴァーの一人語りは、実は二重奏になっていった。恋する相手をごちそう攻めにするのを愉しみにしている恋人よろしく、デンヴァーはビラヴドの興味を語ることでもてなした。ビラヴドが眠る時傍らに置きたがったので、オレンジ色の二つの端切れを囲んだ暗い色をしたキルトのふとんは、二人のいるデンヴァーの部屋にあった。ふとんは草の香りを放ち、手のような感触だった――忙しく働く女たちの休息を知らない手のような。かさかさに乾いて暖かく、ささくれだっていた。デンヴァーは喋り、ビラヴドは聴き入った。ほんとうに起きた出来事、ほんとうに存在した光景を創造するために、二人は最善を尽くした。それはセサだけが知っている出来事だった。何故ならセサだけがその記憶を持ち、後になって言葉に表す時間を持ったからだ。エイミーの声の響き、燃えている木のような彼女の息。あの丘陵地帯の急激な天候の変化――夜は冷え込み、日中は暑く、突然立ちこめる霧。なんと無謀にセサは、この白人の少女に対して振るまったことか――その無謀さは死に物狂いの中から生まれ、そしてまた、逃亡者らしいエイミーの目つきと、彼女のやさしい心根が現れた口元に勇気づけられたせいだった。

「こんな山の中を歩きまわる用なんか、あなたにはないでしょうに、おじょうさん」

「ちょいとおまえ、誰に向かって口をきいてるんか、気ィつけな。おまえなんかより、用は大ありさ。奴らはおまえを引っとらえ、おまえの首をちょん切るよ。誰もあたいを追っかけてないけど、誰かがおまえを追っかけてるってこと、あたいは知ってるよ」エイミーは自分の指で奴隷女の足の裏を、ぎゅっと押した。「そりゃ、誰の子かい？」

セサは答えなかった。

「自分でもわからないんだね。イエスさん、助けにきてくれよう」エイミーはため息をついて頭を振った。「痛むかい？」

「少し」

「そりゃいいことだ。痛めば痛むほど、ますますいいんだ。痛みなしじゃ、何も治らないんだよ、知ってるかい。なんでモゾモゾ動くんだい？」

セサは両肘をついて躰を持ち上げた。長いあいだ仰向けになっていたので、肩胛骨《けんこうこつ》のあいだでカチカチ山のような騒ぎが起こっていた。両足を焼く火と背中で燃える火に責められて、彼女は汗を流した。

「背中が痛いんです」

「背中がかい？　ねえちゃん、おまえは目も当てられないポンコツだ。ほれ、こっちを向いて、ちょっと見せてみな」

吐き気がするほど大変な努力をして、セサは向きを変えて右の脇腹を下にした。エイミーはドレスの後ろを開けて、そこにあるものを見ると「助けにきてくれ、イエスさん」と言った。そうやってイエスの名を呼んだ後で、エイミーはしばらく口を開かなかったので、よほどひどい傷に違いない、とセサは察した。珍しく舌を抜かれたように口をつぐんでしまったエイミーの沈黙の中で、セサはあの二本の良い手の指が、そおっと背中に触れるのを感じた。背中で息づかいが聞こえていたが、白人の少女は何も言わなかった。セサは身じろぎできなかった。腹這いにも仰向けにもなれず、このまま脇腹を下にしていれば、悲鳴をあげている足に重みをかけることになった。エイミーが夢遊病者のような声で、とうとう口を開いた。

「これは木だよ、ルウ。シブミザクラの木だ。見てごらん、これが幹だ——赤くてスイカをぱかっと割ったみたいだ、汁がいっぱいたまってる。それから、ここんとこで分かれてるのが枝だよ。枝はえらくたくさんあるよ。葉っぱもあるね。そっくりだ。それから、オドロ木モモノ木、花も咲いてる。こんまい、めんこいサクラの花さ。白いんだよ。おまえの背中には、木が丸ごと一本生えてるんだよ。花ざかりさ。神さんは何をたくらんでるんだろうと、考えちまうね。あたいだって鞭でぶたれてるけど、こんなふうにぶたれたおぼえはないね。バディさんの鞭もそりゃひどかった。奴をまともに睨《にら》みつけたからって、ぶちやがる。嘘じゃない。一度、奴をまともに睨みつけてやったら、火かき棒を振りあげて、あたいめがけて投げやがった。あたいが考えてることが、わかったんだと思うね」

セサが呻いたので、エイミーは物思いを中断した。セサの足の位置をずらし、落ち葉をかぶせた石の上に載せて、足の重みがくるぶしから上、脚の方へかかるようにするあいだだけは、おしゃべりを止めていた。

「この方がいいかい？　神さん、何て死に方なんだ。わかってるだろうけど、おまえは、ここでオダブツになるよ。逃げられっこないよ。あたいが通りかかったから、屋根も戸もない森ん中では死なずにすむんだから、おまえをつくった神さんにお礼を言うんだね。蛇が出てきて、嚙みつくよ。熊に食われちまうよ。もしかしたら、もとの所にいた方がよかったかもしれないよ、ルウ。なぜそうしなかったかは、おまえさんの背中を見ればわかるけどさ。ハハ。誰がその木を植えたかしらないけど、そいつの凄さは、バディさんに一マイルも差をつけてるよ。あたいがおまえじゃなくて、よかった。さあてっと、クモの巣が、おまえにやってやれる、せいいっぱいのとこだ。ここにあるのじゃ、足りないね。外をさがそう。苔を使ってもいいんだけど、ときどき虫だとか他のもんがまじってるからね。この花はつぶしちまった方がいいかもしれない。この膿《うみ》を出しちまうのさ、どう思う？　神さんは何をたくらんでるんだろうと考えちまうよ。おまえはよっぽど悪いことをしでかしたにちがいない。いまは、どこにも逃げ出すんじゃないよ」

少し離れた藪《やぶ》の中で蜘蛛《くも》の巣を捜しながら、エイミーが鼻唄を歌うのがセサに聞こえた。

エイミーが小屋を出たとたん、赤ん坊が突っ張り始めたので、鼻唄を聞くことに神経を集中させた。いい質問だわ、とセサは考えていた。神さまは何をたくらんだのかしら？　エイミーがドレスの背中を開いたままにしておいたので、風の尻尾が背中を打って痛みをわずかに和らげた。和らいでほっとすると、それまで感じなかった、ただれた舌のわずかな痛みの感触がはっきりと感じられた。エイミーは二つの手のひらにいっぱい、蜘蛛の巣を載せて帰ってきた。巣にかかった小さな虫をきれいに取り除き、クリスマスツリーを飾るみたいだと言いながら、糸を背中にからますように掛けていった。

「あたいたちのいたとこにやってきた、クロンボの女の子がいた。彼女はなんにも知らないんだ。バディの奥さんの縫いものするんだ——そりゃみごとなもようのレースとかをさ。けど言葉を二つひっつけることもほとんどできないのさ。おまえそっくり、何にも知らないのさ。おまえは何一つ知っちゃいないんだ。けっきょく死んじまう、それしかないよ。あたいは違う。あたいはボストンに行って、ベルベットを買うんだ。カーマイン色の。おまえベルベットが何か知らないだろ、え？　こうなったら知らないままで死んでくんだよ。きっとお天とさんを顔にあびて眠ることさえ、二度とないんだ。あたいは二度ほどあるけどね。たいていは明るくなる前に家畜にえさを食わせてるし、暗くなっても、ずいぶんたたなきゃ眠れない。そいでも、荷馬車の後ろにいたら、眠り込んじまったことがあった。顔にお天とさんをあびて眠るのは、最高にゆったり、いい気分だね。二度、そんなふうに眠ったよ。一度はガキの時だった。そん時は、だあれも文句言わなかった。二度目の時さ、荷馬車の後ろでさ、また眠り込んじまったら、そのあいだににわとり小屋からにわとりがいっせいに逃げ出しちまった。バディさんにけつを鞭でぶったたかれたんだ。ケンタッキーは住むとこじゃないね。住むならボストンさ。あたいの母さんがバディさんの手に渡る前にいたとこさ。ジョー・ネイサンはバディさんがあたいのてておやだって言ったけど、あたいは信じないよ。おまえはどう思う？」

セサは彼女に、バディ氏が彼女の父親だなんて信じません、と言ってやった。

「おまえは、自分のてておやが誰だかわかってんのかい？」

「いいえ」セサは答えた。

「あたいも知らないんだよ。わかってるのは、あいつなんかじゃないってことだけさ」そう言って、治療を終えた彼女は立ち上がり、差し掛け小屋の中を縫うように歩きまわり、髪をまぶしく煙らせている陽の光の中で、動きの鈍い瞳の色は淡く薄かった。彼女は歌った。

せわしい昼もとっぷり暮れて
わたしの疲れたいとし子は
そっとやさしく、ゆらゆら揺れる

夜風がそよそよ吹いてきて
谷間じゃコオロギ
コーロー、コーローまたコーロー
霊があつまる緑の原で
妖精たちがくるくる踊るよ女王さまのまわりを
霧にうるんだお空から
やってくる、おねむお目々の貴婦人さん

突然、エイミーは、躰を揺すって縫うように歩いていたのをやめて、坐りこんだ。骨と皮ばかりにやせこけた両腕をくるむように膝にまわし、彼女のあの良い、良い手には両肘がすっぽり入っていた。のろのろと動いていた目は停止して、足元の土を覗き込むように見つめていた。「いまのはあたいの母さんの唄さ。母さんに教えてもらったんだ」

畑を離れ霧を抜け
たそがれ通って帰るのは
静かでぬくいわしらの炉ばた
やさしく低い歌声に

揺れるゆりかご、ゆうら、ゆうら
時計がけだるくしゃがれ声
今日も過ぎたと知らせてる
月の光がたゆたう下に
床の玩具《おもちゃ》も眠ってる
わたしの疲れた赤ちゃんもねんね
やってくる、おねむお目々の貴婦人さん

あのかたはやさしくお手々を置くのです
わたしのいとしい赤ちゃんに
白いその手はベールのように
巻き毛のおつむに広がって
シルクの房を一つずつ
かわい、かわいと撫でてるような
それからその手は瞼を閉じる
ぱっちり開いた茶色のお目々を撫でおろす
おだやかになだめやさしく

やってくる、おねむお目々の貴婦人さん

唄が終わると、エイミーは静かに坐ったままだった。間をおいて最後の一節をもう一度繰り返した後、立ち上がり小屋を出ると、少し離れた所まで歩いていってトネリコの若木に寄りかかった。彼女が戻ってきた時、太陽は眼下の盆地に降り、二人は太陽より遥《はる》か高みにいて、ケンタッキーの青い光に包まれていた。

「おまえはまだ死んじゃいないね、ルウ？　ルウったらあ」

「いいえ、まだです」

「賭《か》けてもいいよ。今夜、一晩生きぬけば、これからもずっと生き延びられるよ」エイミーはもっと楽になれるようにと落ち葉を敷き直し、膝をついて腫れあがったセサの足をまた揉んだ。「もう一度、本式にしっかりこすってみるよ」と彼女は言い、セサが歯のすき間から息を吸い込むと「口を開けるな。口は結んだままにしとかなきゃだめじゃないか」と言った。

舌を嚙まないように気をつけて、セサは唇をしっかり嚙みこんで、その良い手が「だから蜂さん、静かに歌っておくれ、蜂さん低く歌っておくれ」の節に合わせて、せっせと揉んでくれるのに身を任せていた。それがすむとエイミーは差し掛け小屋のもう一方の端に行き、そこに坐り込むと、頭を片方の肩にかしげるように落として、髪を編んだ。編みなから「夜のうちに、あたいがいるとこで死んでもらっちゃ困るからね、聞いてるかい？　おまえの醜い黒い顔がウラメシヤなんて出てくるのなんか見たかないよ。いよいよ死ぬ時は、どっかあたいが見えないとこへとっとと行っとくれ、聞いてるかい？」

「聞いてます」セサが言った。「わたしにできることは、するつもりですから」

生きてこの世で目を覚ませるなどと期待していなかったので、爪先が自分の腰を突っついているのを感じた時は、てっきり死んだと思っていた眠りから抜け出すのに、少し時間がかかった。セサは起き上がった。エイミーが膿《うみ》の流れる背中を点検しているあいだ、躰が硬直し震えていた。

「ひでえもんだよ」エイミーは言った。「けど、おまえは切りぬけたよ。ここへ来て下さいまし、イエスさん。ルウは切り抜けました。これもあたいのおかげだよ。あたいは病気の生きものの手当てがうまいんだ。歩けると思うかい？」

「どうにかして、小用をたさないと困るんです」

「その足で歩けるか、ためしてみようよ」

まともにというわけにはいかなかったが、どうにかなりそうだった。そこでセサは、最初はエイミーを、次に若木を杖にして、足を引きずり引きずり進んだ。

「あたいがやったんだ。あたいは、病気の生きものの手当てがうまい。そうだろう？」

「ほんとに」とセサが言った。「あなたには治す力がある」

「あたいたち、この山から降りなきゃ。さあ、おいで。あたいがおまえを河まで連れていってやるよ。そこだったら、おまえに都合がいいはずだ。あたいはね、あたいは公道に出るつもりさ。そこから一直線にボストンさ。おまえのドレスにくっついてるのはなんだい？」

「乳です」

「おまえはメチャメチャのかたまりみたいだよ」

セサは自分の腹を見下ろし触ってみた。赤ん坊は動かなかった。彼女は夜のうちに死にはしなかったが、赤ん坊は死んでしまったのだ。もし、そういうことなら、もう立ち止まっている余裕などはなかった。泳いで河を渡ってでも、この乳を生きてる方の赤ん坊の女の子に届けなければ。

「おまえ腹がへってんだろ？」エイミーが尋ねた。

「ぐずぐずしていられないんです」

「まあ、おちつきな。せいてはことをしそんじるよ。くつが要るだろ？」

「何がですって？」

「いいこと思いついたんだ」エイミーは言ったが、その通りだった。彼女はセサのショールから布を二枚引きちぎって、その布に落ち葉を敷き、それからそれをセサの足にまわして縛り、そうしているあいだも休みなく喋り続けた。

「おまえさん、年はいくつだ、ルゥ？　あたいは血を見るようになって四年だけど、誰の子もはらんじゃいないよ。乳がしみだすようなハメになんかなるもんか。だって……」

「ええ、わかってますよ」セサが言った。「あなたはボストンに行くんですから」

　正午に二人はそれを見た。やがてそれが聞こえる所までやってきた。午後も遅くなった頃、飲みたければそれをすくって喉をうるおすことができた。セサを密航させてくれる河船もなければ、逃亡奴隷を喜んで運んでくれる渡し守もいなかった。そのようなものはまったくなかった。丸々一艘盗める小舟を見つけた頃には、空には四つ星が見えた。小舟には一本の櫂《かい》、無数の穴、鳥の巣が二つついていた。

「ほうら、あそこだ、ルゥ。イエスがおまえを見守ってるよ」

　セサは一マイル幅の黒々とした水を見つめていた。数百マイル先のミシシッピー河をめざして進む流れに逆らって、役立たずの小舟に乗って櫂一本でさし込み、漕ぎ上らなければならない黒い水だった。水を見ると我が家に着いたような気がしたが、赤ん坊も（少なくとも死んではいなかったのだ）そう思ったに違いない。河に近づいたとたん、体内の水が溢れて河の水と合流した。子宮の決壊は、くり返し襲ってくる陣痛の予告を伴ってセサの背中を弓のように反らせた。

「何でそんなかっこうしてんのさ？」エイミーが言った。「あんたアホと違う？　そんな真似すぐやめろ。ヤメロって言ったんだよ、ルウったら。おめえ世界一のウスノロだ。ルウ！　ルウ！」

　セサは舟の中以外に行ける場所など考えられなかった。痛みの爆発の後のほっとするような凪《なぎ》を待った。再び膝をつくと、這って小舟の中に身を入れた。船体は彼女の重みでよたよた揺れ、再び躰を切り裂かれるような激痛で息がつまった瞬間に、落ち葉の袋でくるんだ足を小舟のベンチの上で突っ張ることが、どうやらできた。ほら、アタマが出てくるよ、とエイミーのまるで産んでいる当人がわかっていないかのように知らせる声にせかされて、夏の星空の下で喘《あえ》ぎながら、左右の舟べりに足をかけることになった。その裂けるような痛みは、かすがいで止められたクルミの丸太がばらばらになる時か、なめし皮のような空を稲妻がギザギザと裂き破く時のようだった。

　赤ん坊はつかえていた。顔を上にして母親の血の中で溺《おぼ》れていた。エイミーはイエスに嘆願することはやめてしまって、イエスのおっとうを罵《ののし》り始めた。

「押し出せ！」エイミーが金切り声で叫んだ。

「ひっぱって」セサが囁いた。

　するとあの強い手が四回目の活躍を始めた。助太刀はけっして早すぎはしなかった。穴を見つけては至る所から滲み込んでいた河の水が、セサの腰の上まで広がっていたからだ。エイミーが赤ん坊の頭をひっ掻かんばかりに悪戦苦闘しているあいだ、セサは片腕を後ろに伸ばしてロープを握りしめていた。水のしとねから片足が上がり、舟底とセサのお尻を蹴った時、彼女はうまくいったことを知り、気をゆるめてわずかのあいだ気絶した。意識が戻ってくると産声《うぶごえ》は聞こえず、エイミーが励ますように赤ん坊にやさしく呼びかけているだけだった。あまり長いあいだなんの反応もなかったので、二人とも赤ん坊は死んでしまったと思った。突然セサが身を反らし、後産が勢いよく飛び出した。とたん、赤ん坊がクスンクスンと声をたて、セサは目をこらした。赤ん坊の腹から二十インチのへその緒《お》がだらんとたれて、ひんやりと冷たい夕風の中で震えていた。エイミーは自分のスカートで赤ん坊をくるみ、水と血と汗でべとべとになった女たちは、いったい全体、神が何をたくらんでいるのかを知るために、岸に這い上がった。

河の堤にそって広がる窪地に自生する青羊歯《しだ》の胞子は、幾筋もの銀青色の列を作って、水に向かって漂っていく。太陽の光の矢が低く流れ、生気を失って落ちる頃、河べりに寝そべって、漂う胞子の行列の中か、それとも近くにいなければ、銀青色の行進はなかなか見えないのだ。しばしばその行列は虫と間違えられる——だが、それは無量無数の種子の群れで、その中で丸ごと一つの世代が未来を信じきって眠っているのだ。一つ一つの種子が未来を持ち、胞子の中に含まれている可能性はすべて実現するだろうと、信じることは一瞬たやすい——その一つ一つが、予定された命数を全うするだろうと。この確信の一瞬は、次の瞬間まで続きはしない。それでもたぶん、この一瞬は胞子自身の命よりは、長いのである。

河岸で、夏の夕べの冷気に包まれ、銀青色のシャワーの下で、二人の女は死に物狂いの努力をした。互いに、再びこの世で顔を合わすことなど期待せず、またその時は、そんなことなど考えもしなかった。だが、あの河土手で夏の夜、青羊歯に囲まれて、二人はいっしょに何かを、適切に、しかも見事にやりとげたのだ。逃亡奴隷を見張る巡視人が通りかかったとしたら、世の中に見捨てられた二人の人間、法に守られず法から逃げ出した二人、奴隷女と蓬髪《ほうはつ》で裸足の白人女が、着ていたボロ服を脱ぎ、十分前に生まれた赤子をくるんでいるのを見て、くすくす笑ったことだろう。だが巡視人も通りかからず、牧師も姿を見せなかった。土手の下で、河はひとりで、吸ったり飲んだりするような水の音を立てていた。仕事中の二人を邪魔するものは、何もなかった。だから二人は適切に見事にやりとげたのだ。

夜が白んで、エイミーは出発しなければと言った。逃亡奴隷がうろうろしているような物騒《ぶっそう》な河のほとりで、真っ昼間にとっつかまるのはまっ平御免だと言った。手と顔を河で洗うと、突っ立ったまま、ボロにくるまれセサの胸にくくりつけられた赤ん坊を見下ろした。

「この子は、あたいのことを知ることはないんだろうな。おまえさん、この子に教えてやるかい？　誰が、この子をこの世に連れ出したかをさ？」エイミーは顎をつんと上げて、太陽が現れるあたりを、はるかに見やった。「この子に教えておやりよ。いいかい？　それはミス・エイミー・デンヴァーだってね。ボストンのね」

セサは、これは深くなるに違いないと思いながら、自分が眠りに落ちていくのを感じた。眠りの縁《へり》で、深みに入って行く寸前に、思った。「きれいな名前だわ。デンヴァー。ほんとにきれい」

すべての重荷を下ろす時期が来ていた。ポールDがやってきてポーチの階段に腰を下ろすまでは、セサは居間で囁き声で喋ることで、ようやく生き続けていた。そうやって、自分を懲らしめてやまない幽霊の仕打ちに耐え、夢の中では、木立の中に躰の一部分しか見られなかったので、ハワードとバグラーの赤ん坊の時の顔を新しく喚び起こし、二人を、姿も形も完全に、この世に引き留めたのだ。夫の存在もそうだった。影のようにひっそりと、だがあそこに、あるいはこの世のどこかに留めておいた。いまは、バタープレスと攪乳器のあいだに浮かんだハーレの顔がどんどん大きく膨らんで、目の前に迫り、彼女の頭はずきずき痛んだ。自分のうなじを揉んでほぐしてくれるベビー・サッグスの指が恋しかった。揉みながら、「武器を置くんだよ、セサ。剣と楯《たて》を。置くんだよ。置くんだよ。剣も楯も置くんだよ。河の岸辺に置くんだよ。剣と楯を。戦うことはもう考えちゃいけない。すべての不幸の種を下ろしておしまい。剣と楯を」と言っていた。すると、つぼを押す指の感触と静かに諭すような声にほぐれ、彼女は武器を置くのだった。悲惨、後悔、遺恨、傷心に立ち向かうために用いた自衛の重い刃物を、眼下に澄んだ水が滔々《とうとう》と流れていく堤の上に、一つまた一つと置いたのだ。

ベビー・サッグスの指にも声にも触れずに過ぎた九年は、つらすぎた。それに居間で呟くだけで得られる平安は、あまりにも小さすぎた。神が創った中でもいちばん心やさしい男の、バターで汚れた顔には、もっと多くのことが必要だった。アーチを建てるとか、弔《ちょう》衣《い》を縫うとかしなければ。何か鎮魂の祀《まつ》りを行うことが必要だった。セサはベビー・サッグスが太陽を浴びて踊った森の奥の「開拓地」へ行こうと決心した。

一二四番地とその住人が一人残らず心を閉ざし、扉を閉ざし、身を隠して引きこもってしまう前、この家が幽霊の玩具になり、神経をひりひりさせている人々の住居になる前、ここはベビー・サッグス・ホーリィが愛を、警告を、食べ物を与え、叱りそして慰めてくれる、陽気で人々のざわめきに満ちた家だった。一つでなく二つの鍋がかまどでぐつぐつ煮えていた家、ランプが一晩じゅう灯っていた家だった。旅人はここで疲れを癒《いや》し、子供たちは旅人の靴の中に足を入れて遊んだ。伝言はこの家に残された。伝言を受け取る必要のある者は、近いうちにきっと立ち寄るからだった。話は小声で要点だけが伝えられた。ベビー・サッグス・ホーリィが、よけいなことを言うのは益のないことだと思っていたからだ。「すべては、知る量にかかっている」と彼女は言い、「良きことは、口をつぐむ時を知ることなり」とも言った。

新生児を胸にくくりつけたセサが荷馬車を降りて、義母の広げた両腕の感触に初めて触れたのは、あの頃の一二四番地の前でだった。義母はすでにシンシナティに来ていたのだ。奴隷の生活は「彼女の脚を、背中を、頭を、手を、肝臓を、子宮を、そして舌を、めちゃめちゃにしてしまっていた」ので、義母は生計をたてる手段には心しか残されていないと判断した。そしてさっそくその心を使い始めた。

自分の名前の前にいかなる敬称をつけて呼ばれることも承知せず、ただ名前の後ろにはささやかな親愛の情を示されることには異をたてず、ベビー・サッグス・ホーリィは教会を持たない説教師となった。ほうぼうの説教壇に立ち、それを利用できる人々に彼女の大きな心を開く説教師になった。冬と秋には、アフリカ・メソディスト監督教会、浸礼派、聖なる者の集い、聖別されし者の集い、贖《あがな》い主と贖われし者教会などの説教壇を訪れた。召命されもせず、聖職者の衣もまとわず、聖職者としての任命も受けなかったが、彼女は人々の前で自身の大きな心の鼓動を響かせた。暖かい季節がめぐってくると、ベビー・サッグス・ホーリィは、歩ける者は一人残らず、黒人の男、女、子供を従えて、彼女の大きな心を「開拓地」へ持っていった。森の奥に広々と切り開かれた場所は、何の目的で開かれたのか誰も知らなかったが、鹿と誰だかわからないこの場所の開拓者だけが通った小径の突きあたりにあった。毎週土曜の午後の日ざかりに、人々が木立の中で待つ中を、彼女はその切り開かれた場所に坐った。

側面が平たくなった巨大な岩の上に身を落ち着けて、ベビー・サッグス・ホーリィは頭をたれ、無言のまま祈った。彼女に従ってきた人々は木立の中から彼女を見守った。彼女が杖を置けば準備が整った印だということを、彼らは知っていた。杖を置くと彼女は叫んだ。「放てよ、子供らを！」これに応えて子供たちは、木立の中から彼女に向かって駆け出した。

「母さんに笑い声を聞かしておやり」彼女は子供たちに命じ、森は鳴り響いた。大人たちは眺めて、微笑まずにはいられなかった。

すると「放てよ、男たちを」と彼女が叫んだ。男たちは笑い声が鳴り響く木立の中から一人また一人と歩み出た。

「妻と子供たちに、あなたが踊るのを見せておやり」と彼女が命ずると、男たちの足元で地に住む生き物が震えた。

最後に彼女は女たちを自分の傍らに呼び寄せた。「お泣き」彼女は命じた。「生者のために、そして死者のために。無心にお泣き」すると目も覆わずに、女たちは、はばからず泣き出した。

そんなふうに始まったのだ。笑う子供たち。踊る男たち。泣く女たち。それからすべてが渾然《こんぜん》となった。女たちは泣くのをやめて踊った。男たちは坐り込んで泣いた。子供たちは踊り、女たちは笑い、子供たちは泣いて、ついには、疲れ果て、裂け破れて、全員が汗で濡れ、息を切らして、思い思いに「開拓地」にころがった。やがて生まれた静寂の中で、ベビー・サッグス・ホーリィはこの人々に彼女の偉大で大きな心を捧げた。

彼女はこの人々に自分たちの生活を潔《きよ》めよとか、行け、二度と罪を犯すな、などとは言わなかった。この人々に彼らがこの世で祝福された者であるとか、地を受け継ぐべき柔和《にゅうわ》なる者であるとか、神の栄光を見るはずの心清らかなる者であるなどとは、言わなかった。彼女はこの人々に、彼らが手にすることのできる唯一の恩寵《おんちょう》は、彼らが想像することのできる恩寵なのだと告げた。彼らがそれを、想像力で見ることができないなら、手にすることもないだろうと。

「ここでは」と彼女は言った。「ここ、この場所では、わたしたちは生身の躰。泣き、笑う生身の躰。素足で草を踏んで踊る生身の躰。それをいつくしめ。強くいつくしめ。あそこでは、あの人々はあなたがたの生身の躰を愛さない。あの人々はそれを軽蔑《けいべつ》してる。あの人々はあなたがたの目を愛さない。愛するどころか、抜き取ってしまいたいと思ってる。あなたがたが躰にまとうその皮膚だって、愛していない。あそこでは、あの人々はその皮膚に鞭を当てるのだ。その上、おお、わたしの同胞よ、あの人々はあなたがたの手を愛さない。その手をあの人々は、こき使い、縛り上げ、くくり、斧《おの》で切り落とし、虚《うつ》ろなままに捨てておくだけなのだ。あなたがたの手をいとおしめ！　いとおしめ！　手を上げて、それに接吻《くちづけ》するのだ。その手で他の人に触れるのだ。その手を合わせて叩いてごらん。その手であなたの顔を撫でるのだ。あの人々はその顔も愛しはしないのだから。あなたこそ、その顔を愛さなくてはならない。あなたこそが！　それから、そうもちろん、あの人々はあなたがたの口など愛《いと》しいなどと思っていやしない。あそこでは、森の外では、あの人々は、あなたがたの口が裂けているのを見ても、またそれを裂くのだ。その口からあなたがたが言うことに、あの人々は何の注意も払わない。その口から発するあなたがたの悲鳴をあの人々は聞かない。あなたがたの躰を養うために、その口にあなたがたが入れるものを、あの人々は奪い取り、代わりにあなたがたにパン種を与える。そう、あの人々はあなたがたの口を愛さない。あなたがそれをいとおしむのだ。これが、ここでわたしが話している生身の躰の意味なのだ。いとおしまねばならぬ生身の躰なのだ。休み、踊る必要のある足。支えを必要とする背中。腕を必要とする肩、そうだたくましい腕が必要な。その上、おお、わたしの同胞よ、森の外、あそこでは、聞くがいい、あの人々は縄の巻きついてない、まっすぐなあなたがたの首を愛さない。だからこそ、あなたがたの首をいとおしめ。首に手を置き、ほめたたえ、撫で、たかだかと立てるのだ。そして、あの人々が豚の餌に放り投げてやった方がましだと考えている、あなたがたの内臓、あなたがたはそれをいとおしまねばならぬ。黒い黒い肝臓、それをいとおしむのだ。そして心臓の鼓動を、鼓動している心臓、それもいとおしむのだ。目や足よりもいとおしむのだ。これから先も自由の空気を吸い込む肺よりももっと。命を宿す子宮よりも、命を与える性器よりも。聞くがいい、もっと心臓をいとおしむのだ。なぜならこれがいちばん貴い宝だから」こう話し終えると、彼女は立ち上がって、会衆全員が口を開き彼女のために歌う中を、心が言い残しまだ語りたがっているものを、引きつる腰を揺らし踊って表現した。長く尾を引く旋律が流れ、ついに四部合唱は深くいつくしまれた人々の生身の躰にふさわしい完璧さに達した。

セサはいま、あの場所に行きたかった。せめて、遠い昔の唄声が残していった空間に、耳を傾けたかった。できることなら、いま、自分の剣と楯をどうしたらよいのか、夫の死んだ母親から手がかりを与えてほしかった。ベビー・サッグス・ホーリィがその行いで、自分の言葉を裏切ってしまってから、九年もたったいま、驚いたことに、セサは彼女の助けを望んでいた。自分の偉大な心を放棄して、望みをいっさい持たず、時折り色彩をほしがって気持ちが昂ぶる以外は、居間のベッドに寝たきりになってしまった義母に。

「わしが手に入れたもの、わしが夢に見たものを、ことごとく取り上げちまったのは、あの白い色をしたやからなんだ」と彼女は言った。「その上わしの心の糸まで切っちまった。この世に不運なんかありゃしない。ただ白人がいるだけさ」一二四番地は扉を閉ざし、家に取り憑いた幽霊の悪意に耐えた。もう一晩じゅう灯るランプもなければ、立ち寄る隣近所の人々の姿もなかった。夕食後の声を落とした会話も聞かれなかった。客人の靴を履いて遊ぶ子供たちも、それを見守る大人もいなかった。ベビー・サッグス・ホーリィは、自分は偽りを述べ伝えてきたのだと思った。恩寵なぞ――想像の産物であれ現実のものであれ——存在しなかったのだと。陽を浴びて「開拓地」で踊っても、その事実を変えることはできないのだと。嫁が到着して二十八日後に、彼女の信仰、彼女の想像力、彼女の偉大で広い、なつかしい心は崩壊し始めた。

それでも、セサが出かけていって、ハーレの霊を弔《とむら》おうと決めたのは「開拓地」だった。光が変わってしまう前に、記憶にあるとおりの緑したたる祝福された場所であるうちに、行こうと決めたのだ。記憶の中でその場所は、植物の草いきれと木の実の熟し朽ちかけた匂いが、霧のように立ちこめていた。

ショールをはおり、デンヴァーとビラヴドにもそうするようにと言った。三人はそろってある日曜日の昼近く出かけた。セサが先に立ち、娘たちは小走りに後ろにつき、あたりには人影がなかった。

森に着くと、セサは中に入る小径をすぐに見つけた。いまでは、都会の人々が催す信仰復活集会が、定期的にそこで開かれていたからだ。食べ物が山盛りに載ったテーブルやバンジョーを持ち込み、天幕を張った大規模な集会だった。昔の小径は踏み固められて幅広くなっていたが、下の草むらにぽとりぽとりとトチの実を落としている木々が昔どおりのアーチを作っていた。セサがしてしまったことは、あれ以外しようがなかったのだが、それでも彼女はベビー・サッグスの崩壊を、自分のせいにして己を責めた。何度ベビー・サッグスが否定しても、セサは一二四番地の嘆きは、ボストンをめざしていた白人の少女のスカートに包まれた新生児を胸にくくりつけた格好で、自分がぽんと荷馬車から降りた時に始まったことを知っていた。

二人の娘を従えて、樫や西洋トチの木の輝く緑の回廊を進んでいくうちに、セサは汗をかき始めたが、オハイオ河の堤で、躰じゅうに泥をこびりつかせた姿で目を覚ました時かいていたのと、そっくり同じ汗だった。

エイミーの姿は消えていた。セサは独りぼっちで、しかも衰弱していたが、ともかく生きていた。それに赤ん坊も生きていた。少し河下に向かって歩いて、チラチラ光る水面を見つめて立っていた。やがて、平台型のボートが滑るように視界に入ってきたが、そこに見える人影が白人なのかそうでないのかは、見分けることができなかった。熱のために汗をかき始めていたが、これで赤ん坊を冷やさずにすむので、神に感謝した。平台型のボートが視界から去ると、よろよろと歩き続け、気がつくと釣り糸をたれている三人の黒人、二人の少年と一人の年長の男のそばにいた。立ち止まり、話しかけられるのを待った。少年の一人が指をさし、男は肩ごしに振り向いて彼女を見た。すばやい一瞥《いちべつ》だった。相手に関して必要なことは即座に見てとったのだ。

しばらく誰も、何も言わなかった。やがて男が言った。「渡るのかい？」

「ええ」セサが答えた。

「あんたが来るのを、誰か知ってるのかい？」

「ええ」

彼はまた彼女に目をやって、彼がいる所から上がっていった場所に、下唇のように地面から突き出した岩に向かってうなずいた。セサはその岩まで歩いていって、腰を下ろした。岩は太陽の熱を吸い込んでいたが、それでも、彼女の躰の方がずっと熱かった。動けないほど疲れていたので、そのままそうしていると、太陽が目を射ってくらくらした。汗が水をかぶったように流れて、赤ん坊をぐっしょり濡らした。坐ったまま眠ったに違いない。目を開けると、目の前に先ほどの男が、両手に湯気のたつウナギのフライを持っていた。手を伸ばすことさえ大儀だったから、匂いを嗅ぐのはなおさらつらく、口に入れるなどとうてい無理だった。彼女は男に水を乞い、男は水差しにオハイオ河の水を汲んで与えた。セサは一滴残らず飲み干し、もっとほしいと頼んだ。

半鐘のように頭が再び鳴り始めたが、はるばるここまでやってきて、これだけ耐えたあげく、河のこちら側で死ぬなんて、絶対に信じまいとした。

男は汗が流れる彼女の顔を注意深く眺めてから、少年の一人を呼び寄せた。

「その上着を脱ぐんだ」彼は少年に命じた。

「え？」

「聞こえたはずだ」

少年は上着をするりと脱いだが、「どうするの？　おいらは何を着たらいいの」と泣きべそをかいていた。

男はセサの胸から赤ん坊をほどくと、少年が脱いだ上着にくるみ、両袖を前で結んだ。

「おいら、何を着たらいいの？」

男はため息をもらし、ちょっと黙っていたが、それからこう言った。「取り返したいなら、自分で赤ん坊から脱がしてみるんだな。赤ん坊を裸のまんま草の中に置いて、自分は上着を着るんだな。もし、おまえにそれができるんなら、そのままどこかへ行っちまって、二度と戻ってくるな」

少年は目を伏せ、相棒のそばに戻っていった。片手にウナギを持って、足元に赤ん坊を置いたまま、セサはからからの口をして、汗をかきながら、うとうとした。夕方が来て、男は彼女の肩に手を置いた。

彼女の予想を裏切って、彼らは上流に向かって棹《さお》をさした。エイミーが見つけたボートよりもはるかに上流に行ったのだ。この男は自分をケンタッキーに連れもどすつもりだと思った矢先、彼は平台型のボートをぐるっとまわして、弾丸のような勢いでオハイオ河を横切った。対岸に着くと、彼はセサが傾斜の急な土手を登るのを助け、上着を脱いだ少年は、それを着た赤ん坊を運んだ。男はセサを藪の中の小屋に案内したが、その土間は踏みならされて固かった。

「ここで待ってなさい。すぐに誰かが来てくれる。動くんじゃない。奴らに見つかるから」

「ありがとうございます」セサが言った。「ちゃんと憶えておけるように、お名前がうかがえたらと思います」

「名はスタンプ」彼は言った。「スタンプ・ペイド。そこの赤ん坊をちゃんと見てるんだよ。聞いているかい？」

「ええ、ええ」答えはしたが、聞いていなかった。数時間後、気配一つしなかったのに、気がつくと、すぐ前に女が一人立っていた。背の低い若い女だった。粗麻の袋を手にして、彼女に挨拶をした。

「ちょっと前に合図は見たんだけど」と彼女は言った。「これ以上早くは来られなかったんだよ」

「何の合図ですか？」

「河を渡ったもんがいれば、スタンプは使わなくなった豚小屋を開けておく。子供がいれば杭に白い布切れを結ぶんだよ」

女は膝をついて、袋をからにした。「わたしの名前はエラ」と言って、ウールの毛布、綿布、焼き芋二個に男物の靴を一足、袋の中から取り出した。「わたしの亭主が、ジョンっていうんだけど、向こうで、ちょっと離れたところで待ってるんだよ。あんたの行き先は？」

セサは女にベビー・サッグスのこと、そこに三人の子供を先に送ってあることを話した。

エラはじっと聞きながら、赤ん坊のへそのまわりを細く裂いた布で巻いた。話のあちこちに穴を、逃亡者たちが口に出して語らないこと、彼らが口に出して尋ねない質問を知ろうと注意深く聞いていた。名前も出さなければ、口にも出さないが、この女が後に残してきた身内は誰かを知るためにも、注意深く聞いていた。女は男物の靴から砂利をふるい落とし、セサの足を靴の中に押し込もうとした。足はどうしても入らなかった。こんな貴重品を台なしにするなんて残念なことだと思いながら、二人の女は惜しそうに、靴の踵を切り裂いた。子供たちの消息を知っているかどうか訊き出す勇気も出ないまま、セサは少年の上着を着た。

「みんな無事に着いてるよ」エラが教えてくれた。「スタンプがあのグループの何人かを渡したんだよ。ブルーストーンに置いてきた。それほど遠くじゃないんだよ」

感謝の思いが胸に溢れて、言うべき言葉も見当たらず、さつま芋の皮を剝いて口に入れ、吐きもどし、無言で祝いながら、また食べた。

「みんな、あんたを見たら喜ぶよ」エラは言った。「この子は、いつ生まれたんだね」

「きのう」顎の汗をぬぐいながら、セサは答えた。「この子も無事に生き延びてくれればいいけど」

エラはウールの毛布からのぞいている、汚れたちっちゃな顔をまじまじと見て、首を振った。「言いにくいことだけど」彼女は言った。「でもね、訊かれれば、言うよ、『何も愛するな』って」それから自分ではっきり言ってしまった言葉の角をとるように、セサに向かって微笑んだ。「この赤ちゃん、自分独りで産んだの？」

「いいえ。白人の女の子が手伝ってくれました」

「じゃあ、すぐ出発した方がよさそうだ」


ベビー・サッグスは嫁の口に接吻して、すぐ子供たちに会ってはいけないと言った。子供たちは眠っているし、と彼女は言った。それに、夜の夜中に子供たちを起こして見せるには、セサはあまりにもむごたらしい姿をしていた。姑は新生児を抱き取ってボンネットを被った若い女に渡したが、渡す時、母親の尿で湿らすまでは、赤ん坊の目を洗ってはいけないよ、と言いそえた。

「もう声を上げて泣いたのかい？」ベビーは訊いた。

「ほんの少し」

「時間はたっぷりあるよ。まずはおっかさんを元気にしなくちゃね」

ベビーはセサを居間に導き、アルコールランプの光を頼りに、顔から始めて、セサの躰を少しずつ洗っていった。それから、たらいで新しい湯がわくのを待つあいだ、セサのかたわらに坐って、灰色の綿布を縫い合わせた。セサはうたた寝していたが、手や足が洗われている気配に目を覚ました。一カ所洗い終わるたびに、ベビーはセサをキルトぶとんでおおい、新しく水を張ったたらいを台所の火にかけた。シーツを引き裂き、灰色の綿布を縫い合わせながらも、姑は、赤ん坊の手当てをし、泣きながら料理をしているボンネットの女に目を配り、指図した。脚の手当てをすませると、ベビーはセサの足を見てから、それをそっと拭いた。両脚のあいだを二つの別々の熱湯のたらいで清め、その後で腹と膣をシーツでしばった。最後にベビーは形さえわからなくなっている足の治療に取りかかった。

「こうすると感じるかい？」

「感じる？　何を？」

「いいんだよ。そうっと立ってごらん」彼女は、セサをロッキングチェアまで、抱えるように連れてきて、彼女の両脚を柏槇《びゃくしん》を溶かした塩水の入ったバケツに入れた。朝になるまで、セサは足を塩水につけたまま坐っていた。乳首についたかさぶたを、ベビーは油でほぐしてから洗いとった。夜明けには、泣き声を上げない赤ん坊が目を覚まして、母親の乳を飲んだ。

「この子の容態が悪くなってないようにって、神に祈るんだよ」とベビーは言った。「授乳がすんだら、わしをお呼び」と行きかけたベビー・サッグスの目に、ベッドのシーツについた何か黒いものが、ちらっと止まった。彼女は眉をひそめ、胸元の赤ん坊をのぞき込んでいる嫁の背中に目をやった。セサの肩を覆った毛布に、バラの花が咲いたように血が点々とにじんでいた。ベビー・サッグスは片手で我が口をおおった。授乳がすんで新生児は眠った——半眼のまま、眠りながらも、チュウチュウ口を動かして——年長の女は一言も言わず、満開の背中に油を塗り、二重にたたんだ布地を、新しく縫い上げたドレスの内側にピンで留めた。

まだほんとうだとは思えなかった。まだだった。だが、まだ眠気の取れていない息子たちと、娘の「もうはいはいしてんの子ちゃん」が部屋に連れてこられた時、現実であろうとなかろうと、かまわなかった。ベッドに寝ていたセサは、胸の上に、両脇に、おおいかぶさられるように、三人の子供からもみくちゃにされ、とうとう母子はひとかたまりになって寄りそった。幼い女の子は透明なよだれをセサの顔にポタポタたらし、セサの歓声があまり大きかったので「もうはいはいしてんの子ちゃん」は目をぱちぱちさせた。バグラーとハワードは、互いにおまえが先にさわってみろよとけしかけた後で、母親のぶざまな足を玩具にした。セサは子供たちに飽きずに接吻した。うなじに、頭のてっぺんに、手のひらの真ん中に接吻した。彼女が子供たちの固くしまったお腹に接吻しようと、シャツをめくった時、もう充分だと判断したのは息子たちの方だった。「とうちゃんは来る？」と彼らが訊いたせいで、セサはぎくりと凍りついた。

彼女は泣きはしなかった。「じきにね」と言って、母親の目に光っているのは愛だけだと、息子たちが思うように、にっこり笑ってみせた。前の晩に姑が縫い始めていた灰色の綿ドレスを着るために、セサが姑に息子たちを部屋から追い払っていいと承知したのは、かなりたってからだった。やっと仰向けになって、「もうはいはいしてんの子ちゃん」を両腕に抱いてゆすった。右手の二本の指で乳首をつまむと、子供は口を開けた。母子はピタリと一つになった。

ベビー・サッグスが入ってきて、二人を見て笑い、セサに、このちっちゃな女の子が、強くて、お利口で、もうはいはいしていることなどを話した。話し終わると姑は、身をかがめてセサが着ていたボロの山を掻き集めた。

「取っておく値打ちのあるもんなんか、何もないね」彼女は言った。

セサは目を上げた。「待って」と声を上げた。「ペティコートに何かまだ、縫いこまれていないかどうか、調べて下さい」

ベビー・サッグスが、汚れたよれよれの布地を指で少しずつしごいているうちに、小石のような感触があった。彼女はセサに差し出して見せた。「餞別《せんべつ》かい？」

「結婚のお祝いよ」

「これと一緒に花婿もそろえば、すてきなのにねえ」姑はつくづく自分の手を見つめた。「あの子の身に、何が起きたと思うかい？」

「わからない」セサが答えた。「あの人、自分で会おうと言った所に来ていなかった。わたし、出発しなきゃならなかった。それ以上待てなかった」セサは乳を吸っている娘の眠たげな瞳を一瞬見守った後で、ベビー・サッグスの顔を見た。「あの人、無事に逃げてきます。わたしが来られたんだから、もちろん、ハーレだって来られるわ」

「さ、これをおつけ。この石が、あの子が来る道を照らしてくれるかもしれないよ」息子は死んだのだと確信して、彼女は二つの石をセサに手渡した。

「耳に穴を開けなければ」

「わしが開けてあげるよ」ベビー・サッグスが言った。「開けても大丈夫なほど躰が回復したらね」

セサはイヤリングをキラキラ振って「もうはいはいしてんの子ちゃん」をあやした。女の子は何度も何度も手を伸ばして、イヤリングを摑まえようとした。

「開拓地」に着くと、セサはベビーが昔説教する時登った岩を見つけ、太陽の熱でぐつぐつ煮えているような葉の匂い、地響きをたてる足、トチの枝から下がった莢《さや》を開いて中身を落とすほど大きかった叫び声を思い出した。ベビー・サッグスの燃える心に励まされ、集まった黒人は命のありったけを解き放った。

セサは二十八日のあいだ――それはちょうど新月から下弦の月まで、月が丸一カ月旅をする期間だったが――誰の奴隷でもない生活を味わった。幼い女の子が彼女の顔に、清らかで透明なよだれをポタポタたらした時から、その子が油のような血を流した時までが、二十八日だった。躰が日一日と癒《い》えて、安らいで、実のあるお喋りをした日々。友人知人ができた日々。四十人、いや五十人のニグロの名を知り、彼らが何を考え、どんな習慣を持っているかを知った。それまでどこで暮らしたとか、どんな仕事をしていたとかを知った。自分自身の愉しみや喜びとともに、この人々の愉しみや喜びを感じることを知った。そうすれば生きていくのが、もっと楽になった。ある者は彼女にアルファベットを教えてくれた。別の者は縫いものを。この人々は一人残らず、夜明けに目を覚まし、さて今日は何をしようかと、自分で決める気分の素晴らしさを教えてくれた。こんなふうにして、彼女はハーレを待つ日々を切り抜けた。少しずつ、一二四番地や「開拓地」で知り合った仲間と同じように、彼女も自分を主張した。自分の身を自由にすることと、自由になった身は自分のものだと主張することは、まったく別のことだった。

いまセサは、ベビー・サッグスの岩に坐り、デンヴァーとビラヴドは木立の中から彼女を見守っていた。ハーレが玄関の扉をノックする日は、絶対に来ないだろうとセサは思った。それを知らないでいることは辛かった。知ることは、なおさらつらかった。

指だけでも、と彼女は思った。義母《かあ》さんの指を、うなじに感じさせてくれれば、わたしは重荷を下ろし、この抜け道のない行き止まりから抜け出せる。セサが頭をたれると、願いに応えるかのように――指が触った。昔より軽くて、羽毛で撫でられているほどの感触しかなかったが、間違いなく慰撫《いぶ》してくれる指だった。その指が動きやすいように、セサは少し息をぬいて緊張をとかなければならなかった。あるかないかの軽い感触で、子供が触っていると言ってもいいようで、揉むというより指が口づけしているようだった。それでも、指のしぐさがありがたかった。ベビー・サッグスが遠い彼岸の世界から送ってくれる愛は、セサがこれまで知っていた、肌を合わせたどの愛にも劣らなかった。こうやって指を動かしてくれることはもちろんのこと、セサの必要に応じてやりたいと思うベビーの願いが、セサの心を元気づけ、さらに先を望んでみようとする気分にまで導いてくれた。どうしたらいいかわかるように、何か一言言って下さい。情報を供給することを楽しんでいるような世の中で、それを知ったらどんな人間だって生きていられないような情報を、ガツガツと吸収したがる脳をかかえて、どうやって生きていったらいいですか、と忠告を求めたかった。

ポールDが自分の人生に何かを加えてくれていることを、セサは知っていた。心のよりどころにしたくって、そのくせ、よりどころにするのがおそろしい何か。いま、彼はそれ以上のものも加えてしまった。彼女の心を引き裂く、新しいいくつかの光景と甦った古い記憶。ハーレの消息が不明のまま、からっぽになっていた脳のすき間――ハーレが臆病風を吹かしたかもしれない、愚かな失敗をやらかしたかもしれない、じゃなかったら悪運にめぐり合ってしまったかもしれないと、あれこれ事態を想像しては、自分ばかりが正しいと思い込んでいる恨みつらみで、時折り彩られてきたすき間――それまでは正確な情報に欠けたままだったこの脳のすき間が、新しい悲しみで満たされ、これに加えてあといくつの悲しみがやってくるかは、予想できないことだった。何年も昔――一二四番地に活気があふれていた頃だった――セサには方々から来てくれる女友達や男友達ができて、嘆きを分かち合った。それが、みんないなくなったのだ。赤ん坊の幽霊が家を占領しているあいだは、みんな訪ねてこようとしなかったし、彼女の方でも、不当な扱いを受けた者特有のしぶとい誇りで、彼らの白い眼に応えた。だがいまは、嘆きを分かち合ってくれる人間がいた。しかも彼は、彼女の家の敷居をまたいだその日に赤ん坊の幽霊を叩き出し、それ以来、幽霊は影も形も見せていないのだ。ありがたいことだった。だがその代わりに、彼は別の亡霊を呼び出してしまった。バターと固まった牛乳をなすりつけたハーレの顔、鉄のハミをくわえこんだポールD自身の口、その上に、彼がその気になったら他にも何を話すかは、神ならぬ身では想像もつかないことだった。

うなじに触れている指には、いま、さっきよりいっそう力がかかっていた。ベビー・サッグスが力をこめているのか、ひと揉みひと揉みが大胆になった。両の親指をうなじに置き、残りの指は左右の首筋を押した。もっと強く、もっと強く、動きながら小さな輪を描いて、指はゆっくり首をまわって喉笛に接近した。首を絞《し》められているのだとわかった時、セサは恐怖にかられるより、ほんとうに驚いた。それとも、絞められているように感じただけなのか。どちらにしても、ベビー・サッグスの指が、息がつまるぐらい、絞めたのだ。

坐っていた岩からころがり落ちながら、セサは実際にはそこにない手を、夢中でひっ掻いた。デンヴァーが、続いてビラヴドが駆けつけたとき、セサの足は空《くう》を蹴ってもがいていた。

「母さん！　母さん！」デンヴァーが叫んだ。「母さあーん！」と叫びながら、母親を仰向けに寝かした。

指は離れ、セサは何度も大きく息を吸い込んで、ようやく、自分の顔のすぐ隣の娘の顔と、真上に漂っているビラヴドの顔を認めた。

「だいじょうぶ？」

「誰かが、首を絞めたのよ」セサは言った。

「誰が？」

セサは首をさすり、難儀そうに起き上がった。「ベビーばあちゃん、だと思うけど。ただ昔したように、首をさすって下さいと頼んだだけなのに。とても気持ちよくさすってくれてたのに、それから突然、変になっちゃったみたい」

「ばあちゃんだったら、そんなことするわけないわ、母さん。ベビーばあちゃん？　ちがうよ」

「手を貸して立たしておくれ」

「見て」ビラヴドがセサの首を指していた。

「なあに？　何かついてる？」セサが訊いた。

「アザがついてる」デンヴァーが言った。

「首にかい？」

「ここに」ビラヴドが言った。「ここと、ここにも」彼女は手を伸ばして、斑点に触れていったが、斑点はセサの喉の皮膚より色が濃くなりかけていて、触っているビラヴドの指はびっくりするほどひんやりしていた。

「そんなことしても、しようがないわ」とデンヴァーは言ったが、ビラヴドは乗り出すようにして、二本の手でセーム革のような感触で、タフタ生地のように光沢のある湿った皮膚を撫でていた。

セサは呻くような声を上げた。少女の指はそれほど冷たく、心得たものだった。セサのもつれて苦労だらけの、人に見せない、水の上を歩くように奇蹟的に生きぬいてきた生活の緊張が和らいで、少し防備をゆるめた。すると、サーカスに行く道を、つないだ手を振りながら歩いていた影法師の中に、ちらりと見た幸せの幻影が、実現可能なものにも思われた——ポールDがもたらした報せと、まだ彼が自分だけの胸に収めている情報に、セサが押し潰されずにすめばの話である。何とか押し潰されずに。いまわしい光景が顔の前にふわふわと浮かぶたびに、挫けたり、倒れたり泣いたりしなければの話である。ボンネットを被ったサッグスの友人のように慢性の精神異常にならなければの話である。ベビー・

若い女は、自分の食べ物の中にたえず涙を落としていた。フィリスおばさんのようにならなければの話である。彼女は目を見開いたまま眠った。ジャクソン・ティルのようにならなければの話である。彼はベッドの下にもぐって眠った。セサの望みは、ともかく生き続けることだった。いままで通りにだ。幽霊の住む家で、娘とたった二人で、あらゆることを何とかこなしてきたのだ。なぜいまになって、幽霊の代わりにポールDがいるのに、彼女は挫《くじ》けかけているのだろうか？　怖くなったのか？　ベビー・サッグスの助けがほしいのか？　最悪の部分は終わったはずではなかったのか？　彼女は、とっくに切りぬけていたのではなかったのか？　一二四番地に幽霊を住まわせながら、どんなことにも耐えられたし、どんなこともやり遂げたし、解決することができたのだ。それがいまになって、ハーレの身の上に起きたことを仄《ほの》めかされただけで、母兎を捜しまわる子兎のように落ち着かなくなったのだ。

ビラヴドの指には天国の感触がした。その指で撫でられ、呼吸が平常になると、苦悶《くもん》もころがり落ちるように消えた。セサが見つけようとここまでやってきた平安が、身のうちに忍び入った。

わたしたちは、奇妙な光景に違いない、とセサは思い、それをはっきり見るために目を閉じた。三人の女は「開拓地」の真ん中、ベビー・サッグス・ホーリィが愛した岩の根元にいた。一人は腰を下ろし、その前に二人が膝をつき、坐った女は、膝をついている一人のやさしい手に喉をゆだねていた。

デンヴァーは二人の女の顔を注意深く眺め、ビラヴドの方は自分の親指のしている仕事を注意深く見つめたが、目に映った効果に満足したに違いなく、身をかがめてセサの顎の下の柔らかな皮膚に口づけをした。

デンヴァーもセサも抵抗する理由もなかったので、二人ともしばらく、そのままじっとしていた。口づけをやめさせる手だても思いつかず、口づけを続ける唇の表情や心地良さを愛しいと思わないわけにはいかなかった。突然セサが、ビラヴドの髪を摑み、激しく目をしばたたかせて、彼女から身を離した。「こんなことをするのは、赤ちゃんだけよ」と険しい口調でビラヴドに言ったのは、少女の息が新鮮な乳の匂いそっくりだったせいだ、とセサは後から考えた。

彼女はデンヴァーの顔を見て、そこに浮かんでいる恐怖がいまにも何かそれ以上のものに変わりそうなのを察し、すばやく立ち上がって、三人が寄りそって作っていたタブローを崩した。

「さあ立って！　立つのよ！」セサは手を振って少女たちを立ち上がらせた。「開拓地」を離れる時は、やってきた時とほとんど同じ並び方だった。セサが先頭で、少女たちが離れて続いた。三人とも来た時と同じように無言だったが、同じ沈黙ではなかった。セサの心は動揺していたのだが、それは口づけされたせいではなかった。口づけされる寸前、ビラヴドが苦痛を揉みとってくれるのに身をまかせ、うっとりしていた時、そうやって撫でている心地良い指と、喉を絞めあげてくる前に彼女を鎮め慰めてくれた者の指が、何かを思い出させたのだが、いま、それが記憶の網をすりぬけてしまって、甦ってこなかったからだ。だが、確かなことが一つあった。最初に思ったように、ベビー・サッグスが彼女を窒息させたのではなかった。デンヴァーの言う通りだった。まだらな木もれ日の中を歩いているうちに、頭もはっきりしてきた。「開拓地」の魔力から離れると、セサは自身の指の感触よりもよく知っている、あの姑の指の感触を思い出した。その指は彼女の躰を少しずつ洗い、腹を布で巻き、髪を梳き、乳首を油でぬぐい、彼女の服を縫い、足を清め、背中に油脂を塗ってくれたのだ。とりわけ姑の家にたどり着いて日も浅い頃、記憶に甦ってくる出来事と、記憶の底に抑え込まれたままでいる出来事の重みに打ちひしがれ、つい意《い》気阻喪《きそそう》してしまうと、何をしていても大抵はその手を止め、彼女のうなじを揉んでくれた指だった。「先生」の甥たちがセサを弄《もてあそ》んでいるかたわらで、彼女が作ったインクでそれを記録している「先生」。田んぼで立ち上がって腰を伸ばすフェルトの帽子を被った女の顔。たとえ世界じゅうの手に囲まれて横になっても、ベビー・サッグスの手は、ベルベットを捜していた白人の少女の良い手が感触でわかるように、間違いなくわかるはずだった。一瞬混乱したのは、十八年間も、あの世から伸びてくる手の感触が至る所で待ちかまえている家で暮らしてきたせいだった。それに、彼女のうなじを押した二本の親指は、家にあふれていたあの感触とそっくり同じだった。たぶん幽霊が逃げていったのはあそこだったのだ。ポールDに一二四番地を追い出された後、たぶん「開拓地」で幽霊は元気を取りもどしたのだ。ありそうなことだ、と彼女は考えた。

自分がなぜデンヴァーとビラヴドをいっしょに連れていったかは、それではっきりした――その時は、護ってもらいたいという、ぼんやりした願望が働いて、衝動的に連れてきてしまったように思えたのだ。少女たちがセサを救ったわけだ。ビラヴドったらひどく動揺して、二歳の赤ちゃんみたいにふるまった。

火を消してしまうか、さもなければ窓を開けて、そよ風を入れればかき消えてしまう、かすかなきなくさい臭いのように、この少女の感触が、赤ん坊の幽霊にそっくりだったという疑惑は消えてしまった。疑惑はどのみち、ほんの小さな動揺を起こしただけだった――それはいま、彼女の内にこんこんと湧いている激しい願いから、彼女の気をそらすほどのものではなかった。彼女はポールDがほしかったのだ。彼が彼女に何を話そうと、また何を知っていようとも、彼女は自分の人生に、彼がほしかった。ハーレを祀《まつ》るよりも、このことをはっきり突き止めるために、「開拓地」までやってきたのだ。そして、いまそれは、はっきりわかった。信頼して過去を思い出そう、そうだ、かまどの前で彼が温かく彼女を抱きくるんだ時、もしかして思い出すことができるかもしれない、と彼女が信じたように。彼の重み、躰の輪郭、命の息吹きを伝える顎ひげのチクチクする感じ、弓なりに反る背中、人生を学んできた手。彼のじっと待っている目、人間味あふれる迫力。彼女の心がわかる彼の心。彼女の物語は彼の物語でもあったから、語り、練り、鍛え、さらにまた、語るに耐えられるものなのだ。互いに相手について知らないことがら——互いにそれを表現する言葉を持たないものについては——そうだ、いつか語れる時期が来るだろう。彼は、口に鉄のハミをはめられたいきさつを、彼女は、二度と生き返らない「もうはいはいしてんの子ちゃん」のことを語り出すことになるだろう。

彼女は家に帰りたかった——早く。暇をもてあましているこの娘たちに、とりとめもないことを考える彼女たちの頭をよそ見させないような、何か仕事を与えなくては。太陽の位置が変わって前よりも涼しくなった緑の回廊を駆けぬけながら、セサはこの二人は、姉妹のようによく似ていると思った。二人の従順さ、みじんの不安も感じさせない信頼できる性質などに、急に思いあたってびっくりした。セサはデンヴァーを理解していた。孤独がデンヴァーを秘密主義にした——外には洩らさずに、自分で自身の心を操作してしまう娘にした。何年も幽霊といっしょに暮らしたせいで、信じられないようなところで頭のめぐりが鈍くなっていたが、また一方、信じられないような点で鋭くなっていた。その結果、セサが命がけで庇《かば》ってやりたいと思っている、おどおどした、そのくせ頑固《がんこ》な娘になっていた。もう一人、ビラヴドを、彼女はそれほど、というより何も知らなかった。ただ、この若い女がセサのためならどんなことでも喜んでしてくれるということと、デンヴァーと彼女は互いにいっしょに時を過ごすのが好きだということだけは、わかっていた。それがなぜだか、いまセサにはわかるような気がした。二人は相和して互いに感情を発散したり、それにしがみついたりしていた。一人が与えずにはいられないものを、もう一人が喜んで受け取った。二人は「開拓地」を取りまく森の中で待機していたが、セサが喉をつまらせると、脱兎《だっと》のごとく「開拓地」に駆け込んで、悲鳴とキスの雨を降らせたのだ——ともかくセサは、二人のあいだの互いに自分の愛を競うような様子や、どちらか一方が相手を支配するような気配には気づかなかったので、そんなふうに自分に説明した。心には、ポールDのためにつくりたい夕食のことがあった——何か手のかかるもの、何か是非つくりたいと思うものがいいわ——心やさしい男と人生へ、もっと新しい力強い気持ちで船出するための夕食。まわりを狐《きつね》色にこんがり焦がして胡椒《こしょう》をたっぷりまぶした、あのちっちゃな可愛いオイモさんと、ベーコンで味をつけたサヤインゲン、ビネガーと砂糖を振りかけた黄色いカボチャを用意しよう。軸からはずしたトウモロコシをネギとバターで炒《いた》めたのもいいかもしれない。こんもりふくらませて焼いたパンさえも、祝い気分でつけて。

心は、家に着く前から台所にあるものをあれこれ考えて、男の食卓に並べる捧げ物のことでいっぱいだったので、白い階段の下の空間とそこに置いてある風呂桶の中に坐っているポールDが、とっさに目に入らなかった。彼女は彼に微笑を送り、そして彼も微笑み返した。

「夏も終わったようだわ」彼女は言った。

「こっちへおいで」

「ダメ、娘たちがすぐ後から来るのよ」

「足音が聞こえないけどな」

「お料理しなきゃならないの、ポールD」

「わしもさ」彼は立ち上がり、彼女を腕に抱き、行かせなかった。男の躰からしたたる水でドレスはぐっしょり濡れてしまった。男の頬が耳の近くにあった。顎が肩に触れた。

「何をつくるんだい？」

「サヤインゲンを使って、と思ってたの」

「ああ、いいね」

「トウモロコシを少し炒めるのはどう？」

「いいね」

間違いなく、切りぬけて生きていけそうだった。一二四番地に到着したあの日そっくりだ――そうだ、みんなに飲ませるだけの乳が、彼女にはあったのだ。

ビラヴドが入口から入ってきた。当然足音が聞こえたはずなのに、二人の耳には入らなかった。

息の音と呟く声、鳥の音と呟く声。ドアが後ろで音をたてて閉まったと同時に、ビラヴドは二人の気配を聞いた。バタンという音に飛び上がり、白い階段の下から洩れてくる囁き声の方へ、ぐるっと頭をめぐらした。一歩踏み出してから、泣きだしたくなった。これまでセサはとても近い存在だったし、さっきは、もっと近くに寄れたのに。近くにいる時の気分は、セサがビラヴドを仲間に入れないで何かをしたり考えたりする時に、彼女の心の中を駆けめぐる怒りに比べたら、ずっとましだった。セサが出かけている長い時間を――一週間のうち一日を除いた毎日九時間から十時間だったが――ビラヴドは耐えることができた。近くにいても姿は見えず、壁とドアの向こうであの男と並んで寝ている夜をさえ、耐えたのだ。だが、これはどうしたことだ――ビラヴドがこれまであてにしてきた昼間さえ、それで満足するように自分を馴らしてきた昼間の時間さえ、ビラヴド以外のものに示すセサの嬉々とした心の動きのせいで、ビラヴドへの関心は減らされ分割されつつあるのだ。関心の的《まと》は主にあの男だ。セサが森に出かけ、岩の上で独り言を言わずにはいられないような何かを、彼女に告げたあの男。ビラヴドが彼女の首を救って、いま、自分の手を彼女の手に重ねるばかりになっている時に、階段の下の物陰で、いまのいま、彼女をしっかりと摑んで囁いているあの男。

ビラヴドはまわれ右をして家を出た。デンヴァーはまだ帰ってきていなかった。帰ってきて、どこか外で待っていたのかもしれなかった。ビラヴドは捜しに出かけたが、途中立ち止まって、カーディナル（紅冠鳥）が小さな枝から大きな枝に飛び移るのを見守った。血の色をした赤い点が葉叢《はむら》の中でちらちら動くのを追っているうちにとうとう見失った。それでも後ろ向きに歩き続けて、もう一目、赤い点を見ようと努めた。

　それでもやっと向きを変えると、森の中を走りぬけ、小川までやってきた。流れのふちに立って、水面に映った自分の姿を眺めた。デンヴァーの顔が彼女の隣に映り、二人は水の中の互いの姿をまじまじと見つめ合った。

「あれはあんたがしたんだわ。あたし、見たのよ」デンヴァーは言った。

「何を？」

「あんたの顔が見えたわ。あんたが母さんを窒息させた」

「あたしがしたんじゃない」

「あんたあたしに、母さんのこと愛してるって言ったくせに」

「あたし、治したんだよ、そうじゃない？　あの女《ひと》の首を治してあげたじゃない？」

「その後ででしょ、首をしめた後ででしょ」

「あたし、首にキスした。あたし、首しめなかった。鉄の輪が首しめた」

「あんたを見たんだから」デンヴァーはビラヴドの片方の腕を摑んだ。

「気をつけな、あんた」とビラヴドは言い、その腕を振りほどき、森のはずれで、音をたてて歌っている小川にそって全速力で走り去った。

一人残されて、デンヴァーは、もしかしたらほんとうに、自分の勘違いだったのかしらと考えた。セサが岩の上に坐っているあいだ、彼女とビラヴドはざわめく木立の中に立っていたのだから。デンヴァーは「開拓地」が昔ベビー・サッグスが説教した場所だということは知っていたが、その頃彼女はまだ赤ん坊だった。自分がこの場所に来たことがあっても、それを思い出すことはできなかった。一二四番地とその裏手の草原が彼女が知っていた世界だし、それだけあれば充分だった。

その昔、もっと大きな世界を知っていたし、もっと知りたいと望んだこともあった。現に他人が住んでいるよその家に通じる小径を歩いたこともあった。その家の窓の外に立って耳をすまして聴いていたことがあったのだ。自分の意思と行動力で、四回そうした。母親と祖母が、ふっと気をゆるませる昼下がり、細々とした家事が片付き、夕食までには間があって、夕方の忙しさに気分を切り替える前の空白の時間に、デンヴァーは一二四番地をこっそりぬけ出した。彼女以外の他の子供たちが通っている家を捜して歩きだした。その家を見つけた時、気おくれして、玄関にまわることがどうしてもできず、窓からこっそり覗いてみた。レディ・ジョーンズは背もたれがまっすぐな椅子に坐っていた。数人の子供が床の上にあぐらをかいて、彼女の前に坐っていた。レディ・ジョーンズは一冊の本を手にしていた。子供たちは石板を持っていた。レディ・ジョーンズは何か言っていたが、声が低すぎてデンヴァーには聞きとれなかった。子供たちは彼女の言葉を復唱していた。

四回、デンヴァーは出かけた。五回目に、レディ・ジョーンズが彼女を見つけて言った。

「玄関から入っていらっしゃい、ミス・デンヴァー。これは見世物ではないんですよ」

そんな成りゆきで、デンヴァーは同じ年頃の子供たちといっしょに丸一年過ごし、いっしょに書き方と算数を習った。彼女は七歳になっていたし、午後こうして過ごす二時間は貴重な経験だった。自分ですすんでそうしたことや、そんな自分の行動が母親や兄たちを喜ばせ、そして驚かせたのがわかって、自分も得意になったり驚いたりしたことを考えれば、なおさら貴重な経験だった。一カ月五セント銅貨一枚で、レディ・ジョーンズは、白人たちが、非合法ではないとしても不必要だと考えていたことをしていたのだ。つまり学校教育を受けるだけの時間と興味のある黒人の子供たちで、自宅の小さな客間をいっぱいにしたのだ。ハンカチの中に入れてこぶ結びにしばり、そのハンカチをベルトに結んでレディ・ジョーンズに届けた五セント銅貨は、胸をどきどきさせた。上手にチョークを持ってキイキイ音をたてないようにする努力、大文字のW、小文字のiや自分の名前を作っている文字の美しさ、レディ・ジョーンズが教科書に使っている聖書の、深い嘆きに満ちた文章の数々。デンヴァーは毎朝欠かさずに練習して、午後にはきまってクラスの主役になった。あまり有頂天だったので、クラスの子供たちから避けられているのに気づきさえしなかった――子供たちはいろいろ口実を作ったり、歩調を変えたりして彼女と並んで歩かなかった。この状態を終わりにしたのは、ネルソン・ロードだった。デンヴァーに劣らず利発な少年だった。チョークも小文字のｉも、それからあの楽しい午後のすべての行事を、永久に手の届かないものにしてしまうような質問を、デンヴァーに発したのだ。彼がその質問を発したとき、デンヴァーは笑いとばしてしまってもよかったし、その子を押さえつけてしまってもよかったはずだった。でも少年の顔にも声にも意地悪さがなかった。好奇心だけだった。それに少年が声に出してそれを訊いたとき、デンヴァーの中でぎくりと飛び上がったのは、それまでずっと彼女の心の中にうずくまっていたものだった。

二度と行かなかった。休んで二日目に、セサがなぜ行かないの、と尋ねた。デンヴァーは答えなかった。ひどく脅えていたので、兄たちや他の誰かに、ネルソン・ロードの質問について尋ねてみることもできなかった。母親に対して何か異様な、身の毛のよだつような感情が湧いてきた。それが、彼女の心の中でぎくりと飛び上がったものを、取り巻いた。後になって、ベビー・サッグスが死んだ後のことだが、デンヴァーはハワードとバグラーが家を出ていってしまったことを、訝《いぶか》しがらなくなった。兄たちの家出を幽霊のせいにする母親に、彼女は賛成しなかった。仮に幽霊のせいだとしたら、なぜもっと早く出ていかなかったのかしら？　兄たちだって彼女と同じように長年幽霊と暮らしてきたのだ。でも、もしネルソン・ロードの言ったことがほんとうなら──兄たちが不機嫌で、できる限り家を留守にしていたことも納得がいくわけだ。

とかくするうちに、デンヴァーは赤ん坊の幽霊にもっぱら関心を向け始め、抵抗するすべもなく夢に現れるセサの奇怪な行為から逃れた。ネルソン・ロードのことがある前は、デンヴァーは幽霊の奇怪ないたずらにほとんど興味を示していなかった。目の前で悪さをされながらも、母親と祖母が我慢しているので、無関心になっていたのだ。それから幽霊は彼女をいらだたせ始め、その悪さで疲れ果てさせた。他の子供たちにならってレディ・ジョーンズの私塾に行ったのは、その頃だった。あのことがあってから幽霊が、デンヴァーに代わって、彼女が処理できない怒り、愛、そして恐怖を支え持ってくれた。勇気を奪い起こしてネルソン・ロードの質問について尋ねた時でさえ、彼女にはセサの答えも、ベビー・サッグスの言葉も聞こえず、そればかりか、その後まったく耳が聞こえなくなってしまった。二年間、デンヴァーは声の浸透しない分厚い沈黙の中を歩いていたが、沈黙は、自分でも信じがたいほどの力を視力に与えた。たとえば、頭上六十フィートの枝にとまった雀の、黒い鼻孔が見えた。二年間、物音一つ聞かなかったのに、突然階段をはい上がっていく耳をつんざくような轟音《ごうおん》を聞いたのだ。ベビー・サッグスは、ヒヤボーイが、足を踏み入れたことのない場所に入り込もうとしているのだと思った。セサは、息子たちが玩具にして遊んでいたゴムマリが、弾みながら階段を落ちてきたのだと思った。

「あのバカ犬は気でも狂ったのかい？」ベビー・サッグスが大声で訊いた。

「犬はポーチにいるわ」セサが答えた。「自分で見てみたら」

「じゃあ、いまの音は何なんだい？」

セサはストーブの蓋《ふた》をバタンと閉めた。「バグラーったら！　バグラーったら！　おまえたちには、そのボールを家の中で使っちゃいけないって、言ったはずだよ」セサは白い階段に目をやり、そのてっぺんにデンヴァーの姿を認めた。

「あの子、二階まで行こうとしてるの」

「何だって？」ストーブの蓋を摑むのに使った布が、セサの手の中で丸く固くなった。

「赤ちゃんよ」デンヴァーが言った。「あの子がはいはいしてるの聞こえなかった？」

どちらの問題に先に飛びつくか、戸惑った。デンヴァーの耳が聞こえたことにか、「もうはいはいしてんの子ちゃん」が幽霊になってもまだはいはいしているばかりか、生前よりずっと上まで行こうとしていることにか。

デンヴァーの聴力が戻った。彼女が聞くに耐えなかった答えが発せられた時に断ち切られ、彼女の死んだ姉が階段を登ろうとする音によって甦ったのだが、それは、一二四番地の人々の運命が新たな変わり目にさしかかった合図でもあった。それからこのかた、幽霊の存在は悪意に満ちたものになった。ため息が聞こえたり、ものが壊れたり腐ったりする代わりに、含むところのある故意の意地悪が始まったのだ。バグラーとハワードは家の中で女たちといっしょにいると激しい怒りにかられるようになり、厩《うまや》で牛馬の水や餌を運ぶ町での仕事をしていない時は、いつも不機嫌に恨みがましい態度ですごした。とうとう悪意は個人攻撃の様子を剝き出しにして、兄弟を次々に追い払った。ベビー・サッグスは疲れて床につき、彼女の大きな心が事切れるまで寝たきりになった。時たま色を見せておくれと頼む以外はほとんど無言だったが、とうとう人生最後の日となった午後、ベッドから出て、不自由な足でゆっくり跳ねるように居間の入口までたどり着くと、セサとデンヴァーに、奴隷としての六十年間と、自由の身になってからの十年間から学んだ教訓を告げたのだ。つまり、この世に白人の存在以外、不運は存在しないと言った。「奴らはきりってものを知らないんだよ」と彼女は言って、ベッドに戻ってキルトぶとんを引きかぶり、残された二人の女は未来永劫その思想を持ち続けることになった。

それから間もなくセサとデンヴァーは、赤ん坊の幽霊を呼び出して、理を説いて納得させようとしたのだが、らちがあかなかった。大声で脅し、叩き出し、幽霊のいた場所を自分が乗っ取るには、男が、ポールDが必要だった。だがサーカスをおごってくれてもくれなくても、デンヴァーはいつだってこの男より、悪意に満ちた赤ん坊の方が好きだった。ポールDがこの家に住むようになった当初は、デンヴァーはできるだけ長くエメラルドの部屋にいた。みんなには誰かがいるのに、わたしには誰もいないと考え、幽霊の遊び相手さえ取り上げられてしまったと考えると、山のように寂しくなり、その寂しさの大きなこととも山に負けないほどだった。だから、あの黒いドレスとその下に紐のほどけた靴を見た時は、ひそかな感謝の気持ちで躰が震えた。ビラヴドがどんな魔力を持っていようとも、またそれをどう使おうと、彼女は間違いなくデンヴァーのものだった。ビラヴドがセサに企んだらしい危害に驚きあわてたが、デンヴァーは自分にその危害を逸らす力がないことを実感した。自分以外の人間を愛したいという気持ちはいかなる拘束も受けつけないほど強かった。セサとビラヴドのどちらかを選択するのに何の迷いもなかったので、「開拓地」で目撃した光景は、デンヴァーを恥じ入らせた。緑の茂みでできた自分の秘密の家を過ぎて、小川に向かって歩きながら、ビラヴドが本気になって母親を絞め殺そうと決心したらどうなるんだろうという考えを打ち消せなかった。自分は事が起きるままに放っておくのだろうか？　殺人、ネルソン・ロードが言ったっけ。

「きみの母さんは、人殺しをして牢屋に入れられたんだろ？　彼女が連れていかれたとき、きみもいっしょに入ったんだろ？」

長いあいだセサに、第一の質問を訊けなかったのは、この第二の質問のためだった。心の中でぎくりと飛び上がったものは、牢屋のような場所でぐるぐると渦巻き状に巻かれてしまった。暗がりで、石があって、それから自分たちの他に、がさごそ動きまわっていた何か生きものがいた。答えを聞くよりは聴力を失って、夜が明ければひたすら陽を追って開き、陽が落ちれば固く花びらを閉じてしまうオシロイバナのように、デンヴァーは注意深く赤ん坊の気配を待ち望み、その他すべてのことから引きこもってしまった。ポールDが来るまではの話である。だが、人の身になって現れたビラヴドの奇蹟的な再来は、ポールDがもたらした損害を償うことになった。

すぐ前方に、小川のほとりで、デンヴァーはビラヴドの姿を認めた。裸足で水の中に立って、ふくら脛《はぎ》の上まで黒いスカートをたくし上げ、美しい頭部はうつむいて、何かにうっとり見入っていた。

新しくこみ上げてきた涙で目をしばたたかせながら、デンヴァーは彼女に近寄った——言葉をかけてもらいたくて、許しの印がほしくて。

靴を脱いで水の中に歩み入り、ビラヴドと並んだ。ビラヴドが見入っているものに目を移すために、彼女の美しい顔から無理矢理に視線を離したのは、少したってからだった。

一匹の亀が流れの縁をよちよち進み、方向を変えると、乾いた地面によじ登った。ちょっと遅れて後ろから、もう一匹の亀が同じ方向に向かって進んでいた。躊躇《ちゆうちよ》しているようだが実は不動の甲羅《こうら》の下には、四枚の板のようなものがしっかりついていた。草の中にいる最初の亀にもう一匹がすばやく追いつき、さっと彼女の背中に乗った。雄亀のがむしゃらな力。雌亀の両肩の近くで、地中に足を食い込ませて、からみ合う二つの首——彼女の首は、うつむき突き出すような彼の首に向かって精一杯上に伸びて、触れ合う二つの頭のパタ、パタ、パタという音がする。どんな高さだって、彼女の恋い焦がれる首はものともしない。指のように彼の首に向かって伸びて、彼の顔に触れたい一念で、甲羅の外のあらゆる危険に身をさらす。二匹の亀の重い楯がガシャンとぶつかり、不安定に揺れながら触れている二つの頭の邪魔をして嘲笑《あざわら》う。

ビラヴドはたくし上げていたスカートのひだをぽとんと落とした。スカートは躰のまわりに広がった。すその色が水につかって濃くなった。

ミスターの目の届かない所まで来られて、やれありがたや。ニヤニヤ笑っているおんどりの親分の目から逃れると、ポールDは震え始めた。即座に、そして誰の目にもわかるような震え方ではなかった。「兄弟」の木を最後に一目見ておこうと頭をめぐらし、首を荷馬車の車軸に繋いだロープが許す範囲で振り返った時も、後になって、奴らが足首に鉄輪をはめ、手首にも枷《かせ》をかけた時も、外見にはまったく、震えているのが見えなかった。それから十八日後にあの壕《ほり》を見た時も、やっぱりそうだった。長さ千フィートの壕は、深さ五フィート、幅五フィートで、その中に無数の箱がはめこまれていた。蝶《ちょう》つがいで止められていた鉄格子は、鳥かごのように上に持ち上げて開き、開くと三方が壁で、屋根は材木の切れっぱしと赤土でできていた。二フィートの赤土が頭の上に載っていた。目の前は、三フィート幅の溝で、這ったり走りまわったりする無数の生きものが、宿舎という名のついた墓場を、彼とともに住処《すみか》とするのを大っぴらに許されていた。ポールDの他に四十五人いた。ここに送られたのは、「先生」が彼をブランディワインという男に売り、彼がこの男を殺そうとしたからだ。ブランディワインは、彼を他の十人と数珠《じゅず》つなぎにして、ケンタッキーをぬけヴァージニアに連れていく途中だった。何がきっかけで殺そうとしたかは、自分でもはっきりとわからなかった——ただ、ハーレ、シックソウ、ポールA、ポールFそしてミスターが原因であることはわかっていた。震えの方は、確かな自覚症状が認められる頃には、慢性になっていた。

それでも震えは内側から始まったので、自分以外は誰も気づかなかった。羽ばたくような感じで胸の中に起こり、次に肩胛骨《けんこうこつ》にやってくる。小波が立つような感じで——最初はかすかに、やがて激しく震えた。まるで、南部の土地に連行され、南へ南へと進むにつれて、二十年間池の氷のように凍結していた彼の血も、どんどん溶けていき、粉々に砕け始め、いったん溶解した以上、逆巻き渦を巻く他はないといったふうだった。時々、震えは足に来た。それから再び尾骶骨《びていこつ》に上がった。荷馬車から鎖を外され、目に映るものといったら、犬と、音を立てて燃え上がっているような草原の中の二軒の掘立小屋だけという場所に立った頃には、濁り騒ぐ血は彼の躰を前へ後ろへと揺すっていた。その晩、手枷をかけられるために差し出した手首は、しっかりしていたし、脚の鉄輪に鎖が取り付けられた時、踏みしめて立っていた二本の脚も、やはりしっかりしていた。だが箱の中に押し込まれ、檻《おり》の扉がバタンと落ちると、手は命令を受けることをやめてしまった。勝手に一人で動いてまわった。どうやっても手の動きを止め、一つ場所に落ち着かせておくことはできなかった。放尿するためにペニスを持とうともしなかったし、ライマ豆の塊をすくって口に入れるために、スプーンを握ろうともしなかった。奇蹟のように二本の手が命令に従うのは、夜が明けてハンマーを握った時だった。

　四十六人全員がライフルの銃声で目覚めた。四十六人全員が。三人の白人が一つずつ扉の錠前を外しながら、溝ぞいに歩いた。箱の中から足を踏み出すものは一人もいなかった。最後の錠前が開けられると、三人は戻ってきて、一つずつ鉄格子を引き上げた。すると一人また一人と黒人が現れた――一日でもここですごした者なら、ただちに、銃の台尻でこづかれる前に現れたし、ポールDのような新参者は、こづかれると同時に現れた。四十六人全員が一列になって溝に並ぶと、もう一発ライフル銃が鳴って、溝を登って地上に出ろと合図した。地上に出ると、ジョージア州で最上等の、手づくりで鋳造《ちゅうぞう》した一千フィートの鎖が長々と伸びていた。全員が腰をかがめて待機した。先頭の男が鎖の先端を持ち上げて、それを自分の足枷についた輪に通した。次に立ち上がり、引きずるように少し歩いて、鎖の先端を隣の囚人に渡し、渡された囚人も同じ動作を繰り返した。鎖が順送りに渡されていって、各人が前の男がいた位置に立つと、一列四十六人がまわれ右をして、さっき出てきた箱と向き合った。誰も隣の男に声をかけることはなかった。少なくとも言葉を使っては。話すべきことは目で告げねばならなかった。「今朝は助けてくれ、ひどく調子が悪い」「俺がうまくやる」「新入りなんだ」「落ち着け、落ち着くんだ」

鎖がけが終了すると、彼らは跪いた。朝露は、その頃にはおそらく霧に変わっていた。時には濃霧になっていて、犬が吠えずに息だけしていれば、鳩の鳴くのが聞こえた。霧の中で跪き、みんなは看守の一人が、あるいは二人、ひょっとすると三人が起こす気まぐれを待っていた。ひょっとしたら三人全部がアレをしたがっているかもしれなかった。特定の一人の囚人を選んで、いや誰も選ばないかもしれない——そうじゃなかったら全員を相手に、アレをしたがっているのかもしれない。

「朝めしはどうだ？　朝めしが食いたいか、クロンボ？」

「はい、だんなさま」

「腹がへってるか、クロンボ？」

「はい、だんなさま」

「ほれ、食らえ」

時折り、膝をついている男が、たとえば看守の包皮を嚙み取った代償に、頭に弾丸をぶち込まれることを選び、嚙みちぎった皮膚のカスをくわえたままイエスのもとへ昇天した。ポールDは最初そんなことは知らなかった。震える両手を見つめ、看守が発する臭いを嗅ぎ、自分の右隣で跪いている男の前に立って、鳩のような声を出して看守が低く呻いているのを聞いていた。次は自分の番に違いないと思って、ポールDは吐き気をもよおしたが、吐き出すものはまったくなかった。見物していた看守はライフル銃で彼の肩をしたたか殴ったが、呻いていた看守はズボンや靴がクロンボの吐瀉物《としゃぶつ》で汚されてはかなわないと、新入りには当分目こぼしすることにした。

「ハイイイ！」

これが、「はい、だんなさま」を除いては、黒人が毎朝、発することを許されていた最初の音で、鎖の先端にいる黒人は、この音に全身全霊をこめた。「ハイイイ！」この男がどうやって、この慈悲の叫びを発する潮時を知るかが、ポールDにはどうしてもはっきりわからなかった。みんなは彼を「ハイマン」と呼んでいたので、ポールDは最初、看守たちが合図する時を決めて、彼に命令しているのだと思った。合図を聞くと囚人たちは膝を伸ばして立ち上がり、手で鍛えられた鉄枷がぶつかり合う音を伴奏に、トゥステップで踊るように歩き出した。もっと後になってポールDは、そうではないことを知った。夜明けの「ハイイイ！」と夕闇が訪れた時の「ホオオオ！」は、ハイマンが自ら買って出た責任だったのだ。ポールDは今日に至るまでそう信じている。なぜならこの男だけが、もう充分だという限度、ひどすぎるという程度、区切りがつく時機、潮時がやってきた時を知っていたからだ。

囚人たちが鎖踊りで野を越え林をぬけて、一本の細い踏み分け道に入ると、その突きあたりは、息を呑むほど美しい長石の山になっていた。そして、そこに着くとポールDの両手は、荒れ狂い小波を立てている血に逆らって、注意力を集中した。手には大ハンマーを持ち、ハイマンの指揮に従って、男たちは耐えぬいた。彼らは唄にして吐き出し、ハンマーに託して叩き出し、それと悟《さと》られないために言葉を不明瞭に濁し、語呂を合わせたり、発音を変えたりして、一つの音が二つ以上の意味にとれるように歌った。彼らは親しんだ女を歌った。自分たちが子供だった頃を歌った。自分たちが馴らしたり、人が馴らしているのを見た動物を歌った。監督や主人や奥さまやお嬢さまのことを歌った。騾馬や犬のことを、人生が厚顔無恥であることを歌った。彼らは、なつかしそうに墓場やずっと昔に死んだ姉や妹たちのことを歌った。森で食べた豚肉のこと、鍋の中のひき割りトウモロコシ、釣り糸にかかっている魚、サトウキビ、雨降りと揺り椅子。

そして歌いだしたものを、ハンマーで叩き潰した。女たち、思い出をつくったのに、もう会えない、もう会えない。子供たち、あんなガキの頃があったのに、もう戻れない。囚人たちは一人の監督を何度も繰り返して、完全に殺してしまったので、もう一度グシャグシャに殺害するために再びこの世に引っ張り戻さなければならなかった。松林の中で食べる熱いひき割りトウモロコシのケーキの味を歌いだし、それも叩き潰した。死神ミスター・デスに恋唄を歌いながら、彼の頭を打ち砕いた。どんなものにも増して、囚人たちは、自分たちに気をもたせて、命永らえさせる「人生」と呼ばれているあの浮気女を殺した。彼らに、明日の日の出を見れば生きてる甲斐《かい》もあるというもの、もう一度時が流れれば、苦しみが終わるだろうと思わせてしまう女。この浮気女が死んでくれたら、やっと彼らも安泰になれるのだった。

首尾よくやった男たちは――ここでたっぷり年月をすごし、この女の手足を傷つけ、切断し、ひょっとしたら埋葬さえした男たちは――他の連中を見張り続けた。彼らはいまだに一物を刺激するようなこの女の抱擁から逃げ切れず、心配したり、待ち望んだり、思い出したり、後ろを振り返ったりしていたからだ。こういう連中の目は「助けてくれ。すごくつらい」とか「気をつけていてくれよ」とか言っており、それは、キョウハ、オレガヒラキナオッテタテヲツクカ、ヤケヲオコシテオオヘマヤラカスカ、ニゲダスヒニナルカモシレナイ、という意味だった。気をつけなければならないのは、この最後の行動だった。誰かが早まって逃亡しようとすれば、全員が、四十六人が一人残らず、一つに繋がれている鎖ごとがむしゃらに引っ張られることになるので、誰が殺されるかも、何人殺されるかもわかったものではなかった。男なら自分の命を危険に晒《さら》せても、兄弟同然の仲間の命まで巻きぞえにはできないはずだった。だから目は言っていた。「用心してくれ」「おれのそばにいてくれよ」

八十六日たつと殺しは完了した。人生は息絶えた。ポールDはこの女からシクシクいう泣き声一つ洩れなくなるまで、彼女の尻を来る日も来る日も日がな一日叩いたのだ。八十六日過ぎると、両手の震えもおさまって、ネズミが走りまわる夜を穏やかにすごし、夜明けの「ハイイイイ！」を、そしてハンマーの柄を熱をこめて握り締める時が来るのを待つようになった。人生はころげ倒れて息絶えた。ともかく、彼はそう信じた。

雨が降った。

蛇が松や栂《つが》の木から滑り降りてきた。

雨が降った。

無風のまま五日間降り続き、糸杉、ユリの木、トネリコ、パルメット椰子《やし》がうなだれていた。八日目になると山鳩の姿が消えていた。九日目には山椒魚さえ逃げ出した。犬どもは耳をだらりとたらして、そろえた前肢の前方に視線を落としたままだった。男たちは仕事ができなかった。鎖つけの作業は緩慢になり、朝メシの慣行はなくなり、トゥステップの踊るような足どりは、のろい引きずるような歩行に変わり、スープのようにぐっしょり水を含んだ草の上や、ズブズブと足がめりこむ土の上を進んだ。

雨がやむか、でなかったら少しは明るくなるかして、忌々しいことだが白人が銃を水浸しにせずに歩くことができ、犬の震えも止まるまで、全員を箱の中に閉じ込めておくことに決まった。鎖が、ジョージア州一の手で鍛えられた鉄から作った、四十六個の輪に通された。

雨は降った。

箱の中で男たちは、溝の水嵩《みずかさ》が増していく音を聞き、沼マムシの用心をした。彼らは泥水につかってしゃがみ、泥水の中に立って眠り、その中に放尿した。ポールDは自分が悲鳴を上げているのだと思った。自分の口が開いていて、喉を裂くような音が聞こえたからだ――だが、声の主は他の男かもしれなかった。次に自分が泣いているのだと思った。何かが両頬を伝って流れていたからだ。両手を持ち上げて涙を拭こうとすると、こげ茶色の軟泥が目に入った。見上げると、幾筋もの小さな泥水が、屋根板のすき間を伝って流れ込んでいた。屋根が落ちれば、と彼は考えた。おれはマットレスのダニみたいに潰されちまう。とっさのことで考える間もなかった。誰かがぐいっと引っ張ったのだ。一度だけだったが、足がからまって泥の中につんのめるほど、強く引っ張ったのだ。どうして自分にわかったんだろうとは、一度も考えなかった――自分でなくても、他の者にどうしてわかったんだろうとも考えなかった――だが、ともかく確かにわかったのだ――ピーンと来たのだ――わかったとたん両方の手を使って左側に伸びている鎖を、隣の箱にいる男にもわかるように、ぐいと引っ張った。水は足首を越していて、ベッドの役目をはたしていた寝板を覆っていた。それから後、出てくるのはもう水ではなかった。壕が崩れ出していて、泥が鉄格子の下から、あいだから、流れ込んだ。

彼らは待った――四十六人が一人残らず。悲鳴も上げずに。上げないためには、必死の努力をしなければならない者もいた。泥は腿《もも》の高さまで積もり、彼は格子にしっかりしがみついた。すると、来た――もう一度引っ張る合図が――今度は左から来て、泥の中を伝わってきたせいで、最初の時より鈍い感じだった。

引っ張る合図は鎖つけの作業の要領で始まったが、違っていたのは鎖にこめられた力だった。ハイマンから一人ずつ順々に、列の末端にいたるまで、男たちはもぐった。鉄格子の下の泥んこを、目を閉じたまま手さぐりするようにしてもぐった。シャツで頭を包んだり、ボロで顔を覆うだけの分別を忘れなかった者もいた。がむしゃらに突っ込んでもぐり、進み、あがいて、外気の中に這い出してきた者もいた。方向がわからなくなる者がいると、両隣に繋がれた仲間たちが、やみくもな鎖の気配を感じて、うまく誘導してやった。一人が失敗すれば全員が失敗するのだ。彼らを一つに縛っている鎖は、全員を救うか、誰も救わないかのどちらかだった。そしてハイマンが救出の鍵だった。彼らはその鎖を使ってサム・モールス（モールス信号の発明者）のように交信し、ありがたいことに全員地上に出た。告解しないまま死んだ者か、死体からぬけ出た霊といった風体で、手に鎖を持って、彼らは雨と暗闇を頼りにした。だが、雨と暗闇以上に、ハイマンと互いを信頼したのだ。

犬どもが意気消沈の態《てい》で寝そべっている小屋を通りすぎた。二軒の看守小屋を過ぎた。馬が眠っている厩を過ぎ、くちばしを羽の中にしまい込んだめんどり小屋を過ぎて、浅瀬を渡るように水の中を歩いた。月は出ていなかったので、助けてくれなかった。野原は沼に、道は樋《とい》になっていた。ジョージア州全体が滑り溶解しているようだった。行く手を遮るライブオークの枝と格闘すると、髭《ひげ》のように長くからまった苔が顔を撫でた。当時はジョージア州はアラバマ州とミシシッピー州全土を占めていて、越えようにも州境など存在しなかったし、州境があったとしても何の違いもなかったはずだった。もしこの事情を知っていたら囚人たちはアルフレッドとあの美しい長石の山を避けたばかりか、サバンナ（ジョージア州大西洋沿岸の町）も避けて、ブルーリッジ山脈を下ってくる河にそってシーアイランド諸島（北米南東部ノースカロライナからフロリダにかけての大西洋沿岸及び周辺の島。インディアン、黒人が圧倒的に多く、白人の目が届きにくい地域だった）へ向かっていたことだろう。だが彼らは知らなかったのだ。

夜が明けたので、アメリカ花ズオウの低林に身を寄せ合った。夜が来ると、雨が降り続いて自分たちの姿を隠し、人々を家の外に出さないでおいてくれるよう祈りながら、もっと高い土地へと這い上がった。主人の館から離れた場所に、一軒だけぽつんと立っている小屋があればいいが、と思ったのだ。奴隷が縄をなうか、火格子の上で芋を焼いているような小屋が。見つかったのは、この種族にちなんで命名されたバラもある、病気に冒《おか》されたチェロキー族の野営だった。

彼らは、多くの同胞を殺されながらも屈服せず、オクラホマに強制移住させられるより、逃亡生活を選んだインディアンの仲間だった。いま彼らのあいだに蔓延している病気（天然痘）は、二百年前に種族の半数の命を奪った疫病のなごりだった。あの惨禍《さんか》以来、現在のこの惨禍に見舞われるまでのあいだ、種族の人々ははるばるロンドンにまで出かけてジョージ三世と謁見《えっけん》し、新聞を発行し、籠《かご》やざるを編み、オーグルソープ（ジェームズ・エドワード・オーグルソープ〔一六九六―一七八五〕。英国の軍人でジョージア植民地の建設者）が森の中を探索した際は道案内をつとめ、アンドリュー・ジャクソン（一七六七―一八四五。米国第七代大統領。白人の領土拡張のために用いた彼のインディアン政策はつとに悪名高い）がクリーク同盟（チェロキー族と共に当時ジョージア州に居住していたクリーク諸族の同盟で合衆国と戦って惨敗した）に参加したインディアンの諸族と戦うのを助け、トウモロコシを料理し、憲法を制定し、スペイン国王に嘆願書を送り、ダートマス大学（当時インディアンの教育機関を持っていた）で実験的な教育を受け、療養所を設置し、自分たちの書き言葉を作り、植民してきた白人に抵抗し、熊を撃ち、聖書を訳した。すべてが無益に終わった。クリーク同盟を敵にまわして、いっしょに戦った当の大統領が主張した、アーカンソー河地区への強制移動は、すでに激減していた仲間のさらにもう四分の一を減らした。

もうこれまでだ、と彼らは考えた。そして森の奥深く退いて世界の終末を待つために、移住を承知して条約に署名したチェロキーたちと袂《たもと》を分かったのだ。いまこの人々がかかっている病気は、彼らが忘れることができない略奪蹂躙《じゅうりん》に比べれば、単なる不便でしかなかった。それでも彼らは力をつくして互いに庇《かば》い合った。健康な者は何マイルか離れた所へ送られた。病気にかかっている者は死者とともに後に残って、生き延びたり、もしくは死者の仲間に入ったりした。

ジョージア州アルフレッドから逃げてきた囚人たちは、チェロキーが野営している近くに、半円を作って坐った。誰も近づいてこなかったが、それでも坐り続けた。何時間かたって、雨足が弱くなった。ついに一人の女が自分の家から首を出した。夜が来たが、何も起こらなかった。夜明けになって、美しい肌一面がフジツボのようなできものに覆われた二人の男が近寄ってきた。一瞬誰も声を出さなかったが、やがてハイマンが片手を上げて見せた。チェロキーは鎖を見て去った。戻ってきた時は、二人とも手にいっぱい小さな斧《おの》を抱えていた。彼らの後ろから、二人の子供が、雨が入ってみるみる冷めて薄くなっていくトウモロコシの粥《かゆ》の入った鍋を運んできた。

バッファローメン、チェロキーは囚人たちをこう呼んで、トウモロコシの粥をすくい、鎖を叩いて外そうとしている彼らに、ゆっくり話しかけた。ジョージア州アルフレッドの箱の中から逃げてきた男たちは誰も、チェロキーが警告してくれた病気のことなど気にしなかったので、四十六人全員がそこに留まり、疲れを癒し、次の行動計画を練った。

ポールDはどうしていいのか皆目《かいもく》わからず、誰よりも情報が少ないようだった。彼は仲間の囚人が物知り顔に、いくつもの河や州の名をあげ、いろいろな町や行政外地域のことを話すのを聞いた。チェロキー・インディアンの男たちが、この世の始まりと終末の様子をこと細かに説明するのを聞いた。このチェロキーたちが知っている他のバッファローメンについての話も聞いた。そのうち三人は数マイル離れた所にある健康なチェロキーたちの住む野営地にいた。ハイマンはこの三人の仲間になりたいと言い、他の何人かはハイマンと行動をともにしたいと言った。何人かは出発することを望み、また何人かはそのまま留まることを望んだ。数週間たつと、ポールDが残っている唯一人のバッファローマンになっていた。しかも何の計画も持たずに。頭に浮かんでくることと言ったら、臭跡を頼りに追ってくる犬の群れだけだった。雨の中を逃げたのだから、その心配はまったくないとハイマンが言ってくれたのに、やっぱり浮かんでくるのだった。独りぼっちになって、病気にかかったチェロキーの中で、バッファローのような髪を持つ最後の男になると、ポールDはようやく目を覚まし、自身の無知を認め、北部へはどうやっていったものかと尋ねた。自由の北部。魅惑の北部。歓迎の手をさし伸べている慈悲にあふれた北部。尋ねられたチェロキーは微笑んで、あたりを見まわした。一ヵ月前の豪雨があらゆるものを蒸気と樹木の花に変えていた。

「あっちだ」彼は指さして言った。「木の花についていくがいい」彼は言った。「木の花だけだ。木の花が進む方向に、あんたも進む。木の花がなくなったら、あんたは行きたい所に着いている」

そこでポールDは、花ミズキから花ざかりの桃へと走った。桃の花がだんだん少なくなると桜の花に向かって進み、次には泰山木《たいさんぼく》へ、ムクジロへ、ペカン、クルミ、そしてチクチクと棘のある梨の花へと向かった。とうとうリンゴ畑に着いてみると、そこではリンゴの花が小さな瘤ほどの実に変わりかけているところだった。春はそぞろ歩きほどの速度で北上したのだが、この春を旅の道づれにしておくために、彼は無我夢中で走らなければならなかった。二月から七月まで、花の咲きぐあいを注意深く見続けた。花の姿を見失い、道案内をしてくれる一枚の花びらもなくなると、立ち止まって、小山に生えている一本の木に登り、地平線をくまなく見渡して、一面の緑の世界の中に、ピンクか白の鮮やかな色の斑点を捜し求めた。彼は花に触れることもなければ、足を止めてその香りを嗅ぐこともなかった。ただひたすら開花前線を追ったのだ。花ざかりのスモモに案内されて進むボロをまとった黒い人影。

たどり着いたリンゴ畑は、デラウェア州であることがわかり、そこに住んでいたのが機織りをしていた婦人だった。出してやったソーセージをポールDが食べ終わると、間髪を入れずお呼びをかけ、彼は泣きながら寝床にもぐりこんだ。女はポールDを自分の甥の名前で呼んで、彼がシラキュースから来た甥ということで通した。十八カ月が過ぎて、彼は再び花の姿を求めて目を凝らし始めたが、今度はそれを荷車の上でやった。

胸のあたりに収めた刻みタバコの缶の中に、ジョージア州アルフレッド、シックソウ、「先生」、ハーレ、自分の兄弟たち、セサ、おんどりのミスター、ハミの鉄の味、バターの光景、ヒッコリーの匂い、「先生」のノートの紙の匂いを、一つまた一つと閉じ込めることができるようになるまでには、かなり時間がかかった。一二四番地にたどり着いた時には、この缶をこじ開けることができる者など、この世に存在しなかった。

彼女は彼を追い出した。

彼が赤ん坊の幽霊を叩き出したやり方——物をぶつける音や叫び声とともに窓ガラスが壊れたり、ジャムの瓶がころがり重なったりするといったやり方は使わなかった。それでも彼女は彼を追い出した。外見には自分の意志で出ていくように見えるので、彼にはどうしていいかわからなかった。目に見えないくらいわずかずつ、しかもあくまでも理に叶った段どりで、彼は一二四番地から出ていきかけていた。

始まりはしごく簡単だった。ある日、夕食がすんだ後で、彼はストーブのそばの揺り椅子に坐ったが、骨まで疲れ、河での労役で指一本動かす気力も残っていなかったので、そのまま眠り込んでしまった。朝食のしたくをしに、白い階段を降りてくるセサの足音で目が覚めた。

「どこかに出かけたのかと思ったわ」彼女が言った。

昨夜、最後にいた所とまったく同じ場所にいるのに気がつき、びっくりして、ポールD

はウーンと呻いた。

「この椅子に坐ったまんま、一晩眠っただなんて、まさかそんなことないだろうな」

彼女は笑った。「さあ、どうかしら」

「声をかけて起こしてくれればよかったのに」

「起こしたわ。二回か三回呼んだんだけど。夜中頃あきらめたの。どこかに出かけたんだろうと思ったから」

背中がこわばって、まっすぐに伸びないだろうと思いながら、彼は立ち上がった。だが何ともなかった。骨がきしむ音もしなかったし、突っ張っている関節もなかった。実のところ気分爽快だった。こういうものがあるんだな、と思った。ぐっすり睡眠が取れる場所ってものが。身近に見つけた木の根元とか、波止場、ベンチ、一度はボートの中がそうだったし、干し草の山がたいてい眠り心地が良く、ベッドがいつも眠りやすいとは限らなかった。そしてここではいま揺り椅子が。彼の経験ではほんとうにぐっすり眠ろうとすれば、家具は最悪の場所になったので、これは不思議なことだった。

次の晩、彼はまた同じ場所で眠った。そしてまた次の晩も。ほとんど毎日セサを抱くのが習慣になっていた。ビラヴドの艶っぽさで頭がぼうっとなるのを避けるために、朝、セサを二階に連れてもどるか、でなかったら夕食後、彼女と横になるのを日課にしていた。そのくせ何かと口実や理由を見つけては、夜のいちばん長い時間を揺り椅子ですごしたのだ。こうするのは自分の背中のせいに違いない、と彼は自分に説明した。ジョージアにいた時箱の中で眠ったのが原因で、何か後遺症が残っていて背中には支えが必要なのだと。

そんなふうな状態が続き、そのままずっと変わらないかに見えたが、ある晩、夕食がすみ、セサとのこともすみ、二階から降りてきて揺り椅子に坐ってみると、そこにいたくないという気分だった。立ち上がったが二階にも行きたくないのに気がついた。苛々しながら何とか躰を休めたくて、ベビー・サッグスの部屋のドアを開け、あの老婦人が息を引きとったベッドの上で眠り込んだ。それで問題は片付いた、いや片付いたように見えたのだ。ベビー・サッグスの部屋は彼の部屋になり、セサも反対しなかった――二人用に作られていても、彼女のベッドはポールDが訪ねてくるまでは、十八年間一人の人間に占められていたのだから。家には若い娘たちもいることだし、彼はセサの正真正銘の夫ではないのだから、ひょっとしたらこの方が賢明なのかもしれない。いずれにしても、彼の朝食前の、あるいは夕食後の欲望は少しも減っていなかったので、ポールDはセサが不平を洩らすのを一度も聞かなかった。

そんなふうな状態が続き、そのままずっと変わらないかに思えたが、ある晩、夕食がすみ、セサとのこともすんで、二階から降りてきてベビー・サッグスのベッドに横になったものの、そこにいたくないという気分だった。

彼は、自分が「家嫌いの発作」にかかっているのだと思った。それは、女の家が男を束縛し始めて、男が叫び声を上げたり、物を壊したり、あるいは少なくとも逃げ出したくなったりする時に、男が時々感じる虚ろな怒りだった。ポールDはこの発作のことをよく知っていた。知っていたというより、幾度となく体験していた。例えば、デラウェアの機織り女の家で体験したのもそれだった。だが、そのつど彼は、「家嫌いの発作」は、その家に住んでいる女が原因で起こったのだと考えた。今度の苛々として落ち着かない症状は、住んでいる女と何の関係もなかった。彼はこの女を日ごとにわずかずつ、さらに深く愛するようになっていた。野菜を扱う彼女の手つき、糸の端を針に通す前にちょっと舐めたり、縫い終わると、プツリと糸を嚙み切る時の彼女の口元、自分の娘たちが（ビラヴドはいまや彼女の娘だった）非難されると、いや娘に限らずどんな黒人の女が非難されてもだが、彼女たちを庇い弁護する、この女の目に浮かぶ血走った表情などを、日ごとに深く愛するようになっていた。それに今度の「家嫌いの発作」には怒りも、窒息するような息苦しさも、どこかよそに行きたいという渇望もなかった。ただ二階でも揺り椅子でも、そしていまはベビー・サッグスのベッドでも眠れなかったし、眠りたくなかったのだ。そこで彼は納戸へ行った。

そんなふうな事態が続き、そのままずっと変わらないかに思えたが、ある晩、夕食がすんだ後で、セサとのこともすんだ後で、彼は納戸のわらぶとんに横になったものの、そこにいたくない気分だった。そこで移ったのが冷蔵小屋だった。この一連の移動が自分の意思から出たものでないことに気がついたのは、この小屋でだった。一二四番地の母屋から離されて、サツマ芋がぎっしり詰まった二つの粗麻の袋の上で躰をエビのように丸め、ラードの入った缶の胴体に目を凝らしながら悟った。苛々していたわけではなかったことを。邪魔されていたのだ。

そこで、彼は待った。朝になるとセサの所へ行き、夜には冷えきった冷蔵小屋で眠り、そして待った。

彼女はやってきた。殴り倒してやりたかった。

オハイオでは四季は劇場で観るドラマのようだった。この世界に人間が住んでいるのは、自分の演技を見るためだと確信して、各々の季節はプリマドンナのように登場した。ポールDが一二四番地の母屋から裏手の小屋に押し出された時、夏は野次られて舞台から姿を消し、赤い血と黄金を詰めた瓶を持って登場した秋が、万人の注目を浴びていた。夜になっても、緊張を解く幕間の休息があってもよいはずの時にさえ、終焉《しゅうえん》を迎える風景から、様々な声が執拗《しつよう》に大きく響いてくるので、幕間など実際なかった。ポールDは躰の下にも上にも新聞紙を重ねて、いくらかでも毛布の薄さを補おうとした。だが気にかかっていたのは冷え込む夜ではなかった。背中にドアの開く音を聞いたとき、彼は振り向こうともせず、見ようともしなかった。

「ここに何の用がある？　用は何だ？」聞こえているはずの彼女の息づかいは、彼の耳には入らなかった。

「あんたにね、あたしの躰の中を触ってもらって、あたしをね、あたしの名前で呼んでもらいたいの」

　ポールDは胸に収めた小さな刻みタバコの缶のことを思いわずらうことは金輪際やめていた。缶は錆びついて閉まったままだった。そこで女がスカートをたくし上げて、あの二匹の亀がやっていたように肩ごしに首をこちらにひねった姿勢を取っているあいだ、彼は、月光を浴びて銀色に光っているラードの缶に視線を据えたまま、静かに諭した。

「いい人たちがおまえを家に入れてくれて、可愛がってくれたら、おまえだって、それに報いるように努力するのがほんとうじゃないか。それなのに、おまえときたら……セサはおまえを愛してる。実の娘に劣らずに。おまえだって知ってるはずだ」

　彼が話しだすとビラヴドはたくし上げたスカートを下ろし、虚ろな目で彼を見た。さらに一歩こちらに近づいたが、その足音は彼には聞こえず、彼女は近々と背中に触れんばかりの所にいた。

「あの女《ひと》は、あたしがあの女《ひと》を愛してるようには、愛してくれない。あたしはあの女《ひと》だけを愛してるのに」

「それじゃ何だってここへ入ってきた？」

「あんたにね、あたしの躰の中のところを、触ってもらいたいの」

「さっさと家に戻って、寝ろ」

「触ってくれなきゃ、だめだよ。中のとこをね。それから、あたしをね、あたしの名前で呼んでくれなきゃ、だめよ」

視線をラードの缶の銀色にしっかり据えつけたままでいる限り、彼は無事だった。ロトの妻（夫と共にソドムの町を逃れていく時、後ろを振り返ってはならないという神の言葉にそむいて塩の柱になった。旧約聖書創世記第十九章）のように震え、彼女がしたように、自分が背を向けている罪の実態を見てみたいという女のような衝動に駆られたら、それともひょっとして、他人を呪ってしまうほど呪われている者に同情を覚えたり、呪われている者を自分に惹きよせた縁《えにし》に感じ入って、呪われている者を抱きたいなどと思おうものなら、彼もまた破滅するのは必定だった。

「あたしを名前で呼んでよ」

「いやだ」

「お願い、呼んでみて。呼んでくれたら出ていってあげる」

「ビラヴド」呼んでしまった。だが彼女は出ていかなかった。彼の耳には聞こえない足音を立てて、女はさらに近々と寄ってくると、女の足音ばかりか、錆の破片が刻みタバコの缶の継ぎ目から剝がれ落ち、囁くような音を立てるのも聞こえなかった。だから蓋がゆるんだのも気がつかなかった。気がついたことは、「躰の中のところ」に入っていった時、自分が「赤い心臓《レッドハート》。赤い心臓《レッドハート》」と繰り返し繰り返し言っていることだった。低く、それから大きくなって、彼の声はデンヴァーの目を覚まし、次に声を出している当のポールDを呼び起こした。

「赤い心臓《レッドハート》。赤い心臓《レッドハート》。赤い心臓《レッドハート》」

以前のひもじさに戻るなんて不可能だった。幸運にもデンヴァーにとって、見る行為は充分に腹持ちする食べ物だった。だが見られることには、食欲を越えた満足感があった。視線は、デンヴァーの皮膚を突き破り、ひもじさなど見つかったことのない場所に侵入した。けれど、これは頻繁に起こらなくても我慢できた。ビラヴドがデンヴァーをまともに見ることはめったになかったし、たとえまともに見ても、デンヴァーの顔があの二つの目の行きどまりでしかなく、心がその目の後ろで歩き続けていることが、デンヴァーにはよくわかった。それでも時には、デンヴァーが予想も仕向けもしなかったふとした瞬間に、ビラヴドは握りこぶしを作って頬杖をついて、まじまじとデンヴァーを見つめていることがあった。

うっとりするような経験だった。突き刺すような視線に晒《さら》されるというのではなく、相手の熱意のこもった、批判がましいところなど少しもない瞳で見つめられることはすばらしかった。髪の症状とか髪型とかを点検されるのではなく、自分自身の一部として、髪をつくづく見つめられ、撫でられることは。庭師が手を休めて、惚《ほ》れぼれと賞《め》でるコケバラか何かのように、唇や鼻や顎をやさしく撫でられることはすばらしかった。デンヴァーの皮膚はこの凝視に溶けて、母親の腰に腕をまわしていた、あのライル織りのドレスのように柔らかに、艶やかになるのだった。雲の上にいるような、それでいて極度に神経が張りつめたような気分になり、デンヴァーは自分の躰の外に出て（そばから離れはしなかったが）近くを浮遊した。何の不足も感じなかった。あるがままで充足していた。

そんな時、何かが不足していたのは、何かをほしがっていたのは、ビラヴドのようだった。彼女の大きく見開いた黒い瞳の奥に、あの無表情の背後には、一ペニー銅貨をせがんで差し出された手のひらが見えるようだった。どうやって与えればよいのかを知っていれば、ビラヴドのことを充分に知っていれば、デンヴァーは相手がほしがっているものを喜んで与えたかった。だが、セサが折りにふれてはビラヴドに尋ねる質問に返ってくる答えから、ビラヴドのことを知ることは不可能だった。「何もかも忘れてしまったの？　わたしも母親のことをとうとう知らずじまいだったけど、でも二度ほど会うことは会ったのよ。あんたはいっぺんも自分の母親の顔を見たことがないの？　白人はどんな人たちだった？一人も覚えてないの？」

ビラヴドは自分の母親だったらしい女を一人覚えている、それから、自分がその女からひったくられるようにして引き離されたことを覚えていると、手の甲を掻きながら答えるのが常だった。それ以外のことでいちばんはっきりしている記憶、彼女が繰り返し語った記憶は、橋のことだった。橋の上に立って下を見ていたというのだ。それから、彼女は白人の男を一人知っていた。

セサはこの事実に謎を解く鍵がある、自分が推測した結論を裏づける新たな証拠があると思い、デンヴァーにも、自分の考えを打ち明けた。

「あのドレスはどこで手に入れたの？ あの靴も」

ビラヴドは取ったんだと言った。

「誰から？」

だんまりと、いっそうせかせか甲を掻く手。わからないわ。あったから取っただけなんだもの。

「ふうーん」とセサは言い、デンヴァーには、思うにビラヴドは誰か白人の男に、彼専用の女として閉じ込められたまま生きてきて、一度も外に出してもらったことがないらしいと、説明した。橋か何か、ある所まで逃げてくると、他のことはすっかり心の中から洗い流してしまったに違いないよ、と説明した。それと似たような目にエラが遭《あ》っていた。エラの場合、男は二人で――父と息子だった――しかも彼女はそのことを一部始終覚えていた。一年余りにわたって、二人は彼女を部屋に閉じ込めて、代わるがわる弄《もてあそ》んだ。

「あいつら二人がわたしにした仕打ちは」と、エラは言ったことがあった。「あんたなんかにゃ思いもつかないよ」

自分が推測した通りだとすれば、ポールDが近くにいる時、ビラヴドが見せる態度にも説明がつく、とセサは思った。ビラヴドのポールDに対する憎しみはひと通りのものではなかったから。

デンヴァーはセサの推測を信じもしなければ、それに口をはさみもしなかった。目を伏せて、冷蔵小屋のことなど一言たりとも洩らさなかった。ビラヴドが、居間で母親といっしょに跪いていた白いドレスであること、自分が生まれてこのかた、ほとんどいつも遊び相手になってくれていた赤ん坊の幽霊が、目に見える姿になって還ってきたのだということを、デンヴァーは確信して疑わなかった。だから、たとえ束の間でも、ビラヴドにまじまじと見つめられると、感謝の気持ちでいっぱいになり、自分がひたすら相手を見つめるだけの存在になっている後の残り時間にも、その気持ちは消えなかった。それにデンヴァーには是非尋ねてみたい彼女だけの質問があって、それは過去とは無関係だった。現在だけがデンヴァーの関心をそそった。だが、ビラヴドに訊いてみたくてたまらない事柄について、好奇心を剝き出しにしないように用心した。強引に訊き出そうとすれば、差し出した手のひらがほしがっているものを知ることができなくなり、そうなればビラヴドの視線が射し込む、あの食欲の次元を越えた場所も失うことになるわけだ。ごちそうを愉しむ方が、見る側になることを許されている方が、賢明というものだ。昔のひもじさに——生きている実感を一口味わうために、人生は起伏に富んでいて平べったいものではないということを肌で感じるために、彼女をツゲの森に追いやってコロンを嗅がせた、ビラヴドが出現する以前のひもじさに——戻ることなど、とうていできなかった。見ていれば、そのひもじさを寄せつけないでいられるのだ。

だからデンヴァーはビラヴドに、どうやって母親が昔持っていたイヤリングのことを知ったのかを尋ねなかったし、冷蔵小屋に夜な夜な出かけていく理由も、ビラヴドが横になった時や、眠っているうちに胸元がはだけたりすると、先の方だけがちらりと見えるものはいったい何の痕《あと》なのかも、尋ねはしなかった。デンヴァーを熱心に見つめるあの目の表情が浮かぶのは、デンヴァーが注意深くふるまっている時だった。いろいろなことを説明したり、家事や遊戯をしたり、セサがレストランに出ているあいだ、ビラヴドの気を紛《まぎ》らせておくために、物語をしてやったりする時だった。ビラヴドの中にはちろちろと火が絶えず燃えているようで、その火は、ちょっとした雑用を言いつけても消えなかった。すすぎ水が逆流して二人の二の腕を伝って上がってくるほど、シーツをギリギリと絞るぐらいでは消えなかった。二人して外便所に行く小径の雪かきをしても消えなかった。天水桶に三インチもの厚さに張った氷を砕いても消えなかった。夏に使った貯蔵用の瓶をごしごし洗って煮沸《しゃふつ》しても、にわとり小屋のすき間に泥を詰めて、二人のスカートでひなを暖めてやってる時も、その火は消えなかった。そのあいだじゅうデンヴァーは、二人がしている仕事を、どんなふうにするのか、なぜそうするのかを説明してやらなければならなかった。デンヴァーが昔知っていた人々、会ったことのある人々についても、現実に知っていたり会ったりした時よりも、もっと生き生きと真にせまって見えるように話してやった。オレンジやコロンや質の良いウールのスカートを届けてくれた、良い香りをさせていた白人の女の人、文字の綴《つづ》り方や数の数え方を歌った唄を子供たちに教えてくれたレディ・ジョーンズ、片方の頬に五セント銅貨大の痣《あざ》のある、彼女に劣らず勉強のできた美少年のこと。セサが芋の皮を剝き、ベビーばあちゃんが冷ややかに口をすぼめている前で、二人の魂が救われますようにと祈った白人の牧師のことも。もちろんハワードとバグラーのことも話した。三人が各々ベッドのどこを自分の領分として使っていたか（枕の方はデンヴァーの領分だった）とか、デンヴァーは後でベビー・サッグスのベッドで眠るようになったのだが、それまでは兄たちは必ず手を繫いで眠り、一度だってそうしないで眠っているのを見たことはなかったとも話した。ビラヴドの注意を惹きつけておくために、兄たちの風貌や性格をゆっくりこと細かに説明し、二人の癖、二人が教えてくれた遊びのことなども話したが、月日とともに二人がますます家を留守にするようになり、家以外の場所ならどんな所でもましだと思い、ついにはずっと遠い所に行ってしまうことになった原因、あの恐怖のことは話さなかった。

今日二人は外にいる。冷え込むし、雪は固めた土のようにカチカチだ。デンヴァーはレディ・ジョーンズが生徒たちに教えてくれた数え唄を歌い終わったところだ。デンヴァーが洗濯ばさみをはずしては、凍った下着やタオルを物干し綱から取り込むあいだ、ビラヴドは両腕を何か捧げ物でもするようなかっこうで伸ばしている。一枚また一枚と、デンヴァーはビラヴドの腕の中に、はずすそばから重ね続け、とうとう積まれた洗濯物は、ばかでかい一組のカードのようになって、ビラヴドの顎につかえる。残ったエプロンや茶色のストッキングは、デンヴァーが自分で持っている。頭がくらくらするような寒気に追われて、二人は家に戻る。凍った衣服はゆっくり溶けて、火のしをかけるにはちょうどいい湿り具合になり、火のしがあたれば、生乾きの布地は熱い雨のような匂いを発することだろう。セサのエプロンをつけて、部屋じゅうをグルグル踊りながら、ビラヴドは、暗がりの中でも花が咲いているかを知りたがる。デンヴァーはストーブに薪《まき》を足し、咲いているわよと、請け合ってやる。くるくると回ると、首につけたリボンがビラヴドの顔を額縁のように縁どって囲み、腰はエプロンの紐に腕をまわしたように締められて、ビラヴドは、喉が渇いたわと言う。

デンヴァーはリンゴ酒を温めようよと提案し、提案しながらも、踊っている少女の興味を惹きつけ彼女を楽しませるために、心はあわただしく駆けまわり、ああ言おうかしら、こうしたらどうかしらと考える。デンヴァーはいまやいっぱしの戦略家になっていて、セサが仕事に出かけた瞬間から帰ってくる時間になるまで、ビラヴドを自分のそばに引き留めておく策を練らねばならないのだ。

セサの帰宅時間になると、ビラヴドは窓のあたりをうろうろし始め、次に少しずつ移動して玄関に出て、次に階段を降りて、その次には道路の近くまで歩いていくといった具合だ。策を練るようになって、デンヴァーは目立って変わった。昔は怠惰で、どんな仕事をやるのにも不平たらたらだったのに、いまはきびきびしていて、セサが出かけるとき、二人に割り当てていく仕事をてきぱきこなしたばかりか、言いつけられた以上のこともしている。こうしたことをやるのはすべて、「あたしたちの仕事なのよ」とか「母さんがあたしたちに、しておきなさいと言ったのよ」とか言うことができるからだ。こうしないと、ビラヴドは内にこもってぼんやりと思いに耽《ふけ》るか、そうでなければ黙り込み不機嫌になってしまうので、デンヴァーがビラヴドに見つめられる見込みなど、まったくなくなってしまうのだ。夜になると何をやっても無駄だった。デンヴァーの母親が家のどこかにいるあいだは、ビラヴドの目はひたすらセサを追うだけなのだ。夜、ベッドに入っても、何が起こるかわかったものではない。デンヴァーが彼女の姿を見ることができない暗闇で、ビラヴドがお話ししてよ、とせがむかもしれなかった。でなかったら、起き上がって、ポールDが新しい眠り場所にした冷蔵小屋に入っていくかもしれない。でなければ、声も立てず、泣くかもしれない。死んだように眠りさえするかもしれない。彼女の寝息は、糖蜜か、トウモロコシの粉でつくったクッキーのかけらをつまみ食いしたために砂糖のような甘い香りがする。寝息をたて始めたら、デンヴァーはビラヴドの方へ向きを変え、もしビラヴドがこちら向きに寝ていたら、その口から漂ってくる、甘い息を深々と吸い込むことになるのだ。顔がこちらを向いていなければ、デンヴァーは時々ビラヴドの上に身をのりだして、その息を吸い込まなければならない。どんなことをしても、それは以前のひもじさよりはマシなのだ。奇蹟のようにすてきな小文字のi《あたし》を書いたり、パイにする練り粉を次々に練り出すように、文章をすらすらと作ったり、他の子供たちと遊んだりした月日が一年で終わってしまって、何の音も伝わってこなくなったあの時に比べれば、どんなことだってマシなのだ。手ぶりには反応しても、唇の動きには無関心だった頃の、あの静寂よりは、どんなことだってマシなのだ。小さなものは一つ残らず目に入り、色彩がくすぶりながら飛び込むように、視界に入ってきたあの頃。壮絶に燃える日没も、正餐《せいさん》用の大皿みたいな巨大な星も、血の色に染まった秋の景色も見ないで、デンヴァーは、愛するビラヴドの身から出ているものだったら、あるかなきかの淡い黄色を見るだけで、不平も言わず満足するだろう。

　リンゴ酒の入ったかめは重い。からっぽの時でも、それはいつも重いのだ。デンヴァーは独りでやすやす持てたのに、ビラヴドに手を貸してと頼む。かめは冷蔵小屋にあって、糖蜜と骨みたいに固い六ポンドのチェダーチーズと並んでいる。土間の真ん中にはわらぶとんが敷いてあって、上は新聞紙で覆われ、足元には毛布が一枚置いてある。すでに雪が降り、雪といっしょに本格的な冬も来たというのに、このわらぶとんで、もう一ヵ月近くも眠っている人間がいるのだ。

昼なので小屋の外は影もなく明るい。中は別だ。屋根や壁のすき間から陽光が二、三条矢のように射し込んでくるものの、いったん暗闇の中に入ると、勢いが足りず生き延びることができないのだ。闇は光よりも強く、入ってきた光を小魚のように呑み込んでしまう。戸がバタンと音を立てて閉まる。デンヴァーはビラヴドがいまどこに立っているのかわからない。

「どこにいるの？」デンヴァーは笑っているようにも取れる調子で、囁き声で言う。

「ここ」ビラヴドが答える。

「どこ？」

「見つけてごらん」ビラヴドが答える。

デンヴァーは右手をぐっと伸ばし、一歩か二歩進む。躓《つまず》き、わらぶとんの上にころぶ。新聞紙が彼女の重みでガサゴソ音をたてる。デンヴァーがまた笑う。「やめてよ！　どこなの？」

誰も答えない。デンヴァーは両腕を波のように動かし、目を細めて芋の袋やラード缶、それに燻製《くんせい》にした豚肉の影を、人影らしきものと区別しようとする。

「ふざけるのはやめてよ」と言い、光の方を仰ぎ、ここがまだ冷蔵小屋で、眠りの中で起こっている出来事ではないことを確かめている。小魚のような光が上の方で泳いでいる。

小魚たちは、デンヴァーのいる所まで降りてこられない。

「喉が渇いているのは、あんたの方でしょ。リンゴ酒が飲みたいの、それとも飲みたくないの？」デンヴァーの声には穏やかながら、なじるような調子がある。穏やかなのだ。相手の気分を害したくないし、それに髪の毛のように這い広がってくる恐怖を悟られたくない。ビラヴドの姿も見えなければ息づかいも聞こえない。デンヴァーはガサゴソ音を立てている新聞紙の中で苦労して立ち上がる。手のひらを差し出した姿勢で、ゆっくりと入口の方向へ移動する。戸には掛け金も把手もない——針金で作った輪が、釘に引っ掛かっているだけだ。戸を押し開ける。冷たい陽光が闇に取ってかわる。部屋は二人が入った時とまったく同じだ——ビラヴドの姿が見えないことを別にすれば。それ以上見てもしようがないのだ。小屋の中のものは、最初の一瞥《いちべつ》で一つ残らず見えてしまうのだから。ビラヴドの姿が見えないのは耐え難く、デンヴァーはともかく見てみる。小屋の中に再び足を踏み入れると、戸が間髪を入れずバタンと閉まる。暗闇にひるまず足早に動きまわり、一歩踏み出すごとにわらぶとんに足を取られながら、手を伸ばし、蜘蛛の巣やチーズや斜めになった棚に触ってみる。躓いてもそれと意識しない。自分の躰がどこで終わるのか、どの部分が腕で、足で、膝なのか、わからない。自分が凍結した川の固い表面から引き剥がされた氷の塊で、闇の中に浮遊しながら、分厚い嵩《かさ》を周囲にあるものの端々に音を立てながらぶつけているような感じだ。壊れやすく、溶けやすく、しかも冷たい氷の塊だ。

息をするのが苦しいし、泣いているのでたとえ光があっても見えはしないだろう。危惧《きぐ》していたことが起こってしまった。部屋の中に入っていくように、いとも簡単に起こってしまった。陽に顔を拭い溶かされたまま、魔法のように切り株の上に現れたり、暗闇に生きたまま食べられて、小屋の中にいながら魔法のようにかき消えたり。

「いやよ」デンヴァーはしゃくりあげながら、とぎれとぎれに懇願する。「いやよ。帰っちゃいやよ」

ポールDが一二四番地にやってきて、デンヴァーがどうにもできなくてかまどの前で泣いていた時より、いまの方がみじめだ。いまの方がつらい。あの時は、自分自身がかわいそうで泣いた。いまはその自身が消えてしまったので泣いている。この惨めさに比べたら、死だって食事を一回ぬかすぐらいのつらさにすぎない。デンヴァーは、自分の躰がだんだん薄くなって、溶解し無になっていくのを感じる。まとめて毛根ごと引きぬけるほど、髪の毛をこめかみのところでぎゅっと掴み、躰が溶けていくのを少しのあいだでも止めようとする。歯をしっかり噛み合わせ、すすり泣きを抑える。小屋の外にはどんな世界も存在しないから、閉まった戸を開けようともしない。冷蔵小屋にこのまま留まって、頭上の小魚のような光といっしょに暗闇に呑み込まれてしまおうと決心する。もうこれ以上、置き去りにされたり、一杯食わされたりするのに我慢などするものか。朝目が覚めると、ベッドの足元の方で彼女の背骨をぐいぐい押しながら寝ているはずの兄が一人消えている。そして次にはもう一人が。食卓についてカブラを食べ、祖母に飲ませるためにその煮汁を大切に残している時に、母親が居間のドアの把手に手をかけて、その声は「ベビー・サッグスは死んだわ、デンヴァー」と言っていた。セサが死んだり、ポールDが彼女をどこかへ連れていってしまったら、いったいどうなるんだろうと心を悩ますようになっていた折りも折り、夢が現実になるという心配がほんとうに現実になって、デンヴァーは暗闇の中で新聞紙の山の上に置き去りにされる始末だ。

足音一つ聞こえないのだが、すぐそばにビラヴドが戻っている。前にデンヴァーが見た時は、誰もいなかった場所に立っている。しかも微笑んで。

デンヴァーはビラヴドのスカートの裾《すそ》を摑む。「てっきり置き去りにされたんだと、思ったわ。あんたは向こうへ帰ってしまったんだと思ったわ」

ビラヴドは微笑んで「あそこはいやよ。ここがあたしのいる場所」と言う。わらぶとんの上に坐り、笑い声をたてながら仰向けになって、天井に漂っている洩れてくる光の筋を見つめる。

こっそり、デンヴァーはビラヴドのスカートをつまんで放すまいとする。そうしてよかった。ビラヴドは突然起き上がるからだ。

「どうしたの？」デンヴァーは尋ねる。

「見てごらん」ビラヴドは光が洩れてくるすき間を指す。

「なんなの？　あたしには何にも見えないけど」デンヴァーは突き出している指の先をたどって向こうを見る。

ビラヴドは手を下ろす。「あたし、こんなかっこうしてるのよ」

デンヴァーは、ビラヴドが躰を二つに折り曲げ、エビのように丸くなって揺するのを、じっと見ている。ビラヴドの目は虚ろで、呻く声は、デンヴァーにはほとんど聞こえないほどかすかだ。

「大丈夫？　ビラヴド」

ビラヴドの視線が集中する。「あそこに。あの女の顔が」

デンヴァーはビラヴドの視線の行方を追う。暗闇があるばかりだ。

「だれの顔？　だあれ？」

「あたし。あれはあたしよ」

彼女は再び微笑んでいる。

スウィートホーム農園の男衆の最後の生き残りは、そのことを信じていた。スウィートホームの男衆と彼らを呼んだのは、彼らの男らしさを承知し、また信じていた人間だった。ポールD以外の四人も、かつては自分たちの男らしさを信じていたが、彼らはとっくの昔にいなくなっていた。売られた男は二度と帰らず、行方不明になった男は発見されなかった。一人は間違いなく死んでいることを、ポールDは知っていた。もう一人も死んでいてくれればよい、とポールDは願った。バターと固まった牛乳を顔に塗りつけるなんて、人生でもなければ、生きる理由でもなかったから。ケンタッキー州のすべての黒人の中で、自分たち五人だけが男なんだと思い込んで、彼は大人になった。ガーナーの間違いを正すばかりか、彼に公然と異を唱えることさえ許され奨励されていたのだ。作業のやり方を考案したり、改良すべき箇所が見つかれば、いちいち許可を得ないでも、自分の思い通りにやってみることができた。母親を買い取り、馬や女房を選び、銃を扱い、そうしたいのなら読み書きを習うことさえ許されたのだ。だが彼らは、読み書きを習いたいとは思わなかった。自分たちにとって大切なことは、何一つ紙に記録することができなかったからだ。

そうだったのか？　男らしさのよりどころは、そこにあったのか？　目もきくし分別もあると思われていた白人が、彼らを男と呼んだからか？　その白人が彼らに、労役の特権ではなく、仕事のやり方を決定する特権を与えたからか？　違う。彼らとガーナーとの関係は本音と信頼で結ばれていた。彼らの能力は信じられ、人柄は信頼されていた。だが何よりも、ガーナーは彼らの言葉にきちんと耳を傾けた。

ガーナーは彼らの言うことには価値があり、彼らが感じていることはおろそかにしてはならない、と考えた。自分の奴隷の意見を尊重することは、主人としての威厳や権威を失うことにはならなかった。これとは異なった現実を教えてくれたのが「先生」だった。ライ麦畑の案山子《かかし》のようにぐらぐらと揺れる心もとない真実。つまり男たちはスウィートホーム農園にいる時だけ、スウィートホーム農園の男衆として通用したのだ。一歩その敷地の外へ踏み出せば、人類に割り込んでくる不法侵入者だった。歯の抜けた番犬、角を取られた去勢牛、いくらいななき騒いでも、その声を責任ある人間の言語に訳すことはできない、去勢された役馬《えきば》だったのだ。ポールDがこれまでへこたれなかったのは、「先生」が間違っていることが、わかっていたからだ。いま、彼の確信は揺らいだ。ジョージア州アルフレッドを生きぬき、デラウェアを生きぬき、シックソウの生きざまを見てきたのに、それでもなお、疑った。「先生」が正しいとすれば、自分が布切れでできた人形のようになってしまったことの説明もつく。娘と言ってもおかしくないほど若い女の気の向くままに、時も所もおかまいなしに、拾い上げられたり放り出されたりしている布切れの人形。したくないとはっきりわかっているのに彼女と性交するとは。彼女が尻を突き出してくるたびに、若い頃いじめた子牛(そのせいか?)が脳裏に浮かび、固い決意を砕いてしまうのだった。だが彼を恥じ入らせ、もしかしたら「先生」の方が正しいのかもしれないと思わせたいちばん大きな原因は、性欲ではなかった。自分が移動させられ、彼女の望む場所に行かされるのに、抵抗のしようがなかったことだ。どう努めても、夕方になると仄《ほの》かに光る白い階段を上がっていくことができず、どう努めても、夜がふけると、台所に、居間に、納戸にじっと留まっていることができなかった。必死に逆らったのにだ。泥んこの中に潜った時の要領で息をつめ、震えが始まった時のように、心を鋼鉄のように固くしたのにだ。しかも、これはあの時の経験よりひどかった。ハンマーを振り上げ振り下ろして抑えた、立ち騒ぐ血の渦よりもひどかった。一二四番地の夕餉《ゆうげ》の席から立ち上がり、階段の方へ行こうとすると、まず吐き気が、それからどうしても行きたくないという気持ちが湧いてくるのだ。彼が、ポールDとしたことがである。たったいま息を引き取ったばかりの生暖かいけものの肉を食らい、花盛りのスモモの木の下で、まだ鼓動を打っている鳩の胸にガリガリ歯をたてて食いついた彼がである。こういうことができたのも彼が男であり、男というものは意志があれば、何でもできるからだ。涸《か》れ井戸の中で、夜のとばりが落ちるのを待って、六時間息を殺していることも、素手で洗い熊と闘って勝つことも、実の兄弟よりも愛した男が、自分を焼き殺しにかかっている者たちに、男とはどんなものかを見せてやろうと、涙一滴こぼさずに焙《あぶ》られていくのを、目を逸らさずに見守ることもできたのだ。それなのに一二四番地では、行きたい場所に行けず、いたい場所にいられないでいるのが、今の彼なのだ。はるばるジョージア州からデラウェア州まで歩いたことのあるあの男がである。面目ないことであった。

ポールDは、自分の足を自分の意志に従わせることができなかったが、それでもまだ口をきくことはできると思い、口をきくことでこの状況を打開しようと決心した。この三週間のことをセサに告白してしまおうと思った。彼女が、レストランと呼んでいるビアガーデンから仕事を終えてひとりで帰ってくるところを捕まえて、洗いざらい聞いてもらおうと。

彼はセサを待った。ソーヤー食堂の裏手の路地に立つと、冬の昼下がりは黄昏《たそがれ》時を思わせた。彼女の顔を心に浮かべ、整列して引率者の後ろを歩き出す子供たちのように、言葉が頭の中に群がり集まってくるのを感じながら、言うべきことを前もって心の中で言ってみた。

「あのう、これはあれとは違って、男にはとても、つまりだね、わかってほしいんだが、これはあれと違ってね、ほんとに違うんだ、ガーナーのこととはね、おれが言いたいのは、これは弱さとは違うってことだ。おれが闘えるような弱さとは違うんだ。何故なら、つまり何かがおれの身の上に起きてるんだ。あの女が仕掛けてるんだ。あんたは一度だってあの女を好いたことはないのにって、おまえが考えてるのはわかってる。でも、あっちの方でおれを困らせてるんだ。おれを呪いにかけてるんだよ、セサ。あいつはおれを魔術ではめたんだ、しかもおれはそこから逃げ出せないでいる」

何だって？　一人前の男が小娘に呪いではめられたって？　だがその小娘がただの小娘でなく、何かが化けているのだとしたら？　かわいらしい若い女の姿に化けた実は魑魅《ちみ》魍《もう》魎《りょう》なのだから、彼女と性交するとかしないとかが問題なのではなく、一二四番地で彼が望む場所に落ち着いたり移動したりすることができないのが、問題なのだ。おまけに、この苦境を打開できるほど男らしくないために、セサを失う危険があった。彼女に、セサに助けてもらうことが、事情を知ってもらうことが、是非とも必要だった。しかも、ほんとうは自分の方が庇護《ひご》してやりたいと思っている女に、苦境を脱け出す手伝いをしてくれと頼まなければならないことに、彼は我が身を呪いたくなるほど恥じ入った。

ポールDは丸く合わせた両手のくぼみに温かい息を吹きかけた。風が路地裏をすさまじい勢いで駆けぬけたので、残飯を待って厨房《ちゅうぼう》の外をうろついていた四匹の犬の毛が、ぴったりと撫でつけられた。彼は犬をじっと見た。犬は彼をじっと見た。

ようやく裏口が開いて、片方の腕に残飯の入った鍋を抱えたセサが現れた。彼の姿を認めて、あらっと言い、浮かんだ微笑には嬉しさと驚きがあった。

ポールDは自分も微笑を返したつもりだったが、顔が寒気でこわばっていたので、微笑になっていたかどうか、確信が持てなかった。

「まあ、仕事のひけ時に迎えにきてくれるなんて、おかげで若い娘になったみたい。誰にも一度だって、こんなことしてもらったことがないもの。気をつけなさい。わたし、あてにするようになるかもよ」

犬どもが、食べ物は充分あるから、争う必要はないんだとわかるように、彼女は矢継ぎ早にいちばん大きな骨から先に地べたに投げていった。次に何かの皮を、別の何かの頭を、さらに何かの内臓を——この食堂には使いみちがなく、セサだって持って帰ろうとは思わない残りものを——野良犬どもの足元に、どさっと湯気の立つ山にして空けてやった。

「この鍋をすすがなきゃ」彼女は言った。「それがすんだら、すぐ来るわ」

彼は、厨房に戻っていくセサに頷いた。

犬どもは音を立てずに食べた。こいつらは少なくとも、ここにやってきて、ほしかったものにありついたのだ、と彼は思った。セサがこいつらの腹を満たしてやれるのなら——。

彼女の被り物は茶色のウールで、セサは風を防ごうと、それを髪のはえぎわが隠れるまで引っ張り下ろした。

「仕事が早くかたづいたの？　それとも」

「早引けした」

「どうかしたの？」

「まあね」と彼は言って唇を拭いた。

「仕事を減らされたわけでは？」

「いや、違う。仕事はたっぷりある。ただ――」

「え？」

「セサ、これからわしが言うことを聞いたら、あんたは不快になる」

それを聞いてセサは立ち止まり、彼の方に向いたが、同時に厭《いと》わしい風とも向き合った。風はセサの顔を鞭のように叩きつけた。他の女だったら、風がセスにしたように彼女の顔を叩きつけたり目を細めるか、少なくともしょぼつかせるぐらいはしただろう。他の女だったら、心配そうな、懇願するような、あるいは怒りの一瞥を放ったことだろう。彼の言葉が、さようなら、これでおしまいだ、という別れ話の切り出しのように響いたから。

セサは目を逸らさず穏やかに彼を見て、困った事情か面倒な事件にはまり込んでしまった男を、受け入れるなり、解放するなり、許してやるなりする心構えを早くも見せていた。全部を聞いてしまう前に、承知するわ、いいわよ、かまわないわ、とこちらから言ってやろうとするものわかりの良さだ。それというのも、セサは二人のどちらも、長いこといっしょに暮らすとしたら、相手の希望にかなう連れあいでいられるだろうとは、信じていなかったからだ。それに別れの理由のいかんを問わず、それでかまわなかった。何のせいでもない。誰のせいでもない。

彼には彼女が考えていることがわかった。彼女の推測は間違っていたが——彼女と別れるつもりはなく、別れるなんて絶対いやだった——彼が打ち明けるつもりでいたことは、別れ話よりひどい話なのだ。そう思うと、彼女の目から、期待するような表情が薄れ、非難の気配などまったくない哀しみが見えた時、口を開くことができなかった。風の中で目も細めないこの女に向かって、「わしは男じゃないんだ」などと言えなかった。

「じゃあ、言ってみて、ポールD。わたしが不快になるかならないかはともかくとして」

言おうと目論《もくろ》んでいたことが言えなくなってしまったので、そんなことが心にあったとは、気づいてさえいなかったことを、言っていた。「子供を産んでほしいんだ、セサ。わしのためにそうしてくれないか？」

彼女は今度は笑っていた。彼も笑っていた。

「それを頼むのにここまでやってきたの？　あんたは頭のおかしな人だわ。あんたが言う通りよ。そんな話はうれしくないわ。あんな苦労をまた最初から繰り返すには、わたし、年を取りすぎてると思わない？」彼女が自分の指を彼の手に滑りこませると、路上に落ちた手をつないだあの影法師とそっくりの形になった。

「考えておいてくれ」と彼は言った。すると言ったとたん、それが解決策となった。彼女にしがみつき、自分が男であることの証拠を残し、しかもあの女の呪縛《じゅばく》から脱け出すという、一挙両得の解決策となった。彼はセサの指先を自分の頬にあてた。笑いながら、彼女は指を引っ込めた。誰かが路地を通りがてら、真っ昼間、しかも風の中で不謹慎なふるまいをしている二人を見とがめないとも限らない。

その場のがれの言葉は、それでもなおもう少し時間を稼いだことになる。実のところ代償を支払って買った時間であり、彼は、そのために身を滅ぼすようなことにならなければよいがと願った。まるで今日という日の午後を不快な思いをせずに切りぬけるため、これからの人生という貨幣で買い取ったようなものだから。

路地を出て通りに入ると、二人はふざけるのをやめてつないだ手を放し、背中をすぼめ前かがみになって歩いた。風は前よりも静かになったが、吹き去った後にからからに乾いた寒気が残るので、道行く人々はコートの中で躰を硬くして、足早に歩いた。建物の入口や商店の飾り窓によりかかっている者などいなかった。家畜の飼料や薪を配達する馬車の車輪は、痛がっているかのように軋《きし》んだ。酒場の前に繋がれた馬は身震いして、目を閉じた。女が四人、二人ずつ並んで近づき、板張りの歩道に彼女たちの靴音が高く響いた。ポールDはセサの肘に軽く触れて腕を取り、二人は歩道から道路へよけて、女たちに道を開けた。

三十分後、町はずれまで来ると、セサとポールDは再び、互いに指を捕まえたり摑んだり、すばやくこっそり相手の尻を軽く叩いたりし始めた。いい年をした大人でありながら、同時にこんなに若々しい自分たちに、嬉々とした当惑を覚えながら。

決意だ、と彼は思った。決意さえあればいいんだ。母親のない小娘になんか、わしの決意を破らせやしないぞ。怠惰な小便臭い女が、彼にまわれ右をさせたり、我と我が身を疑わせたり、懇願させたり、告白させたりすることなんぞ、できっこないんだ。そうだわしは大丈夫だと確信すると、彼はセサの肩に腕をまわしてぎゅっと抱きよせた。彼女は頭を彼の胸につけた。この一瞬は貴重だったので、二人は立ち止まり、そのままじっと立っていた。息もせず、通行人がそばを通っても気にもかけなかった。冬の光は、はや落ちかけていた。セサは目を閉じた。ポールDは道に沿って続く黒々とした木々を眺めたが、その枝は振りかかってくる攻撃を防いでいる腕のように、高く上がっていた。ちらちらと音もなく、突然、天からの贈り物のように、雪が舞い始めた。セサは目を開けて雪を見ると「まあ《マーシィ》」と言った。ポールDにとって雪はまさに、セサの言う通りのものに見えた。ささやかな恵み《マーシィ》、ずっと後になって、思い出すことが必要となった時に、二人のいまの気持ちを思い出すよすがとするために、特別に二人に贈られたものだった。

乾いた雪片が落ちてきた。五セント銅貨が石の上に散らばって落ちるように、ぼってりと厚く落ちては潰れていった。雪はいつも彼を驚かした。なんて静かに降るんだろう。雨のようにではなく、秘密のように降るんだから。

「走ろう!」彼は言った。

「あんたが走りなさいよ」セサが言った。「わたしは一日じゅう立ちっぱなしだったんだもの」

「わしはどこにいたと言うのかい? 坐りっぱなしだったって言うのかい?」と言って、彼は彼女を引っ張って走り出そうとした。

「やめてよ! やめてったら!」彼女は叫んだ。「そんなことできる脚じゃないもの」

「じゃあ、その脚をおくれ」言うが早いか、彼女が気がつく前に、背中を向けひょいと背負うと、白色に変わり始めた冬枯れの茶色の畑を次々に追い越しながら、道を走った。とうとう息が切れて彼は立ち止まり、彼女の方はするりと降りて自分の足で立ったが、笑いすぎて躰に力が入らなかった。

「あんたには、赤ちゃんがたしかに要るわ。雪の中でいっしょに遊んでくれる相手がね」セサは頭の被り物に手をやった。

ポールDはにっこり笑って、手に息を吹きかけて温めた。「ほんとうに試してみたいんだよ。その気になってくれる相手が要るけどね」

「そうだわね」彼女は答えた。「心底、その気になってくれる相手がね」

四時近くになっていて、一二四番地まで半マイルの所まで来ていた。二人の方へ漂うように近づいてくる、横なぐりの雪の中では見分けられないくらいの、人影があった。それは、過去四ヵ月のあいだセサを出迎えにきてくれていたのと同じ人影だったが、セサもポールDも、自分たちのことしか心になかったので、彼女の姿を間近に見た時は、ぎょっとした。

ビラヴドの眼中にはポールDはなかった。セサだけを詮索していた。コートも襟巻きの類いもつけず、頭は剝き出しだったのに、手には長いショールをしっかり持っていた。両腕を伸ばすと、ビラヴドはショールをセサの躰に巻きつけようとした。

「あきれたおばかさん」セサは言った。「何も着ないでこんな所まで出てくるなんて、どうかしてるわ」そう言ってポールDのそばから離れて一歩出ると、ショールを外してビラヴドの頭や肩をくるんでやった。「もっとお利口にならなきゃだめよ」と言って、左の腕にビラヴドを抱き込んだ。雪片が積もって固くなった。ポールDは、ビラヴドが現れるまでセサが占めていた場所が、氷のように冷たくなったのを感じた。二人の女の後ろを一ヤードかそこら離れて歩きながら、家にたどり着くまで、胃の腑に差し込んでくる憤怒《ふんぬ》と闘った。ランプの灯りに照らされて窓に映ったデンヴァーの影を認めた時は、「それでおまえは、誰の味方なんだ？」と思わずにはいられなかった。

行動に出したのはセサだった。何の疑念も抱いていなかったのは確かだが、彼女は一挙にすべてを解決した。

「今夜はもう、あそこで眠ったりしないと思うけど。そうでしょ、ポールD？」彼女は彼に微笑みかけた。まさかの時の友人よろしく、煙突が、空から吹き込んできた一陣の寒気を吸って咳きこんだ。窓枠が冬の突風にガタガタと震えた。

ポールDは、シチューの肉から目を上げた。

「二階に来てよ。あんたの部屋なんだから」彼女は言った。「……そしてずっとそこにいてね」

ビラヴドが坐っている所から、彼に向かってじわじわと這いよってくる悪意の糸は、セサの微笑の暖かさの中で、無害にされたままだった。

かつて（それも一度だけ）ポールDは女に感謝したことがあった。森の中から這うように出て、飢えと孤独で狂ったような目をして、ウィルミントン（デラウエア州）の黒人居住区に入ると最初の戸をノックした。出てきた女に、何か食べるものを分けて下さったら、喜んで薪割りをさせてもらいます、と言った。女は彼を上から下まで眺めた。

「それは後にしてもらうよ」そう言って、もっと広く戸を開けた。ポークソーセージを食べさせてくれた。飢餓状態の男にとって最悪の食べ物だったのに、彼も彼の胃袋もいやだとは言わなかった。その後、女の寝室で淡い色をしたシーツと二つの枕を見た時、すばやく目を拭かなければならなかった。初体験を前にした男の感謝の涙を、彼女に見られないように、すばやく拭かなければならなかった。泥、草、ぬかるみ、トウモロコシの皮、木の葉、干し草、蜘蛛の巣、貝殻――こういうものの上で眠ってきたのだ。白い木綿のシーツなど心によぎったことすらなかった。彼が呻き声を上げて倒れ込むと、女の方は、彼がセックスしている相手は女の自分で、ベッドのシーツではないんだというふりを彼がするのを、いっしょに信じるふりをしてくれた。その夜、豚肉をたらふく詰め込み、贅沢《ぜいたく》に浸りきって、彼は絶対に女を捨てないと誓ったのだ。あのベッドから彼を追い出したかったら、女はまず彼を殺さなければならなかっただろう。十八カ月たって、ノースポイント銀行と鉄道会社に買われていった時も、彼はシーツの存在を教えてもらったことをまだ感謝していた。

いま、彼は二度目の感謝に浸っていた。崖の上からひょいとつまみ上げられて、安全な平地に降ろされたような気持ちだった。セサのベッドにいると、尋常とは言えない二人の若い女たちの存在にも、なんとか我慢ができそうだった。セサが自分の意志をはっきり表に現してくれている限りは、我慢ができると思った。ゆっくりと躰を伸ばし、足の上の天窓の向こうに、雪片が流れ舞っては消えていくさまを見つめていると、レストランの路地裏にまで自分を行かせた疑念も、簡単に捨ててしまえそうだった。あんなふうに悩んだのも、自分に対する期待が高かったせいだ、高すぎたのだ、と思えばすむことだ。彼なら卑《ひ》怯《きょう》だと考える行為は、他の人々にとっては常識的な行為なのだと。

井戸の形になった彼の腕にすっぽりと抱かれて、セサは、通りに立ったまま、わしの子を産んでくれと頼んだ時の、ポールＤの顔を喚び起こしていた。笑って彼の手を取ったもののの、その言葉は彼女を脅えさせた。それが彼の望みなら、セックスはどんなに充実するだろうと、とっさに思いはしたものの、もう一度赤ん坊を産むことを考えると、脅えてしまった。もう一度、充分にやさしく、充分に注意深く、充分に強くならねばならず、あの育児万端の心づかいをまた繰り返すのだから。子供を育てるぶんだけ長く生きていなければならないし。ああ、神さま、お助けを、と彼女は心で呟いた。心労から解放されない限り、母性愛は命取りだった。いったいなぜ、彼は赤ん坊を産んでほしいなどと思ったのか？　彼女にしがみつくためか？　ここを通り過ぎたという印がほしくてか？　どちらにしても、この男は行く所行く所で子供をつくったのかもしれない。十八年も放浪していたんだから、二人や三人子種を置いてくる成り行きもあっただろう。それは違う。この男は、彼女の子供たちが恨めしいのだ。そうだわ、それに違いない。子供、彼女は子供たちと考えた自分に言い直した。子供と、わたしが実の娘のように思っているビラヴド。そうだこの二人を、この人は恨んでいる。二人がいるせいでわたしを独占できないことを。自分に関係ないことで、三人の女たちが笑っているのを聞くのが恨めしいのだ。女同士で使っている暗号があって、彼が入っていけないのが恨めしいのだ。もしかしたら娘たちのことをしてやるための時間さえ、自分のために使われていないので、恨めしいのだ。四人はともかく家族の形を作っているのに、彼はその長ではなかったのだ。

ねえ、おまえ、これをちょっとかがってくれないかい？

ええ、このペティコートを仕上げてからね。あの子ったら、ここに来た時着ていたのしか持ってないのよ。誰だって着替えが必要よ。

パイの残りがあるかい？

デンヴァーが、最後の一切れを食べちゃったと思うけど。

それでも不平を洩らさず、家の中では寝場所が定まらず、いまでは家の外で眠っていることも、気にさえしていなかったのだ。一人前の男性に当然示すべき礼儀と思いやりから、彼女は今夜でこの状態に終止符を打ったのだ。

セサはため息をついて、片手を彼の胸に乗せた。子を産むことが間違っているという結論を引き出すために、彼について好ましくない憶測を次々に重ねている自分に気がついていたので、少し恥ずかしくなった。そうは思っても、産みたかった子供は全部産んでしまった。息子たちがいつか帰ってきて、デンヴァーもビラヴドもずっとこの家に住み続けるとしたら――そうだわ、そうなるのが当然なんじゃない？　路上に落ちた手をつないだ影法師を見たすぐ後、人生の図柄が変わったんじゃない？　それに、前庭に坐っていたドレスと靴を見た瞬間、セサは破水したのだ。陽の光を浴びた顔を見る必要さえなかった。セサはその顔をすでに何年も夢に見ていたのだ。

ポールＤの胸は彼女の手の下で、吸っては吐き、吸っては吐き、上下していた。

デンヴァーは食器を洗い終えると、テーブルの前に坐った。ビラヴドは、セサとポールDが部屋を出ていった時のままの姿勢で、人差し指をしゃぶっていた。デンヴァーは、ビラヴドの顔をしばらくじっと見てから、言った。「母さんはあの人に、ここにいてもらいたいのよ」

ビラヴドは、しゃぶっていた指で口の中をまさぐるのをやめなかった。「追い出してやる」彼女は言った。

「あの人が出ていけば、母さんは、あんたに腹をたてるかもしれない」

人差し指といっしょに親指も口の中に入れて、ビラヴドは奥歯を一本引きぬいた。血はほとんど出なかったが、デンヴァーは言った。「わああー、痛くなかった？」

ビラヴドは歯を眺めて思った。これなんだ。次にぬけるのはきっと腕、その次に手、それから足の指。躰のいろんな部分がたぶん、一度に一つずつぽとりと落ちるか、もしかしたら一度に全部が落ちてしまう。それともある朝、セサが仕事に出かけ、デンヴァーが目を覚ます前に、躰がばらばらに飛び散ってしまうかもしれない。独りぼっちでいる時は、頭部を首の上に固定させておくことも、腰に脚を付着させておくことも難儀だった。ビラヴドが思い出せないことの一つに、目を覚ましたら、躰がばらばらになっている日がいつかは来るということを、初めて知ったのはいつかということがあった。彼女は二種類の夢を見た。爆発する夢と呑み込まれる夢である。いちばん奥に生えていた半端な一本だったが、この歯がぬけた時、それが始まっているのだと、彼女は思った。

「きっと親知らずよ」デンヴァーが言った。「痛くないの？」

「うん」

「じゃあ、泣けばいいじゃない」

「何するって？」

「痛むんだったら、泣けばいいじゃない」

そう言われると、ビラヴドは泣いた。皺も筋もない、のっぺらぼうの手のひらに、小さな白い歯を握りしめたまま。血のように赤い小鳥が木の葉の奥に消えたすぐ後で、亀が一匹、もう一匹の後を追いかけて、水から上がってきた時も、泣きたくなった。あの時もこんなふうに泣きたかった。階段の下の風呂桶の中に立っていたあの男のそばへセサが行った時も、いまのように泣きたかった。舌の先端で唇の端まで滑り落ちてきた塩からい水に触りながら、自分の両肩を抱いているデンヴァーの腕が、肩がばらばらに外れていくのを防いでくれますようにと願った。

二階の男女は一つに結ばれて、物音一つ聞いていなかった。しかし二人の下で、外で、一二四番地を取り囲んで、雪はしんしんと、しんしんと降り続いた。積もった雪にまた雪が降り、雪は雪を覆い埋めた。さらに高く。さらに深く。

ベビー・サッグスの心の奥には、もし神がその御心を行い、ハーレが無事に逃げてきたら、これを祝って、何か特別のことをしてもいいだろうという思いがあったのかもしれない。最後まで手元に残ったこの息子が彼女のために、そしてある夏の夜、ジョンとエラが届けてくれた三人の子供たちのために、やり遂げてくれたことを、今度は彼自身のためにやり遂げることさえできれば。子供たちだけが到着してセサの姿がなかった時、ベビーは怖くなり、同時にありがたいと思った。一家の中で生き延びたのが、自分の血を分けた孫たちだったのを、ありがたく思った。後にも先にも自分の目で見るたった三人の孫だった。男の子が二人、もうはいはいしていた幼女が一人。同時に、聞きたいことを口にするのが恐ろしくて、彼女ははやる心を抑えた。セサとハーレはどうしたのかい？　なぜいっしょに来なかったのかい？　セサはなぜ子供たちと同じ荷馬車に乗らなかったのかい？　誰だって一人で逃亡できっこないのだ。猟師たちが、逃亡奴隷をノスリ（ワシタカ科の鳥）のように狙い撃ちしたり、兎のように網をかけたりするからだけでなく、誰だって道に不案内だったら逃げようがなかったのだ。道案内がいなければ、永遠に迷い続けるしかなかった。だからセサが到着した時――躰じゅうぐしゃぐしゃに潰れ、割れて口を開き、しかももう一人、孫まで抱いていた――祝いの宴をはるという考えが、ベビー・サッグスの脳の前方に進み出てきた。だが、ハーレが現れる気配もなく、セサ自身も夫の消息を知らなかったので、彼女は祝いの宴のことは頭の中だけのことにしておいた。あまりに早々と神に感謝して、息子が助かる見込みを減らしてしまいたくなかったのだ。

祝いを始めたのはスタンプ・ペイドだった。彼は、セサが一二四番地にたどり着いてから二十日後にやってきて、自分の手で甥の上着にくるんでやった赤ん坊を眺め、自分の手からウナギのフライを受け取った赤ん坊の母親を眺めた。その後で、自分だけのあるひそかな思いから、バケツを二つさげて、河べりに近い場所へ出かけた。彼だけが知っている場所で、黒イチゴがなっていたが、並々ならぬ美味と幸せに充ちた味がして、それを食べると教会にいるような気分になった。一粒食べるだけで、油を注がれ神聖になったような気持ちになったのだ。六マイル歩いて河土手に来ると、ずるずる滑っては駆け、滑っては駆けて、藪が茂りほとんど近寄れなくなっている峡谷の中に降りていった。ナイフのように厚く、刺されれば血が噴き出る棘《とげ》をずらりと生やしたイバラの中に分け入ると、棘はシャツやズボンを裂いて突き刺さった。そうしているあいだにも、蚊、ミツ蜂、スズメ蜂、ジガ蜂、オハイオ一意地の悪い女郎蜘蛛が彼に群がった。ひっ掻かれ、切られ、咬まれながらも、どうにか抗戦し、イチゴを一つずつ指先でそおっと摘んで、一粒たりとも傷つけなかった。正午もだいぶまわってから一二四番地に戻ってきて、いっぱいになった二つのバケツをポーチに置いた。彼のずたずたに裂けた服、血が流れている手、みみずばれになった顔や首を見て、ベビー・サッグスは坐り込んで大声で笑った。

バグラー、ハワード、ボンネットの女、それからセサも何事かと出てきたが、日頃はこっそり立ちまわる、鋼《はがね》のような筋金入りの黒人の男の無惨な様子を見て、ベビー・サッグスといっしょに笑った。奴隷を逃がす連絡員、漁夫、船頭、猟師、救助者、スパイの役目をこなす男が、ついにバケツ二杯の黒イチゴにさんざんな目にあわされて、明るい光の下に立っていたのだから。笑っている者たちには知らん顔をして、彼はイチゴを一粒つまむと、生後一カ月にも満たないデンヴァーの口に入れた。女たちは金切り声を上げた。

「この子には早すぎるわ、スタンプ」

「下痢するわ」

「胃が変になるよ」

しかし、赤ん坊はおもしろくてたまらないというような瞳をして、唇をぺちゃぺちゃ鳴らしたので、みんなも赤ん坊にならって、教会にいるような味のするイチゴを一度に一粒ずつ神妙に試食した。とうとうベビー・サッグスが男の子たちの手を、ぴしゃりとはたいて、バケツからどかし、スタンプを追いたてて、裏の井戸に躰を洗いにいかせた。このイチゴを使って、この人の苦労と愛情に見合うような何かをしようと、ベビー・サッグスはその時、心に決めていた。それはそんなふうにして始まったのだ。

彼女はパイの練り粉をこしらえ、パイが三つ、ひょっとして四つもできれば、自分の家だけで取っておくには多すぎるから、エラとジョンにちょっと寄ってくれるように言わなければ、と考えた。セサはセサで、パイにひなどりを二羽そえたらいいんじゃないかしらと考えた。スタンプはスタンプで、スズキとナマズが小舟の中に飛び込んでくるだろう、釣り糸をたれる手間さえ要らないんだ、と考えた。

デンヴァーのおもしろくてたまらないというような瞳から始まって、それは九十人分の祝宴にまで発展した。一二四番地は夜が更けるまで、彼らの声でどよめいていた。たらふく食べてたっぷり笑った九十人なのに、祝宴は彼らを怒らせた。次の朝目が覚めると、彼らは、スタンプ・ペイドが、煮えたぎった油がピチピチはねるのを左の手のひらを前に出して防ぎながら、ヒッコリーの小枝に刺して揚げた、あらびきトウモロコシ粉をまぶしたスズキのフライを思い出した。クリームまで入ったトウモロコシのプディング、兎の丸焼きを食べて小さな骨を手に握ったまま、食べすぎて疲れて、草の中で眠り込んでいる子供たちを思い出した。それから腹を立てたのだ。

ベビー・サッグスの三個（四個だったかもしれない）のパイは十個（十二個だったかもしれない）にふくれあがった。セサの二羽のめんどりは五羽の七面鳥になった。はるばるシンシナティから運んできた一塊の氷は――その上にみんなは砂糖と薄荷《はっか》を混ぜて潰した西瓜をそそいでパンチをこしらえた――洗濯だらい一杯のイチゴのパンチをつくるために運んだ荷馬車一台分の氷に変わった。笑い声に揺れ、善意と九十人分の食べ物が溢れていたので、一二四番地は彼らを怒らせたのだ。度が過ぎる、と彼らは思った、あの女はこんな食べ物をどこで手に入れるのか、ベビー・サッグス・ホーリィは？　なぜ、あの女とあの女の身内だけが、いつもいろんなことの中心なんだ？　あの女が、何をいつなすべきかを心得ているのは、なぜなんだ？　忠告を与え、伝言を伝え、病人を癒《いや》し、逃亡者をかくまい、人を愛し、料理をし、料理をし、人を愛し、説教をし、唄を歌い、踊りを踊り、それが彼女の、しかも彼女だけの仕事であるかのように、誰かれと差別なく、あらゆる人を愛してる。

今度はバケツ二杯の黒イチゴを手にすると、十個、たぶん十二個のパイまでつくるなんて。ほとんど町じゅうの黒人にふるまえるほどの七面鳥、九月の旬《しゅん》の豆、乳牛もいないのに新鮮なクリーム、氷だけじゃないんだ、砂糖もだ、卵と牛乳を入れたパン、パンのプディング、ふくらし粉を入れてこんもりふくれたパン、バタークッキーまであるなんて――このことが彼らを怒らせた。聖書のパンと魚は主のお力で増えたのだ――そのような力は、たぶん百ポンドの綿花を計量器の所まで運んだこともなければ、背中に赤ん坊を背負ってオクラ摘みをした経験もないような元奴隷が、使うべきものじゃないんだ。神様がちゃんと御存知だが、自分たちがされたように、十歳の白人の男の子から鞭で打たれたこともない女。奴隷の身分から逃げ出しさえしなかった女――実際は、母親にめっぽうやさしい息子が金を出して主人からかいとってくれて、おまけに馬車でオハイオ河まで馬車でつれてきてもらったのだ――胸のあいだに自由黒人であることを証明する書類をたたんで入れて（それまで彼女の主人だった男に馬車を馭《ぎょ》してもらってだ。その男は、彼女の移住税も払ってくれたそうな――ガーナーってのが彼の名前でね）、家はボドウィンさんってのは白人の兄妹で、二人は奴隷は嫌いだったが、それよりもっと奴隷制度を憎んでいたんで、スタンプ・ペイドやエラとジョンに逃亡奴隷が使う衣服やその他の必要品をくれたんだ。だが、二階《にかい》まであって、おまけに井戸までちゃんとついてた。

彼らは憤怒した。祝宴の翌朝、重曹を飲み込んで、一二四番地で誇示された気前の良さ、はらはらするような大盤振舞のおかげで大騒動を起こしている胃を鎮めた。肥ったネズミとか、宿命とか不必要な誇りとかいう言葉をちらちらさせながら、垣根ごしに囁き合った。

彼らが非難している臭いが、重苦しく風に澱んでいた。朝目覚めるとベビー・サッグスはその臭いに気づき、孫たちが食べるトウモロコシ粥《がゆ》を煮ながら、この臭いはなんだろうと訝しんだ。その後、菜園に出て、トウガラシの根元の固くなった土に鍬《くわ》を入れていると、またその臭いを嗅いだ。頭を上げて周囲を見まわした。後ろでは、数ヤード離れた左手で、セサが蔓《つる》インゲンの中にしゃがんでいた。背中が少しでも早く癒えるように、服の下には油を塗ったネルを当てていたので、肩の形が歪んで見えた。かたわらの籠には生後四週間の赤ん坊が寝ていた。ベビー・サッグス・ホーリィは天を見上げた。空は青く澄んでいた。目にしみるような木の葉の緑の中には、死の翳《かげ》りなど微塵も見えなかった。小鳥の鳴き声が聞こえ、かすかに、ずっと離れた草原に流れる川の音も聞こえた。子犬のヒヤボーイが、昨夜のパーティで残った最後の骨を埋めていた。どこか母屋の近くから、バグラー、ハワード、そしてはいはいし出した女の子の声が聞こえた。不審な様子はどこにもなかった。それでも非難の臭いは鋭く鼻をついた。菜園の向こうに、川に近いが充分に陽が当たる場所に、ベビー・サッグスはトウモロコシを植えておいた。パーティのためにかなり捥《も》いでしまったが、それでもまだ実をつけた穂が残っていて、いま立っている所からも見えた。ベビー・サッグスは鍬を手に、再びトウガラシやカボチャの蔓の中にかがんだ。注意深く、鍬の刃をきちんと立てて、なかなか切れないカナシミ草の茎を切断した。その花を帽子の裂け目に挿して、残りを脇に放り投げた。木が割れる静かなポコッ、ポコッ、ポコッという音で、スタンプが前の晩約束してくれた薪割りをしていることを思い出した。仕事をしながらため息をもらし、また少したつと、もう一度非難の臭いを確かめようと、背を伸ばした。鍬の柄にもたれて、神経を集中させた。誰も自分のためには祈ってくれないことを知っていて、それに馴れていたが――この野放図に流れてくる嫌悪に触れるのは初めてだ。そして白人たちのものではなかった――それだけはわかった――だとすると黒人の嫌悪だ。そして、わかった。彼女が度を過ごしてしまったので、奢りすぎ与えすぎて彼らの感情を害してしまったので、友人や隣人が腹を立てているのだ。たぶん彼らの方が正しいのだ。

ベビーは目を閉じた。ずっとずっと背後に、彼女は別の何かの臭いを嗅いだ。突然、彼女を非難してやまない悪臭の向こうに、ずっとずっと背後に、彼女は別の何かの臭いを嗅いだ。黒々として、こっちにやってくる。非難の臭いが邪魔になって、確かめることができない何かが。目をきつく閉じてその正体を見きわめようとしたが、胸騒ぎのするような深靴が見分けられるだけだった。

透視力が妨げられたまま、なおも訝りながら、サクッサクッと小刻みに鍬を入れた。いったい何なんだろう？ この黒々として、こっちへやってくるものは。まだ彼女を傷つけたことのないものが残っているとしたら、それは何なのか？ ハーレの死の報せ？ 違う。息子の生存よりも死の報せがきた時に備えて、彼女の覚悟はできていたのだから。彼女が最後に産んだ子供。生まれた時はちらりと見ただけだった。成長するにしたがって変化していくのがこの目で見られない目鼻だちを、心に刻んでおこうとするなんて、無駄な努力だったから。すでに七回も、彼女はその無駄な努力を繰り返していたのだ。ちっちゃな足を握ってみた。ぽっちゃりした指先を自分の指先で、ていねいに確かめた——一人前の男や女の手になっていくのをけっして見ることがなくっても、母親だったらどこで触っても我が子だと気づくだろう、この指。彼女は今日に至るまで、子供たちの永久歯が、どんなふうに生えそろったかも、子供たちが歩く時、どんなふうに頭を上げるのかも知らなかった。パティの舌たらずは治っただろうか？　フェイマスの肌の色は結局、何色に落ち着いたのか？　ジョニーの顎についていたのは割れ目だったのか、それとも下顎の骨が発達すれば消えていくただの窪みだったのか？　四人の女の子を産んだのに、最後に彼女たちを見た時は腋毛《わきげ》も生えていなかった。アーデリィアはいまでもパン底のお焦《こ》げが好きなんだろうか？　七人が七人よそに行くか死んでしまうかで、いなくなった。八番目の末っ子を穴の開くほど見つめたって、しかたがないじゃないか？　だが、どういうわけか、奴らは彼女からその子を取り上げなかった。子供は彼女といっしょだった——どこに行っても離れなかった。

彼女がカロライナで腰を片方痛めた時、ガーナー氏は彼女を捨て値で買った（当時十歳のハーレよりも安かった）。ガーナー氏は親子を離さずに、自分が「スウィートホーム」と呼んでいるケンタッキー州の農園に連れてきた。痛めた腰のせいで、彼女の躰は歩くたびに三本脚の犬のようにぎくしゃく揺れた。スウィートホーム農園には、見渡したところ稲田もタバコ畑もなかったし、しかも、誰も、誰一人として、彼女を殴り倒すような者はいなかった。ただの一度も。リリアン・ガーナーは、どういうわけか、彼女をジェニーと呼んだが、彼女をこづいたり、ぶったり、罵ったりすることは、けっしてなかった。乳牛の糞の中で滑ってころんで、エプロンの中の卵を一つ残らず割ってしまった時でさえ、

「このクロンボの牝犬め、何をしてやがるんだい」などと怒鳴る者はおらず、しかも誰も彼女を殴り倒さなかったのだ。

スウィートホーム農園は、それまでに彼女が転々としてきた農園に比べれば、実にこぢんまりしていた。ガーナー氏、ガーナー夫人、彼女、ハーレ、それから四人の若者たちで、その三人にポールの名がついていたが、これが農園の全人口だった。ガーナー夫人は働きながら鼻唄を歌った。ガーナー氏は、世界がおもしろおかしく遊べる玩具か何かのように、ふるまった。ガーナー氏も奥さんもベビー・サッグスを畑で働かすつもりはなかった。ハーレを含めたガーナー氏の若い衆が畑仕事万端をこなしていた。どのみち畑に出ていても、やってはいけなかっただろうと思うと、ありがたい状況だった。彼女の仕事は、鼻唄を歌っているリリアン・ガーナーのそばに立つことだった。二人はいっしょに料理をし、瓶詰めをつくり、洗濯をし、アイロンをかけ、ロウソク、衣服、石鹸《せっけん》、リンゴ酒をつくり、にわとり、豚、犬、そしてアヒルに餌を与え、牛の乳を搾り、攪乳器をまわしてバターをつくり、脂肪を精製し、火を焚いた……つまりたいした仕事ではなかった。しかも誰も彼女を殴り倒さなかったのだ。

腰が痛まない日は一日もなかったが、一度たりともそれを口にしたことはなかった。ハーレだけが、四年間注意深く母親の動作を観察していて、寝床に入るにも、そこから出るにも、彼女が両手で自分の腿を持ち上げなければならないことを、知っていた。腰を下ろすことができる生活を味わわせてやりたくて、母親を農園から買い取りたいとガーナー氏に申し出たのも、そのせいだった。やさしい息子。彼女のために困難を厭わないたった一人の人間だった。彼女を自由にするために働き、自分の命を捧げてくれたばかりか、こうして孫たちも授けてくれた。その孫たちの声は、彼女がこうやって菜園に立って、非難の臭いの後ろから、黒々としてこっちへ近づいてくるものは何だろうと訝っているあいだにも、遠くの方で聞こえていた。スウィートホーム農園はいままでの所より際立って待遇が良かった。それは確かだった。しかし、そんなことはどうでもよかった。悲しみが彼女の存在の中心に居坐っていたからだ。ほんとうの「自分自身」になったことのない自身が、見捨てられ、荒れはてた彼女の中心に居坐っていたのだ。自分の産んだ子供がどこに葬られているのか、生きているとすれば、どんな容貌なのかを知らなかったのは、確かに悲しいことだが、それでも彼女は、自身についてより、子供たちについてよっぽど多く知っていた。自分という人間を発見するための地図など、一度も手にしたことがなかったからだ。

わたしは唄を歌えたことがあったのか？　(歌えたとしたら人々がうっとり聞いてくれたかしら？)　わたしはきれいだったんだろうか？　良い友人だったんだろうか？　子供たちと別れていなければ情の深い母親になっていたろうか？　忠実な妻になっていただろうか？　わたしに妹がいるんだろうか？　妹はわたしに似ているだろうか？　わたしの母親がわたしを見つけるようなことがあったら、娘のわたしを好いてくれるだろうか？

リリアン・ガーナーの家では、彼女の腰を痛めた畑仕事と、心を麻痺させた疲労から免除され、リリアン・ガーナーの家では、彼女を殴り倒したり（押し倒して妊娠させたりもだ）する者はおらず、ベビー・サッグスは、この白人の女性が仕事をしながら歌う鼻唄に耳をすまし、ガーナー氏が入ってくると、ぱあっと明るくなる彼女の顔を観察して、「ここは前のとこよりましだけど、わたしは相変わらずみじめだ」と考えた。ガーナー夫妻は、独特な形で奴隷制度を運用しているように、彼女の目に映った。自分たちを給金を払っている使用人のように遇し、こちらの言い分に耳を傾け、向こうでも知っておいてほしいと思うことはなんでも教えてくれた。その上、ガーナー氏は自分の奴隷を種馬のようには使わなかった。奴らがカロライナでやったように、男たちを彼女の小屋に連れてきて「この女と寝ろ」と命令したこともなければ、男たちの性を他の農場に賃貸することも、けっしてなかった。彼女は驚き、そして安堵したが、同時に心配にもなった。ガーナー氏は彼らのために女を選んでやるつもりなんだろうか？　じゃなかったら、あの若者たちが本能の赴《おもむ》くままに走りだしたらどういうことになるか、彼は考えてるんだろうか？　ある種の危険を招くような彼のやり方だったし、また彼はそれを百も承知していた。事実、自分がいっしょでない限りスウィートホーム農園の外に出てはならぬという彼の命令は、奴隷の一人歩きを禁じている法律を守るためというよりは、一人前の男として育てられた奴隷が野放しになった際の危険を考えてのことだった。

ベビー・サッグスはできる限り口数少なく生きていた。彼女がわざわざ舌を動かして機械のように気のない言葉を吐いてみたところで、何になる？　たとえ口をきかなくても、新しく来た奴隷が有能な働き手であることがわかると、白人の女主人は仕事をしながら一人鼻唄を歌った。

ガーナー氏がハーレとの取り決めを承諾し、彼女が自由の身になることが、ハーレにとってこの世でいちばんの重大事らしいとわかった時、ベビー・サッグスは、河向こうに連れていってもらうことに逆らわなかった。二つのつらさのうち――倒れるまで二本の脚で立って働くか、それとも最後の、たぶんたった一人の、生き残った子供の元を去っていくかだが――息子が幸せを感じる方のつらさを選び、ひそかに自らに問いかけた疑問を息子にぶつけることはけっしてしなかった。何になるっていうんだい？　三本脚の犬のようにしか歩けなくなった六十過ぎた奴隷女が、自由をもらって何になるんだ？　自由州に入って大地に足を踏み下ろしたとき、自分が知らなかったことを、ハーレは知っていたんだとは、信じられなかった。ただの一吸いだって自由の空気を吸い込んだことがないのに、この世界に自由ほど素晴らしいものはないことを、ハーレが知っていたとは、信じられなかった。自由は彼女を脅えさせた。

何かが変だ。何が変なのか？　何が変なのか？　彼女は自問した。自分がどんなふうに見えるか知らなかったし、知りたくもなかった。突然自分の両手が目に入り、目が眩《くら》み、簡単至極で同時にきらきらと輝くような「この手はわたしが持ってる。この二本の手はわたしの手」という思いが生まれた。次に彼女は胸の中で、何かがドキンドキンと音をたてているのを感じ、他にも新発見をした。自分の心臓の鼓動だった。いままでずっと胸の中で鳴っていたのか？　このドキンドキンと打つものは？　自分が阿呆《あほう》のように思えて、彼女は声を上げて笑い始めた。ガーナー氏は肩ごしに振り返り、大きな茶色の目で彼女を見つめると、彼も微笑んだ。「何がおかしいんだ、ジェニー？」

彼女は笑いを止めることができなかった。「わたしの心臓がこどうしてるんです」

その通りだった。

ガーナー氏は笑った。「怖がることなんか、何もないんだよ、ジェニー。いままで通りにしてればいいんだ。そうすりゃ大丈夫だ」

笑い声が高くなりすぎそうで、彼女は自分の口を覆った。

「これからおまえに会わせる方々が、必要な援助をして下さるはずだ。ボドウィンという名の方々だ。兄と妹でな。スコットランド人だ。お二人とは二十年、いやそれ以上の知り合いだ」

長いこと知りたいと思っていたことを訊いてみるには、いまがいい機会だと、ベビー・サッグスは思った。

「ガーナーさま」彼女は言った。「あなたさまはなぜ、わたしをジェニーとお呼びになる

「おまえの正札にそう書いてあったからさ。あれはおまえの名前じゃなかったのか？　おまえは自分を何と呼ぶ？」

「何とも」と彼女は答えた。「自分のことは何とも呼びません」

ガーナー氏は顔を赤くして笑った。「おまえをカロライナから連れてきたとき、ウィットロウはおまえをジェニーと呼んでいたし、ジェニー・ウィットロウと彼の譲渡証にも書いてあった。あの男はおまえをジェニーと呼ばなかったかね？」

「いいえ、だんなさま。お呼びになったとしても、わたしの耳には聞こえませんでした」

「何て呼ばれれば答えたのかい？」

「何と呼ばれても答えました。ですが、サッグスというのが亭主の名前です」

「結婚してたのか、ジェニー？　知らなかったな」

「けっこんみたいなもんです」

「どこにいるのかわかっているのかい、その亭主が？」

「いいえ、だんなさま」

「そいつはハーレの父親ということになるのかい？」

「いいえ、だんなさま」

「じゃあ、なぜハーレをサッグスと呼ぶのかい？　彼の譲渡証には、おまえのと同じように、ウィットロウと書いてあるんだが」

「サッグスというのはわたしの名前です。亭主からもらいました。あの人はわたしをジェニーとは呼びませんでした」

「じゃあ、何て呼んだんだ？」

「ベビーです」

「まいったな」とガーナー氏は言って、また顔をピンクにした。「わしがおまえだったら、ジェニー・ウィットロウのままでいるがな。ベビー・サッグス夫人じゃ解放されたニグロの名前らしくないよ」

　そうかもしれない、と彼女は思った。しかしベビー・サッグスという名前は、自分が「夫」と呼んでいた男の、いまはたった一つの形見だった。彼女に靴作りを教えてくれた、生真面目で物思いに沈んだ男だった。二人は約束を取りかわした。どちらか一人に逃亡する機会ができたら、逃げること。可能ならいっしょに、だめだったら一人で敢行し、けっして振り返らないこと。彼にその機会が来た。失敗したという噂は届かなかったので、彼女は夫が無事に逃げきったものと信じた。いまもし、彼女が譲渡証についていた名前を名のったら、夫はどうやって彼女を見つけたり、その消息を耳にすることができるのだ？

　都会を見た驚きは容易に鎮《しず》まらなかった。カロライナで見たよりも大勢の人がいたし、息が止まるほど白人が多かった。至る所に二階建ての家があり、きちんと切りそろえた板を張った歩道があった。ガーナー氏の館が丸ごと収まってしまうほど幅の広い、馬車の行きかう道があった。

「ここは水の街だ」ガーナー氏は言った。「あらゆるものが水で往き来する。自然の河で運べないものは運河が引き受ける。女王みたいな街なんだよ、ジェニー。ほしいなと思ったことのあるものは、なんでもここで作ってるんだ。鉄のストーブ、ボタン、船、シャツ、ヘアブラシ、ペンキ、蒸気機関、本。下水道の仕組みを見たら、びっくりして目が飛び出すだろうよ。そうだとも、これこそ都会だ。都会に住むんだったら、ここがそうだ」

ボドウィン兄妹は、住宅と木立が立ち並んだ通りの中央部に住んでいた。ガーナー氏は馬車からひらりと降りて、馬をがっしりした鉄柱に繋いだ。

「さあ。着いたぞ」

ベビーは着替えの入った包みを取り上げ、腰が不自由な上に何時間も荷馬車に乗っていたせいで、大変な苦労をしてステップから降りた。彼女の足が地面に着くのを待たずに、ガーナー氏の方はさっさと門に入りポーチに上がった。ベビーの方は、玄関の扉を開けて顔を出したニグロの少女の顔を、ちらりと目に収めてから、裏手に通じる小径を歩き出した。その少女が台所の戸を開けて、窓ぎわの椅子に坐りなさいとすすめてくれるまで、ベビーにはずいぶんと長く時間がたったような気がした。

「何か食べものを上げましょうか、おくさん？」少女が訊いてくれた。

「いいえ、いいんですよ。でも水をもらえればありがたいんだけど」少女は流しに行って、ポンプを動かしてコップを水で満たした。ベビー・サッグスの手にコップを握らせてから「ジェイニーです、よろしく」と言った。

ポンプ付きの流しにびっくりして、ベビーは、むずかしそうな薬みたいな味がしたものの、受け取った水を一滴残らず飲み干した。「サッグス」手の甲で唇を拭いながら、彼女は言った。「ベビー・サッグスです」

「はじめまして、サッグス夫人。こちらにずっと住むんですか？」

「どこに行くようになるのか、わかりませんけど。ガーナーさまが――わたしをここに連れてきて下さったお人なんですけどね――なんとかして下さるって言ってるんです」それから「自由になったんですよ」と付け加えた。

ジェイニーは微笑んだ。「そうですか」

「あなたの家族は近くにいるの？」

「ええ、みんなでブルーストーン通りに住んでます」

「わたしの家族はちりぢりなんですよ」ベビー・サッグスは言った。「でも、もうそれも長いことじゃないと思うけど」

さあ大変、彼女は考えた。いったいどこから始めようか？　誰かにあのウィットロウに出す手紙を代筆してもらおう。パティとローザ・リーを買ったのは誰かを調べよう。ダンとかいう名の人間がアーデリィアを買って西部に行ったって、聞いてたが。タイリーやジョンは捜しても無駄だ。逃げたのは三十年前だし、隠れて暮らしてるのにしつこく捜したりしたら、行方を突きとめること自体、害になりかねない。ナンシーとフェイマスは、ヴァージニア沖に停泊中の船の中で、船がサバンナに向かって出航する前に死んでしまった。そのくらいまでは、わかっていた。ウィットロウ農園の監督が報せにきてくれたのだが、親切心というよりは、彼女を自分の自由にしたい下心から出た行為だった。積み荷がいっぱいになるのを待って帆を上げようというわけで、船長は三週間も出発を延ばした。それまでもたなかった船倉の奴隷の中には、ウイットロウ農園から買われていった二人のチビがいて、名前は……。

聞かなくてもわかっていた。わかっていたから、こぶしで耳をふさいで彼の口から洩れてくる名前を聞くまいとしたのだ。

ジェイニーは牛乳を温めて、トウモロコシパンが載った皿と並んだ碗にそれを注いだ。パンを何度かすすめられてから、ベビー・サッグスはテーブルに歩みよって腰を下ろした。パンをちぎって熱い牛乳に浸すと、これまでに経験したどんなひもじさにも勝って、激しい空腹を感じた。大変な腹のすきようだった。

「勝手に食べても大丈夫なんですか？」

「心配ないのよ」ジェイニーが言った。「食べたいだけ食べていいんですよ。わたしたちの食べものなんだから」

「他に誰かこの家に住んでるの？」

「わたし一人。ウッドラッフさんって人がいて、家の外の用事をしてるんだけど。二時に、週三回来るの」

「じゃあ働いているのは、あんたがた二人だけ？」

「そうよ。わたしが料理と洗濯をやってるの」

「もしかしたら、あんたの家の人、手伝いを捜している人を知らないかね」

「訊いておくわ。食肉処理場が女をやとってくれるのは知ってるんだけど」

「どんな仕事をするの？」

「わからないけど」

「男がしたがらない仕事なんだね、きっと」

「いとこが言ってたけど、肉がほしいだけもらえて、それに足すことの時給は二十五セントだって。いとこはソーセージつくってるんだけど」

ベビー・サッグスは片手を上げて、頭のてっぺんに持っていった。おかね？　おかね？　おかねだって？　毎日欠かさず金を払ってくれるというのか？　おかねだって。

「その食肉処理場ってのは、どこ？」彼女は訊いた。

ジェイニーが答える間もなく、ボドウィン兄妹と、その後ろから歯を見せて笑っているガーナー氏が台所に入ってきた。兄妹だと一目でわかるほどよく似ていて、二人とも、雪のような白髪には不釣合なほど若々しい顔つきで、灰色の服を着ていた。

「このひとに何か食べるものを出してあげたかい、ジェイニー」兄の方が尋ねた。

「はい、だんなさま」

「立たなくてもいいんですよ、ジェニー」妹の方がベビーに言った。彼女が教えてくれた情報は、食肉処理場の口よりも良いものだった。

ボドウィン兄妹が、どんな仕事ができるのかと、ベビーに尋ねると、それまでこなしてきた無数の仕事を次々挙げる代わりに、彼女は食肉処理場のことを知りたがった。それには年を取りすぎている、と兄妹は言った。

「彼女は最高の靴職人なんですよ」ガーナー氏が言った。

「靴職人？」妹のボドウィンが濃い黒い眉を上げた。

「誰に教わったの？」

「教えてくれたのはどれいでした」ベビー・サッグスは答えた。

「新しいブーツ？　それともただの修理？」

「新しいのも、古いのも、何でもです」

「そういうことだったら」兄のボドウィンが言った。「それでいくらか稼げる。でもそれだけじゃ足りない」

「洗濯物を引き受けたらどう？」

「そうします」

「一ポンドにつき二セントでね」

「そうします。ですけど引き受けるって、どこにですか？」

「どういうこと？」

「『洗濯物をひきうける』っておっしゃっていましたが、どこへ『うけて』くるんでしょうか？　わたしはどこにいることになるんでしょうか？」

「ああ、そうか。ジェニー、おきき」ガーナー氏が言った。「この天使のような方たちは、おまえの住む家を用意して下さったんだ。ここから少し離れたところにある御自分たちの持ち家だ」

その家は、二人の祖父母が町に越してくる前に、持っていた家だった。最近まで黒人の大世帯に賃貸していたが、一家はオハイオ州を出ていった。ジェニーが一人で住むには広すぎる家だ（二階に二間、階下に二間）、と兄妹は言った。でも二人は自分たちが提供できる最上で、しかも唯一の住居を用意してくれたのだ。洗濯に、ちょっとした針仕事、それからちょっとした缶詰めや瓶詰め作り（そうそう靴作りも）をしてくれれば、二人は彼女にその家に住んでもいいと言うのだ。ただしきれいに住んでもらわなければね。このあいだ越していった黒人の大世帯は、清潔じゃなかったから。ベビー・サッグスはこの取り決めに同意した。日銭が入るチャンスが消えてしまったのは残念だったが、階段のある家に住むんだと思うと（自分が上れないことなどかまわなかった）、興奮した。ガーナー氏はボドウィン兄妹に、ベビー・サッグスは腕の良い靴職人でもあるが、文句のつけようのない料理人でもあると言い、自分の腹を見せ、それから足に履いている靴の実物も見せた。みんなが笑った。

「必要なものがあったら、遠慮なくおっしゃいね」妹が言った。「わたしたちは奴隷制度には絶対に賛成しません。たとえガーナーさんのやってるような奴隷制度でも」

「この方たちに言ってくれ、ジェニー。わしの農園に来る前に、わしのところより待遇の良い農園に住んだことがあるか」

「いいえ、だんなさま」彼女は答えた。「ありませんでした」

「スウィートホームにはどのくらいいたかね？」

「十年、だと思います」

「ひもじい思いをしたことは？」

「ありません、だんなさま」

「寒い思いは？」

「ありません、だんなさま」

「おまえの躰に手をかけたものは？」

「いません、だんなさま」

「わしはハーレがおまえを買い取ることを許したかい、それとも?」

「はい、おゆるしになりました」

答えながら、だけど、あんたはわたしの息子の所有者だし、わたしはすっかりボロボロになっている、と考えていた。わたしが主の御許に召されたずっと後まで、息子をよそに賃貸して、わたしの支払いをさせるくせに。

ウッドラッフが、と兄妹が言った。彼がその家まで彼女を乗せていってくれるから、と二人は言って、三人の白人は台所から姿を消した。

「夕食のしたくをしなくっちゃ」ジェイニーが言った。

「手伝うよ」ベビー・サッグスが申し出た。「あんたは火を焚くには背が低すぎる」

ウッドラッフがピシリと鞭を鳴らして、馬を速足《はやあし》で出発させたのは、夕闇の中だった。びっしりと顎ひげを生やした若者で、ひげが隠しきれないところには火傷《やけど》の痕が見えていた。

「この土地の生まれかね?」ベビー・サッグスは訊いてみた。

「いいや。ヴァージニアだよ。ここに来て二年さ」

「そう」

「これから行くとこはいい家だよ。大きいしね。牧師さんと牧師さんの家族が住んでた。

子供が十八人」

「おどろいた。その人たちはどこへ？」

「イリノイ。アレン司教がそこの信徒を牧師さんにあげたんでね。ずいぶんと数が多いんだよ」

「ここらにはどんな教会があるのかね？　ここ十年、教会の敷居はまたいでないんだけど」

「そりゃ、またどうして？」

「一つもなかった。この前の前いたとこは、いやなとこだったけど、まがりなりにも、教会には日曜ごとにちゃんと行ったけどね。いま頃、神さんは、わたしが誰だか忘れていなさるにちがいない」

「おくさん、パイク牧師に会いにいくといいよ。あの方があんたをもう一度神さまに紹介してくれるよ」

「そんなことのために牧師さんなんかいらないよ。自分の取り次ぎは自分でするから。牧師さんが必要なのは、わたしを子供たちともう一度結びつけてもらいたいからだよ。その方は読み書きができるんだろうね？」

「そりゃ、もちろん」

「よかった、掘り出さなきゃならない捜しものがいっぱいあるんでね」

だが掘り出してもらった報せは、あまりにも哀しく、彼女は尋ね人の努力を放棄した。二年のあいだ牧師の手で、問い合わせの手紙を代筆してもらい、二年のあいだ洗濯や縫い物を引き受け、缶詰めをつくり、靴を直し、野菜畑を耕し、さまざまな教会に坐ったあげく、見つけ出したことと言えば、ウィットロウ農園はもはや存在せず、西部に行ったとだけしかわかっていないのなら、「ダンという名の男」宛で手紙は出せない、ということだけだった。それでも良い報せもあって、ハーレが嫁をとり、赤ん坊が生まれるということだった。オハイオ河を渡りきったその時から、鼓動を開始した心臓をどう扱うかは、すでに決めていたので、ベビー・サッグスは、この朗報と自己流の説教をすることに、ひたすら心を傾けた。この生き方はうまくいった。とてもうまくいっていたのだが、その結果誇り高くなって、嫁とハーレの子供たちの無事な姿を見て——子供の一人は逃亡中に生まれたのだ——有頂天になったあげく、クリスマスも影が薄くなるような黒イチゴの祝いをしたのだ。いま、ベビー・サッグスは野菜畑に立って非難の臭いを嗅ぎ、黒々としてこちらに近づいてくるものの気配を感じ、それからひどくいやな感じのする深靴を脳裏に見ていた。ひどく、いやな。

馬に乗った四人——「先生」、甥が一人、奴隷捕獲人と保安官——がやってきた時、ブルーストーン通りの家は、静まりかえっていたので、彼らは遅すぎた、と思ったほどだった。三人が馬から降りて、一人は鞍に坐ったまま銃を構え、家の左右に油断なく視線を配った。逃亡者は一気に全速力で駆け出すことが、よくあった。時には、躰を折りたたむようにちぢめてどこかに隠れていることもあり、まったく見当がつかなかった。例えば床板の下、食料貯蔵室——煙突の中ということも一度あった。見つけた後も気をゆるめることはできなかった。戸棚や干し草置場から引きずり出されたり、一度など煙突から引っ張り出されたことがあったが、捕まってすっかりおとなしくなった逃亡者は二秒や三秒は、神妙に振るまうからだ。言ってみれば、現行犯で捕まってしまうと白人の裏をかこうとするなんて無駄なことだし、銃弾よりも早く走るなんてできっこないと、観念したかに見えるのだった。ジャムの壺に手を突っ込んでいる現場を取り押さえられてしまった子供のように、にやりと笑って見せても、相手を縛ろうとロープに手を伸ばす段になってさえ、何が起こるかわからないのだ。うなだれて、顔にはかすかに「ジャムの壺」式の笑いさえ浮かべているクロンボが、突如として牡牛か何かのような吠え声を発し、信じられないようなことを始めることがあるからだ。銃口をひっ摑むとか、銃を構えている人間に体当たりでぶつかっていくとか——何をするかわからなかった。捕まえる方は一歩さがった所にいて、縛る仕事は別の者に任せなければならないのだ。そうしないと、生きたまま連れもどさなければならない品物をむざむざ殺すことになって、報酬をふいにしてしまう。蛇や熊とは違い、死んだクロンボの皮を剝いでも金にはならず、肉を量って売るわけにもいかなかった。

六、七人のニグロが、道を一二四番地に向かって歩いて来るところだった。男の子が二人、捕獲人の左側から、女が数人、右側から近づいてきた。捕獲人が銃を動かして、止まれと合図したので、彼らはその場で足を止めた。家の中を窺《うかが》っていた甥が戻ってきて、喋るなと口に指をあてた後で、捜している相手は裏手にいるらしいと、親指で示した。すると捕獲人は馬から降りて、後の三人に加わった。「先生」と甥は左手に、捕獲人と保安官は右手にまわった。気がふれた少し年をくったクロンボが一人、薪の山の中で、斧を持って立っていた。呻くような声で何かぶつぶつ言っていたので、気がふれてることはすぐにわかった——低い、猫が鳴くような音をたてていた——そのクロンボの十二ヤード向こうに、別のクロンボがいた。帽子に花を挿した女だった。そいつもたぶん気がふれていた。

その女も、根っこが生えたみたいに突っ立っていたのだから――手だけは蜘蛛の巣を払うみたいにひらひらと動かして。だが二人とも同じ場所に目を据えていた――薪小屋だ。甥が年よりの男のクロンボに近寄って、斧を取り上げた。それから四人はそろって薪小屋に向かって進み始めた。

中では、血だらけの子供を片手で胸に抱き、もう一方の手で乳飲み子の踵《かかと》を摑んでるクロンボの女の足元で、二人の男の子が、おが屑と泥にまみれて血を流していた。女は四人に目もくれなかった。壁板に叩きつけようと、赤ん坊を振りまわしたが、あたらず、もう一度ぶつけようとした。その時、あっと言う間に――四人がこの光景に目を奪われていた一瞬のあいだに――男の方のクロンボが、相変わらず猫の鳴くような声を出しながら背後から走り込んできて、母親が弧を描いて振り広げた腕の中から、赤ん坊をひったくった。

返却を請求できるものは、何一つ残っていないことは、一目見れば、特に「先生」には、明白だった。生きていて、ケンタッキーに連れてもどれるくらいの躰であれば、連れもどりまっとうに飼育してスウィートホームに是非とも必要な作業をさせたいと望んでいたのだが、三人のチビ（逃亡する時女は身ごもっていたので、いまは四人になっていたが）は使いものにならなくなっていた。二人は目を開けたまま、おが屑の中にころがっていたし、三人目は、いちばん値の張る奴隷のドレスの上に、どくどくと血を噴き上げていた。この奴隷は「先生」がしきりに自慢していた女だった。彼の言によれば肌理《きめ》の細かいインクを作り、とびきり美味なスープをつくり、シャツの襟のアイロンのかけ方は、こちらの望む通りだし、その上、いくら少なめに見積もっても、あと十年は生殖可能だったのだ。だのに、目の前にいるのは、野性をむきだしにしている黒人女だった。甥が扱い方を間違えて、鞭で打ちすぎ、逃亡させてしまったせいだ。「先生」はその甥を叱責《しっせき》して、考えてもみるんだ、少しは頭を働かせろと言った。しつけのための仕置きは必要だが、限度を越えて鞭打ったら、おまえの馬はどうするか。馬じゃなくても、チッパーやサムソンはどうするか。おまえがあの猟犬どもを、そんなふうに度を越して鞭で打ったら、どうなるか。二度と再び、森でだろうがどこでだろうが、奴らを信頼することはできなくなる。たとえば餌をやろうと、兎の肉を差し出すと、奴らは突然野性にかえって、おまえの手を噛みちぎったりすることになるんだ。そこで「先生」は、その甥に罰として、今回の奴隷狩りに参加させなかった。農園で留守番させ、家畜に餌をやり、自分の食事を用意し、リリアンの食事もこしらえ、農作物の手入れをすることを命じたのだ。身に染みてわからせてやるためだった。神がその管理の責任を与え給うた生きものを、殴りすぎたらどうなるか——どんな面倒が起こり、どんな損失が生じるかを——よくよくわからせてやるためだった。全員が使いものにならなくなっていた。五人が。猫のように唸っている男の腕の中でもがいている赤ん坊を、請求しようと思えばできたのだが、誰が育てるんだ？　あの女がおかしくなってしまったいまとなっては。彼女はいまじっと「先生」を見ていたが、留守番に置いてきた甥がこの場にいて、この目つきを見ることができたら、間違いなく教訓を学ぶはずだ。生きものの扱い方を間違えては、成功は期待できないという教訓をだ。

もう一人の甥、弟の方が女を押さえつけているあいだに彼女の乳を吸った甥は、自分の躰が震えているのに気がつかなかった。叔父が、こんな騒動も起きるかもしれないと、前もって警告しておいたにもかかわらず、その効果はなかったようだ。何だってこんなことをしでかすんだ？　鞭のせいか？　バカな。おれだって百万遍もぶたれてる。しかもおれは白人だ。一度痛さのあまり腹をたてて、井戸水をくむ桶を叩き壊したことがあった。犬のサムソンにあたり散らしたこともあった――といっても二、三個石を投げつけただけだ。だが鞭で打たれたからといって、これまで一度だって……つまりいくら何でも……何だってこんなことをしでかすんだ？　この甥が保安官に尋ねたのもこの問いだった。保安官は他の三人同様に驚愕《きょうがく》の面持ちで立ちつくしてはいたが、震えていなかった。甥は繰り返し繰り返し、苦し気に唾を呑み込んでいた。「何だってあの女は、こんなことをする必要があるんだ？」

保安官は振り向いて、他の三人に言った。「あんたがたはみんな引きあげた方がいい。そっちの用向きはすんだようだから。わしの仕事は今始まった」

「先生」は持っていた帽子でぴしゃりと太腿を叩き、薪小屋を出しなにペッと唾を吐いた。甥と捕獲人も「先生」が出るのといっしょに、後ずさりながら退散した。三人は、トウガラシの畑に立っていた帽子に花を挿した女に、見向きもしなかった。捕獲人がライフル銃で脅しても、じわじわと近寄ってきていた七つほどの顔にも目を向けなかった。クロンボの目はもうたくさんだ。おが屑の中でころがっていたちっちゃなクロンボの男の子の開いた目。首ががくんと落ちないように、顔を支えている血まみれの指のあいだから、瞬きもしないで見据えていたちっちゃなクロンボの女の子の目。木っ端のような目になって、自分の足を見下ろしている例のクロンボの腕の中で、泣いているちっちゃなクロンボのぎゅっとつぶっている目。だがいちばん恐ろしかったのは、目などは持っていないような表情をしたクロンボの女の目だった。白目が消えて目は肌と同じようにただ黒く、彼女は視力を失っているようだった。

三人は、逃亡した女奴隷を乗せて元の場所に連れて帰るために借りた騾馬を、「先生」の馬から離して柵に繋いだ。それから、太陽を真上に頂いて、早々に馬で去った。いままで見た中でも最悪の洗い熊の群れの中に保安官を残して。好んで人食い人種の生活をしたがり、そうさせないためには、あらゆる注意と指導が必要な連中に、いわゆる自由なるものをわずかでも押しつければ、どんな結果になるかをこの洗い熊たちは、明々白々に証明していた。

保安官も、後ずさりして外へ出たかった。薪、石炭、灯油——寒さの厳しいオハイオの冬に備える燃料を貯蔵するのに使われているその小屋の外に出て、陽の光の中に立ちたたかった。八月の光の中に駆け出したい衝動と闘いながら、寒いオハイオの冬を思い出した。恐ろしかったからではなかった。そんなことではまったくなかった。ただもう寒かったのだ。それに、どんなものにも触れたくなかった。男の腕の中の赤ん坊は泣いていた。白目のない女の目はまっすぐに前方を凝視していた。床にころがっていた男の子の一人がため息を洩らさなかったら、そこにいた人々はそのまま、木曜日になっても、凍りついたようにじっとしていたかもしれなかった。男の子は深い甘美な眠りの心地良さに浸りきっているように、ため息を洩らし、それを聞いて保安官ははじかれたように行動を開始した。

「あんたを連行せにゃならん。もう面倒は起こさんでくれ。もうたっぷりやらかしたんだから。さあ来るんだ」

彼女は動かなかった。

「おとなしく来るんだ。いいかね。おとなしくすれば、わしはあんたを縛らなくてすむ」まだじっとしていたので、そばに行って、彼女の赤く染まった手をどうにか縛ってしまおうと決めた時、入口に立った人影を背中に感じて保安官は振り向いた。帽子に花を挿したクロンボが入ってきた。

ベビー・サッグスは息のあるものとないものを見分けて、地べたにころがっている男の子たちの所へまっすぐに近づいた。クロンボの男は目を見開いたままの女のそばに寄って言った。「セサ。わしが抱いている子を受け取って、あんたが抱いてるのをわしに渡しておくれ」女は男の方に向き、彼が抱いていた赤ん坊を一瞥すると、喉の奥で低い音を立てた。パンに塩を入れ忘れたか何か、ちょっとしたヘマをやってしまったという感じだった。「わしはここを出て、荷馬車を呼びにやる」保安官がこう言うと、やっと陽の光の中に出た。

だがスタンプ・ペイドもベビー・サッグスも、この女に「もうはいはいしてんの子ちゃん」を下に置かせることができなかった。小屋を出て家の中に戻っても、しっかり抱きかかえたままだった。ベビー・サッグスは男の子たちを家に入れ、頭を洗ってやり、手をこすり、瞼をかえしながらも、「許したまえ。許したまえ」と囁き続けた。傷口をしばり、樟脳を嗅がせてから、セサの世話に移った。スタンプ・ペイドから泣いている赤ん坊を受け取って、たっぷり二分は抱いてから、赤ん坊の母親の前に立った。

「いちばん下のオチビさんにお乳を飲ます時間だよ」

セサは死んだ子を放さずに、赤ん坊に手を伸ばした。ベビー・サッグスは首を横に振った。「一度に一人だよ」そう言って生きた子と死んだ子を取り替えると、死んだ子を居間に持っていった。戻ってくると、セサが血で汚れた乳首を、赤ん坊の口に入れようとしているところだった。ベビー・サッグスは拳で力いっぱいテーブルを叩いて叫んだ。「汚れを取るんだ！　おまえの躰を清めてからだよ！」

二人はもつれ合って争った。愛する者の心を奪い合う恋敵同士のように、争った。各々が乳を飲む子供のために闘った。血だまりの中で滑って転び、ベビー・サッグスの負けになった。その結果、デンヴァーは母親の乳といっしょに、姉の血を飲んだのだ。ちょうどそこに、近くの住民の二輪荷馬車を徴発し、スタンプにそれを馭《ぎょ》すように命じ、手配をすませた保安官が戻ってきた。

外に出ると、騒ぎを知ってやってきた人々はいまや群衆になっていて、びっしり並んだ黒い顔の集まりが、囁くのをやめて口をつぐんだ。生きている子供を抱いて、セサは彼らの沈黙と自身の沈黙の中を歩いて、群衆の前を通り過ぎた。荷馬車に乗り込むと、晴れやかな紺碧《こんぺき》の空を背に、彼女の横顔はナイフのように曇りがなかった。見る者に衝撃を与えた澄みきった横顔。彼女の頭は少し高すぎはしないか？　背筋が伸びすぎていないか？たぶんそうなのだ。そうでなかったらすぐに、ブルーストーン通りの家の玄関から彼女が姿を見せた瞬間に、いっせいに唄が始まっていただろう。留置場に向かう彼女を、合唱が音のケープになって、支え落ち着かせてくれる腕のように、たちまちくるんでくれただろう。現実はそうはならず、荷馬車が向きを変え町を指して西へ動きだすまで、群衆は息を殺していた。その後も言葉は語られなかった。ハミングが流れた。だが一言も言葉になっては歌われなかった。

ベビー・サッグスは走りだすつもりだった。荷馬車を追ってポーチの階段を跳ぶように走り降り、いけない、いけない、と叫ぶつもりだった。その最後の子まで彼女に連れていかせてはならないんだと。そうするつもりだった。そうしかけて床から立ち上がり庭先に出た時は二輪の荷馬車の影はなく、一台の四輪荷馬車が、がらがら近づいてくるところだった。赤毛の少年と黄色い髪をした少女が飛び降りて、集まっている人々の中を分けて、こちらに駆けてきた。少年は片手に半分食べかけのピーマンを、もう一方の手に靴を一足持っていた。

「母さんが水曜日って言ってるよ」彼は左右の舌革を摑んで、ぶら下げていた。

「母さんは、水曜日までに、これを直してくれって言ってる」

ベビー・サッグスは男の子を、それから落ち着かない先導の馬を制している女を見た。

「母さんは水曜日って言ってる。きいているのかい？　ベビー？　ベビー？」

男の子から靴を受け取り――深靴で泥だらけだった――そうしながらも言い続けた。

「許し給え。主よ、許し給え。たしかに、お受けしましただ」

人々の目から遠ざかり消えると、二輪荷馬車はブルーストーン通りをギイギイと音を立てて進んだ。乗っているものは誰も口をきかなかった。車体の揺れが赤ん坊を寝つかせた。灼熱の太陽がセサのドレスを、硬直した死体のようにごわごわに乾かした。

こりゃ、あの女の口じゃない。

彼女を知らない者だったら、でなければ、あのレストランの覗き穴から、ちらりと彼女の姿を見ただけの者だったらたぶん、あの女の口だと思うだろうが、ポールDはそんな間違いはしなかった。ああ、そうだな、額のへんのちょっとしたとこが——しーんと静かな感じとか——そんなとこが、少しばかり彼女を連想させはした。だが、その口が彼女の口とは、どうしても思えず、彼は思った通りを言ったのだ。スタンプ・ペイドに言ったのだが、スタンプ・ペイドはじっとポールDの様子を観察していた。

「そうかな。わしにはそうは、見えない。セサの口はよく知ってるが、これはあの女の口じゃない」彼は見せられた切りぬきの皺を指で伸ばし、透かすように目を凝らしたが、少しも動揺していなかった。スタンプはその紙切れを重々しい気配で開いた。最初は膝の上で、次には杭のひび割れたてっぺんで、折り目を丁寧に伸ばして平らにする老人の慎重な指の動きを見ながら、この紙切れは、自分をめちゃくちゃに混乱させるものに違いない、とポールDは思った。何が書いてあるかは知らないが、ともかくその内容が、自分を動揺させるだろうと。

豚が滑走運搬路で、鳴きわめいていた。今日も一日じゅう、ポールD、スタンプ・ペイド、それに二十人の男たちは、この豚を押したり、突っついたりして、運河から陸地へ、陸地から自動運搬路へ、さらに食肉処理場へと移動させた。小麦農家が西へ移動するに従って、いまでは、セント・ルイスやシカゴが豚肉産業のかなりの部分に食い込んではいたが、オハイオっ子の心の中では、シンシナティはいまだに豚の集散地だった。シンシナティの主な仕事は、北部人の生活に欠かせなくなっている食用豚を受け取り、処理し、河上に向かう船に積み込むことだった。冬のあいだの一カ月かそこら、臓物の異様な悪臭を吸っても十二時間辛抱して働けるのなら、どんな宿なしだって仕事にありつけた。これこそポールDの見事に鍛えられた技術だった。

手が届く限りの場所からはすべて洗い落としたと思っていたのに、豚の糞が少し長靴についていた。嘲《あざけ》るような笑いをかすかに浮かべた唇を歪めてそこに立っているあいだも、それが気になってしかたがなかった。家に帰る時はたいてい、長靴を物置に置いて、隅の方でふだん着に着替え、ウォーキングシューズに履き替えた。空の始まりと同時に存在したような、古い共同墓地の真ん中を通っていく帰り道には、塚の中でこれ以上穏やかに休んでいられなくなった、死んだマイアミ族の不穏なざわめきが溢れていた。彼らの頭上を歩いているのは、見知らぬ人種だった。彼らが憩う大地の枕を割って道路が敷かれた。井戸が掘られ、家が建ち、彼らは永遠の休息から押し出されていった。平安が乱されたことよりも、土地は神聖であることを信じきっていた自身の愚かさに憤怒して、死者たちは、リッキング河の堤で唸り声を上げ、キャスリン通りの街路樹の中でため息を洩らし、食肉処理場の上空を風に乗って駆けた。ポールDにも死者たちのざわめきは聞こえたが、それでもよそには行かなかった。いろいろ考えてみれば、悪い仕事じゃなかったし、シンシナティが、食肉と河船の都としての地位を取りもどす冬は、特にそうだった。豚肉への嗜好と需要は、全国あらゆる都市で、過剰なほどの勢いで広がりつつあった。充分な数を育て、それを遠方へ遠方へと売ることで、養豚農家はさかんに儲けていた。その上オハイオ南部に洪水の勢いで移住してきたドイツ人が、豚肉の調理法を持ち込み、しかもそれに工夫を重ねて最高の形に完成した。豚を積み込んだ船がオハイオ河にひしめき、彼らの鳴き声に負けじと、船長同士が互いにかわす叫び声は、頭上を飛ぶ鴫の声同様、水上のありふれた日常の音の風景だった。羊、牝牛、家禽が同じ河を上り下った。ニグロには、顔を見せさえすれば、仕事が待っていた。突いたり、とどめを刺したり、皮を剝いだり、箱に詰めたり、臓物を貯蔵用に処理する仕事だった。

鳴きわめく豚の群れから百ヤード離れた場所、ウェスタン長屋通りに面した物置の裏手に、二人の男は立っていた。スタンプ・ペイドがこの一週間、仕事場でポールDから目を離さなかった理由が、はっきりした。夕方の交替時間が来ると、わざとぐずぐずして、ポールDの動作が自分の動作に追いつくようにした理由もはっきりした。スタンプ・ペイドは、彼にこの一枚の紙切れ――新聞だった――を見せようと決心していたのだ。そこには、それが彼女の口と違っていることを除けば、セサそっくりの女の似顔絵が描かれていた。口はまったく似ていなかった。

ポールDは、スタンプの手のひらの下から、すうっとその切りぬきを、ぬき取った。活字は彼にとって何の意味もなかったので、文字の方はちらりとさえ見なかった。ただ顔を見て、違う、と首を振った。違う。口元のところが、ほら見てくれ。だからこの黒いギザギザした小さな行列が何と言っていようとも、セサのことじゃないんだし、スタンプ・ペイドがわしに何を教えてくれようとも、それはセサのことじゃないんだ。ぜひ知りたいような い話で、新聞にニグロの顔が載るようなことなど、金輪際ありえなかった。新聞でニグロの顔を見たとたん、四つの心室を一抹の不安が突きぬけた。ニグロが健やかな赤ん坊を産んだとか、走って暴徒の手を逃れたからといって、その顔がそこに載るわけではなかったからだ。ニグロが殺されたか、躰の一部をもがれたか、捕まったか、焼き殺されたか、投獄されたか、鞭打たれたか、立ち退きを強制されたか、ぶんなぐられたか、強姦されたか、騙されたかの理由から、その顔がそこに載っているわけでもなかった。そんな出来事に新聞種になる価値があるとは、ほとんど認められなかったのだ。ニュースになるには、日常めったに起こらない出来事でなければならない。白人がおもしろいと思い、ほんとうに変わったことだと思い、口をパクパクさせないまでも、二、三分は歯のすき間からシーシー空気を吸うくらい珍しくなければだめなのだ。シンシナティの白人市民にとって、ニグロに関して息を止めるほど珍しいニュースを見つけるのは、むずかしいことだったに違いない。

それじゃ、口元はセサとは違うが、ほとんどセサそっくりの落ち着いた目をしたこの女は、誰なのか？　セサにはこの女と同じようにちょっと首をひねる癖があり、その角度が彼にはとても愛らしく思えて、見ていると目がうるんでくるほどだった。

そして彼はそう言ったのだ。「こりゃ、あの女の口と違う。わしはあの女の口を知ってる。こりゃ、それと違う」スタンプ・ペイドが口を開く前にポールDはこう言い、スタンプ・ペイドが喋っているあいだにも、同じことを繰り返して言った。もちろん、老人が言っていることは全部耳には入ったが、彼の言葉を聞けば聞くほど、スケッチの女の唇はなおさら馴染みのないものに見えてきた。

スタンプは宴会、ベビー・サッグスが開いた例の祝宴の話から始めたが、中断して、少し遡ってイチゴの話をつけ加えた。どこに生《な》っているかとか、そんな実をつけるのは土壌に何があるせいだとか。

「まっすぐに陽を受けてるんだが、鳥は近寄れない。蛇がいて、鳥どもはそれを知ってるからね。イチゴは安心して大きくなる——果肉もついて甘味もついて——わし以外にはそれを摘む者もおらん。わし以外には、あの水には入っていかんし、あのイチゴがほしくて、あの土手を喜んで滑り降りる脚もそんなにないからな。わしだって、ごめんさ。だが、あの日はぜひそうしたかった。どういうわけだか、ぜひやってみたかった。やってみたのはいいが、まいったね、まったく。躰じゅう、傷だらけになっちまった。ともかく、二つのバケツをいっぱいにしたさ。ベビー・サッグスの家に持っていった。パーティはその時に始まって、ずっと続いた。あんな豪勢なごちそうは二度と見られんだろうな。わしらは神さまがこの地に置いて下さったものを残らず、焼いたり、揚げたり、煮込んだりしたんだから。みんな一人残らずやってきた。みんな一人残らずたらふく食べた。料理のしすぎで次の日の焚きつけ一本残っていなかった。わしは薪を作ろうとかってでた。次の朝、約束通り、わしはやってきた」

「けど、こりゃあの女の口じゃない」ポールDは言った。「ちっとも似てやしない」

スタンプ・ペイドは彼を見た。彼はポールDに、その朝ベビー・サッグスが落ち着かない様子だったこと、彼女には何かに耳を澄ましている様子があったこと、その彼女がトウモロコシ畑の向こうの川の方角を見続けていたので、自分の目もそちらに向いていたことなどを、話そうとしていた。斧を振り下ろすたびに、ベビー・サッグスが目を凝らしている方角に、自分も目を凝らしたのだ。これが、二人がそろって危険が近づいてくるのを見逃してしまった原因になったのだ。二人とも違った方向、つまり水の方を見ていたのだ。そのあいだじゅう、危険は道を通って近づいていた。四人。くつわを並べ肩を並べて、一塊になって、我は正義と言わんばかりに。大切なことだと思っていたので、スタンプ・ペイドは、ポールDにそれを話さなければならなかった。なぜ自分とベビー・サッグスがそろいもそろって四人の接近に気づかなかったかを。それから、あのパーティのこともだ。パーティのことを話せば、走ってきて急を知らせる者が、一人もいなかった理由を説明することになったからだ。町で、水を飲ませるために繋がれた四頭の馬と、かたわらで聞き込みをしているその馬に乗ってきた男たちの姿を見かけても、なぜ誰も足の速い息子に、すぐ畑をつっ走って知らせに行けと命じなかったかを、説明することになったからだ。「例の顔つき」をした見たことのない白人が馬で乗り込んできたところだと知らせるために、エラもジョンも、他の誰も、ブルーストーン通りをめがけて走りだすことも、ブルーストーン通りをまっしぐらに走ることもしなかった。母親の乳首を憶えると同時に、黒人なら誰だって見分けることを憶えた、我は正義なりと言ってるようなあの顔つき。高くかかげられた旗さながらに、この独善的な表情は、実際に事が公に運ばれるずっと前に、薪の束が燃やされ、鞭が鳴り、拳固が振るわれ、虚偽が証言されることを、電報のようにすみやかに伝え告げたのだ。誰もあの家族に危険を知らせなかった。日がな一日、心身の働きが鈍るまでむさぼり食らって疲れ果てていたからではなく、何か他のこと——例えば、そう、意地の悪さが潜んでいたからで、それが彼らを傍観者にしたり、無関心にしたり、そうじゃなくても、器量良しの女が一ヵ月近く前から住むようになったブルーストーン通りのあの家には、たぶんもうすでに、他の誰かが知らせに行ってるんだろうと、自分勝手に思い込んだのだ。女は若くて、四人の子供の世話も手際よくやっていた。そのうちの一人は、あそこに着く前の日に、独りで産んだ子だった。女はいまベビー・サッグスの寛大さと大きな愛情の恩恵を惜しみなく受けていた。もしかしたら他の黒人たちは、ベビーがほんとうに特別の人間で、自分たちには授けられていないものを、彼女が授かっているのかどうかを、知りたかっただけなのかもしれなかった。スタンプはそのことも話そうとしていたのだが、ポールDは笑っていて、こう言うばかりだった。「違うね。どう見ても違う。額のあたりが少しばかり似てるかもしれないが、これはあの女の口じゃない」

そんなわけでスタンプ・ペイドは、セサが飛ぶように走り出し、翼を広げて急降下してくる鷹《たか》のように子供たちを摑みさらった様子を語らなかった。顔が嘴《くちばし》のように尖った様子、手が禽獣《きんじゅう》の爪のように動いた様子、四方八方走りまわって子供をかき集めた様子を語らなかった。一人を肩に、一人は小脇に、一人の手を引いて、残った一人には大声で叫んで、薪が一本もなくなって陽の光とおが屑だけを入れた薪小屋に、駆け込ませた。薪はパーティで使いきってしまったので、彼が薪割りをしていたのだ。その朝早々に小屋に行ったので、あそこには何もないことを知っていた。陽の光以外は何も。陽の光、おが屑、それからシャベルが一本。斧は彼が持って出た。あのシャベル以外あそこには何もなかったな——そうだった、鋸《のこぎり》もあった。

「あんたは、わしが彼女を前から知ってたっていうことを忘れてる」ポールDが言っていた。「ケンタッキーにいた頃だ。結婚もしてない頃だ。二、三ヵ月前に知り合ったのとわけが違う。長いあいだのつきあいだ。自信を持って言うよ。これはあの女の口と違う。似てるかもしれん。だが、違う」

こんな調子だったから、スタンプは何も言わずじまいだった。言わなかった代わりに、一度息を吸ってから、彼女の口ではないその切りぬきの口にかがみ込み、ポールDには読めない文字を、ゆっくりと声を出して読みあげた。スタンプが読み終えると、ポールDは勢いをさらに新たにして最初の言葉を繰り返した。「違うよ、スタンプ。そりゃ彼女の口じゃないんだから、何かの間違いだ」

スタンプはポールDの目を覗き込み、そのやさしさと確信に満ちた表情に見返されると、自分までが、十八年前の出来事、自分とベビー・サッグスが見当違いの方向を見ているあいだに、器量良しの若い奴隷女が、一つの帽子の影を認め、薪小屋に走っていって、自分の子供を殺した事件は、ほんとうに起こったのだろうか、と疑ってしまうのだった。

「わたしがこの家に着いた時、あの子はもうはいはいしてたわ。一週間前、荷馬車に乗せた時は、お坐りしたり、寝返りをうったりしてた赤ちゃんが、もうはいはいしてた。階段に近づけないようにするのが大変だったわ。近頃の赤ん坊は、生まれて間もなく、たっちしたり、あんよしたりしてるけど、二十年前わたしが若かった頃、子供は赤ちゃんの時期がいまより長かった。九ヵ月になるまで、ハワードの首はきちんと据わらなかった。ベビー・サッグスは食べ物のせいだって言ってたわ。母乳しか与えるものがなかったから、そんなに早く立ったり歩いたりしないの。わたしには母乳しかなかった。赤ん坊が物を噛めるようになるのは、歯が生えた時だとばかり思ってた。尋ねようにも、尋ねる人がいなかった。ガーナーの奥さまには子供が一人もなかったし、女は奥さまとわたししかいなかったもんだから」

彼女はまわっていた。部屋じゅうぐるぐると。ゼリーの瓶が並んだ食器棚を過ぎ、窓を過ぎ、玄関に通じるドアを過ぎ、もう一つ窓を過ぎ、サイドボードを過ぎ、居間に通じるドアを過ぎ、井戸の付いていない流しを過ぎ、かまどを過ぎ——再びゼリーの戸棚へ。ポールＤはテーブルを前にして坐って、彼女が、ゆっくりと着実に回転する車輪のようにまわりながら、視野の中に流れ入っては、また自分の背後に消えるのを見つめていた。時々彼女は両手を後ろで組んだ。また両耳を摑んだり、口を覆ったり、胸のところで腕を組んだりもした。時には向きを変えながら腰をさすったりもしたが、車輪はけっして止まらなかった。

「フィリスおばさんを憶えてる、ミノウビルの近くにいた？　ガーナーさまはわたしが赤ん坊を産むたびに必ず、あんたたち男衆の誰かを使いに出して、おばさんを連れてこさせたわ。わたしが彼女に会ったのはその時だけ。何度もあの人のとこまで出かけていきたいと思ったわ。いろいろ話をききにね。ガーナーの奥さまが祈禱会に出かける時、ミノウビルでわたしを降ろして下さいとお願いしてみようかと思ってた。帰り道にまた寄って頂くことにして。お願いすれば、きっとそうして下さったと思うけど、一度も言い出さなかった。だってその日はハーレとわたしが、お互いをお天道さまの下で見られる一週間でたった一度の日だったもんだから。そんなわけで、誰もいなかったわ、相談できる人が。ちょっとしたものを自分の口で嚙んでから、赤ん坊の口に入れてやる時期はいつなのかを教えてくれる人がいなかったのよ。そうやってると歯が出てくるのか、それとも固いものを食べさすのは、歯が出てくるまで待たなきゃいけないのか？　そりゃ、いまならわかってるわ。ベビー・サッグスがあの子にちゃんとした離乳食を食べさせてくれたおかげで、一週間たってわたしがここに来た時は、あの子はもうはいはいしてたわ。どこにでも行きたがって、止められなかったわ。あの階段が大のお気に入りだったから、てっぺんまでずうっと見られるように、わたしたち、階段をペンキで塗ってやったの」

言い終わると、その時のことを思い出して、セサは微笑んだ。微笑は二つに砕け突然息を吸い込む音に変わったが、彼女は身を震わせもしなければ、目も閉じなかった。彼女は車輪のようにまわり続けた。

「もっとたくさんのことを知ってればよかったと思うけど、いまも言ったように、相談できる人が誰もいなかったから。女の人が。しかたがないからスウィートホームに来る前にいた場所で、自分が見たことを思い出そうとしたの。あそこにいた女たちはどうやってたかしらって。そうだわ。あの人たちは、子育てのことはなんでも知ってた。木に吊るして赤ん坊を入れておく入れものの作り方だとか——そうしておけば、母親は、畑に出てても、赤ん坊は安全だってことがわかって心配がないわ。葉っぱみたいなものがあって、それを赤ん坊に嚙ませてたわ。薄荷だったと思うけど、サッサフラス（クスノキ科の落葉樹。根皮を乾燥させて香料や薬用にする）かもしれない。コンフリー（ムラサキ科の多年草。薬用にする）だったかも。いまでもあの人たちが、どうやってあの籠みたいなものを作ったかわからないけど、わたしには、どのみち、あの籠は要らなかった。わたしの仕事はみんな、納屋か家の中だった。でもあの葉っぱがなんだったかは、忘れてしまった。憶えていたら使えたのに。わたしと奥さまで大量の豚肉を燻製にしなきゃならない時には、わたしはバグラーを縛ったわ。火がいたる所にあって、あの子ときたらどこにでも入り込んできたもんだから、何度もあの子に死なれかけた。一度なんか井戸の上に乗ってしまって。わたしすっ飛んでった。あわやというところでひったくるように抱きとったの。脂肪の精製や燻製づくりが始まって、あの子に目が届かなくなる時期が来たなと思ったら、ロープを持ってきて、あの子の足首を縛ったの。ロープで縛ったところなんべるほどの長さにして、井戸や火には届かないように縛ったの。どうにか動いて遊か見たくなかったけど、他にどうしていいかわからなかった。つらいことなのよ、わかるかしら？　独りぼっちで、助けてくれる女の人がいなくて、切りぬけていくっていうのは。ハーレはよくしてくれたわ。でもあの人は借金を返すために、そこいらじゅうで働きづめだった。ようやく一息ついて眠ろうとしているところなのに、あの人を、そんなことでわずらわしたくなかったわ。シックソウがいちばん助けてくれた。あなたは憶えてないかもしれないけど、ハワードが搾乳室に入り込んで、あれは牝牛のレッド・コーラだったと思うけど、あの子の手を踏み潰しちゃったことがあったわ。親指を後ろ向きに曲げちゃった。わたしが駆けつけた時は、あの牝牛はいまにも手を噛みちぎるとこだった。いまでも、どうやって助け出したのか、自分でもわからない。シックソウがあの子の悲鳴を聞いて走ってきた。彼、何をしたかわかる？　親指を元に曲げもどしてから、手のひらの中で小指と結びつけたのよ。ね、わたしだったら思いつきもしなかったと思うわ。ぜったいにね。いろんなことを教わったわ、シックソウには」

めまいがした。最初は彼女がまわっているせいだと、ポールDは思った。話の核心をまわりながら、同じ調子で、彼の周囲をまわっているせいだと思った。ぐるぐると、けっして方向を変えなかったから、こちらの頭もくらくらしたのかもしれなかった。それから彼は考えた。いや、違う。彼女の声のせいだ。近すぎるんだ。一周終わるたびに、彼女は少なくとも、彼の坐っている位置から三ヤードは離れた所にいたのに、その声は、子供が耳元に吹き込むようにして囁くのを聞くようだった。唇が動いて、言葉が出てくるのを感じるのに、近すぎて何を言っているのかわからないのだ。言ってることは、きれぎれにしか聞きとれなかった――まだ肝心な箇所に入っていなかったので、そのことはかまわなかった――単刀直入には尋ねなかったが、彼女に切りぬきを見せることで問いかけた疑問に対する答えは、まだなかった。問いは微笑にもこめられていた。切りぬきを見せた時、彼は微笑も見せていた。この冗談に――他の黒人の女の顔を載せるべき箇所に、間違えて彼女の顔を載せてしまったなんて――彼女がふきだしたら、彼も声を合わせて笑うつもりだった。「驚いたろう?」と言うつもりだった。「スタンプは頭がおかしくなっちまったんだわ」と彼女もクスクス笑いながら言うはずだった。「すっかりおかしくなっちまったんだわ」

だが、彼の微笑がそれ以上大きくなるように、場面は展開しなかった。彼女が切りぬきを丁寧に眺めてから返して寄こすまで、彼の微笑は小さく独りぼっちで、立ち往生していた。

隠しごとを持ってはいけない、とセサが感じていたただ一人の人物ベビー・サッグスにさえ話していなかったことを、この男に勇気を出して聴いてもらおうという気になったのは、たぶんこの微笑のせいだった。それとも、彼の目にたたえられた惜しみない愛だったかもしれない。その目は気ばらず素直で、子馬や福音伝道者や子供の眼差しでこちらを見ていた。見つめられる方が彼らの愛に値しなくても、びくびくしなくてもすむ眼差しだった。そうでなかったら、新聞が彼女が語ったと報道していることを、自分の口から繰り返し、それ以上一言だってよけいなことは言わなかっただろう。セサはたった七十五の活字体で書かれた単語(その半分は切りぬきの中で使われていた)しか読めなかったが、自分に意味のわからない言葉が、自分のつたない説明以上に説得力を持っているとは思っていなかった。彼女に説明しようという勇気を起こさせたのは、この微笑と素直な愛だった。

「スウィートホームのことは――あそこがどんなとこだったかは――あなたにわざわざ話す必要はないけど、わたしが、あそこから逃げ出した時の事情は、あなたも知らないかもしれない」

両方の手のひらで顔を下半分覆って、彼女は口をつぐみ、再びあの奇蹟の大きさをつくづく考えた。その芳しい味わいをつくづく思い返した。

「わたしはやってのけた。子供たちを一人残らず逃がしたのよ。それもハーレがいないのに。あの時まで、わたしが自分だけの力でやったたった一つのことだった。自分で決めて。しかも、計画通りに首尾良くいった。わたしたちはここまで逃げてきた。子供たちは一人も欠けず、みんなそろって、そしてわたしもたどり着いた。あの子たちを産んだのもわたしだし、あの子たちを逃がしたのもわたし。偶然なんかじゃない。わたしがやったのよ。もちろん、助けてもらったわ。ずいぶんと。でも事を運んでいたのは、このわたしよ。すいすいすむんだとか、さあ、いいまだと言ったのは、このわたしよ。油断なく目を配ったのはわたし。頭を使って考えたのもわたし。でも、それ以上のことも起きたの。それまでまったく知らなかった、自分が自分だっていう自覚みたいなものが生まれたんだわ。いい気持ちだった。いい気持ちで、これでこそ、生きているっていう感じだった。ポールD、わたしは大きくて、深くて、広くって、両腕を広げると、子供たち全員を抱くことができた。わたしは、それほど広かったのよ。ここに来てからは、あの子たちを前よりももっと愛したわ。ケンタッキーにいた頃は、あの子たちを自分のものとして愛することが許されていなかったから、母親らしくちゃんと愛せなかったのかもしれない。でもここに着いた時、あの荷馬車から飛び降りた時は——愛したいと思ったら、わたしが愛せない人間なんてこの世にいなかった。わかる？」

　セサは彼が答えるのを、期待も望みもしていなかったので、ポールDは黙っていたが、彼女の言いたいことは痛いほどわかった。ジョージア州アルフレッドで、鳩が鳴くのを聴きながら、それを楽しむ権利も許可も、彼は持たなかった。あの場所では、霧、鳩、陽の光、赤褐色の土、月——つまりあらゆるものが、銃を持った男たちに所有されていた。何人かは小男だった。大男もいた。その気になれば、そいつらを一人残らず小枝のようにへし折ることだってできたのだ。自分は銃を持つことでしか男の面子《メンツ》が守れない人間であるのを知り、発砲しなければ狐にだって嘲笑われる存在であることを承知していても、平然としている男たち。牝狐さえも笑ってしまうこの「男たち」が、やらせておけば、鳩の鳴き声を聞くことや、月光を愛《め》でることを禁止することができたのだ。だからこちらは身を護り、ささやかに愛した。大空からいちばんちっぽけな星を選んで、自分のものにした。眠りに入る前に、溝のへりの向こうに、愛するものが見えるよう、頭をねじって横になった。朝の鎖づけのとき、木立のあいだにかかるその星の姿を、はにかむように盗み見た。草の葉、サソリ、クモ、キツツキ、カブト虫、蟻塚《ありづか》。それ以上大きなものは対象にならなかった。女、子供、兄弟——ジョージア州アルフレッドでそんな大きなものを愛すれば、躰が真っ二つに裂けてしまったのだ。ポールDにはセサの言いたいことがぴたりとわかった。愛そうと望み選んだものを、愛することができる場所——欲望を持つのに許可など要らない場所にたどり着くこと——そうだ、それこそ自由だということを、彼は知っていた。

ぐるぐると迂回に迂回を重ねて、彼女はいま要点に近づく代わりに、また新しいことをぼつぼつ語り始めていた。

「ガーナーの奥さまが下さった布切れがあったの。キャラコでね。ストライプが入っていて、そのあいだに小さな花が散っていた。一ヤードあったかしら、髪をしばるバンダナぐらいしかできなかった。でもわたしは、その布切れで娘に簡単なワンピースを作ってやりたいなって、ずうっと考えてたの。そりゃきれいな色だった。何色っていうんだか、知りもしないけど。バラ色なんだけど黄色が入ってるの。あんなにずうっと、あの子のために作ってやろうと思っていたのに、置いてくるなんて馬鹿みたいだと思わない？　一ヤードしかなかったのに、疲れたとか時間がないとかで、延ばし続けてしまったの。ここに来た時は、みんながベッドを出ていいって言う前に、ベビー・サッグスが持っていた布地で、あの子にちょっとしたものを縫ってやったわ。つまり、こんなことを話すのは、それこそが、それまで味わったことのない、自分のための愉しさってものだからよ。その愉しさを元の木阿弥にするなんて、できなかった。あの子や他の子供たちの誰かが、『先生』に見張られながら生きていくなんて、耐えられなかった。そんなことできっこなかった」

部屋、ポールD、切りぬきの内容をめぐってぐるぐる描いている円が、円のままで終わってしまうことが、セサにはわかっていた。円の中心に入っていって、尋ねている者に肝心な箇所を、ここだときちんと示してやれないのだ。尋ねる方が即座にわかってくれなければ、こちらでいくら言葉を重ねても、けっして説明しきれるものではなかった。真実は単純で、花模様のワンピース、木にかけた籠、自分に対する自覚とか、踵に縛ったロープや井戸の、長々と続く記録ではなかった。単純なのだ。つまりこうだ。野菜畑にしゃがんでいると彼らがこちらに近づくのが見えて、「先生」の帽子を認めた時、羽音を聞いた。幾羽もの小さな蜂鳥が針のように尖った嘴《くちばし》で、彼女の被りものを突き破り、髪の毛をついて、羽を打ち鳴らしたのだ。もし何か考えたとしたら、それはいやだ、いやだ、いやだいやだ、いやだいやだいやだということだった。単純なのだ。飛ぶように駆けた。自分がつくった命のかけらを一つ残らず、かけがえのない見事に美しい自分の分身をすっかり集めて、抱きかかえ背中を押し手を引っ張ってこのベールを突き破り突きぬけ、誰もこの子らに害を与えることのない彼方へと、行こうとしたのだ。彼方へ。この世の外へ。そこへ行けばみんな安全なのだから。蜂鳥の羽音は打ち続いた。セサは円の途中で立ち止まり、窓の外に目をやった。一二四番地が連絡所で、人々が足しげく出入りしていた頃、前庭に柵がめぐらされ、いつも誰かが掛け金をかけたり外したりしていた門がついていた時代を思い出した。みんながぴたりと姿を見せなくなったとたん、白人の少年が数人で柵を引き倒し、杭をぬき門を叩き割って、一二四番地を荒涼と剝き出しの姿にして引きあげたのだが、セサは彼らの姿を見ていなかった。ブルーストーン通りの路肩に生えた雑草が、この家に向かって近づいてくる唯一のものになった。

留置場から戻ってきた時、柵がなくなっていたのでほっとした。奴らが、乗ってきた馬を繋いだのが、柵だったからだ——野菜畑にしゃがんでいると、柵の横木の上を流れるように移動していく「先生」の帽子が目に入ったのだ。彼と向き合って、その目をまともに見た時には、すでに腕の中には、何かを抱えていて、「先生」はその場に立ちすくんでしまった。赤ん坊の心臓がビクリと飛びはねるたびに、彼は一歩さがっていったが、とうとう心臓は動きを止めた。

「わたしは、あいつが手も足も出せないようにしてやった」昔、柵があったあたりを見つめたまま、セサは言った。「子供たちを連れ出して、安全な場所に隠したのよ」

ポールDの頭の中はどよめき揺れていたが、彼女が最後の「安全」という言葉を、念を押すように強く言ったのを聞き逃さなかった。すると、この女が子供たちのために望んだものこそ、一二四番地に欠けているものなのだ、と思いあたった。安全。それが、この家に足を踏み入れたあの日に、彼が受けた最初の警告だった。自分はこの家を安全にした、危険を追い払った、禍《わざわい》の元凶を叩き出し、家から追いたて、その元凶にはもちろん周囲の人間にも、犂《すき》を引くのは騾馬で、引かれるのは犂の方だということをはっきり示してやったのだ、と彼は思い込んでいた。彼がやってくる前に、彼女が自分でそうしていなかったのは、そうすることができなかったのだ、と思い込んでいた。他に生きようがなかったので、一二四番地で無力なまま、弁解がましく諦めの人生を生きていたのだ、夫も息子たちも、姑もいなくなって、血のめぐりの鈍い娘と二人きりで、その場しのぎに、この家で日々を送らなければならなかったのだ、と思い込んでいた。ハーレの恋人として彼が知っていた、刺すようなきつい目つきをしたスウィートホーム農園の奴隷女は、（ハーレのように）従順で、（ハーレのように）はにかみ屋で、おまけに（ハーレのように）働くことしか頭になかった。思い違いしていたのだ。ここにいるセサは別人だった。新品の靴をはいて出現した魔女が賄《まかな》いつきの下宿人として歓迎されているのと同じ理由から、家の中に幽霊がいても、彼女はいっこうにかまわなかったのだ。ここにいるセサは、他の女と同じように、愛を口にした。他の女と同じように赤ん坊に着せる服の話をした。だが、彼女が言おうとしていることは、骨まで切り裂きかねない衝撃を彼に与えた。いまここにいるセサは、手引き鋸を使って手に入れた安全の話をしていた。いまここにいる別人になってしまったセサは、世間がどこで終わって自分がどこで始まるかの分別を持たなかった。突然ポールDは、スタンプ・ペイドが彼にわからせたがったことを、納得した。セサが犯した行為よりも重大だったのは、彼女が自分の権利だと主張したものの法外さだった。彼は空恐ろしくなった。

「あんたの愛は濃すぎるんだ」と彼は言い、あのアバズレは、いまおれを見てるなと考えた。おれの頭のすぐ上で、二階の床のすき間から、おれを見下ろしていやがる。

「濃すぎる？」彼女は言い、ベビー・サッグスが大声で命令を叫ぶたびに、西洋トチの実が莢《さや》から落ちてきた「開拓地」のことを考えた。「愛はあるか、ないかよ。薄い愛なんて愛じゃない」

「そうか。だが、愛は役に立たなかった、そうだろう？　それでも役に立ったかい？」彼は尋ねた。

「立ったわ」彼女は答えた。

「どんなふうに？　あんたの息子たちはいなくなって、居所さえわからないじゃないか。娘の一人は死んで、もう一人は庭から外へ出ようとはしない。愛はどんなふうに役に立ったっていうんだい？」

「子供たちはスウィートホームに住んでないわ。『先生』はあの子たちを捕まえなかったのよ」

「それより悪いことがあるかもしれない」

「わたしの役目はそれより悪いことを予想することじゃない。目の前にあるものを見て、わたしが恐ろしいと知ってるものから、子供たちを護るのが、わたしのしなくちゃならないことよ。わたしはそれをやりとげたわ」

「あんたがやったことは間違ってる、セサ」

「あそこに帰るべきだったって、言うの？　子供たちをあそこへ連れもどせばよかったんだって、言うの？」

「道はあったかもしれない。何か他の道が」

「どんな？」

「セサ、あんたの足は二本だ、四本じゃない」と彼は言い、言ったとたん、二人のあいだに忽然《こつぜん》と森が現れた。人跡未踏で寂《せき》としていた。

　後になってポールDは、なぜ自分はあんなことを言ってしまったのだろうと、考えてみるのだった。若い頃子牛を苛《いじ》めたせいか？　あっという間に自分自身の恥を責めることから、天井の節穴から観察されているに違いないと確信したせいか？　あっという間に自分自身の恥を責めることから、彼女の恥を責めることにすりかえていた。自分の冷蔵小屋の秘密から、彼女の濃すぎる愛へと問題を変えてしまった。

　森は二人のあいだを塞《ふさ》ぎ閉じ、うっそうと重く繁り始めていた。

　ポールDはすぐには帽子を被《かぶ》らなかった。どんなふうに出ていこうか、逃げ出すのではなく外出するのだという風に出ていくには、どうしたものか考えながら、最初は帽子を弄《もてあそ》んでいた。彼女の方を見ないまま出ていくようなことは、してはならなかった。立ち上がり向きを変えて、白い階段を見上げた。はたして彼女はそこにいた。背中をこちらに向けて、線を引いたように、まっすぐに立っていた。急いで戸口に向かうことはしなかった。ゆっくり移動して、戸口の所まで来るとドアを開け、それから、帰りが遅くなるかもしれないから夕食は先に食べておいてくれるように頼んだ。それだけしてから、彼は帽子を被った。

おやさしいこと、とセサは思った。あの人が「さようなら」って言うのを聞くのを、わたしが耐えられないだろうって、考えてるんだわ。わたしが洗いざらい話した後で、あの人がわたしの足の数まで口にした後で「さようなら」っていう一言が、わたしを粉々にしちまうだろうって、考えてるんだ。なんておやさしいこと。「さよなら」彼女は森に隔てられたこちら側から呟《つぶや》いた。

第二部

一二四番地は騒々しかった。その音は道路にいたスタンプ・ペイドにも聞こえた。誰《だれ》かが見ても、こっそり忍び寄っていったなどと言えないように、できるだけ頭を高く上げて、スタンプはこの家に向かって歩き出したが、内心は思い悩んでいたので、やっぱり覗《のぞ》き見しているような後ろめたさを感じていた。例の新聞記事の切りぬきをポールＤに見せ、ポールＤがその日のうちに一二四番地から出ていったと知ってからこのかた、彼の心は落ち着かなかった。一人の男にその男の恋人の秘密を教えてやるべきか否かと、さんざん悩み迷い、教えてやるべきだと自身を説得したくせに、その後でセサのことが心配になり始めたのだ。善良な男が現れて、彼女は幸せになれるただ一度の機会に出合ったというのに、彼がその機会の息の根を止めてしまったのだろうか？　希望を奪われて、彼女は憤怒《ふんぬ》に燃えているのだろうか？　彼女が河を越えて逃げるのを助けてやったこの男、ベビー・サッグスの友人であるとともにセサの友人でもあったこの男が、下火になっていた噂《うわさ》話を頼まれもしないのに生き返らせて、幸せになれる機会を奪ったのだ。

「わしは年を取りすぎた」彼は思った。「考えごとが、きちんとできん。年を取りすぎたし、人生を見すぎてしまってる」食肉処理場の庭で秘密を明かしているあいだじゅう、これは内緒にしておいてくれと、執拗《しつよう》に念を押したのだが――いまになってみると、いったい誰を護ってやってるつもりだったのかと、我ながら訝《いぶか》しんだ。知らないのは町でポールDだけだった。新聞種になったことがある事件が、どんな経過で、豚が啼きわめく食肉処理場で、囁《ささや》かなくてはならない秘密になってしまったのか？　誰に知られては困る秘密なのか？　セサ、そう彼女にだ。彼はこそ泥よろしくセサの背後にまわってしまったのだ。

だが、こっそり行動するのが、彼の仕事だった――人生だった。ただ常にその行動にははっきりとした神聖な目的があったのだ。

南北戦争が始まる前、彼がやったことはすべて、こっそり行動することだった。逃亡奴隷を隠れ場所に導いたり、秘密の情報を人々に伝達することだった。法にかなった野菜の積み荷の下には、彼が向こう岸から船で運んだ人間の密輸品が隠れていた。春に食肉処理場で解体する豚でさえ、この救助の仕事の役に立てた。幾家族もの人間が、彼が配ってくれる骨や臓物で命をつないだのだ。人々のために届ける手紙の代筆、届いた手紙の代読をした。誰が水腫にかかり、誰に薪《まき》が必要で、どの子供に才能があってどの子供に躾《しつけ》が必要かを、彼は知っていた。オハイオ河とその両岸の堤の秘密を知っていた。空き家はどれで、もう満員の家はどれかを知っていた。踊りがいちばんうまいもの、喋《しゃべ》るのがいちばん下手なもの、美声の持ち主、一節さえ満足に歌えない音痴は誰かを知っていた。自分の脚のあいだにあるものには何の関心もなかったが、そうでなかった時代が、情欲に駆られた者がさらに情欲に灼《や》かれ追いたてられた時代があったことを、まだ忘れてはいなかった。忘れていないからこそ自分の木箱を開いて、ポールDに証拠として見せる十八年前の切りぬきを捜す前に、長いあいだ真剣に自分の行為の是非を考えたのだ。

ポールDに話してしまった後で――話す前にではなかった――このことについてのセサの気持ちを思いはかった。心がこんなに疚《やま》しいのは、この思慮が生まれるのが遅かったからだ。たぶん、何も言わない方がよかったのだ。たぶん、セサがいつか、自分からポールDに打ち明けるようになったかもしれない。たぶん、彼は、自分が思い込んでいるような高潔なキリストの使徒などではなく、真実のためとかころばぬ先の杖《つえ》とかいう、後生大事にしている主義のために、せっかくうまくいっていた何かに横槍を入れたのだ。どこにでもいる凡庸なお節介屋だったのだ。いま一二四番地は、ポールDが町に来る前の状態に戻っていて、幽霊の一群が道路から聞こえるほどの物音を立てて、セサやデンヴァーを悩ましていた。たとえセサが帰ってきた赤ん坊の霊に対応できるとしても、セサの娘にそれができるとは、信じられなかった。デンヴァーの生活には誰か正常な人間が必要なのだ。スタンプは、彼女の誕生の瞬間と言ってもよいくらいの時に——つまり自分が生きていることを彼女が自覚する前に——運良く居合わせたせいで、デンヴァーに対して特別のものを感じていた。それから四週間後に、嬉《うれ》しいじゃないか、死なずにぴちぴち元気にしている赤ん坊の姿を見て、彼の心は歓びにあふれた。郡で最高のイチゴを、持てるだけ摘んで、苦労の収穫を、ベビー・サッグスに差し出すより先に、デンヴァーの口に二粒押し込んだのも、その歓びのせいだった。今日にいたるまで、自分の摘んだイチゴ（あの祝宴と翌日の薪割りの発端だった）が、デンヴァーがいまでも死なないでこの世にある理由なのだ、と彼は信じていた。自分があの場で薪を割っていなかったら、セサは嬰児《えいじ》の脳味噌《のうみそ》を、板張りの上に撒《ま》き散らしていただろう。

たぶん、セサのことは考えなくても、デンヴァーのことは当然考えるべきだったのだ。それもポールDに例のことを洩《も》らして、ベビー・サッグスが死んで以来あの娘の生活に入ってきた、たった一人の正常な人間を追い出してしまうことになる前に、考えるべきだったのだ。まさにこの迂闊《うかつ》さが、彼の良心を棘《とげ》のように刺した。デンヴァーやセサへのこうした遅きに過ぎた配慮より、もっと深い所でさらに激しい痛みを起こし、愚かな男のポケットの中にある一ドル銀貨のように、スタンプの魂を焼き焦がしていたのは、ベビー・サッグスの思い出だった。それは彼の心の空に聳《そび》える山だった。家が立てるまがまがしい声が、道路に立っていても聞こえたのに、一二四番地の前庭に、まっすぐに首を伸ばして入っていったのは、ベビー・サッグスの思い出と、彼女に当然示されるべき敬意の念からだった。

「あの大悲惨」（逃亡奴隷法〔一八五〇年上院で可決。奴隷の逃亡を援助する白人への罰則を定め、逃亡奴隷逮捕と返還の励行を厳しく義務づけた〕に示したセサの激烈な反応をスタンプはこう呼んだ）を見た後で、スタンプは一度だけこの家の敷居をまたいだことがあったが、それはベビー・サッグス・ホーリィを家の外に運び出すためだった。両腕に抱え上げた時、彼には彼女は少女のように見えた。もし彼女が生きていれば、もう腰骨をすり減らす必要もなくなったのだと知って感じるに違いない歓びを、彼は彼女に代わって味わった。つまり、やっと順番が来て、誰かが彼女を運んだのだ。もう少しだけ待っていたら、戦争の終わりと、その長続きしなかったけばけばしい成果も見られただろうに。二人でいっしょに祝うこともできたのに。終戦を記念した荘重な説教もいっしょに聞きにいったかもしれない。実際は、彼は独りぼっちで、歓びにわく家から家を訪ねては、勧められた祝い酒を飲んだ。先に逝《い》かれてしまった悲しみより怒りを感じながら、彼女の葬儀に参列した。あの時、セサもセサの娘も涙を見せなかった。「『開拓地』に運んでやって下さい」と言う以外、セサは何の指示も出さなかった。彼はセサの希望に従おうとしたが、死者の埋葬に関して、白人が作った何かの規則のせいで、結局できなかった。ベビー・サッグスの棺《ひつぎ》は、喉《のど》をかき切られた赤ん坊の隣に下ろされた。ベビー・サッグスが承知したかどうか、スタンプには確信が持てなかった、近々と友好的な二人の並べ方だった。

一二四番地の家の中に入ろうとする者は、彼以外いなかったので、弔問客のもてなしは前庭で行われた。この侮辱にセサは、パイク牧師が司会する礼拝に出席するのを拒むという侮蔑《ぶべつ》で応えた。その代わりに墓地に出かけ、人々が心の限りに歌う賛美歌にも和さず、墓穴の沈黙に負けじとばかり、沈黙を押し通した。その無礼は、弔問客たちによる新たな無礼を生むことになった。再び一二四番地の前庭に戻ってくると、彼らは自分たちで持参した食べ物を食べて、セサが用意した食べ物には手を触れず、セサもまた彼らの食べ物には触れなかったばかりか、デンヴァーにも触れることを禁じた。自由の身になった後の人生を、調和のために捧《ささ》げて生きたのに、ベビー・サッグス・ホーリィは、誇り、恐怖、非難、悪意が跳梁跋扈《ちょうりょうばっこ》する中で埋葬されたのだ。

一人残らずと言っていいほど町じゅうの人々が、セサが苦労すればいいと望んでいた。彼女の荒々しく不遜な主張、自足の態度は、すすんで苦労することを求めているように見えた。成人してからこれまで、一滴の悪意さえ抱いたことがなかったのに、町の衆が抱いていた「誇りは堕落の兆《きざ》し」といった類いの意地の悪い考えが、どういう訳《わけ》か、自分にもいくぶん感染してしまったのではないか、とスタンプは考えた——そうだとすれば、ポールDに切りぬきを見せた時、自分がなぜセサの気持ちにも思いいたらず、デンヴァーにとって何が必要かも考えなかったのか、説明がつく。

セサがドアを開けて、その目を彼の目にひたと当てたとしたら、その時どうするか、なんと言うかは、まったく考えていなかった。彼女の方から助けを求めたら、喜んで力になりたかったし、何かの怒りを溜《た》めているのだったら、喜んで受け止めるつもりだった。それ以上のことについては、自分の本能に任せた。その本能は自分が、ベビー・サッグスの身内に対して犯したかもしれない過ちを正し、前庭に足を入れない前から聞こえてくる様様な声からもはっきりわかるような、一二四番地を支配する増長した幽霊の狼藉《ろうぜき》の只中《ただなか》に自分を導き入れ、切りぬけさせてくれるはずだった。それでも力及ばないところは、イエス・キリストのお力をあてにするつもりだった。キリスト御自身よりも昔からある人の世の難事でも、御自身の力の及ばないことはなく、すべてを処理して下さるはずだった。

ポーチに近づくと、耳に入ってくるのは、理解できない雑音だった。ブルーストーン通りで聞いた時はせかせかしていた声が、大火事になって燃え上がってるのだと思った――騒々しくて、切羽つまって、全部の声が一度に話しているので、何について、誰に向かって話しているか、判断できなかった。喋っている言葉が意味を成していないというのでもなく、そうかと言って、神憑《かみがか》りになった人間が喋る、不思議な未知の言語でもなかった。語順がどこか狂っていて、そのくせ、どうしてもどこが変なのかを説明することも、つきとめることもできなかった。彼に聞きとれたのは、あたしの、あたしのものという言葉だけだった。残りは彼の想像や推測の及ばないままだった。それでも彼は進んでいった。階段の所まで来ると、騒々しい声は、突然水が引くように消えて、一つの囁き声が、微かに、切れ切れに残っていた。この現象は、彼を躊躇《ちゅうちょ》させた。声は時たま発せられる呟《つぶや》きになっていた――自分の他には誰もいないと思い、仕事をしている所を見られているなどとは思ってもいない女が、口の中で立てる音に似ていた。針の穴に糸を通しそこねて出す、チュッや、たった一枚の上等の大皿にまた一つ小さなひびを見つけた時の、低い、アッ、めんどりに声をかける時出す、低く、親しげに話し合うようなコッコッ、という音に似ていた。いきりたっていたり、脅かすようなところはまったくなかった。女たちが自分の仕事とかわす、あの終わりのないごく個人的なやりとりの調子が聞こえるだけだった。

スタンプ・ペイドは拳《こぶし》を上げて、一度も叩《たた》いたことのない（ドアは彼を待って彼のために、常に開かれていたから）ドアを叩こうとしたが、できなかった。そんな他人行儀の手続きをしないでも迎え入れてもらえることが、彼の恩を受けたニグロから、スタンプが望んだたった一つの返礼だった。スタンプ・ペイドが、誰かのためにコートを都合してやったり、伝言を届けたり、命を救ったり、水槽の修理をすれば、それからは、彼は相手の家の玄関に、我が家同然に入っていく自由を手にした。彼が来れば必ず良いことがあったので、入口から聞こえるスタンプの足音や大きな呼び声は、にこやかに歓迎された。だから、ノックしようと上げた手を下ろし、自分から望んで手に入れたたった一つの特権を失うよりは、ポーチを離れる方を彼は選んだ。

何度も何度もノックしようとしたのだ。セサを訪ねる決心をしたのだ。騒々しいせかせか喋る声を突破して、その向こうの呟く声の所までやってはくるのだが、入口の前に来ると、どうしようかと考えて、足が止まってしまったのだ。六日間に六回、彼はいつも歩く道筋を離れては、一二四番地のドアを叩こうとした。だが、その動作のよそよそしさが――門口に佇《たたず》んでいるのはほんとうに赤の他人だという印が――彼の心を押し潰《つぶ》した。雪の中を、自分でつけた足跡を追って戻りながら、嘆息した。霊は望んでいるのに、肉は弱い。

スタンプ・ペイドが、ベビー・サッグスへの友情から、一二四番地を訪ねようと繰り返し心に決めている時に、セサは、ベビー・サッグスのすべてを置いておしまい、剣も楯も、という忠告を実行しようとしていた。ベビー・サッグスが授けてくれた忠告を認めるだけでなく、それに実際に従ってみようとしていた。ポールDが彼女に、足の数は何本あるのか思い出させようとした日から四日後、セサは、確かにそこにあるはずだと、他人の靴をかきまわして、アイススケートの靴を捜した。靴の山をひっくり返しながらも、ポールDが自分の背中に口づけした時、あまりにもやすやすと彼を信頼する気になり、かまどの前で、あんなに早々と口説かれてしまったことを考えて、我と我が身を軽蔑した。ひとたび知ってしまえば、彼だって、町の他のすべての人々と変わらない態度を取るだろうということぐらい、知っているべきだった。女友達と姑《しゅうとめ》に恵まれ、一人も欠けることのなかった子供たちとともに暮らした二十八日、隣近所の一部となって、実際、隣人というものを初めて持った二十八日——あれはすべて遠く過ぎてしまって、二度と再び戻らない日々なのだ。「開拓地」で踊りが踊られることも、寄り合って御馳走を食べることも、もうない。激しく、また穏やかに、討論が行われることももうない。逃亡奴隷法の真の意味、移住料（当時シンシナティに住んでいた黒人のほとんどは南部からの逃亡者だったが、市は黒人一人一人につき高額な入植料の支払いを要求した）、神の摂理、教会の黒人席についての討論、奴隷制反対運動、正式解放、肌の色による投票の是非（選挙で投票する時は、立候補者の肌の色で、投票を決めていいものかという議論）、共和党員、ドレッド・スコット（奴隷であったが自由を求めて告訴。最高裁は、一八五七年、奴隷は市民権を得る資格なしと判決）、読み方の勉強、ソジョーナー（ソジョナー・トルース。黒人女性。逃亡によって自由を得る。奴隷制度廃止を説いてオハイオを始め諸州を旅した。信仰に支えられた見事な語り口は有名）の乗った車輪の大きな一頭立ての軽四輪馬車、オハイオ州デラウェア黒人婦人同盟、それに加えて、集まった人人を坐ったままにさせたり、苦悩や興奮のあまり床板を靴底でこすったり、往ったり来たりさせたりするほどの、諸々の緊急の重大事が論じられることも、もうない。『北極星』紙（奴隷制廃止の運動家フレデリック・ダグラスが一八四七年に創刊した新聞。ダグラスは逃亡奴隷だった）や権力の暴挙を撃退したとの情報が届くのを、いまかいまかと待つことも、もうない。新しい裏切りを聞いて嘆息し、ささやかな勝利を知って手を叩くことも、もうないのだ。

あの二十八日の後に続いたのは、非難の十八年と孤立した人生だった。十八年後に、路上に映った手をつなぐ影法師が約束してくれた、陽光がはじけ輝くような生活が数カ月訪れた。ポールDといっしょにいると、他の黒人はためらいがちにも挨拶《あいさつ》を送った。独り寝の日々も終わった。だが幸せなこの数カ月も、デンヴァーの友だち以外は、泡沫《うたかた》のごとくすっかり消え去ってしまった。これが人生のパターンなのか？　彼女は考えた。十八年か二十年に一度、彼女の生きるに耐えないような人生に、束の間の輝きが射してくるのは。そうか、それが現実だとしたら――現実は現実なのだ。

セサが膝《ひざ》をついて床を磨き、デンヴァーがそのそばから、乾いた雑巾で拭き取っているところへ、「これは何をするもの？」と言いながら、ビラヴドが現れた。跪《ひざまず》いた格好でたわしを持ったまま、セサは少女を、それから少女がかかげて見せた一足のスケート靴を眺めた。スケートなどからきしできなかったが、セサはその場で、ベビー・サッグスの忠告を実行することにした。「すべてを置いていておしまい」バケツを置きっぱなしにした。デンヴァーには三人のショールを出しなさいと言いつけて、自分はあの靴の山のどこかにあるに違いない、残りのスケート靴を捜しにかかった。彼女を哀れと思った者は誰でも、彼女がどうしているかそっと覗いて確かめようと寄り道した者は誰でも（ポールDを含めてだ）、我が子を愛したために、これで三度も廃品並みに見捨てられた女が――そうあの女が、嬉々として、凍結した運河の上を滑っているのを見るがいい。

大急ぎで無造作に、ぽんぽんと靴を放り散らした。刃のついた靴が片方見つかった――男物だった。

「そうね」彼女は言った。「代わりばんこに使えばいいわ。一人は二本の刃で、一人は一本の刃で、あとの一人は、ふつうの靴で滑ればいい」

三人がころぶのを、見た者はいなかった。

手をつなぎ互いに支えになって、三人は氷上をくるくるまわった。ビラヴドはちゃんと揃《そろ》った一足を履いた。デンヴァーは片方だけのを履いて、つるつると危ない氷の上を、小刻みに足を踏み替えて滑った。セサは自分の靴底には刃がないので、躰《からだ》の重心も崩れず、足元も安全だろうと思った。予測は外れた。川の方に二歩踏み出したところで、バランスを失って尻もちをついてしまった。娘たちは甲高《かんだか》い声を上げて笑い、彼女に続いて氷上に出た。セサは立ち上がろうともがき、自分が両脚を真横に開いて坐《すわ》れるばかりか、そうすれば痛いことも発見した。躰の思いがけない箇所で骨が表面に浮き上がってきたが、同時に笑いもこみあげてきた。円や線を描いて滑りながら、三人は正味一分もまっすぐに立ち続けることはできなかったが、三人がころぶのを、見た者はいなかった。

それぞれの女が、他の二人がまっすぐに立っていられるように、手を貸しているように見えたが、よろけるたびに、楽しさは倍になった。両岸に並んだライブオークと松籟《しょうらい》を奏《かな》でている松の木が三人を囲み、手を差し伸べ合って、ころぶまいとしてはよろける彼女たちの笑い声を吸い込んだ。スカートは翼のように風をはらみ、寒気と薄れてゆく光の中で、肌はくすんだ銀色に変わった。

三人がころぶのを、見た者はいなかった。

ついに疲れきって、三人は仰向《あおむ》けになって、動悸《どうき》がおさまるのを待った。頭上に広がる空は、別の国だった。舌を出せば舐《な》められるほど近々と輝いている冬の星は、日没前から姿を見せていた。見上げていると、一瞬、セサは、星々が差し伸べている完全な安らぎの中に入った。やがてデンヴァーが立ち上がり、長い距離を一人だけで、滑ってみようとした。彼女が履いた片方だけのスケート靴の先端が、氷がでこぼこに盛り上がっている所にぶつかった。倒れる拍子に両腕をばたばたさせるのが、ひどくがむしゃらで絶望的に見えたので、三人とも――セサ、ビラヴドそれにデンヴァーさえもが――咳《せ》きこむまで笑いころげた。セサは四つんばいになって立ち上がったが、笑いは止まらず、横隔膜は震え、目からは涙が流れた。だが、笑いが消えた時も、涙は消えなかった。ビラヴドやデンヴァーが涙の違いに気づくまでに、少し間があった。気づいたとき、二人はセサの肩にそっと触れた。

森の中を歩いて帰りながら、セサは両脇《りようわき》を歩いている少女たちに腕をまわした。二人ともそれぞれセサの腰に片腕をまわしていた。固くなった雪の上を苦労して歩きながら、三人は躓《つまず》いてはしがみつかねばならなかったが、三人がころぶのを、見た者はいなかった。

家の中に入ると、自分たちが冷えきっているのに気がついた。靴を脱ぎ、濡れたストッキングを脱いで、乾いたウールのストッキングを穿《は》いた。デンヴァーは火に薪をくべ、セサは鍋《なべ》でミルクを温め、サトウキビのシロップとバニラをかきまぜて、ミルクに注いだ。かまどの前でキルトや毛布にくるまり、三人は飲みものを啜《すす》り、鼻を拭き、そしてまた啜った。

「おいもさんを焼いてもいいね」デンヴァーが言った。

「あした」とセサ。「寝る時間だから」

セサは娘たちに、またもう少し熱い甘いミルクを注いでやった。かまどの中では、音を立てて火が燃えた。

「あんたのお目々、もうおしまい？」ビラヴドが訊《き》いた。

セサは微笑んだ。「ええ。お目々はおしまいよ。全部、飲んでおしまいなさい。寝る時間よ」

そうは言ったものの、毛布のぬくもりや、火やミルクのカップを置いて、湯たんぽも入っていない冷え冷えとした寝床に、誰も行きたくなかった。三人はそのまま、ちびちびと啜っては、火を見つめ続けた。

カチリと何かが閃《ひらめ》いた時、セサはそれが何だかわからなかった。後になってから、この閃きは最初の最初にきたのだということが、白昼の光のように、はっきりした――一拍、音が流れ出す前の、ほとんど一拍に近い音。三つの音符が耳に入ってくる前、旋律がはっきりとしてくる前の最初の一拍だった。少し前に乗り出すようにして、ビラヴドは低く鼻唄を歌っていた。

セサが、カチリと何か閃いたことを思い出したのは、ビラヴドが歌い終わった時だった

——様々な断片が特別に三人のために計画され作られてぴたりとおさまる場所におさまった感じだった。セサの手は震えていなかったので、ミルクがこぼれることはなかった。セサは振り向いて、ビラヴドの横顔を見た。顎《あご》、口元、鼻筋、額、それぞれが、背後の壁に火が作った巨大な影絵になって、映し出され、誇張されていた。デンヴァーが、彼女の髪を二十か三十のお下げに分けて編んでやったので、その一本一本は、うねりながら、両肩に腕のように伸びていた。セサが坐っている場所からは、詳しく吟味することはできなかった。生え際の感じや、眉毛も唇も、それから……。

「わしが憶《おぼ》えていることといったら」と、ベビー・サッグスが言ったことがあった。「あの娘《こ》がパンの底のお焦げが好きだったことぐらい。両手でぴしゃぴしゃ叩かれても、あの娘のちっちゃな手だってことは、わからないだろうね」

……痣《あざ》、歯茎の色、耳の形、それから……。

「さあ、これをごらん。この印がおまえの母さんだよ。顔でわからなくても、これを見るんだよ」

……指、指の爪だって、それから……。

でも、時間はたっぷりあるはずだ。潜在していたものが、カチリと閃いたのだ。物事はあるべき場所にあり、均衡を保っていて、するするとこちらの頭のなかに、滑り込んでくるばかりになっていた。

「その唄を作ったのは、わたしよ」セサが言った。「わたしが作って、わたしの子供たちに歌ってやった。その唄は、わたしと子供たちしか知らないのよ」

ビラヴドは振り向いてセサを見た。「あたし、知ってる」彼女は答えた。

木のうろで見つけた鋲《びょう》かざりのついた宝石箱は、蓋《ふた》を開ける前に、やさしく撫《な》でてさすってやらなければならない。錠前は錆《さ》びてしまっているかもしれないし、壊れて、留め金から外れてしまっているかもしれない。そうなっていても、鋲の頭に触れたり、箱の重みを感じ取ったりしなければならない。この箱をそれまで隠し続けてきた墓穴から、大切に掘り出してくるのを待たず、斧《おの》で叩き壊したりしては、いけないのだ。まさしく奇蹟と呼べるような奇蹟を目にした時は、驚きのあまり息が止まるようなことはない。なぜなら、この魔法の仕掛けは、奇蹟は自分のためにずっとそこにあったことを、知っていたことにあるのだから。

セサは、鍋の内側に貼《は》り付いた、白いサテンのようなミルクの薄い膜を拭き取ってから、娘たちのために居間から枕《まくら》を持ってきた。火は絶やさないようにするんだよ――さもなきゃ二階に引きあげなさいと、指図するセサの声には何の動揺もみられなかった。

そう言うと、両肘《りょうひじ》のまわりに毛布を搔《か》き寄せ、花嫁のような足どりで、白百合色の階段を上がっていった。外では、雪が積もり固まって、覆っている様々なものの輪郭を、雅《みやび》やかに見せていた。冬の星座がもたらす静謐《せいひつ》は、永遠とさえ見えた。

リボンをいじり皮膚の臭《にお》いを嗅《か》ぎながら、スタンプ・ペイドは一二四番地に近づいた。「骨の髄まで疲れとる」彼は思った。「一生疲れ通しだった、いつも骨まで疲れとったが、いまは、髄まで疲れとる。ベビー・サッグスが寝ついちまって、それから後は死ぬ日まで、色のことしか考えんようになった時にゃ、こんな具合だったに違いない」

ベビー・サッグスが彼に、自分がこれから何をするつもりかを話した時、ベビーは恥じている、あんまり恥ずかしくて口に出して恥ずかしいとも言えないくらいに、と彼は思った。説教壇に立った時の彼女の威厳、「開拓地」で踊る彼女の踊り、彼女の力強い「呼びかけ」(説教をしたり、神の道を説いたりはしなかった——無知だからそんなことはできないと言い張って——彼女は「呼びかけ」をし、聴く耳を持った人々は、その声を聞いた)——こういうことはすべて、彼女の家の裏庭で起こった流血沙汰《ざた》のために、もの笑いの種に変わり、非難の的となった。神は彼女を当惑させ、それを口に出すのも憚《はばか》られるほど、神を恥じた。神を恥じているとは言わずに、これからはベッドで暮らし、色のことについて考えるつもりだと、スタンプに話したのだ。

スタンプは決心をひるがえさせようとした。セサは、乳飲み子、スタンプが命を助けた方の子と、留置場にいた。息子たちは庭で手をつないでいたが、その手を離すのを極度に怖がっていた。疎遠な人も親しい人も、様子を尋ねてみようと、もう一度だけ彼女の家に足を向けだした頃《ころ》、突然ベビーが停戦を布告した。不意に何もかも放棄したのだ。セサが釈放された時、ベビーは青をすっかり眺めつくした後で、だいぶ黄色に近づいていた。

最初は、彼女が時たま庭にいる所や、留置場に食べ物を持っていったり、町に靴を届けにいく姿を、彼は見かけたものだった。やがて、それもしだいに稀《まれ》になった。恥ずかしさのあまり寝込んでしまったのだ、と彼は思い込んだ。物議をかもした彼女の葬式から八年、あの大悲惨から十八年たったいま、彼は考えを変えた。ベビーの骨の髄が疲れていたのだ。だが、しきりに焦がれていた色にようやく出合ったのが、色というものを眺め始めて八年目だったということは、骨の髄を養っていた彼女の心臓の強靭《きょうじん》さを物語っていた。

いまスタンプが感じているような疲労が、彼女を襲ったのは突然だったが、それは何年も彼女を苦しめ続けた。彼女の人生を嚙《か》み砕き、魚の骨のように吐き出した奴《やつ》らに、次々と子供を奪われていった六十年の後での疲労だった。最後に残った子供が与えてくれた五年間の自由の後の疲労だった。その子は、母親に未来を与えようと、自分の未来といわば引き換えに、彼女の未来を買い取ってくれたのに――結局その子も奪われてしまった。娘と孫を持ったのも束の間、その娘が子供たちを殺すのを（あるいは殺そうとするのを）見ることになった。自由になった他のニグロたちの共同体の一員になって、この人々を愛し、この人々に愛されて、忠告をしたりされたり、譲り譲られ、食べ物を都合したり、また、してもらったりしたあげく――その同じ共同体から避けられ、よそよそしくされたのだ―

—そうさ、ベビー・サッグスのような女でも、さすがに疲れ果てたのだ。

「わしの言うことを聴いてくれ」彼はベビーに言った。「**御言葉**を伝えるのをやめてはいかん。語るためにあんたに与えられてるんだ。**御言葉**を伝えるのをやめてはいかん。あんたの身に振りかかったことなんぞ、わしは気にしちゃおらん」

二人はリッチモンド通りに立っていた。落ち葉が、二人の足をくるぶしまで隠していた。ランプが堂々とした家々の階下の窓に灯り、まだ夕方になりかけたばかりの景色を、実際より暗く見せていた。落ち葉の燃える匂《にお》いが快く鼻をついた。まったく偶然だったが、届けものの使い走りをして貰《もら》った一ペニーをポケットに入れながら、ちらりと通りの反対側に目をやると、不自由な足を跳ねるように運んでいく女が、古い友人だということに気づいたのだ。何週間も彼女に会っていなかった。赤い落ち葉を踏み散らして、足早に向こう側に渡った。「お晩です」と言って呼び止めると、彼女は、全く関心も興味もなくなった、無表情でそれに応えた。皿がこちらを向いたようだった。片手に靴のぎっしり詰まったカーペット地の鞄《かばん》をさげた格好で、彼の方が口を切り、会話の先導をして意見を求めてくるのを待っていた。その目に悲しみが宿っていたら、彼にも理解できただろうが、悲しみのあるべき所には、無関心が居坐っていた。

「三週間も続けて、土曜日の『開拓地』の集まりに来なかったね」彼は話しかけた。

彼女は顔をそむけ、通りに沿った家並みを、入念に眺めるふりをした。

「みんな来てた」彼は続けた。

「みんな来る。みんな去る」彼女は応えた。

「それ、その荷物はわしが持とう」鞄を取ろうとしたが、ベビーは渡そうとしなかった。

「ここらにあるはずの家に、届けなきゃならんから」と彼女は言った。「タッカーっていうんだけど」

「あそこだ」と彼。「庭に栗《くり》の木が二本、並んで生えているとこだ。あの木も病んでる」

二人は少し歩いた。スタンプはベビーの跳びはねるような歩調に合わせて、ゆっくり歩いた。

「それで？」

「それでって、何が？」

「今度の土曜日のことだ。『呼びかけ』をやってくれるか、それとも？」

「わしが呼びかけて、みんなが走り寄ってきたら、いったいわしはどう言えばいいんかね？」

「御言葉を語るんだ！」叫ばんばかりの声を出してしまってから、彼ははっとした。落ち葉を燃やしていた二人の白人が、こちらを向いた。背中をかがめて、ベビーの耳に囁いた。

「**御言葉**だ。**御言葉**」

「それもまた、わしから奪われてしまったんだよ」と彼女が言い、そのとき初めて彼は、どんな事情があろうとも、けっしてやめてくれるな、と哀願せんばかりに、熱っぽく諫《いさ》めた。**御言葉**は彼女に与えられたのだから、彼女はそれを語らねばならないのだと。いやだと言ってはいけないのだ。

二人は、二本の栗の木まで来た。木の向こうには白い家があった。

「わしの言いたいことわかってくれるかい？」彼は言った。「でかい木だ、だのに二本合わせても、若いブナの木一本分の葉もありゃしない」

「あんたの言いたいことはわかってる」と言いはしたが、木を見る代わりに、その奥の白い家を透かすように見た。

「やってくれなきゃだめだ」彼は言った。「やってくれ。あんたのように『呼びかけ』ができるもんは、誰もおらんのだから。『開拓地』に姿を見せてくれ」

「わしがやらなきゃならんのは、寝床にもぐり込んで、横になってること。この世の中で、何か害のないものに、気持ちを集中させたいんでね」

「何を言ってるんだ？この世に無害なものなんぞ、一つだってありゃしない」

「あるとも。青色が。青だったら誰も傷つけない。黄色だって傷つけないし」

「寝床にもぐり込んで黄色のことを考えるって言うのか？」

「わしは黄色が好きなんでね」

「それからどうする？青と黄をとことん見ちまったら、それからどうする？」

「なんとも言えんね。予定がたたんことだから」

「あんたは神を責めてる」と彼は言った。「それが、あんたがやってることなんだ」

「違う、スタンプ。責めてないよ」

「わしは、白人が勝ったって言うのかい？　そう言っているつもりかい？」

「あんたは、奴らがわしの庭に入ってきたって、言ってるんだよ」

「あんたは、もうどうでもいいって、言ってるんだ」

「わしはね、奴らがわしの庭に入ってきたって、言ってるんだよ」

「アレをやったのはセサだ」

「じゃあ、セサがやらなければどうなった？」

「あんたは、神が見捨てたもうたと言ってるのか？　わしらの躰から血を流す以外、わしらにはなんの手だても残っていなかったって言うのかい？」

「わしは、奴らがわしの庭に入ってきたと、言ってるんだよ」

「あんたは神を罰してるんだ、ベビー。そうじゃないか」

「あのお方がわしを罰したほど、ひどくじゃないけどね」

「そんなことしちゃいかん、ベビー。そりゃ正しいことじゃない」

「何が正しくて、何が正しくないか、知ってた時もあったけどね」

「いまだって、あんたは知ってる」

「わしが知ってるのは、わしに見えるもの。それは、靴を運んでるクロンボ女ってわけさ」

「ああ、ベビー」彼は唇を舌で湿らせ、その舌は彼女の決意をひるがえさせ、彼女の心の重荷を軽くする言葉を捜した。

「わしたちは迷ってはならんのだ。『こういうことも、いつかは終わる』って言うじゃないか。あんたは何を捜してるんだ、奇蹟かい？」

「いいや」彼女は答えた。「わしが捜してるのは勝手口さ。それを捜す定めで、わしはこの世に生まれちまったのさ」と言い捨てて、跳びはね、跳びはね、歩きながら、まっすぐに勝手口に進んだ。家人は彼女を中に入れなかった。石段に立っているベビーから靴を受け取り、白人の女が十セントの修理代を取りに奥に引っ込んでいるあいだ、ベビーは片方の腰を手すりの上に乗せていた。

スタンプ・ペイドは先刻横切った通りを、再び渡ってもどった。ひどく腹が立っていて、彼女を家まで送ったり、彼女の言うことをこれ以上聞いたりすることなど、できなかった。一瞬、彼女の姿に目を凝らしてから、隣家の窓辺で一部始終を見張っている白い顔が、何が起こっているのか納得する前に、向きを変えて歩き出した。

いま、一二四番地を訪ねる二度目の努力をしている最中に、彼はあのやりとりを後悔した。彼女に偉そうに話したのだ。山のようだと信じていた女性が、骨の髄まで染み込んだ疲労にすっかりまいっているのに、頑《かたく》なにそれを認めようとしなかったのだ。いまようやく、あまりにも遅すぎるが、彼は彼女を理解した。愛をポンプのように汲み出した心臓も、御言葉を語った口も、何の役にも立たなかった。どっちにしろ奴らは彼女の庭に入ってきたのだし、彼女はセサの猛々《たけだけ》しい選択を肯定もできなければ、非難もできなかったのだ。肯定するか非難するか、どちらかしていれば、まだ救われただろうに。肯定と非難を往き来し、引き裂かれ、打ちのめされて、寝ついたのだ。白人どもはついに彼女を、へとへとに疲れさせた。そして彼をも。一八七四年の現在、白人はいまだに、したい放題をしていた。町ぐるみでニグロを一掃した所が何カ所もあった。ケンタッキー州だけでも一年に八十七件のリンチが行われた。四つの黒人学校が焼け落ちた。大人は子供なみに扱われて鞭《むち》打《う》たれ、子供は大人がされるように鞭打たれた。黒人の女性は秘密結社のメンバーに強姦《ごうかん》された。財産は奪われ、首が折られた。スタンプ・ペイドは皮膚の臭いを、皮膚と熱い血の臭いを嗅いだ。皮膚の焼ける臭いと、リンチの火に焙《あぶ》られて煮えたぎる血の臭いとは、全く違っていた。異臭は胸をむかつかせた。それは『北極星』紙の紙面から、目撃者の口から、手から手に届けられる手紙に刻み込むように書いた文字から、立ちのぼった。事件を記録した証拠文書や、読んでくれそうなら、どんな法的機関にも提出した、前口上を長長とつけた請願書に詳細に記述されて、血は異臭を放った。だが、そんなことでは、いささかも彼の骨髄は疲れていなかった。いささかも。リボンのせいだった。できる限り安全な場所に隠そうと、自分の平底船をリッキング河の土手に繋《つな》いでいると、船底に赤いものが落ちているのが、目に入った。つまみ上げようと手を伸ばしながら、カーディナルの羽根がくっついているんだな、と思った。引っ張ると、ずるっとぬけて手に入ってきたのは、一つまみの濡《ぬ》れたちぢれ髪を巻いて結んだ赤いリボンで、髪はまだ頭皮の断片にくっついていた。リボンをほどいてポケットに入れると、髪の毛は草むらに捨てた。帰り道、息が切れ、目が眩《くら》んで、立ち止まった。今度はどこか柵の傍らに坐り込んだ。落ち着いてから、立ち上がった。だが足を前に出す前に、歩いてきた道を振り返り、凍りついたぬかるみと、その向こうの河に問いかけた。「いったい、奴らはどんな生きものなんだろう？　教えて下さらんか、イエスよ。いったい、奴らは何なんだろう？」

家に着いた時は疲れきっていて、妹や甥《おい》たちが用意してくれていた食事を、口にすることができなかった。すっかり暗くなった後もしばらく、寒気の中でポーチに坐り続け、彼を家の中から呼んでいる妹の声の調子がだんだん苛々《いらいら》してきたので、しかたなく寝床に入った。リボンはずっと持っていた。付着している皮膚の臭いがつきまとい、彼を苦しめた。衰弱した骨髄のせいで彼は、この世で無害なもののことをじっと考えていたいというベビー・サッグスの望みについて、つくづく考えさせられた。ベビーが青、黄、たぶん緑に留まって、けっして赤を凝視するようなことをしないでいてくれれば、と願った。

ベビーを誤解し非難し、借りをつくったままだったので、いまこそ彼女に、自分も彼女の気持ちが理解できたことを知らせ、彼女とも彼女の家族とも和解したかった。そこで、消耗しきった骨髄に抗《あらが》って、騒々しい声の中を歩きぬけ、一二四番地のドアを叩こうと、もう一度やってみた。今度は、一言だけしか聞き分けられなかったが、喋っているのは誰だか知っている、と彼は思った。首が折られた同胞、血が火で煮られた同胞、そしてリボンをなくした黒人の少女たちがいる民族だ。なんという咆哮《ほうこう》。

躰を横にして、すでに結論はひとっ飛びに出てしまったが、その証拠をこれからゆっくりさかのぼって解いてみようと心をはやらせて、セサは微笑《ほほえ》みながら寝床に入った。ビラヴドが到着した日や状況を、「開拓地」でのあの口づけの意味を、思い返し、いとおしみたかった。だが、そのまま眠ってしまい、目覚めると、まだ微笑んでいた。眩《まぶ》しい雪の朝で、吐く息が白い寒さだった。一瞬じっとしたまま、毛布をはねのけ、ひんやりと冷たい床に足を下ろす勇気がたまるのを待っていた。初めて、仕事に遅れそうだった。

階下に降りていくと、少女たちは最後に見たままの場所で眠っていたが、いまは互いに背中合わせになっていて、それぞれ毛布にしっかりくるまり、枕に顔を埋めて寝息を立てていた。一足半のスケート靴は、玄関のそばにころがっていて、かまどの後ろの釘《くぎ》に干したストッキングはまだ乾いていなかった。

セサはビラヴドの顔を見つめて微笑んだ。

音を立てずに、抜き足差し足で、ビラヴドのそばを遠巻きにして通り、熾火《おきび》を搔き起こした。まず紙を少々、それから木っ端《こっぱ》を少し入れる――そんなに多くはいらない――火が燃え広がるまでの誘い木なのだから。炎が躍り上がるとさらにくべ、荒々しく速度を上げて燃えるまで足していった。物置小屋に新しく薪を取りにいくために外に出た時、凍りついた男靴の足跡に気づかなかった。キュウキュウと踏みつけるように歩いて裏にまわり、雪を分厚く頭に載せた薪の山まで来た。その雪を払い落とし、両腕に抱えられるだけ、乾いて切りそろえた木切れを持った。まっすぐに小屋を見さえ《こ》して、微笑んでいた。もう思い出す必要もない物事を考えて、微笑んでいた。「あの娘は、わたしのことを怒ってもいない。怒りの影も形も見せちゃいない」と考えていた。

疑いの余地なくはっきりしているのは、道に映っていた手をつないだ影法師は、ポールD、デンヴァー、そして彼女自身ではなく「わたしたち三人」なのだ。前の晩、互いに支えになりながらスケートをした三人、シロップで甘味をつけたミルクを啜った三人だ。こうなったのだから――娘が無時間の彼岸から戻ってくることができたのだから――息子たちだって、どこに行ったにしても、必ず帰ってこれるわけだし、きっと帰ってくるだろう。鋭い寒気から庇おうと、セサは前歯を舌で覆った。腕に薪を抱え猫背になって家の周囲をまわってポーチに戻ったが、自分で踏んでいる凍った足跡に一度も気づかなかった。中では少女たちはまだ眠っていた。セサが外に出ているあいだに躰の位置を変えていて、二人とも火の近くに寄っていた。抱えた荷を薪箱にどさっと落とすと、ぴくりと動きはしたが、目は覚まさなかった。姉妹を起こしてしまうのが惜しくて、朝食の支度をしている自分の足元で、二人が眠っていることの幸せに浸りながら、セサはできるだけ音を立てないように気を配ってかまどの火を燃やした。仕事に遅れてしまうのは実に残念だった――実に実に実に残念だった。十六年に一度の遅刻？　言いようもないくらい、残念だった。

昨日の残りのトウモロコシ粥に卵を二個よく混ぜて、練り粉のようにしてからハムの切れ端を入れて揚げた頃、デンヴァーはすっかり目が覚めてウーンと呻《うめ》いた。

「背中、こちこちなの？」

「うん」

「床の上で眠るのは、からだにいいはずなんだけどね」

「やたら痛いよ」

「あんなに派手にころんだせいかもしれない」

デンヴァーはにっこりした。「おもしろかったね」振り向いて、軽い寝息を立てているビラヴドを見下ろした。「起こさなきゃだめ？」

「いいのよ、寝かしといて」

「でも、母さんの朝の見送りをしたがってるんだから」

「ちゃんと気をつけてるから大丈夫」と言ってから、セサは考えた。面と向かって口を開き、わたしは知ってるのよ、とこの娘《こ》に知らせる前に、まず自分で心に思うのはいい気持ち。もうこれからは思い出さなくてもいいあらゆることを、心に思おう。ベビーの忠告通りにしよう。まず心に思って、それから、すべてを置いてしまう——永遠に。ポールDは、家の外には世界がある、そしてわたしもその中で生きられるんだって、わたしを信じ込ませてしまったけど、そんなことはできっこないってことぐらい、わかっていてもよかったのに。本当は、そうじゃないってわかっていたんだわ。自分の家の外で起こってることは、どんなことだって、わたしには無関係。世界はこの部屋の中だわ。ここにすべてが、必要なすべてがあるんだ。

がつがつと脇目もふらず三人は男のように食べた。ほとんど口もきかず、相手がそばにいることと時々目を覗き合えることに、満足していた。

セサが髪をショールで覆い、暖かく着込んで町に出かける支度をした時は、すでに昼近かった。家を出た時も、例の足跡も見なければ、輪なわのように一二四番地をぐるぐる巻きにする騒々しい声も聞かなかった。

朝のうちに車輪がつけたわだちの中をてくてく歩きながら、もうこれからは思い出さなくてもすむ様々なことを考えると、気が昂《たかぶ》り目が眩んだ。

何も思い出さなくていいんだ。説明する必要さえないんだ。あの娘《こ》は何もかもわかってくれてる。ベビー・サッグスの心臓がとうとう力尽きてしまったことや、これは兆候らしいものはどこにも出ないまま衰弱していく病いなのだと、ベビーと二人で話したことも、忘れられる。留置場に食料を届けてくれた時の彼女の目、あれも忘れていいんだ。その時、ハワードもバグラーも元気だけど、お互いにつないだ手を放そうとしないんだよ、と話してくれたことも。手をつないだまま遊んでる。いつも離さず特に眠ってる時はなおさらだ、と教えてくれた。姑は籠《かご》の中から食べ物を出して渡してくれた。格子のあいだから入るように、小さくいくつにも分けて包んであった。渡しながら、囁き声で情報を伝えてくれた。ボドウィンさんが判事さんに会って下さるんだよ——法廷の判事室でね、判事室でだよ、と彼女は言い続けた。まるで判事室で判事に会うことが、どんな意味を持つのか、わたしも姑も承知してるかのように。オハイオ州のデラウェア黒人婦人同盟が、わたしを絞首刑にしないようにと嘆願書を書き上げたところだと教えてくれた。白人の牧師が二人来て、わたしに会って話し、わたしのために祈りたいと。新聞記者も一人来たと。姑はわたしに情報を伝え、わたしは姑にネズミをなんとかするものがほしいと伝えた。彼女はデンヴァーを連れて帰りたがったのに、わたしが手放さないとわかると、自分の手のひらをぴしゃりと叩き合わせた。「イヤリングはどこにあるのかい？」彼女は尋ねた。「わしが持っててあげよう」牢番《ろうばん》が取り上げた、わたしの安全のためにね、とわたしは答えた。イヤリングについた針金で、わたしが自分を傷つけるって、牢番は思ったのよ。ベビー・サッグスは片手で口を覆った。「『先生』は町を出ていったよ」彼女は言った。「返還請求を提出して、さっさと帰ったよ。お上《かみ》はおまえを埋葬の時には出してくれるつもりだよ」とも言った。「葬式じゃない、埋葬の時だけだ」その通りになった。保安官がついてたけど、荷馬車の上でデンヴァーにお乳を飲ます時はそっぽを向いてくれた。ハワードもバグラーも、けっしてわたしを近寄らせようとせず、あの子たちの髪の毛に触れるほどにも、そばに行けなかった。人が大勢いたと思うけど、棺桶《かんおけ》しか目に入らなかった。パイク牧師がほんとに大きな声で喋ったけど、耳に入ってこなかった——最初の二言だけは聞こえたけど。三カ月後、デンヴァーが離乳食を食べなきゃならない時期が来て釈放された時、わたしはすぐにおまえの墓石を買いにいったんだよ。だけど銘を彫らせるお金がなかったから、わたしにあるもので受け取ってもらったの（物々交換って言えるかもしれないね）。全部彫ってくれって頼むことを思いつかなかったのを、今日の今日まで後悔してる。パイク牧師が喋ったことで、わたしの耳に入ったのは、「かけがえなく愛されし者《ディアリービラヴド》」（「高価な犠牲を払って愛されたもの」という意味もある）、これがわたしにとってのおまえなの。それじゃ一言《ビラヴド》だけしか彫れなかったことは悔やまなくてもいいんだ。だから食肉処理場のことや、その豚の囲い場にやってきて、身をひさぐ土曜日の女たちのことなど、思い出さなくてもいいんだ。わたしのやったことが、ベビー・サッグスの人生を変えてしまったことも忘れていいんだ。「開拓地」にも行かなくなったし、友だちもいなくなった。洗濯と靴修理だけの人生。そういうこともみんな、いまは忘れてしまっていいんだわ。だって、わたしがお墓をちゃんと建てたとたん、おまえは家に戻ってきて、みんなにそれと気づかせ、わたしを悩ませて、ちっともそっとしておいてくれなかったんだもの。あの頃わたしはわかっていなかった。おまえがわたしのことを怒っているものとばかり、思ってた。だけどいまはわかるよ。あの時怒っていたとしても、いまはそうじゃない。だっておまえは、こうしてわたしの所へ帰ってきてくれたんだもの。それにわたしの考えてたことは正しかったんだわ。わたしの住んでる家の外には、世界なんぞありゃしないっていうこと。知りたいのは一つだけ。傷跡はうんとひどいの？

十六年で初めての遅刻をしながらも、時間が停止した現在にすっぽり身をくるんだまま、セサが職場に向かって歩いていた時、スタンプ・ペイドは疲労と生涯の習慣を相手に闘っていた。「奴ら」が勝利を収めたのだと信じたので、ベビー・サッグスは「開拓地」に行くのを拒んだが、スタンプはそんな勝利を認めることを拒んだ。ベビー・サッグスの家には勝手口はなかったから、ベビーの家のただ一つのドアを叩こうと、寒気と騒々しい声の壁に立ち向かった。勇気を得ようとポケットの中で赤いリボンを、しっかり摑《つか》んだ。最初は小さく、それから強く叩いた。最後には激しくバンバン叩いた。こんなことがあるなんて、信じられなかったのだ。黒人が住んでいる家のドアが、彼の前で勢いよく開かないなんで。窓の所まで歩いていって、泣きたくなった。案の定、人はいたのに、誰一人としてドアを開けに立たなかったのだ。ポケットのリボンの切れ端を、ちぎれるまで揉《も》みくしゃにしながら、彼はまわれ右をして階段を降りた。今は、自分が受けた恥と自分が感じた負い目に好奇心が加わった。窓から覗き込むと、丸めた背中が二つ、こちらを向いていた。一つの背中には、誰だかわかる頭がついていた。もう一つの背中を見て不安になった。彼には見憶えがなかったし、それと考えられる人間も思いあたらなかった。誰も思いあたらなかった。それに、誰もあの家を訪問する者はなかったのだ。

浮かぬ気持ちで朝食をすませた後で、エラとジョンが知っていることを聞き出そうと、二人を訪ねた。二人の家に行けば、何もかも清算ずみだと思い込んで生きてきたこの歳月の後で、自ら自身につけたスタンプ・ペイドの名はふさわしい名ではなく、まだ支払《ペイド》いのすんでない負債があることが、わかるかもしれなかった。生まれた時はジョシュアといったが、自分の妻を、主人の息子に渡した時、彼は自分の名をつけなおした。誰も殺さなかった（ということは自殺もしなかったわけだが）ということは、妻をおめおめと手渡したことになり、そうしたのは、妻が彼に生きていてくれと頼んだからだ。あんたが死んじまったら、あの若造があたしを用ずみにした時、どこに、誰のとこに戻っていけるのさ、と彼女は説得した。あんな贈り物をしたのだから、もう誰にもなんの借りもないんだと判断した。どんな負債があったにしろ、あの行為で、すっかり支払いがすんだのだ。誰にも何の借りもないと、気まま勝手にふるまうようになるのじゃないか、背教者に、さもなければ、飲んだくれになるんじゃないか、と彼は思い、ある点ではそうなった。しかし、どうしようもなかった。ちゃんと働くと思えば、気のない仕事をする。ちょっと働くかと思えば、いっさい仕事をしない。分別を見せたかと思うと、馬鹿な真似をする。眠る、目を覚ます。誰かが好きで、誰かを嫌う。こんなことをしていても、たいして生きているとも言えず、心はまったく満たされなかった。そこで、彼は、悲惨という負債を背負っている人が、そこから逃れるために様々な支払いをするのを手伝ってやることで、自分の借りのない状態を拡張した。くたくたになった逃亡奴隷がいる？　彼はその者たちを向こう岸に渡して、支払いはすんだよ、と言ってやった。言ってみれば、彼らに各々の譲渡証書を与えたのだ。「あんたがたは払ったんだ。今度は人生の方が、あんたがたに借りがある」

彼の行為に対するいわば領収書は、ノックなど不要な、いつでも歓迎してくれる家々のドアだった。ジョンとエラの家もその一つで、彼はその前に立って、「誰かおるかね？」と一度言っただけで、エラが蝶《ちょう》つがいを軋《きし》ませて、ドアを開けた。

「どこに雲がくれしてたんだね？　スタンプが家にこもってるんだったら、風邪《かぜ》に違いないって、ジョンに言ってたんだよ」

「いや、外に出てたよ」彼はひさしのついた帽子を脱いで、頭皮をごしごし揉んだ。

「外ってどこ——ここらじゃないよね」エラはストーブの後ろの干し綱に下着を二組かけ

た。

「けさ、ベビー・サッグスのとこへ寄ったんだ」

「あんなとこに何の用があるんだね？」エラが尋ねた。「誰かが招《よ》んだのかい？」

「あそこにいるのはベビーの身内だよ。ベビーの家族を見舞うのに、招待はいらん」

「ふんだ」エラは動じなかった。あの猛々しい事件までは、エラはベビー・サッグスの友だちだったし、セサの友だちでもあった。サーカスで会釈したことを別にすれば、エラはセサを完全に無視してきた。

「見たことのない人間が、あの家にいる。女だ。あんたなら、誰だか知ってるかもしれないと、思ってね」

「この町の新顔のニグロのことなら、一人残らず知ってるからね」彼女は答えた。「どんな顔してたのかい？　確かにデンヴァーじゃないんだね？」

「デンヴァーなら知ってる。その娘は細っこかった」

「確かかい？」

「自分の目で見たものはわかってるつもりだ」

「一二四番地でだったら、何を見たって不思議じゃないからね」

「まったくだ」

「ポールDに訊いてみた方がいいよ」彼女は言った。

「居所が、つきとめられないんだ」とスタンプは答えたが、それはほんとうだった。しかし、ポールDを見つけようとするそれまでの彼の努力には、熱意がこもっていなかった。食肉処理場の陰気な裏庭で洩らした情報が原因で、この男の人生を変えてしまった後、スタンプは彼と顔を合わせる心がまえができていなかった。

「あの人は教会で寝泊まりしてるよ」エラが言った。

「教会！」スタンプは愕然《がくぜん》とし、そしてひどく傷ついた。

「そう。パイク牧師に、地下室に住んでいいかって、頼んだそうだよ」

「あそこは偽善者のおためごかしみたいに、冷えるのに」

「あの人だってそのくらい知ってると思うけどね」

「なぜ、そんなことをするんだろう？」

「ちっとプライドが高い、みたいだよ」

「あんなとこに泊まらなくたっていいのに！　誰だってあの男を引き受け、泊まらせてくれるのに」

エラはぐるっとこちらを向いて、スタンプ・ペイドの顔を見た。「遠くから人の心を読むなんて、誰にもできないよ。あの人が、誰かに頼みさえすりゃいいんだ」

「なぜだ？　なぜ頼まなきゃならんのだ？　誰もすすんで申し出ることが、できんのか？　いったい、どうなってるんだ？　いったい、いつから町に来た黒人が、犬みたいに地下室で眠らなきゃならなくなったんだ?」

「いやだね。誰かが分別を取りもどして、少なくともキリスト教徒らしくふるまうまでは、怒ったまんまでいるつもりだ」

「あの人があそこにいついて、まだ二、三日だよ」

「一日だっていけないんだ! あんたは何もかも事情がわかっているくせに、手を差し伸べないっていうのかい? あんたらしくもない言い草だよ、エラ。わしとあんたは、黒人の衆を水から引っ張り上げる仕事を、二十年以上もやってきた。いまになって、わしに向かって、一人の男に寝床さえ提供できないって言うのか? しかも仕事をしてる男にだ! 支払い能力のある男にだよ」

「求めよさらば与えられんさ。頼めばいいじゃないか」

「なぜ、急に、頼む必要ができたんだ?」

「頼まれないでもやってやるほど、あの人のことをよく知らないからね」

「あの男が黒人だってことは、よく知ってるじゃないか!」

「スタンプ、けさはわたしをズタズタに裂くようなことはしないでおくれよ。そんな気分じゃないんだから」

「彼女のせいだ、そうだろう?」

「彼女って、誰？」

「セサだ。あの男がセサといい仲になって、あそこに腰を落ち着けたもんだから、あんたは不愉快で――」

「ちょっと待っておくれ。知りもしないのに、そんなにズバズバ言うんじゃないよ」

「おい、いいかげんにしてくれよ。わしたちは長いあいだの友だちじゃないか、こんな話し方はやめようじゃないか」

「じゃあ、言うけど、あそこの家で何が起こったか、誰がほんとうにわかるっていうのかい？ 考えてもみておくれ。わたしはセサが何者かも知らないし、彼女の身内も知らないんだ」

「何だって？」

「知ってるのは、あの女がベビー・サッグスの息子と結婚したっていうことだけ。それだって、確かに知ってるとは言えない。息子の方はどこにいるのかい、ええ？ わたしがあの女の胸にくくりつけてやった赤ん坊といっしょに、ジョンが戸口に運んでくるまで、ベビーは一度だって、あの女を見たことがないんだから」

「赤ん坊をくくりつけたのは、このわしだ！ それにあんたはあの馬車に乗っていて、道からずっと離れたとこにいたじゃないか。あんたが何と言ったって、あの女の子供たちは、彼女が誰だか知ってるよ」

「だからどうだっていうんだい？　あの女が子供たちの母親じゃないなんて、言っちゃいない。けど、子供たちがベビー・サッグスの孫だって、誰が言えるのかい？　どういうわけで、あの女一人が逃げ出せて、亭主が逃げなかったのかい？　それから、これに答えておくれ。どうやって森の中で独りで子供が産めたかをね。白人の女が木の茂みから現れて、助けてくれたなんて言って。ばかばかしい。あんたそんなこと信じる？　白人の女がねえ？　そうだねえ、白人は白人でも、そいつがどんな白人だか、わかってる」

「ああ、やめてくれ、エラ」

「森の中をフワフワうろつく白いものなんか——そいつが銃を持ってなくっても、そいつの躰のどんな部分だって、御免こうむりたいしろもんだよ」

「あんたたちは友だちだったじゃないか」

「そうだよ、あっちが正体を見せるまではね」

「エラ」

「血を分けた子を、手引き鋸《のこぎり》で引くような友だちを持っちゃいないよ」

「深みにはまってしまってるよ、おまえは」

「おあいにくさま。わたしは乾いた陸の上にいるし、そこから動かないつもりだよ。水につかっちまってるのは、そっちの方だよ」

「あんたが話してることとは、ちょっとでもポールDと、何か関係があるのかね？」

「あの男が逃げ出したのはなぜ？　答えてよ」

「わしが追い出した」

「あんたが？」

「わしが、あの男に話したんだ――新聞を見せて、例のことについて――セサのしたことをね。あの男に読んでやったんだ。彼はその日のうちに出ていった」

「そんなこと、教えてくれなかったじゃない。わたしは、彼が知っていたんだとばかり思ってた」

「何も知らなかったんだ。ただあの女とは知り合いだった。二人がベビー・サッグスが働いていた農園にいた時からね」

「彼はベビー・サッグスを知ってたのかい？」

「もちろん知っていた。ベビーの息子のハーレもだ」

「それでセサがやったことがわかって、出ていったわけだね」

「どうやらあの男にも、泊まる場所ができそうだな」

「あんたの話で少し事情がわかったんだよ。わたしはてっきり――」

最後まで言わないでも、スタンプはエラが何を考えていたのか、わかった。

「ここに来たのは、あの男のことを訊くためではないんだろ」エラは言った。「見慣れない女の子のことを訊きに、やってきたんだろ」

「その通りだよ」

「じゃあ、ポールDなら彼女が誰だか知ってるに違いない。誰かじゃなかったら、何かをね」

「あんたの頭は、幽霊のことでいっぱいになってるね。どこを向いても、あんたには幽霊が見えるんだ」

「ひどい死に方をした人たちは、地下でじっとしてないってことを、あんただってよく知ってるじゃない」

彼には、そうじゃないとは言えなかった。イエス・キリスト御自身だって否定しなかったのだから。そこでスタンプは、悪い感情が残っていないことを示すために、エラがつくった豚の臓物の煮込みパテを食べてから、ポールDを捜しに出かけた。ポールDは聖なる贖《あがな》い主教会の階段に腰をかけ、手首を膝のあいだにはさんで、目を赤くしていた。

厨房《ちゅうぼう》に入ったとたん、ソーヤーの罵声《ばせい》が飛んできたが、彼女は無言のまま背を向けて、エプロンに手を伸ばした。罵声は行き所を失った。入り込んでいく割れ目一つ、裂け目一つ、見当たらなかった。これまでずっと、彼女は奴らが心に侵入してこないように細心の注意を払ってきた。しかし、いつ何時でも、奴らは自分を揺さぶり、心の艫綱《ともづな》を引きちぎり、あの喧《やかま》しくさえずる無数の鳥を自分の髪の中に追い込んでくるのだ、とよくよくわかっていた。自分の生母の乳を涸《か》らすこと、奴らはこれをやったのだ。自分の背中を裂いて木にしてしまった――それもだ。大きなお腹をした自分を森の中に追いたてた――奴らはそれもやった。奴らに関して入ってくる報せは、腐った臭いがした。奴らはハーレの顔をバターで塗りたくった。ポールDの口に鉄を噛ませた。シックソウを黒焼きにした。自分の母親の首を吊《つ》った。これ以上白人の所業を知りたくなかった。エラや、ジョンやスタンプ・ペイドが知っていることなど知りたくなかった。白人の好みに合わせて作られた世の中の情報など知りたくなかった。奴らについての情報は、頭髪の中で鳥が騒いだあの時で、途絶えてしまってほしかった。

かつて、遠い昔のことだが、彼女も素直で信じやすかった。ガーナー夫人を信頼し、夫人の夫も信頼した。耳につけるよりはただ持っていたくて、あのイヤリングをペティコートに縫《ぬ》い込み、逃げる時も肌身から離さなかった。奴らの中にもいい人はいて、それは自分にもわかるんだと、彼女に思い込ませたイヤリング。「先生」のような白人が一人いれば、エイミーのような白人も一人いるんだ。「先生」の甥のような白人が一人いれば、ガーナーのような、ボドウィンのような、保安官のような白人も一人いるのだ。保安官は思いやりをこめて彼女の肘に触れ、授乳の時は目を逸らしてくれた。だが彼女はベビー・サッグスが臨終に言った言葉を一言残らず信じるようになっていて、自分が信頼した白人や、自分に恵まれた幸運の記憶は、すべて心の底に埋めてしまった。ポールDはその記憶を掘り起こし、彼女の躰を甦《よみがえ》らせて彼女の手元に返してくれて、裂けた背中に口づけし、思い出を新たにした上に、新しい報せまでもたらした。固まった牛乳やハミの話、おんどりがにやにや笑った話をした。そのくせ彼女についての新しい事実を知ると、彼女の足の数を数えたあげく、さようなら、とさえ言わなかった。

「わたしに話しかけないで下さい、ソーヤーさん。けさは黙ってて下さい」

「何だと？　何だって？　何だって？　おまえはおれに向かって口答えするのか？」

「だまってて下さいと、申し上げてるんです」

「さっさとパイを焼き上げろ」

セサはパイ用の果物に触れ、皮むきナイフを取り上げた。

パイから出た汁が天火の底にこぼれてシューッと音を立てる頃は、セサはさかんにポテトサラダをつくっているところだった。ソーヤーが入ってきて、言った。「甘くしすぎちゃだめだ。おまえが甘くしすぎるんで客が食わん」

「いつもやってるようにつくりますから」

「それが、甘すぎるんだ」

ソーセージの食べ残しはなかった。コックがくすねるので、ソーヤー食堂ではけっして、ソーセージの食べ残しは出なかった。セサはソーセージをほしいと思ったら、客に出す前の皿からよけておいた。ソーセージはなかったが、まずまずのシチューが残っていた。困ったことに、彼女のパイは全部売り切れてしまった。ライスプディングの残りと、できそこないの生姜《しょうが》入りのライ麦パンが焼き皿に半分あるだけだった。午前中、白昼夢に心を奪われずに、よく注意しておけば、いまになってカニのようにかさこそと、家に持ち帰るディナーを捜しまわらなくてもよかったのに。セサは時計がちゃんと読めなかったが、文字盤のてっぺんで二本の針がお祈りする格好で重なれば、その日の仕事が終わるのだ、ということは知っていた。金物の蓋がついた広口の瓶を取り出して、シチューを入れ、生姜パンを肉を包む紙でくるんだ。この二つをいちばん上にはいたスカートのポケットに入れてから、洗いものにとりかかった。ポケットに入れたものは、コックと二人の給仕が持ち出すものに比べたら、取るに足りなかった。ソーヤー氏は、昼食を契約の中に含めていたし──週給三ドル四十セントだった──彼女の方は最初から、ここで食べることになっている食事は家に持ち帰ってもよい、という了解を取っていた。だが、マッチ、時には灯油を少々、塩少々、それからバターも──こんなものまで、時々持って帰り、そのくらい金を出して買うことができたので、恥ずかしい気持ちだった。他の黒人といっしょにフェルプスの店の裏口で、店主が、オハイオじゅうの白人客の応対をすませてから、やっと、裏木戸の穴から、押し合って覗いているニグロたちの顔へ目を向けるのを、じっと待っているという屈辱を味わうのがいやだった。恥ずかしかったのはまた、それが盗みの行為だったからだ。シックソウがぶった盗みの論理は、彼女をおかしがらせはしたが、この論理が

「先生」の考えを変えなかったように、彼女の恥ずかしいと思う気持ちも変えなかった。

「おまえはその子豚を盗んだのか？　おまえはその子豚を盗んだのだ」

「先生」の言い方は静かだったが、頑としていた。答えを待って何かを決めようとするつもりなど、さらさらなく、一連の所作を演じているかのようだった。許しを乞うか、いいえ違います、と言うために立ち上がりさえせずに、シックソウはその場に坐ったままだった。手には赤身の肉切れが、ブリキの皿は宝石の原石さながらの軟骨でいっぱいになっていた。ざらざらして磨かれてはいなかったが、それでも戦利品だった。

「おまえはその子豚を盗んだ、そうだね？」

「いいえ、だんなさま」シックソウは答えたが、目を肉から離さないだけの神妙さはあった。

「おまえはわたしに、盗まなかったと言い張るのか？　こうやってわたしは、おまえをまともに見ているのにな」

「いいえ、だんなさま、これは盗んだのではありません」

「先生」はにやりと笑った。「殺したのかね？」

「はい、だんなさま。殺しました」

「おまえは食肉にしたんだね」

「はい、だんなさま」

「おまえは、それを料理したのかい？」

「はい、だんなさま」

「そうか。おまえは、それを食べたのかい？」

「はい、だんなさま。もちろん、いただきました」

「それでも、おまえはわたしに、盗みではない、と言うんだね」

「はい、だんなさま。盗みじゃありません」

「それじゃ、なんなのかね？」

「あなたさまの財産の価値を高める行為でございます」

「なんだって？」

「シックソウはライ麦を植えて立派な畑が、もっと実り豊かになるようにいたします。シックソウは土壌に肥料を入れて、あなたさまの収穫をさらに大きくして差し上げます。シックソウはシックソウに肥料を与えて、あなたさまのためにもっと働きます」

うまい答えだったが、「先生」はシックソウを鞭で打ち、定義の自由というものは、定義する権力を持つ側に――定義されて生きている側にではなく――あることを叩き込もうとした。ガーナー夫人の説明では、脳卒中で鼓膜が破れたために、シックソウによればピストルの火薬が原因で、ガーナー氏が耳に穴を開けて死んでからは、男たちが何かに触れれば、それはすべて盗みと見なされた。トウモロコシを捥《も》いだり、当のめんどりさえも忘れている産みっぱなしの卵二個を庭から拾い上げたりすることはもちろん、ありとあらゆることが盗みと見なされた。「先生」はスウィートホーム農園の男たちから銃を取り上げた。その結果、野山の獲物を撃つことができなくなって、男たちは本気でこそ泥を働き始めた。野山の獲物は、パン、豆、トウモロコシ粥、野菜、それに豚を処理する季節に出る、肉や臓物の余りなどが常食の彼らの食生活を補っていたのだ。こそこそした盗みは彼らの権利であるばかりか、やらざるを得ない仕事になってしまった。

あの当時は他にしかたがないことだと、セサは了解していたが、いまは給料の入る仕事ばかりか、囚人の前歴を持つ人間を採ってくれるほど親切な雇主にも恵まれているのに、他のニグロたちと雑貨屋の窓口に並んで立つより、こそ泥をする方がましだと思うプライドに縛られた自分を軽蔑した。列を作ったニグロを押したり、彼らに押されたりするのが、いやだった。彼らの批判や憐憫《れんびん》を、特にいまは感じたくなかった。手首の外側を額にあてて汗を吸いとらせた。今日の仕事も終わりになって、すでに気持ちが昂っているのを感じていた。あの、もう一つの脱出を試みて以来、こんなに生き生きと心が躍るのは、初めてだった。野良犬に残飯を投げてやり、彼らが争って食べるさまを眺めながら、セサは唇をきつく閉めた。荷馬車に乗った誰かが声をかけてくれたら、今日こそ乗せてもらおう。声をかけてくれる者などいないだろう。十六年間、彼女の誇りは一度たりとも、頼むことを許さなかったのだから。でも今日は別だ。そうだ今日は別だ。いまは速さがほしかった。

家までの長い徒歩の道を一気に飛ばして、すぐそこにいたかった。

ソーヤーが、二度と仕事に遅れないようにと、注意した時も、彼女はほとんど上の空だった。昔は気のやさしい男だった。辛抱強くて、使用人に対しても厳しいことは要求しなかった。だが南北戦争で息子が死んでからというものは、年ごとに偏屈になっていった。まるで、いけないのはセサの黒い顔だと言わんばかりだった。

「はい、はい」とソーヤーに応じながらも、どうやって時を急がせ短くして、自分を待っているあの時間のない場所へ帰りつこうか、と考えていた。

そんな心配は無用だった。しっかりと身を包んで、うつむいて家路に向かうと、彼女の心は、もう忘れてしまってもいい様々なことを考えるのに忙しかった。

おまえが知っていてくれるので、わたしの方で何一つ思い出したり、言ったりしなくてもすむなんて、ほんとにありがたい。何もかも知ってるんだね。おまえを独りぼっちにするつもりじゃ、けっしてなかったってことを、おまえは知ってる。けっしてね。ああする他なかったんだよ。「列車」（奴隷の逃亡を助ける秘密の連絡網を「地下鉄道」と呼び、案内人に先導されて逃亡する奴隷のグループ、あるいは逃亡そのものは「地下鉄道」の「列車」だった）が来たら、わたしはいつでも発てるようにしておかなければならなかった。「先生」はわたしらに、憶《おぼ》えられないことばかり教えていた。巻き尺のことなんか少しも気にならなかった。わたしらはみんな、そのことを笑い草にしてたけど——シックソウは違った。彼は何も見ても全然笑わなかった。でも、わたしは気にしなかった。「先生」はあの巻き尺をぐるりと、わたしの頭にまわし、鼻柱に渡し、腰にまわした。わたしの歯も数えた。この男は阿呆なんだと、わたしは思った。おまけに彼のする質問ときたら、阿呆も阿呆、聞いたことがないようなばかげた質問だった。

あの時、わたしとおまえの兄さんたちは、二番畑から出てきたところだった。一番畑は家の近くで、育ちの早いものが植わってた。豆、タマネギ、スウィートピー。二番畑はもっと遠くにあって、イモ、カボチャ、オクラ、ポークサラダ菜などの、ゆっくり育つものが植えてあった。あそこではまだ、たいして作物が育っていなかった。季節もまだ早かった。サラダ菜がいくらか芽を出してたかもしれないけど、それだけだった。いろんな作物が順調に育ち始めるようにと、わたしらは雑草をぬき、少し鍬を入れたりした。それがすむと、家に向かって歩きだした。地面が二番畑の先で隆起してた。正確には丘ではないけど、丘に近かった。バグラーとハワードが駆け上がってはころがって降り、駆け上がってはころがり降りるのに手頃な高さだった。昔、夢でよく見たあの子たちが出てくるのはあの場面で、笑いながら、短い肥えた脚で丘を駆け上がっていた。いまわたしが見るのは、鉄道の線路を歩いていくあの子たちの後ろ姿だけ。わたしから逃げていく。いつ見ても、わたしから逃げていく。でもあの日、あの子たちは上機嫌で、駆け上がってはころがり降りていた。春はまだ浅かった――作物は育ち始めてはいたけど、盛りになるのは、まだまだだった。エンドウ豆の苗にまだ花がついていたのを憶えてる。でも草はだいぶ伸びて、白い蕾《つぼみ》や、みんながダイナって呼んでるあの背の高い紅色の花だとかが、一面に彩《いろど》りをそえていて、その上、これ以上小さくなれないくらい、小さな小さな何か水色の花も咲いていた――それも明るい水色でね、矢車草みたいな、でも淡い淡い色。ほんとに淡くて。おまえを籠《かご》の中に入れて、裏庭に置いてきたんだから、走って帰ればよかったのかもしれない。にわとりが突っついたりしない所に置いてきたけど、何が起こるかわからないからね。それでも、わたしは、ゆっくり時間をかけて帰ってきた。でもおまえの兄さんたちは、二、三歩行っては立ち止まり、花をしげしげと眺めたり、空を仰いだりしてるわたしを、待ってられなかった。二人はずっと先を駆け続け、わたしは呼び止めなかった。あの季節になると、何か芳しいものが空気の中に住みついて、申し分のないそよ風が吹くと、家の中にじっとしているのがむずかしい。帰ってくると、ハワードとバグラーが、わたしらの小屋のあたりで笑ってるのが聞こえた。鍬を置いてから、おまえの所へ行こうとして、庭を横切った。木陰の位置が変わっていて、わたしが戻ってきた時は、太陽はまともにおまえに当たっていた。まともにだよ。けどおまえは、目を覚ましちゃいなかった。まだ眠ってた。抱き上げたかったけど、おまえが眠ってるとこも見ていたかった。どっちにしていいかわからなかった。おまえの顔は世界一愛らしかったものね。向こうに、そう遠くない所に、ガーナーさまが作ったブドウ棚があった。いつも大計画をいっぱい持ってた方で、酔っぱらうほど飲める、自分用のワインをお作りになりたかったんだよ。鍋いっぱいのゼリーがつくれたのがせいぜいだった。土がブドウに合ってたとは、わたしには思えない。おまえの父さんは、雨のせいだと思っていた。シックソウは、害虫だって言った。ブドウの粒はひどく小さくて固かった。それに果実酢みたいに酸っぱかった。それはともかく、ブドウ棚の下には小さなテーブルがあったの。わたしは、おまえを入れた籠を持ち上げ、ブドウ棚まで運んだ。棚の下は涼しくて日陰になっていた。小さなテーブルにおまえを乗せると、虫か何かが寄ってこないように、おまえにかけてやるモスリンの布切れがあったかな、と考えてみた。それと、台所に行ってみて、ガーナーの奥さまが用事がないとおっしゃれば、椅子《いす》を出して、野菜の始末をするあいだ、おまえといっしょに棚の下で坐ってることができるんだ、と思った。台所の戸棚にしまってある、清潔なモスリンを取りに、裏口に向かって歩きだした。足にあたる芝生がいい気持ちだった。入口に近づくと、声が聞こえた。「先生」は毎日午後になると、生徒たちを坐らせて、しばらく本を開いて勉強させた。天気が良ければ、あの人たちは横ポーチに坐ったものだった。三人そろって。「先生」が喋り、生徒が書いた。そうじゃなかったら、「先生」が読んで、「先生」が読んだことを生徒が書いた。これから言うことは、誰にも話してないんだよ。おまえの父ちゃんにも、誰にも話してないんだよ。ガーナーの奥さまには、もう少しで話してしまうとこだったけど、あの頃あの方はすっかり弱っていて、それも悪くなる一方だったからね。これを話すのは、いまが最初で、しかもおまえに話すわけはね、おまえにそんな必要がないのはわかってるけど、何かをわかってもらえるんじゃないかと思ってなんだよ。許すことも思い返す必要もないんだけれどね。でもあの日、わたしは耳に入ってきたことを、聞かないわけにはいかなかった。「先生」は片手を後ろにまわし、生徒に喋っていて、わたしは彼が「きみはどっちを書いてるのかね？」って言ってるのを聞いた。あの小僧っ子の一人が言った。「セサです」自分の名前が聞こえたので立ち止まり、あの人たちがしていることが見えるところまで二、三歩進んだ。人差し指を二度ほど舐《な》めてから、二、三頁めくった。ゆっくりとね。一人の生徒の上にかがみ込むように立っていた。「先生」は片手を後ろにまわし、一人の生徒の上にかがみ込むように立っていた。「違う。違う。それじゃ、違う。彼女の人間的な特徴は左側に書けと言ったはずだ。動物的な特徴は右側だ。すっかり残さず書き出すんだよ」と彼が言うのを聞いた時、わたしは向きを変えて、モスリンを取りにいこうとしてた。後ろ向きのまま歩いて、振り向いて方向を確かめることさえ忘れてた。足を上げては後ろに引き、上げては後ろに引いているだけだった。一本の木にどしんとぶつかって、頭の皮がチクチクした。飼い犬の一匹が庭でお皿を舐めていた。足早にブドウ棚に戻ったけど、モスリンは持ってなかった。蠅《はえ》がおまえの顔一面にたかって、手をすり合わせてた。頭がやたらにズキズキした。誰かが何本もの細い針を、頭の皮に突き刺してるみたいに。ハーレにも誰にも、けっして喋らなかった。でもその日のうちに、ガーナーの奥さまに、聞こえたことの一部分について訊いてみた。あの頃、奥さまは調子が良くなかった。まだ最悪の状態ではなかったけど、だんだん衰えてた頃だった。袋みたいなものが、顎の下にできてね。痛くはなかったらしいけど、奥さまを弱らせてた。最初の頃、朝のうちは起き出してぴんぴんしてるのに、二回目の搾乳の頃には、立ち上がることができなかった。それから朝は遅くまで寝ているようになった。わたしが二階に上がっていったあの日、奥さまは、一日じゅう寝床の中にいた。だからインゲン豆のスープでも運んでいって、ついでに尋ねてみようと思った。寝室のドアを開けると、奥さまはナイトキャップの下から、わたしを見た。奥さまの目の中に生気を見つけることは、もうむずかしくなっていた。床に靴とストッキングが落ちてたので、服を着ようと努めてみたことがわかった。

「インゲン豆のスープをお持ちしました」わたしは言った。

奥さまは「飲み込めないと思うけど」と言った。

「少し召し上がってみて下さい」わたしは勧めた。

「濃すぎると思うけど。濃すぎるにきまってるわ」

「少し水を入れて、薄めますか？」

「いいのよ。かたづけて。冷たい水を持ってきて。それだけでいいわ」

「はい、奥さま。あのう、ちょっとお訊きしていいですか？」

「何なの、セサ？」

「とくちょうってどういう意味でしょうか？」

「何ですって」

「ことばです。とくちょう」

「ああ」奥さまは、枕の上であちこち頭を動かした。「目立った点よ。誰が教えてくれたの？」

『先生』が言ってるのを聞いたんです」

「この水とりかえて、セサ。ぬるいわよ」

「はい、奥さま。目立った点ですか？」

「水よ、セサ。冷たい水」

わたしは白インゲンのスープといっしょに、水差しをお盆に載せて、階段を降りた。新しい水を汲《く》んで二階に戻り、奥さまが飲むあいだ、頭を支えてあげた。瘤《こぶ》が喉をふさぐので、ちょっと時間がかかった。奥さまは仰向けになって、口を拭いた。水を飲んで満足気だったけど、顔をしかめて、言った。「起きられそうにもなくてね、セサ。ただ眠りたいって、感じなの」

「それじゃ、そうなさいまし」わたしは言ってあげた。「あとのことは、わたしがしますから」

すると奥さまはたて続けに尋ねた。これはどうなっているの？　あのことはどう？　ハーレのことは心配ないってわかってるんだけどね、彼女は言った。でも「先生」がポール兄弟をちゃんと扱ってくれてるだろうか、それからシックソウも、と知りたがった。

「ええ、奥さま」わたしは答えた。「うまくいってるみたいです」

「あの人たちは義弟《おとうと》に命令されたことを、ちゃんとやってる？」

「あの人たちは、命令される必要なんかないんです」

「よかった。その点はほんとにありがたいわ。一日二日のうちに階下に戻らなくちゃ。もっと休養が必要なだけなのよ。医者《せんせい》がまた来てくださるはずだけど。明日、だったかしら？」

「目立った点とおっしゃいましたね？」

「え、何？」

「目立った点ですか？」

「そうよ。たとえばね、夏の目立ったところは、暑さ。特徴というのは目立った点なのよ。あるものに、もともと自然についてるものなのよ」

「二つ以上持つことができるんですか？」

「たくさん持てますとも。そうでしょ。たとえば赤ちゃんが、自分の親指を吸う。それが一つの特徴で、他にもいろいろ持ってるのよ。ビリーをレッド・コーラに近づけちゃだめよ。だんなさまはレッド・コーラに一年おきに子牛を産ませるようなことは、けっしてなさらなかったのだから。セサ、聞いてるの？　窓から離れて、わたしの言うことをお聞き」

「はい、奥さま」

「義弟に、夕食の後でここに上がってくるように、言ってちょうだい」

「はい、奥さま」

「髪の毛を洗えば、そのシラミが退治できるのよ」

「わたしの頭に、シラミなんかいません」

「何がいるか知らないけど、ゴシゴシ洗う必要がありますよ。ひっ掻くぐらいじゃだめ。まさか、石鹸《せっけん》が切れたんじゃないでしょうね」

「いいえ、奥さま」

「じゃあ、もういいわ。用はすみました。口をきくと疲れるわ」

「はい、奥さま」

「それから、ありがとね、セサ」

「はい、奥さま」

おまえは赤ちゃんだったから、わたしたちの住んでた小屋のことは、憶えてないだろうね。おまえの兄さんたちは、窓の下で眠った。わたし、おまえ、それにおまえの父さんが壁ぎわで眠った。「先生」がわたしの躰に巻き尺をまわした日の夜、なかなか寝つけなかった。ハーレが帰ってきた時、「先生」のことをどう思うかって、訊いてみた。思うことなんか、何にもないよ、とあのひとは答えた。奴は白人だ、そうだろう、と言った。けど彼は、ガーナーさまみたいな人なんだろうか？　と訊きたいのよ、とわたしは言った。

「何が知りたいのかい、セサ？」

「だんなさまと奥さまは」とわたしは言った。「あの方たちは、わたしが前に見てた白人と同じじゃないわ。ここに来る前にいた大きな農園の白人と」

「ここの人たちは、どう違う？」

「そうね」わたしは答えた。「まずあの人たちは、静かに話す」

「そんなこと、問題じゃないよ、セサ。彼らの言うことはおんなじなんだから。大声で喋っても小声で喋っても」

「ガーナーさまは、あんたが自分の母親を買いとるのを許してくれたじゃない」とわたし。

「その通り。許したさ」

「それは、どうなの？」

「許してなかったら、おっかあは、だんなの家のかまどの中に卒倒することになったからさ」

「でも、許してくれたことは確かなのよ。あんたが働いて返せばいいって、許してくれた」

「うん」

「目を覚ましてよ、ハーレ」

「うんって、言ってるじゃないか」

「だめだって、言おうと思えば言えたのに。ガーナーさまはあんたに、だめだ、とはおっしゃらなかった」

「そうだ。だめだ、とは言わなかった。おっかあはここで十年働いた。あと十年働いても生きてたと思うかい？　おれがあの人に、おっかあの最後の十年分を払うのと引き換えに、あの人は、おまえ、おれ、おまけにこれから一人前になる三人の子供まで手に入れた。おれには、あと一年、よそで余分に働いて借りを返す仕事が残ってる。あと一年だ。あの家に居坐ってる『先生』は、おれにやめろと言った。仕事で借りを返すなんて、理屈に合わないって言うんだ。余分に仕事をすべきだが、よそへ行かずにスウィートホームでしろとね」

「あのひとは、あんたが余分に働いた分に、お金を払ってくれるの？」

「払うもんか」

「じゃあ、どうやってまだ借りてる分をきれいにするの？　いくら残ってる？」

「百二十三ドル七十セントだ」

「あの人は返してもらいたくないのかしら」

「奴は何かをほしがってるよ」

「何を？」

「わからん。何かをだ。ともかく奴は、おれがこれ以上スウィートホームの外に出るのを、望んでないよ。息子たちが小さいうちは、おれが外に出て働くのは、引き合わんと言ってる」

「借りてるお金はどうなるの？」

「取りもどす別の方法があるんだろ」

「どんな方法？」

「わからないんだ、セサ」

「じゃあ、問題は、どうやって取りもどすかってことだけね。どうやって、あの人は、残った借りを払わせるつもりなのかしら」

「いや、それも問題だけど。まだ他にもある」

「何なの、それは？」

うちのひとは躰を起こしかけて、こちら向きになり、指の関節でわたしの頰に触った。

「いまの問題はだね、誰がおまえの自由を買い取るかだ。それからおれの。それからこの子の」うちのひとは、わたしの躰ごしに、おまえの寝ているあたりを指さした。

「どういうこと？」

「おれの労働力が、時間外の分も含めて、みんなスウィートホームのものだとしたら、おれに売れるものは、何が残ってる？」

そう言うと、あのひとはまた背中を向けて、眠りにもどった。わたしは眠るまいと思ったけど、やっぱり少し眠った。たぶん、あのひとが言ったことが、それとも、あのひとが口に出して言わなかったことが、心に引っかかって、目が覚めた。誰かに殴られたように起き上がると、おまえも目覚めて泣き始めた。少し揺すってやったけど、小屋の中は狭かったから、外に出ておまえを抱いて歩いた。往ったり来たり。往ったり来たり。まっ暗な中にお屋敷の二階の窓の灯りが見えた。奥さまは、ずっと起きてられたに違いない。わたしは、眠りを破ったものの影を、頭から追い払うことができなかった。「息子たちが小さいうちは」うちのひとはそう言った。その言葉が、わたしをはっと目覚めさせたのだ。草をむしっていても、乳をしぼっていても、薪を運んでいても、息子たちはわたしについてまわっていた。いまのうちはそうだけど。いまのうちは。

ほんとうはあの時に、わたしたち、計画を立て始めていればよかったのに。でも、そうはしなかった。どんな考えでいたのか、はっきり言えないけど、農園を出ていくってことは、お金を払って自由になることだと、思ってた。お金を払って身柄を買うってこと。逃亡するなんて考えは、心のどこにもなかった。わたしら全員が？　何人かで？　いったいどこへ？　どうやって行くのか？　そのことをやっと持ち出したのはシックソウで、それも、農園の経営をなんとか続けるために、ガーナーの奥さまがポールFを売ってしまった後でのことだった。奥さまは、彼を売った金で、すでに二年間も食いつないでいた。でも、それも底をついたんだと思うわ。だから奥さまは「先生」に手紙を書いて、こっちへ来て農園を引き受けてくれないかって、頼んだのね。スウィートホーム生えぬきの四人の男がいるのに、夫の弟と二人の甥の援助が要ると思い込んだのは、白人の女が、ニグロしかいないとこで、一人でいちゃいけないって、周囲がうるさかったからよ。そんないきさつで、あの男は大きな帽子を被り、眼鏡をかけて、馭者台に紙をいっぱい積んでやってきた。もの静かな声で喋り、厳しく見張ってた。あの男はポールAを鞭で打った。強く打ったわけでも、長時間打ったわけでもないけど、ガーナーさまは鞭打ちを許したことがないから、誰かが鞭を振り上げたのは、それが最初だった。次にポールAを見た時は、彼はまたとない美しい木立の中で、他の奴隷といっしょに首を吊られてた。シックソウは空をじっと見つめるようになった。こっそり夜歩きするのはシックソウだけだった。そうやってシックソウは「列車」のことを知ったんだ、とハーレは言った。

「あっちだ」ハーレは厩舎《きゅうしゃ》の向こうを指した。「だんながおれのおっかあを連れていったのは。シックソウも自由はあっちの方にあるんだと言ってる。一列車ごと逃げるんだ。向こうにたどり着ければ、金を払って自分の躰を買うことも要らん」

「れっしゃ？　それ何？」わたしは尋ねた。

その後男たちは、わたしのいる前で喋らなくなった。ハーレさえも。でも自分たちのあいだではこそこそと話し、シックソウは空を見つめた。空の高い所ではなくて、木の先が触れそうに低い所を。彼の心がとっくにスウィートホームを離れてることが、外見にもわかった。

計画はよくできていたけど、その時になると、わたしのお腹にはデンヴァーがいた。それで、少し変更した。少しだけ。ハーレの顔をバターだらけにして、これはポールDに聞いたんだよ。それからシックソウをとうとう笑わす惨事を招くには、その少しで充分だった。

でもね、いとしい子よ、わたしはおまえを逃がしたんだよ。それから息子たちも。「列車」が出るって合図が来た時、おまえたち三人だけ準備ができてた。ハーレも他の誰も見つからなかった。シックソウが焼き殺されたのも、ポールDが信じられないような首枷《くびかせ》をはめられてるってことも、知らなかった。後になるまで知らなかった。だからわたしは、トウモロコシ畑で待っていた女に預けて、おまえたちをみんな馬車に届けた。ハッハッハッだ。これでかわいい子供たちは、あいつらの帳面に書き込まれたり、巻き尺で寸法を取られたりすることはないんだ。この後でひどい目に遭ったけど、おまえたちがいたからこそ、生きぬいた。木にぶらさがっているあの男たちのそばを通り過ぎた。死体の一つはポールAのシャツを着てたけど、足も頭も彼のものには見えなかった。おまえのお乳を持ってるのはわたししかいないから、わたしはどんどん歩き続けた。神さまがどんな御心を示そうが、わたしは何がなんでも、おまえにお乳を届けるつもりだった。おまえは憶えているわね、もちろん、わたしがちゃんと届けたっていうことを？ ここに着いた時、わたしには子供たちみんなに飲ませるお乳があったことも？

もう一つ道のカーブを曲がりきると、我が家の煙突が目に入った。いまではもう、淋し気な様子には見えなかった。リボンのように立ち登る煙は、まるで彼女から一度も離れたことなどなく、墓石など建てられたこともなかったように、彼女のもとに還ってきてくれた躰を温めている火から上がっていた。そして、あの躰の中で鼓動する心臓は、彼女の手の中で一瞬たりとも停止したことなど、なかったようだった。

セサはドアを開け、中に入ると、しっかりと錠をかけた。

窓ごしに二つの背中を見て、急いでポーチの階段を降りて帰った日、スタンプ・ペイドは、あの家の周囲を喧《やかま》しく取り巻いているわけのわからない言語は、死者となった黒人の怒り呟く声だと思った。ベビー・サッグスのようにベッドの上で死ぬ黒人の数はわずかだったし、ベビーを含めて、彼が知っている黒人で、生きるに足りる人生を送った者など、一人もいなかった。教育を受けた黒人さえそうだった。長い期間学校へ行った人たち、医者、教師、文筆家、実業家は、並々ならぬ苦難と闘った。前進するために頭を使わなければならない上に、その頭の上には全民族の重荷が載っていた。生きぬくためには二つの頭が必要だった。白人種は、外見はどうあろうとも、黒人であれば、その皮膚の下にはかならずジャングルが潜んでいると信じていた。舟を操ることもできない急流、枝を揺すって奇声をあげる狒々《ひひ》、眠っている大蛇、おいしい自分たちの白い血を吸おうと待ちかまえている赤い歯茎。ある意味で、白人たちの想像はあたっている、とスタンプは考えた。自分たち黒人は、どんなにやさしく、どんなに賢く愛情に満ちていて、どんなに人間らしいかを、白人に納得させようと力を尽くせば尽くすほど、黒人が、黒人自身にとっては異論の余地のない事実を白人に信じさせようとして、身をすり減らせば減らすほど、黒人の心のジャングルはますます深くなり、ますますもつれてくるのだった。だがそれは、黒人がこの場所に、もう一つの場所（そこでは人間らしい暮らしができたのだ）から持ち込んだジャングルではなかった。白い肌をした人々が黒人の心の中に種を蒔いたジャングルだった。そして、ジャングルは育った。広がった。生きているあいだは休みなく、死んだ後でさえ、生い繁り、ついにジャングルは、種を蒔いた白人たちの心に侵入した。一人残らずすべての白人に感染した。彼らを変えて別人にした。血で汚し、分別を失わせ、さすがの彼らでも望んでなかったような非道な行為に走らせたので、自分たちが種を蒔《ま》いたジャングルに、恐れおののいた。奇声を上げる狒々は自身の白い皮膚の下に住んでいた。赤い歯茎は自身の歯茎だった。

しかも、白い肌をした人々の中に育っていくこの新種のジャングルのひそかな繁茂と拡大は、隠蔽《いんぺい》されたままで音もたてず、時折り一二四番地のような場所で、そのざわめきが聞こえるぐらいだった。

したこともないノックまでして、しかも開かなかったドアの前から引き返すという辛い思いをした後で、スタンプ・ペイドはセサを見舞うのを諦めてしまった。彼に見放されて、一二四番地は、誰の助けもないままに、好き放題に日を送った。セサが玄関に錠をかけてしまうと、中の女たちはとうとう、自分たちがなりたいものに自由になれた。自由に奇怪なものを見、心に浮かぶことを口にした。

ほとんどそうなりかけていた。家の周囲を取り巻いている騒々しい声にまじって、スタンプ・ペイドに聞き取れはしても意味のわからなかった言葉は、一二四番地の女たちの思いだった。口にすることもできず、口に出して語られたこともない思いだった。

ビラヴド、あの子はわたしの娘。わたしのもの。ほらね。あの子は自分からすすんで、わたしのところに戻ってきた。わたしは、何一つ説明しなくていいんだわ。あれは急いでやってしまわねばならなかったから、ああする前には、説明してる暇なんかなかった。急いで。危険に晒《さら》してなるものかと思って、あの子が安全でいられる場所に送ってやった。でもわたしの愛がびくともしなかったから、こうして娘は戻ってきた。ポールDに追い出されてしまったから、生身の人間になって戻ってくる他しようがなかったのね。きっとベビー・サッグスが、あの世で手を貸してくれたんだわ。二度と再び、あの子を行かせはしない。そうする必要はないけれど、あの子に説明してやろう。なぜ、ああしたかを。わたしがこの手であの子を殺してやらなかったら、あの子は生きながら死人になってしまっただろうし、そんなことがあの子の身の上に起こるなんて、わたしには耐えられなかったってね。ちゃんと説明すれば、あの子はわかってくれる。だってあの子は、もう何から何までわかってくれてるんだから。どんな母親だって、我が子に、娘に、尽くしたことがないくらい、あの子の面倒をみてやろう。わたしの子供たち以外の人間に、二度と乳をやってなるものか。他人に乳をやらなきゃならないことは一度もなかった――あのたった一度を除いては。あの時は盗まれたんだ――奴らはわたしを押さえつけて、盗んだんだ。わたしの赤ちゃんのものだった乳を。母さんは田んぼに出てたから、ナンは白人の赤ん坊たち、それにわたしにまで乳を飲ませなきゃならなかった。ちっちゃな白人の赤ん坊たちが最初に飲んで、わたしは余ったのを飲んだ。余ってないことだってあった。わたしだけの乳と言える、お腹がいっぱいになるまで飲める乳なんてありはしなかった。自分のものだって言える乳なしで生きることが、どんなことだか、わたしはよく知ってる。乳ほしさに争いせがまなくてはならず、しかもあるかなしかのお余りをもらうことが。ビラヴドにそのことも話そう。きっとわかってくれる。あの子はわたしの娘だもの。あの子のためには、なんとか乳が出るようにしていたし、奴らに盗まれた後でさえ、馬といっしょじゃ汚らわしいからって厩舎の裏で、奴らがわたしを牝牛《めうし》、そうじゃない牝山羊《めすやぎ》のように嬲《なぶ》った後でさえ、ちゃんと届けてやった。汚らわしいと言いながら、奴らの食事をつくらせたり、ガーナーの奥さまの世話をさせられないほど汚らわしくはなかったってわけか。実の母親に看護が必要だったら、きっとそうしたように、奥さまの面倒をみてあげた。わたしは母さんが投げ捨てなかったたった一人の子供だから、奴らが母さんを田んぼから出していてくれたら、きっと看病してあげた。母さんが病気になって、わたしの助けが必要だったら、母さんの世話をして、良くなるか、それとも死ぬかするまで、そばにいてあげたと思うけど、あの奥さまには、実の母親にもこれ以上はできないと思うくらい、尽くしたわ。そう言えば、ナンがわたしをひったくるように連れていかなければ、死んだ後までも、ずっと離れずに母さんのそばにいたかもしれない。あのシルシをちゃんと確かめる前に引き離された。確かに母さんだった。でも長いこと、信じられなかった。あの帽子を見つけなきゃと、そこらじゅう捜した。ボウシ、ボウシと言い続けた。ハーレに会うまでその癖はやまなかった。ああ、でもそんなことは、全部すんだんだ。わたしはここにいる。生き延びたんだ。そしてわたしの娘が帰ってきた。いままたいろんなものを見ることができる。だってわたしの娘がここにいて、やっぱり同じものを見るんだもの。小屋のことがあってから、わたしは見るのをやめちまった。いまじゃあ朝が来て火をつけると、今日のお陽さまの具合はどうかしらと、窓の外を見ようとする。最初に顔を出した時、お陽さまは、ポンプの柄にあたるかしら、それとも蛇口？　芝の色が灰色がかった緑なのか、茶なのか、それともなにか他の色かを、確かめるの。ベビー・サッグスが、死ぬ前の何年間かを、色を眺めて過ごした理由がいまになってわかる。それまで義母《かあ》さんには、色を見る時間がなかった。愉しむ時間なんてなおさらなかった。青い色を見終わるのに、長い時間かかった。次が黄色。次が緑。死んだ時、ピンクに移ってからかなりたってた。赤には進みたくなかったんだと思う。理由はわかるわ。わたしとビラヴドでこの色をいやというほど見せてしまったんだから。ほんとうのことを言えば、あの色とビラヴドのピンクがかった墓石が、思い出せる最後の色。これからは、見落とさないように、注意深く気をつけていよう。わたしたち母娘に、どんな素敵な春になるのか、考えてもどきどきする。あの子が見られるように人参を植えるの。それから、カブラを。カブラを見たことあるかい、いとしい子よ？　これ以上きれいなものを、神さまは創らなかったみたいだよ。白と紫でね、柔らかい尻尾と固い頭でできてるの。手に載せると感じのいい手応えがあって、河が溢れた時みたいな匂いがするの。苦味があるけど幸せな匂い。二人でいっしょに嗅ぎましょうね、ビラヴドちゃん。いとしい子《ビラヴド》。だって、おまえはわたしのものなんだから、わたしはおまえにこういうものを見せて、母親が教えなくちゃいけないことを、ちゃんと教えてあげなくちゃ。おかしいね、人間って。あるものは見過ごしてしまうのに、他のものはちゃんと思い出したりして。わたしは、あの白人の女の子の手は絶対忘れない。エイミーって言った。でも、あの子のあのたっぷりした髪の毛の色は忘れちまった。目は灰色だったと思うけど。目の色は、確かに思い出せるみたい。ガーナーの奥さまのは薄茶色——丈夫だった頃はね。病気になったら黒っぽくなった。昔は丈夫な女の人だったのに。お喋りに夢中になると口ぐせのように、そのことを言っておられた。「わたしは騾馬みたいに頑丈だったのよ、ジェニー」お喋りに余念がなくなると、わたしのことを「ジェニー」と呼んだっけ。わたしもそれは証言できる。あの方は背が高くて頑丈だった。わたしら二人で薪作りをすれば、男二人に負けないだけの仕事をした。枕から頭も上げられないってことには、ひどくこたえていらした。それでも、あの方がなぜ、「先生」に来てもらう必要があると思ったのか、いまだにわからない。あの方も生き延びられたんだろうか、このわたしみたいに。最後に見た時、奥さまは泣くばかりだった。奴らがわたしにした仕打ちを話した時、奥さまの顔を拭いてあげる他は、何もしてあげられなかった。誰かが知っていなければならなかった。伝えておかなくては。誰かに。奥さまは生き延びたかもしれない。「先生」は、わたしを扱うようには、奥さまを扱っていなかったから。わたしが受けた最初の打擲《ちょうちゃく》に、二度目はなかった。わたしが子供たちのそばに行くのを、誰にも邪魔させるつもりなどなかった。あの時、奥さまの看病をしてなかったら、たぶん何が起きたか知ることができたかもしれないけど。ハーレは、わたしに連絡しようとしていたのかもしれない。わたしはベッドのそばに立って、奥さまがおまるをすますのを待っていた。寝床に戻るのを手伝ってあげると、奥さまは寒いと言われた。火のように熱いのに、上掛けがほしいと言われた。窓を閉めてとおっしゃった。わたしは閉めません、と言った。奥さまは上掛けが必要で、わたしにはそよ風が必要だった。お部屋の黄色いカーテンが風にはためいているあいだは、わたしは平静だった。奥さまの言うことを聞いてあげればよかったんだけど。たぶん、銃声のような音がしたのは、実際銃声だったんだわ。たぶん、奥さまの部屋にいなかったら、誰かの姿を、何かを目撃してたかもしれない。たぶんね。ハーレがいようがいまいが、ともかく、子供たちをトウモロコシ畑に連れていった。必死だった。あの女が立てる合図のガラガラという音（乾いたヒサゴなどを鳴らした）が耳に入った。他にもっと来るのかい？　彼女が訊いた。わからないんです、わたしは答えた。夜通しここで待ってたんだよ、彼女は言った。これ以上待てない。待ってくれるよう頼んだ。だめだ、と彼女は言った。さあ、出発だよ。どうしよう。男は人っ子一人見当たらなかった。息子たちは脅えていた。おまえはわたしの背中で眠ってる。デンヴァーはわたしのお腹で眠ってる。躰が二つに裂かれる感じだった。女に、おまえたち子供を全部連れていってくれって、頼んだ。わたしは戻らなきゃならない。「万一」って言ったら、女はわたしの顔を見た。「えっ？」と訊いた。奴らがわたしの背中を叩き割った時、舌の肉を噛み切ってしまった。小さな切れ端がぶらさがってた。噛み切るつもりはなかったの。歯を食いしばった時挟んでしまって、挟んだとたんちぎれてた。なんてこった、自分の躰を食べちまうことになるって、思ったわ。お腹の赤ん坊が傷つかないように、奴らはわたしのお腹が入る穴を掘った。デンヴァーは、わたしがこの話をするのをいやがるんだよ。自分が生まれた時の様子は別にして、あの子はスウィートホームのことは、何から何まできらいなの。でも、おまえはあそこにいたんだし、小さすぎて憶えていなくても、わたしがおまえにちゃんと話してあげられるわ。ブドウ棚。あれを憶えている？　わたしは大急ぎで走った。蠅に追われながら、おまえのところへ走った。おまえをブドウ棚に連れていった時とそっくりに、太陽がおまえの顔をぼかしてたんだから、あの時すぐにおまえが誰だかわかってもよさそうなものだったのに。破水したみたいに、おしっこが止まらなくなった時、すぐにわかってもよかったのにね。切り株に坐ってるおまえを見たとたん、水が出始めたんだから。それにおまえの顔をちゃんと見た時だって、こうして何年もたっていたら、そうなってるだろうという娘の面影を、その顔ははっきり見せていたのにね。すぐに、おまえだっていうことがわかりそうなものだったのに。おまえが次々にお代わりして飲んだ水は、わたしが一二四番地に着いた日に、おまえが透き通ったよだれをわたしの顔にたらしたことを、証明して、関係させてたのだから、とっさにピーンとわかってもよかったのに。ポールDがわたしの気を散らしてしまった。そうじゃなかったらおまえの額にくっきり見えている、わたしがつけた爪跡にちゃんと気づいていたはずなのに。小屋の中で、おまえの頭を支えてた時についた跡。それからずっと後になって、昔おまえをあやすのに揺らしてみせたイヤリングのことを、おまえが尋ねた時だって、ポールDさえいなければ、おまえが誰だかすぐにわかってたろうにね。あの男は最初からおまえを追い出したかったんだけど、わたしはそうはさせなかった。おまえはどう思う？　ごらんよ、小屋で起きたわたしとおまえのことを知ったら、とっとと逃げていった。生々しくって聞いていられなかったんだね。濃すぎるって、あの人は言った。わたしの愛は濃すぎるって。あの人が愛の何を知ってるっていうの？　あの人はいったい誰かのために喜んで死ねるっていうの？　墓石に銘を彫ってもらうのに、赤の他人に自分の性器を自由にさせることができるっていうの？　他に方法があっただろうだって。他に方法があったに違いないって言ったんだよ。たぶん、「先生」に親子そろって引き立てられていって、奴がおまえのお尻を破る前に、巻き尺で測るのを許しておけっていうことね？　わたしはそんな目に遭って知ってるから、どんな奴にも、そいつが歩いていようが寝ていようが、おまえにまでそんな思いをさせるような真似《まね》は許すものか。させてなるものか。わたしの産んだ子は一人だって、そんな目に遭わせはしないよ。わたしが、おまえはわたしのものだと言う時は、わたしは、おまえのものだとも言ってるつもりなんだよ。子供なしで息をし続けようなんて思わない。ベビー・サッグスにそう言ったら、あの人は跪いて、わたしに代わって神さまに許しを乞うた。いまだって、わたしの気持ちは変わらない。わたしたちみんなで、産みの母さんがいるあちら側に行くのが、わたしの計画だった。奴らは邪魔をして、わたしたちがあそこへ行くのを止めてしまったけど、おまえがこっちに帰ってくるのは止めなかった。ハッハッハ。おまえはいい子で、ちゃあーんと帰ってきてくれた。わたしもそんな娘になりたかったし、母さんが田んぼからもっと早く上がってこられて、奴らが母さんの首を吊る前に、わたしを娘らしく甘えさせることができたなら、わたしだって娘らしくできたはず。あのね、わたしの母さんは何度もハミを噛まされたので、笑ったような顔になったんだよ。笑ってない時だって、にっこりしてたんだよ。だから、母さんのほんとうに笑った顔は一度も見たことがないんだよ。捕まった時、あの人たちは何をしてたのかしら。逃げる途中だったと思うかい？　いいえ。そうじゃない。だってあの人はわたしの母さんだったんだから。娘を置いて逃げ出す母親なんぞいるもんか、そうだろう？　だってそうだろう？　娘を片腕の女に預けたまま、庭に置き去りにするだろうか？　自分の乳を飲ますのはたった一週間か二週間で、その後は、全部のお腹をいっぱいにするのは無理なほど、何人もの赤ん坊に授乳する他の女の胸に渡さなければならなかったとしても、娘は娘。笑いたくなかった時でも、母さんを笑わしているのは、ハミだってみんなが言っていた。食肉処理場の庭で商売してる土曜日の女たちみたいに。牢屋から出てきた時、あの女たちの姿がはっきり見えた。土曜日、男たちが交替がすんで、給料をもらって出てくると、女たちは姿を現し、外便所の裏手、柵の後ろで働いた。道具小屋のドアによりかかり、立ったまま働く女もいた。帰りがけに、稼いだ五セント銅貨や十セント玉の中から、親方にいくらか渡していたけど、その頃には、女たちの微笑は消えていた。自分の気持ちをごまかすために、酒を飲む女も何人かいた。一滴も飲まない女たちもいて、彼女たちは、さっさとフェルプスの店に直行すると、子供たちや母親たちの必需品を買って、金を払った。豚のひしめく食肉処理場で働く。女には大変な仕事だよ。牢から出て、言ってみれば、おまえの名前を買った時、わたしもそれに近いことをやったんだよ。でもボドウィン兄妹が、ソーヤーの店で料理の仕事を見つけて下さったおかげでね、いまこうしておまえのことを考えると、本物の笑顔をつくって笑うことができるんだよ。

けど、おまえは、誰もが言ってたように賢い子だから、こんなことは全部知っている。わたしがここに着いた時、おまえはもうはいはいしてたんだもの。階段を上がろうとしてた。ランプの灯りが届かない、てっぺんの暗がりのところまで、おまえが見えるようにって、ベビー・サッグスは段々を白く塗らしたのよ。ほんとにおまえは、階段がお気に入りだった。

わたしだって、なりかけた。わたしだって、なりかけた。土曜日の女に。石工の仕事場で働いたんだもの。食肉処理場までの一歩は、小股の一歩で充分だったはず。あの墓石を建てた時、おまえといっしょにあの中で横になり、おまえの頭をわたしの肩に乗せて、温めてやりたかった。あの頃わたしの心は安らぐ場所もなく虚ろだったから、バグラー、ハワードそしてデンヴァーがわたしを必要としてなかったら、そうしてたに違いない。でもあの時は、おまえといっしょに横になるわけにはいかなかった。どんなにそうしたいと思っても。あの当時は、どこにも、平和に横になれる場所なんかなかった。いまだったらできる。いまだったら溺死《できし》した人間みたいに眠れるわ。わかっておくれ。あの子はわたしのところへ帰ってきてくれた。わたしの娘が。あの子はわたしのもの。

ビラヴドはあたしの姉さん。あたしは母さんのお乳といっしょに姉さんの血を飲み込んだ。何も聞こえなくなったことがあってから、その後で初めて聞いたのは、姉さんが階段をはいはいして上がっていく音だった。ポールDが来るまでは、姉さんはあたしの秘密の遊び相手だったの。あの人が姉さんを放り出した。ちっちゃい時から姉さんはあたしの遊び相手で、父さんの帰りを待つのを手伝ってくれたのに。あたしと姉さんとで父さんを待ったわ。母さんを愛してるけど、母さんが実の娘を一人殺したことも知ってるの。あたしにはやさしくしてくれてるけど、そんなことをした母さんが怖い。母さんは兄さんたちを殺しそこなって、兄さんたちはそのことを知ってた。兄さんたちは「魔女ヲ死ネッ！物語」のお話遊びをして、あたしに殺し方を教えてくれた。あたしにも、そういう必要が出てくることもあるかもしれないってね。兄さんたちが南北戦争で戦いたかったのは、あんなふうに危うく死にかけたせいかもしれない。戦争に行くつもりだって、あたしに話してくれたもの。人殺しの女のそばにいるより、人殺しの男のそばにいる方が、まだましだって考えたんじゃないかと、思うんだけど。母さんの方には、実の子を殺すのも無理がないような理由《わけ》が確かにあるのよ。母さんが姉さんを殺したことが、間違いとは言えない事情は、一回起きたんだから、また起きるかもしれないって、あたしはいつもびくびくしてるの。それが何だか知らない。誰だか知らない。でももしかしたら、母さんにまた同じことをさせるほど、恐ろしいことが他に何かあるのかもしれない。それがいったい何なのか。あたしは知る必要があると思うんだけど、知りたくない。なんであるにしろ、この家の外、庭の外からやってくるものなの。そうしたいと思えば、それは庭の中にずかずか入ってこられるの。だから、決してこの家を離れずに、あの事が二度と起きないように、母さんがあたしまでも殺さなくてすむように、庭の向こうを見張ってるの。レディ・ジョーンズ先生の家に行かなくなってから、一度も一人で一二四番地を離れたことはないわ。一度も。二回だけ外に行った時は――二回で全部だけど、母さんといっしょだった。一度は、ベビーばあちゃんがビラヴドの隣に埋められるのを見に。彼女はあたしの姉さんよ。もう一度はポールDもいっしょだったわ。みんなで帰ってくる途中、おうちは、あのひとが姉さんの幽霊を放り出した時のまんまで、まだ空っぽなんだろうなって、あたしは思った。でも、違った。一二四番地に帰ってみると、姉さんがいた。ビラヴドが。あたしを待ってたわ。帰りの旅が長かったせいで疲れてた。すぐにも面倒をみた方がいいみたいで。あたしに護ってもらうのを待ってたみたい。今度は母さんを近づけないようにしなければ。むずかしいけど、でもしなくっちゃ。いっさいは、あたしにかかってるの。母さんが暗いとこにいるのを見たことがあるわ。ひっ掻くような音がしてた。何か臭いが、母さんの服から上がってきた。部屋の四隅から、何かちっちゃなものが、じいっと見てたとこで、母さんといっしょにいたことがあるの。じいっと見ていただけじゃなく、触ったのよ。時々、ちっちゃなものたちは、触ったのよ。ネルソン・ロードがあたしに思い出させるまで、長いあいだ、思い出していなかったの。あの子が言ったことは、ほんとうかって母さんに訊いたんだけど、母さんの答えが聞こえなかった。人が言ってることが聞こえなくなったんで、レディ・ジョーンズの学校へ戻っても、意味がなかったの。シーンと静かになっちゃった。だから人の顔を読まなきゃならず、みんなが何を考えてるか知るけいこをしなきゃならなかったから、人が言ってることを聞く必要はなかったの。そんなふうだから、あたしとビラヴドはいっしょに遊べたの。口はきかないで。ポーチで。川のそばで。秘密のおうちの中で。いまは、全部があたしの責任。でも姉さんはあたしを信用して大丈夫。姉さんはあの日「開拓地」で、母さんを殺そうとしているんだと、思ったわ。殺されたお返しに殺すんだと。そしたら、姉さんは母さんの首に口づけした。姉さんに警告しとかなくちゃ。母さんを愛しすぎちゃいけないって。気をつけなくちゃいけないって、実の子供を殺しても間違っていないって思わせるものが、母さんの中にまだあるかもしれない。姉さんに言っとかなきゃ。姉さんを護ってあげなきゃ。

母さんはあたしの頭を毎晩切り落とす。バグラーとハワードが、母さんはそうするだろうよと言ってたけど、ほんとうだった。母さんのきれいな目は、赤の他人でも見るような目つきであたしを見てる。意地悪とかそういうんじゃないんだけど、ただあたしっていう人を偶然見かけて、かわいそうだなって、感じてるみたいな。殺したくないんだけど殺さなくちゃならなくって、でも痛いことにはならないみたい。大人がやるちょっとした動作なの——手に刺さった棘をぬくような、簡単なことなのね。目にすすが入ったりすると、タオルの端で目をそっと拭くとか。母さんはバグラーとハワードを見るの——二人ともおとなしくしてるかなって目つきで。それからあたしのところにやってくる。母さんが上手に切ってくれるのは、わかってるの。注意深くね。すぱっと切ると、ぽろりと落ちて、痛くないの。母さんがあたしの首を切った後は、あたしは首だけで、しばらくごろんとしてるの。すると母さんは、その首を階下に持っていって髪の毛を編んでくれる。泣かないようにするんだけど、櫛《くし》で梳《と》かされると、すごく痛い。梳かし終わり、編み始めると、あたしは眠たくなる。眠りたいんだけど、眠ってしまったら、もう目が覚めないだろうってことを、知ってるの。だから母さんが編み終わるまでは、目を開いていなくちゃだめ。終わったら、あたし眠れるの。怖いのは、母さんが部屋に入ってきて、首を切り落とすのを待ってる時。実際に切られる時じゃなくて、切られるのを待ってる時。夜、母さんがあたしに近寄れないたった一つの場所は、ベビーばあちゃんの部屋。あたしたちが眠る二階の部屋は、このうちに白人が住んでた頃は、召使いが使ってたの。その人たちの頃は、台所が母屋の外にもあったの。でもベビーばあちゃんが引っ越してきた時、ばあちゃんはその台所を薪小屋兼道具小屋にしちゃったの。台所に通じてた母屋の裏口は板を打ちつけて塞いでしまった。母屋と台所の往復は昔いやというほどしたから、もうたくさんなんだって。裏口だったとこをぐるりと囲って納戸を作った。一二四番地に入ってこようとすると、ばあちゃんの働いてるとこを必ず通った。立派な二階建ての家を、眠るのも煮炊きも同じ屋根の下でする奴隷小屋みたいに改造したことに、近所の人たちがとやかく言っても、ばあちゃんは、少しも気にしちゃいないんだと言っていた。ばあちゃんが言ったんだけど、この人たちはばあちゃんに、きれいなドレスを着てばあちゃんを訪ねてくる人たちは、かまどがあって、野菜の皮が散らかってたり、油や煙がこもってる部屋には坐りたがらないんだよ、と教えてくれたんだって。そんな連中のことなんかかまうものかって、ばあちゃんは言った。夜になったら、あの部屋にばあちゃんといれば、あたしは安全だった。聞こえるのは、あたしが息をしてる音だけだったけど、昼間だと時々、息をしてるのがあたしなのか、あたしの隣にいる誰かなのか、区別がつかなかった。ヒヤボーイのお腹がへこんだり、膨らんだり、へこんだり、膨らんだりするのをじいっと見ていて、犬の呼吸があたしと同じ速さかどうか試してみた。自分の息を止めてヒヤボーイのリズムからいったん離れてから、息を吐いて追いついてみたりしてね。あれは誰の息か突きとめるつもりだったの

――瓶の中にそおっと、静かに規則正しく、息を吹き込んだ時出る音そっくりのあの音を立ててるのは？　あたしがあの音をたててるの？　ハワード？　誰なの？　誰もかれもシーンと音を立てなくなって、誰が何を言っても聞こえなくなったのは、あの時なの。音のない世界の中にいると、父さんのことをもっと自由に空想することができたから、聞こえなくたって、気にしなかった。父さんは帰ってくるって、いつだって信じてた。何かに引き留められてるんだって。馬に故障があったとか。河の水が溢れたとか。舟が沈んで、父さんは新しい舟を作らなければならなくなったとか。時々は、リンチに押しかける暴徒のせいじゃないかと思ったり、それとも暴風のせいかなとも空想した。父さんは帰ってくる途中だった。そして、それは秘密だった。母さんがあたしを殺したりしないために、あたしは外側の自分を全部、母さんを愛することに使った。夜あたしの髪を編んでる母さんをさえ愛した。父さんがあたしに会いにくるってことを、母さんには絶対知らさなかった。ベビーばあちゃんも、父さんは帰ってくると思ってたの。しばらくはそう思ってたんだけど、それから、ばあちゃんはそう思うのをやめた。あたしは絶対やめなかった。バグラーとハワードが逃げ出した時だって、父さんは帰ってくると思うのをやめなかった。それからポールDが、この家の中に入ってきた。階下で彼の声がして、母さんが笑ってるのが聞こえた。だから、あっ、帰ってきた、父さんだ、と思ったの。もう誰もこの家には来なくなってたんだもの。でも階下に行ってみたら、ポールDだった。あの人はあたしに会いにきたんじゃないの。あたしの母さんがほしかったの。最初のうちはね。次に、あたしの姉さんまで、ほしくなったの。でも姉さんはあの人をこの家から追い出したわ。あの人が出ていったんですごくうれしい。これであたしたちだけになれたし、父さんが帰ってきて、母さんや何であるにしろ庭に入ってくるものを、あたしたちといっしょに見張ってくれるまで、あたしが姉さんを護ってやれる。

あたしの父さんは、とろりと流れ出しそうに仕上がった目玉焼きに目がないの。パンを浸して食べるの。ばあちゃんは父さんのことを、よく話してくれた。ばあちゃんが言ってたけど、ふんわりと仕上がった目玉焼きを父さんに一皿つくってあげれば、父さんにはいつだってクリスマスだったって。そりゃ喜んだって。ばあちゃんは、いつもあたしの父さんが少し怖かったんだって。やさしすぎたんだよって、ばあちゃんは言ってた。生まれた時から、この世で生きていくには、やさしすぎたんだって、言った。それがばあちゃんを怖がらせた。何かが起きたら、とても切りぬけてはいけないだろうって、ばあちゃんは思った。白人もそう思ったに違いない。だからばあちゃんと父さんを離して売らなかったんだわ。それでばあちゃんは、父さんがどんな子かを知ったり、面倒をみたりすることもできたんだけど、父さんがいろんなものを愛するのを見てると、ばあちゃんは怖くなった。動物、道具、畑の作物、アルファベットを愛するのを。父さんは紙の上で計算ができた。親方が教えたの。他の黒人にも教えてやろうと言ったんだけど、おそわりたかったのは父さんだけ。他の黒人はノーって言ったんだよって、ばあちゃんは言ってた。名前の代わりに番号がついてた一人は、そんなもの習ったら、頭が変わっちゃうかもしれないからって言った——忘れちゃいけないことを忘れて、憶えちゃいけないことを憶えてしまうかもしれないし、頭がゴチャゴチャになるのはごめんだって言った。でもあたしの父さんは言った。勘定ができなきゃ奴らに騙される。読み書きができなきゃ奴らに殴られる。他の黒人はみんな、それはヘンだと思った。ばあちゃんは、自分にはよくわからなかったって言ったけど、でも、父さんがあそこからばあちゃんを買って自由にできたのは、父さんが紙の上で計算したり、考えたりできたからなの。ばあちゃんは、自分も本物の牧師さんみたいに聖書が読めればなあって、いつも思ってたって、言ってたわ。だから、あたしが読み方を習ったのは、いいことだったの。それでね、音が聞こえなくなるまで習ったの。聞こえたのは自分が息をしてる音と、もう一人が、テーブルの上にちゃんと載ってたミルクの壺《つぼ》をひっくり返した音だけだった。誰も壺の近くにいなかったのに。母さんはバグラーに鞭のおしおきをしたけど、バグラーは壺に触りもしなかった。その次にソレはせっかくアイロンをかけた洗濯ものをめちゃめちゃに汚したり、ケーキの中に手を突っ込んだりしたの。それが誰のしわざか、すぐにわかったのは、あたし一人だけだったみたい。姉さんが帰ってきた時、わかったのも、あたしだったようにね。あの時は、すぐじゃなかったけど、姉さんが自分の名前のつづりを言ったとたんによ——生まれた時につけてもらった名前じゃなくて、母さんが墓石に字を彫る人にお礼を払って彫ってもらった名前よ——あたしわかったの。それから、彼女が母さんのイヤリングのことを聞きたがった時——あたしが知らなかったことだもの——これでもう間違いないってことが、チーズが固まるようにもっとたしかになったの。あたしといっしょに父さんの帰りを待つのを手伝おうと、あたしの姉さんは来てくれた。

あたしの父さんは、人間になった天使だったの。相手を見ただけで、どこが痛いのかわかり、痛いとこを治すこともできた。ベビーばあちゃんのために、上から摑まるものを吊るしたの。朝、目が覚めたら摑まって、床から立ち上がれるようにって。立ち上がった時は、躰が水平になるように、片方の足を載せる小さな踏み台も作ってくれた。ばあちゃんは、白人が自分を子供たちの見てる前で殴り倒しはしないかと、いつも心配だったんだって。子供たちに母親が殴り倒されるのを見せたくなかったから、子供たちの前で、ばあちゃんは正しくふるまい、どんな仕事もきちんとやった。母親が殴られるのを見たら、子供は気が狂ってしまうって、ばあちゃんは言った。スウィートホーム農園では誰も殴らなかったし、殴るぞとも言わなかった。あたしの父さんは、あそこではそんなところは一度も見なかったし、気も狂わなかったんだから、いまだってきっと、父さんはここに来ようとしている途中なのよ。ポールDが来れたんなら、父さんだってきっと来れる。人間になった天使なんだもん。あたしたち、みんないっしょにならなければ。あたし、父さん、ビラヴド。母さんだっていていいんだけど、そうしたければ、ポールDと出ていったっていいしね。父さんが母さんにいてもらいたくなければね。母さんはポールDをベッドに入れたんだから、父さんは母さんにいてもらいたいなんて、思わないわよ、きっと。ベビーばあちゃんが言ったけど、違う男と寝て八人の子供を産んだせいで、みんながばあちゃんを見下すんだって。そのせいで黒人も白人もばあちゃんを見下すんだって。奴隷は自分自身で愉しいって気持ちを感じちゃいけないことになってるって。奴隷の躰は、そんなふうにできてちゃいけないんだって。それでも相手が誰だって、自分たちの持ち主になった白人を喜ばすために、子供は産めるだけ産まなきゃならないの。それでもよ、躰の深いところで愉しみを感じちゃいけないことになっていた。ばあちゃんはあたしに、そんなタワゴトに耳を貸すんじゃないよ、って教えてくれた。いつも自分の躰に耳をすまして、自分の躰を愛さなきゃいけないって。

秘密のおうち。ばあちゃんが死ぬと、あたしはあそこへ行った。母さんはあたしが庭に出ることを許さなかったし、お悔やみに来た人たちともものを食べてもいけないと言った。母さんと二人で家の中に入ったまんまだった。つらかったわ。ベビーばあちゃんが生きてたら、お葬式の時のパーティやパーティに来た人たちが気に入ったに違いないわ。だってばあちゃんは、誰にも会わず、どこにも行かなくなってから、すっかり元気がなくなったんだもの――ただ嘆き悲しんで、色のことと、自分が犯した過ちのことを考えてるだけで。

心と躰はどんな行いをすることができるかって、一所懸命考えたことが、間違ってたんだって、ばあちゃんは考えてたの。あの白人どもは、どのみちやってきたんだから。ばあちゃんの庭に。ばあちゃんは、すべてのことを正しく行ってきたのに、奴らはそれでもばあちゃんの庭に入ってきた。だから、ばあちゃんは、何を考えていいのかわからなくなった。ばあちゃんに残っていたのは心だけだったのに、奴らがそれを破ってしまったから、南北戦争が起こっても、躍る心もなかった。

ばあちゃんはあたしに、父さんのことをいろいろ話してくれた。父さんがばあちゃんを買うために、どんなに休みなく働いたかも。ケーキが腐ったり、アイロンをかけた洗濯物がすっかり汚れちまうようなことが起こった後、姉さんが階段をはいはいして上がり、ベッドに戻っていく音があたしに聞こえた後で、ばあちゃんは、あたしのことも教えてくれた。あたしが魔法で護られてるってことを。生まれた時に魔法が働いて、それからずっと、危ないところで命が助かった。幽霊を怖がっちゃいけませんって。母さんがあたしにお乳を飲ませた時、あたしはお乳といっしょに幽霊の血も吸ったから、幽霊はあたしを傷つけないだろうって。幽霊は母さんをいじめてるんだけど、あのことを止めるために何もしなかったって、ばあちゃんのことも責めてるんだって。でも、あたしのことは傷つけない。あたしは油断せずに見張ってればよかった。だってこの幽霊は欲ばりで、たくさんの愛をほしがるの。考えてみれば、それは、あたりまえよね。あたしだって愛がほしい。姉さんが好き。あたしだって愛がほしい。姉さんはあたしと遊んでくれたし、いてほしい時はいつだって、必ずやってきていっしょにいてくれた。姉さんはあたしのもの。ビラヴド。姉さんはあたしのもの。

あたしはビラヴド。あの女《ひと》はあたしのものよ。あの女《ひと》が葉っぱの中からお花を取り分けてるのが見える　お花をまあるい籠の中に入れてる　葉っぱはいらないのね　籠をいっぱいにするんだわ　草むらを分けてる　手伝ってあげたいんだけど雲がじゃましてるの　絵になって見えるものをどうやって口で言ったらいいのかしら　あたしはあの女《ひと》と別々じゃないの　あたしがここで終わるという切れ目がないの　あの女《ひと》の顔はあたしが持ってる顔だからあたしはあの女《ひと》の顔があるあそこにいてあの女《ひと》の顔を見つめていたいのよ　熱いもの

全部がいまなの　いつもいまなの　あたしがうずくまってうずくまってる他の人たちを眺めていない時なんて絶対に来ないわ　あたしはいつだってうずくまってる　あたしの顔の上にいた男の人は死んでる　あの人の顔はあたしの顔じゃない　あの人の口はいい匂いがするけど目はしっかりつぶってる　むかつくような自分のものを食べち

まう人もいるけど　あたしは食べない　皮膚のない男たちがあたしたちに自分たちの朝の水を持ってきて飲ませるの　あたしたちにはそんなものでないの　夜になるとあたしの顔の上にのってる死んだ男は見えないわ　朝の光がすき間から射し込むとその人の固く閉じた目が見える　あたしは大きくないの　ちっちゃなネズミはあたしたちが眠るのを待たないの　誰かがのたうちまわってるんだけどそんなことをするすき間はここにはないわ　もっと飲むものがあれば涙だって出せるんだけど　あたしたち汗もかけず朝になっても水を出すこともできないから皮膚のない男たちが自分たちの水を持ってくるのね　一度なんか甘い石ころみたいなものを持ってきてしゃぶらせた　あたしたちはみんな自分たちの躰の中から脱け出そうとしてるの　あたしの顔の上にいた男はとうとうそうしたわ　永遠に自分を死なせるのはむつかしい　少しのあいだ眠ってまた戻ってくるだけ　最初のうちは吐くことができたけどいまはもう吐かないわ　いまはあたしたち吐けないの　この男の人の歯はきれいで白くとんがって並んでる　誰かが震えてる　ここにいてもわかる　あの人が自分の躰から離れようともがいてるんだけど小鳥が震えてるみたいなの　震えるだけのすき間がないからあの人は死ねないの　あたしの上で死んでる男の人は引っ張られて顔から離れた　あの人のきれいな白いとんがった歯並びがなつかしい

あたしたちいまはうずくまってないわ　立ってるんだけどあたしの脚は死んだあの人の目みたいにきつく閉じてるの　倒れるすき間がないから倒れることはできないの皮膚のない男たちが騒々しい音を立てている　あたしは死んでない　パンが海の色をしてる　お腹がすきすぎてて食べられない　お陽さまがあたしの目を閉じる　死ぬことができる人たちは積み重なってる　あたしの男が見つからない　あたしが歯が好きだって言ったあの人　熱いもの　死んだ人たちの小さな山　熱いもの　皮膚のない男たちがその人たちを棒でぐいぐい押してる　あたしがほしがってる顔を持った女がそこにいる　あたしのものであるあの顔　あの人たちはパンの色をした海の中に落ちていく　あの女《ひと》は耳に何もつけていない　あたしの顔の上で死んだ男の歯があたしにあったらあの女《ひと》の首に巻きついた輪を嚙み切ってあげるのに　嚙み切って外すのあの女があの輪を嫌ってるのがわかるから　やっとうずくまってうずくまってる他の人たちを眺めるすき間ができたわ　いま永遠にいまなのはうずくまること　中で　あたしの顔を持ってる女《ひと》は海の中　熱いもの

最初はあの女《ひと》が見えたの　雲がじゃまになってあの女《ひと》を助けることができなかった

最初はあの女《ひと》が見えたの　耳の所が光ってて　首のまわりの輪は嫌いなの　あたしにはわかるわ　雲がじゃまになってるのがあの女《ひと》にもわかるようにあたしは一所懸命

あの女《ひと》を見つめるの　あの女《ひと》があたしに気づいたのは確かよ　あたしはあたしを見ているあの女《ひと》を見つめてるの　見すぎてあの女《ひと》は目を空っぽにしてしまう　あたしはあそこにあの女《ひと》の顔がある所にいてうるさい雲がじゃまなんだって教えてあげてるの　あの女《ひと》は自分のイヤリングをほしがってる　あの女《ひと》はまあるい籠をほしがってる　あたしはあの女の顔がほしい　熱いもの　最初は女たちは男たちから離れていて男たちは女たちから離れてるの　嵐があたしたちを揺さぶって男たちを女たちの中へ女たちを男たちの中へまぜちゃうの　あたしがその男の背中に乗り始めるのはその時　長いあいだ上の方に男の首と広い肩しか見えないの　あたしはちっちゃいの　その男は歌ってるからあたしは彼が好き　こちらを向いて死んだとき唄声が洩れてきた歯を見るの　歌ってる声は低かった　歌ってるのは一人の女が花を摘み葉っぱから離してまあるい籠の中に入れてる景色　雲が出る前のこと　あの女《ひと》はあたしたちのそばでうずくまってる　でも彼が目を閉じてあたしの顔の上で死ぬまではあの女《ひと》の姿は見えないの　あたしたちはそんなふうなの　彼の口から息は洩れてこないで息が出てくるはずの所には甘い香りが匂ってる　他の人たちは彼が死んでるのを知らないの　あたしは知ってる

　唄がやんだんだもの　いまは唄の代わりにあの人の小さなきれいな歯並びが好きなの

あの女《ひと》を見失うことは二度とできないわ　あたしの死んだ男の人が喧しい雲みたいに

じゃまになってたの　彼があたしの顔の上で死ぬとあたしはあの女《ひと》の顔が見えるの　あの女《ひと》はあたしににっこり笑ってくれるはず　いまにもそうしてくれそう　あの女のとがったイヤリングがなくなってる　皮膚のない男たちが喧しい音を立てている　奴らはあたしの男の人を突き刺す　奴らはあたしの顔を持ってる女《ひと》を無理に押さない　あの女《ひと》は中に入ってく　奴らは彼女を押さない　彼女は中に入ってく　あの小さな山はなくなってる　あの女《ひと》はいまにもあたしににっこりしそうだった　しそうだったのよ　熱いもの

　みんなもうずくまってはいない　あたしたちは　みんなは水に浮かんでる　奴らは小さな山を崩してそれを押し込んだ　あたしのきれいな歯が見つからないわ　いまにもあたしに笑いかけそうな黒い顔が見える　あたしに笑いかけようとしてるのはあたしの黒い顔　鉄の輪があたしたちの首に巻かれてる　あの女《ひと》は耳にとがったイヤリングをつけてないしまあるい籠も持ってない　あたしの顔を持ったまま　あの女《ひと》は水に入っていくわ

　あたしは落ちてくる雨の中に立ってる　他の人たちは連れていかれたのに　あたしは連れていかれない　雨が落ちてくるみたいにあたしも落っこちていきそう　あの男

が食べるのを眺める　中であたしは雨といっしょに落っこちないようにうずくまってるの　バラバラになりそうだわ　あの男はあたしの眠ってる場所を痛くするの　そこに指を入れるの　あたしは食べものを落としてバラバラに壊れてしまうの　あの女《ひと》はあたしの顔を持っていってしまった

誰もあたしをほしがらない　あたしを名前で呼んでくれない　あの女《ひと》が下にいるから橋の上で待つの　夜があってそれから昼があるの

なんども　なんども　よるひる　よるひる　あたしは待ってる　鉄の輪はあたしの首にはついてない　この水の上には舟が見えない　皮膚のない男たちがいない

あたしの死んだあの人もここには浮いてない　あの人の歯は青空が見えて草が生えるとこにある　あたしがほしい顔もそこにあるの　あたしにもう少しでにっこり笑ってくれそうな顔　もう少しで笑ってくれそうな　あの女《ひと》と亀がいる　水の中には昼間はダイヤモンドがあって　夜には噛む音飲みこむ音笑ってる声が聞こえるの　あの声はあたしのものよ　あの女《ひと》は笑い　あたしは笑い声　あたしの顔でもあるあの女《ひと》の顔が見える　あたしたちがうずくまってた所であたしに微笑《ほほえ》みかけようとしたのはその顔　いまもう少しで微笑みかけ　あの女《ひと》の顔が水から出てくる　熱いもの

あの女の顔はあたしのもの　あの女《ひと》は微笑んでいない　あの女《ひと》は噛んで呑み込んでる

あたしは顔を持たなくっちゃ　あたしは中に入る　草むらが割れる　あの女《ひと》が

割ってくれる　あたしは水の中にいてあの女《ひと》がやってくる　まあるい籠はない　あの女《ひと》の首に鉄の輪はついてない　あの女《ひと》はダイヤモンドが光ってる所へ行くわ　あたしはついていく　あたしたちはダイヤモンドの光の中にいてダイヤモンドはいまあの女《ひと》のイヤリング　あたしの顔がやってくる　あたしはあれを手に入れなくちゃ　あたしはあの顔と一つになりたがってる　あたしは自分の顔が大好きだから　あたしの黒い顔はあたしの近くにいる　あたしは一つになりたい　あの女《ひと》はあたしに囁く　あの女《ひと》はあたしに囁く　あたしはあの女《ひと》に手を伸ばす　嚙んだり呑み込んだりしながらあの女《ひと》はあたしに触る　あの女《ひと》はあたしが一つになりたがってるのを知っている　あの女《ひと》はあたしを嚙んで呑み込む　あたしはいなくなる　これであたしはあの女《ひと》の顔よ

　あたしの顔はあたしから離れたの　あたしが泳いで去っていくのが見える　熱いもの　あたしの足の裏が見える　あたしは独りぼっち　あたしはあたしたち二人が一人になった人間になりたいの　あたしは一つになりたいの

　あたしは青い水の中から出てくる　あたしの足の裏が泳いでいってしまった後であたしは岸に上がる　居場所を見つけなきゃ　空気が重い　あたしは死んでない　死んでないわ　家がある　あの女《ひと》があたしに囁いたものがある　あの女《ひと》に言われた通りのとこにいるんだわ　あたしは死んでない　坐るの　お陽さまがあたしの目を閉じる　目を開けたらあたしが失くした顔が見える　セサの顔があたしを置いていった

顔なのよ　セサは彼女を見ているあたしを見てあたしは微笑みを見る　セサが微笑んでる顔があたしのいる場所よ　あたしが失くした顔なの　彼女はあたしに微笑んでるあたしの顔　とうとう微笑んでいる　熱いもの　これであたしたちは一つになれる
熱いもの

あたしはビラヴド、そしてあの女《ひと》はあたしのもの。セサはお花を摘んでた女《ひと》よ。うずくまる前の場所に咲いてた黄色のお花をよ。緑の葉っぱから取ってたの。お花はいまあたしたちが眠ってるキルトの上に咲いている。皮膚のない男たちがやってきて、死んだ人たちといっしょにあたしたちをお陽さまの光の中に連れてきて、死んだ人たちを海へ押し込んだ時、あの女《ひと》はちょうどあたしに向かって微笑みかけようとしてたの。セサは海の中に入った。あっちへ行ったのよ。奴らは彼女を押さなかったけど。彼女はあっちへ行ったの。あたしにいまにも笑いかけそうになってたのに。死んだ人たちが海の中に突き落とされるのを見て、あの女《ひと》も入っていったのに、あたしをそこに顔なしのまま、彼女の顔も残さないで、置き去りにしたんだわ。セサはあたしが橋の下の水の中で見つけ、失くした顔なの。あたしが入っていったら、彼女の顔があたしの方へやってくるのが見えて、それはあたしの顔でもあったのよ。あたしは、一つになりたかった。一つになろうとしたのに、彼女は水面の光の破片の中に、上がって消えてしまった。また見失ったの。でもあの女《ひと》があたしに囁いてくれた家を見つけたら、そこにあの女《ひと》がいたの。とうとう微笑んでた。よかったわ。でも二度と再びあの女《ひと》を失うわけにはいかないの。あたしが知りたいことはただ一つ、なぜあの女《ひと》は、あたしたちがうずくまっていた所から、水の中へ入っていったの？　あたしにいまにも笑いかけるところだったのに、なぜそんなことをしたの？　あたしは海の中であの女《ひと》と一つになりたかったけど、動けなかった。あの女《ひと》がお花を摘んでた時、手伝ってあげたかったのに、鉄砲の煙が作る雲のせいで目が見えなくなって、見失ったの。三回あの女《ひと》を見失ったわ。一度はお花を摘んでた時、音が立つ煙の雲のせいで、一度はあたしに笑いかけるのをやめて海の中に入っていった時、一度は橋の下であたしがあの女《ひと》と一つになりにいき、あの女《ひと》もあたしの方へやってきたのに、笑いかけてくれなかった時。あの女《ひと》はあたしに囁きかけた、あたしを噛んだ、それから泳いでいってしまった。今度はこの家の中で見つけたの。この女《ひと》はあたしに微笑んで、その顔は微笑んでいるあたし自身の顔。二度と再びなくさない。この女《ひと》はあたしのものよ。

わたしにほんとうのことを話しておくれ。おまえは向こう側からやってきたんだね？

そうよ。あたしは向こう側にいたの。

わたしに会いにもどってきてくれたのかい？

そうよ。

わたしを思い出すかい？

ええ、あなたを憶えてる。

わたしを忘れたことはないのかい？

あなたの顔はあたしの顔よ。

おまえはわたしを許してくれるの？　このままずっといておくれかい？　おまえもいまはここに安全にしていられるんだよ。

皮膚のない男たちはどこにいるの？

向こう。ずっと離れたところ。

奴らはここに入ってこられる？

いいえ。一度入ってこようとしたんだけど、わたしが防いだ。けっして戻ってこないだろうよ。

奴らの一人があたしが住んでた家にいた。そいつはあたしを傷つけたのよ。

奴らはもう、わたしたちを傷つけることはできないよ。

あなたのイヤリングはどこ？

奴らが取り上げたんだよ。

皮膚のない男たちが取り上げたの？

そうなんだよ。

あなたの手伝いをしたかったんだけど、雲がじゃまをしたの。
ここには雲はないよ。
奴らがあなたの首に鉄の輪を巻いたら、あたしがそれを噛みちぎってあげる。
ビラヴド。
あなたにまあるい籠を編んであげるわ。
おまえが帰ってきたんだね。おまえが帰ってきたんだわ。
あたしたちはあたしに微笑んでくれる？
わたしが微笑んでいるのが、見えないのかい？
あなたの顔が好き。

あたしたちは川のほとりで遊んだ。
あたしはあそこ、水の中にいたの。
静かな時間の中で、あたしたちは遊んだ。
雲が喧しい音を立てて、じゃまをしたわ。
あなたにいてもらいたいと思うと、あなたはやってきていっしょにいてくれたわ。
あたしはあの女《ひと》の顔がにっこりするのを見たかった。
息をするのが聞こえるだけだったわ。

息の音が聞こえなくなった。歯だけが残ってる。
ばあちゃんは、あんたはあたしを傷つけないって、言った。
あの女《ひと》はあたしを傷つけた。
あたしが護ってあげるから。
あたしはあの女《ひと》の顔がほしい。
母さんを愛しすぎてはだめよ。
あたしはあの女《ひと》を愛しすぎるほど愛してる。
母さんに気をつけて。母さんはあなたに夢をみさせるから。
あの女《ひと》は噛んで呑み込む。
母さんがあなたの髪を編んでる時眠り込んじゃだめよ。
あの女《ひと》は笑い、あたしは笑い声。
あたしは家を見張るわ。庭を見張るわ。
あの女《ひと》はあたしを置き去りにした。
父さんがあたしたちに会いにくるのよ。
熱いもの。

ビラヴド

あなたはあたしの姉さん
おまえはわたしの娘
あなたはあたしの顔、あなたはあたし
おまえを見つけたよ、おまえはわたしのところへ帰ってきてくれた
おまえはわたしのビラヴド
あなたはあたしのもの
おまえはわたしのもの
あなたはあたしのものよ

わたしにはおまえに飲ます乳があるんだよ
あたしにはあなたの微笑みがある
あたしがあなたの面倒をみてあげるわ

あんたはあたしの顔、あたしはあんたよ。なぜあんたであるあたしを置いてったの？
もう二度とおまえを置いていかないよ
二度とあたしを置いていかないで
二度とあたしを置いていかせないから

あんたは水の中に入っていった
あたしはあんたの血を飲んだのよ
わたしはおまえに乳を届けたよ
あんたは微笑むのを忘れた
おまえを愛していたんだよ
あんたはあたしを傷つけたんだよ
おまえはわたしのところへ、帰ってきてくれた
あんたはあたしを置いてきぼりにしたんだ

おまえを待ってたんだよ
あんたはあたしのもの
おまえはわたしのもの
あんたはあたしのものだわ

金持ちの客間ほどの広さしかない、小さな教会だった。信徒席には背もたれがなく、会衆は聖歌隊もかねていたから、聖歌隊席の必要はなかった。牧師の場所が会衆より二、三インチ高くなるように、何人かの信徒が演壇を作る作業を割り当てられていたが、ホワイトオーク材でできた十字架を立てるという主要な作業がすでに終わっていたので、演壇は急を要する仕事ではなかった。「聖なる贖《あがな》い主教会」になる前は衣料品店だったが、当時は脇のショーウィンドウは使用されず、品物は正面ウィンドウにだけ並べてあった。いまこのガラス張りの部分は紙で目隠ししてあった。信徒たちが、ペンキを塗るべきか、カーテンを吊るべきか——彼らを照らしてやりたいと思っているかもしれない、わずかな光を無駄にしないで、同時にプライバシーを護るには——と思案しているあいだの応急処置だった。夏のあいだは風通しのために、扉は開け放されたままだった。冬になると通路に置かれた鉄製のストーブが、できる範囲で役目を果たした。教会の正面には頑丈なポーチがあって、昔は店に来た客が腰を下ろしたり、手すりの横木のあいだに頭を突っ込んでぬけなくなった小さな男の子を、子供たちがはやしたてたりした場所だった。鉄製のストーブに火の気《け》がなければ、陽ざしのおだやかな風のない日には、たとえ一月でも、中にいるよりポーチに出ていた方が確かに暖かだった。湿った地下室には、それでもどうにか温《ぬく》もりがあったが、わらぶとん、洗面台、服を掛ける釘を照らす一条の光も射し込まなかった。地下室に石油ランプとは侘《わび》しいばかりなので、ポールDはポーチの階段に腰を下ろし、陽ざしの暖かみで足りないぶんは、上着のポケットに押し込んだウィスキーの瓶《びん》で補っていた。躰が温まると目も赤くなった。膝のあいだで片方の手首を摑んでいたが、手が震えるからでなく、他にすがるものが何もなかったせいだった。刻みタバコの缶は、蓋を吹き飛ばされ、中身をこぼし、中身は気ままに浮遊して彼を遊びの種にして愚弄《ぐろう》した。どうしてこれほど長くかかったのか、理由がわからなかった。シックソウといっしょにあの火の中に飛び込んでしまってもよかったのだ。そうしていたら、二人でいっしょに腹の底から笑うこともできたかもしれない。どのみち降伏は避けられなかったのだ。それならなぜ、高らかにセブン・オー！ と叫びながら、笑って降伏しなかったのか？ なぜそうしなかったのか？ なぜこうしてグズグズ生き延びてるんだ？ ポールDは、自分の兄が、ポケットにフライドチキンを入れて、目には涙をためて、荷車の後部から手を振って去っていく姿をすでに見ていたのだ。母。父。母を憶えていなかった。父を見たことは一度もなかった。ポールDはガーナーに売られた三人兄弟（母親は同じで、父親が違っていた）のいちばん下だった。三人はそのままガーナーに飼われ、農園の外に出ることは禁止されていた。二十年間である。いつだったかメリーランドにいた時、百年間ずっと離れずに暮らしてきた四家族の奴隷に会ったことがある。曾祖父母たち、祖父母たち、母親たち、叔母たち、叔父たち、従兄弟たち、子供たち。半分白人の血が混じったもの、一部混じったもの、百パーセントの黒人、インディアンとの混血。ポールDはこの人々を畏怖《いふ》と羨望をもって眺めた。それからは黒人の大家族に出会うたびに、彼らを摑まえては名のらせ、家族の中でのつながり、例えば誰が誰の子かという説明を、何度も繰り返させて飽きなかった。

「あそこにいるのは、おらの叔母さん。こっちは叔母さんの伜《せがれ》。そっちはおらのとっつぁんの従兄弟よ。おらのおっかあは二度亭主を持ったからね――こいつはおらの種違いの妹で、こいつらが妹の二人の子供。それからおらのかかあは……」

こんな風景は彼にはまったく無縁のものだったし、スウィートホーム農園で成長したせいで、淋しいと思ったこともなかった。彼には、兄たち、二人の友だち、台所にはベビー・サッグス、奴隷たちに銃の扱い方を教え、彼らの言い分も聞いてくれる主人がいた。奴隷たちが使う石鹼を作ってくれて、一度だって声を荒らげたことのない女主人がいた。二十年間、彼ら全員がそんな揺り籠の中で暮らした後で、ベビーが去り、セサがやってきて、ハーレが彼女を妻にした。ハーレはセサとのあいだに子供をもうけて家族をつくり、シックソウも何がなんでも三十マイルの女と家族をつくろうと必死だった。三人の中でいちばん年長の兄に、ポールDが手を振って別れを告げた時、主人は故人になっていたし、女主人は神経がまいっていて、揺り籠はすでに裂けていた。シックソウは、医者がガーナーの奥さまを病気にしたんだぜ、と言った。脚を折った種馬を始末するのに、余分な火薬がない時に使うものを、医者は奥さまに飲み薬として与えているんだ、と言い、「先生」の作った新しい規則がなければ、奥さまに直接教えてあげたんだが、とも言った。みんなはシックソウを笑った。シックソウはどんなことについても、いかにも知っているような話ができた。ガーナー氏の卒中についても、例外ではなかった。妬《ねた》み深い隣人がガーナーのだんなの耳に一発撃ち込んだのだと、彼は言った。

「血はどこについてた？」彼らは訊いた。

流血はなかった。ガーナーのだんなは、またがった牝馬の首に伏せるように躰を曲げて、汗を流し、蒼白になって帰宅した。一滴の血も見えなかった。シックソウはぶつぶつ口ごもった。ガーナー氏が逝くのを見て悲しまなかった、ただ一人の奴隷だった。だが後になって、彼は大いに悲しんだ。みんな一人残らず悲しんだ。

「なぜ、奥さまは奴を呼びよせるんだ？」ポールDが訊いた。「なぜあの方は、あの学校教師が必要なんだ？」

「計算のできるもんが入用なのさ」ハーレが言った。

「おまえだって計算できるじゃないか」

「ああいうんじゃないんだ」

「違うよ、みんな」シックソウが言った。「あの女は農園にもう一人白人が入用なんだ」

「どうして？」

「おまえさんはどうしてだと思う？　おまえさんはどうしてだと思う？」

まあ、そんなふうだった。誰もガーナー氏が死ぬことを、計算に入れていなかった。彼が死ぬなんて、誰も考えなかった。どうだ、このざまは？　あらゆることが、ガーナーが生きていることで、可能になっていたのだ。彼の命が絶えると、男たち各自の人生も木っ端みじんに砕けてしまった。それが奴隷制度の実態でなければ、何なのか？　人生でいちばん力が満ち溢れている時に、丈高き男たちよりもさらに丈高く、なみいる男たちに勝って強くある時期に、奴らは彼ポールDの精気を徐々に涸らしていったのだ。最初に銃、次に思考が奪われた。「先生」はニグロの進言など、聞く耳を持たなかった。彼らが提供する情報を「先生」は口答えと呼び、この者どもを再教育しようと、さまざまな懲罰を開発した（開発した懲罰法はノートに記録した）。彼らは食い過ぎる、休息を取り過ぎる、喋り過ぎると言ってこぼしたが、この男に比べれば確かにその通りだった。「先生」はお話にならないほど食が細く、口数はさらに少なく、休息にいたってはまったく取らなかった。一度この男が、ポールたちが遊んでいるのを見かけたことがあったが――もの投げ競争だった——深く誇りが傷ついた彼の表情があまりにも露わで、ポールDは見て見ぬふりをしなければならなかった。「先生」は奴隷たちに厳しいように、自分の生徒たちにも厳しかった。ただし生徒たちには懲罰はなかった。

　何年ものあいだポールDは、ガーナーが一人前の男に育て上げた人間を、「先生」が子供につくり変えてしまったのだ、と信じていた。彼らが逃亡したのは、そんなことをされたからだった。いまになって、タバコの缶の中身に悩まされながら、ポールDは、「先生」が来る前と後では、ほんとうのところ、どれほどの違いがあったんだろうか、と訝《いぶか》しんだ。ガーナーは自分たちを男《マン》と呼び、事実そうだとも公言していた——だが、それはスウィートホーム農園内でのことであり、彼自身の許可があってのことだった。ガーナーは自分の目に見えていたものを男《マン》と呼んだのか、それとも見えていないものをつくり出していたのだろうか？　それはシックソウの疑問だったし、ハーレさえ知りたかったことだった。ポールDには、ガーナーがそう言おうと言うまいと、この二人が立派な男であることは、いつだってはっきりしていた。自分自身が一人前の男であるかどうか考える段になると、同じように断言することができなくて、心が晴れなかった。そりゃ、彼だって男らしい行動を取ってきた。だが、それはガーナーが男《マン》と呼んでくれたからなのか、それとも自身の意志からか？　じゃあポールDはどんな人間になっていただろうか——スウィートホーム農園に来る前の状態で生きていたら——ガーナーに会わなかったら？　シックソウの国にいたら？　母親の故郷にいたら？　じゃなかったら、考えるのもぞっとするが、奴隷船に積まれていたら？　一人の白人が男だと言ってくれたから、男になれたのか？　ある朝目を覚まし、ガーナーが気を変えたとしたら？　前言を取り消したら？　そんなことが起きていたら、彼らは逃亡していただろうか？　またガーナーがそのままいい主人でいてくれたら、ポール兄弟はあそこに一生留まっていただろうか？　なぜ兄弟は、決心するのに夜通しかかったのか？　シックソウやハーレと行動を共にするかどうか話し合うだけだったのに。理由は、兄弟が素晴らしい虚偽の中に孤立して生きてきて、スウィートホーム以前のハーレやベビー・サッグスの生活を、運が悪かっただけだと念頭に置かず、真剣に考えてみなかった、ということにあった。シックソウが次々にする陰惨な話の内容にも疎《うと》く、面白がるだけだった。庇護《ひご》されていて、自分たちは特別なのだと信じて疑わなかったのだ。ジョージア州アルフレッドでの辛酸《しんさん》など夢にも知らなかったのだ。世の中の外観に惚れ込んで、自分のものだと言えない月が、それでもやっぱり上がってくる場所で、ただ生き長らえるために、なんにでも耐え、あらゆることを忍んでいた。あそこでは欲張らず、しかも人知れず愛することに甘んじなければならなかった。ささやかな愛の対象は、もちろん、一本の木だったが、あのスウィートホーム農園の木の「兄弟」のように、年輪を刻んで太く、人を招き寄せるようなものではなかった。

ジョージア州アルフレッドでは、若木と呼ぶにも幼すぎる、一本のポプラに出合った。

腰にやっと届くほどの背しかない、ほんの苗木だった。馬の尻を叩くのに、ぽきりと折られる類いの木だった。殺しの唄とポプラの木。彼は生き続けて生命の息の根を止める唄を歌い、生命の力を立証しているポプラを眺めていたが、ただの一分たりとも自分が逃亡できるなどと、信じたことはなかった。雨が降るまでは。後になって、チェロキー・インディアンに指さしてもらい、花の咲いている方向へ走り出してからは、ポールDはひたすら移動し、進み、ある日はここにいたかと思えば、翌日は別の場所にいる、といった生き方を望んだ。叔母、従兄弟、子供のいない人生に諦めて身を委ねていた。女さえいなかった。セサに会うまでは。

やっとセサに会えたのに、今度はあの娘が彼を移動させたのだ。疑い、後悔、そして口に出して尋ねなかったあらゆる疑問が一つ残らずしまい込まれたちょうどその時に。自分を意志の力で人間らしい存在にした、と信じてからかなりたった後で。自分が根を下ろし落ち着きたいと願ったその時その場所で――あの娘は彼を移動させたのだ。部屋から部屋へと。まるで布切れでできた人形みたいに。

元は衣料品店だった教会のポーチに腰を下ろし、少しばかり酔いがまわって、たいしてすることもなかったので、ポールDにはこんなことを考える余裕ができた。緩慢な、もし事情が違っていたらどうなっていただろうかという、仮定に基づくさまざまな思いがめぐったが、深く切り込んで、すがりつけるほど手応えの確かな答えには、ぶつからなかった。

そこで自分の手首を摑んでいたのだ。あの女の人生の傍らを通りかかり、その中に足を踏み入れ、女の人生が彼の中にも入り込むのを許したことが、この転落に出合う下準備を自分に作ってしまったのだ。心も躰も欠ける所のない一人の人間としての女と人生を生ききってみたいと望んだのは、初めてのことだったので、その心の張りを失ったいま、彼は声を上げて泣きたかったたし、行き着く先のない深いもの思いを重ねていた。次の食事と夜の宿のことだけを考えて放浪していた頃、すべては胸の内に固くしまい込まれていた頃、物事がうまくいっていないという挫折感《ざせつかん》など感じたことはなかった。たまたまうまくいくものがあれば、うまくいったというだけの話だった。いまになってポールDは、いったい何がうまくいかなかったのかと考えてみたが、例の計画に始まって、ありとあらゆることが失敗に終わっていた。あれだって立派な計画だった。失敗の可能性は一つ残らず無視されて、詳細に練り上げられたものだった。

シックソウは、馬を馬車に繫ぎながら、いまはまた英語を喋っていて、恋人の三十マイルの女が自分に知らせてくれたことをハーレに告げる。彼女のいる農園では、七人のニグロが北部へ向かう別の二人に合流するはずだということを。その二人は前にも逃亡したことがあって、北部へ行く道を知ってるということを。二人のうちの一人が、これは女で、時機が来たらトウモロコシ畑で自分たちを待っていてくれるだろうということを。一晩と半日待って、自分たちが姿を見せればキャラバンに連れていく、この中には他の逃亡者もかくまわれているはずだということを。女はがらがらを鳴らすから、それが合図になるということを。シックソウは行くつもりだったし、彼の女も行くつもりだった。それからハーレも妻子を連れていくはずだった。二人のポール兄弟は考える時間が要ると言う。いったい最後はどうなるのか、どうやって生きていくのか考えてみる時間が。どんな仕事があるか、誰が自分たちを引き取ってくれるか、ポールFのところへ行く手だてを考えるべきなんだろうか。ポールFの持ち主は、なんとか「道」とかいう所に住んでるって聞いた覚えがあるんだが。二人の兄弟は一晩話し合わねば、決められないのだ。トウモロコシが伸びるだけいまは全員が、春が過ぎていくのをじっと待てばいいのだ。

それから段どり。最初にできるだけ進んでおくために、夜のうちに脱け出すのがいいのか？　それとも道が見えるように夜明けに出た方がいいのか？　シックソウはそれを聞いて、馬鹿にしたような顔をする。夜に決まってる。時間もあれば、闇が黒い彼らを護ってくれる。シックソウは、ポールたちに怖いか、などと訊きはしない。彼は夜になると、こっそり、何度かトウモロコシ畑まで、試しに走ってみて、毛布とナイフ二本を川の近くに埋めておく。セサは川を泳いで渡れるんだろうか？　みんなはシックソウに尋ねる。トウモロコシが茂ってる頃には、川は干上がってるはずだ、と彼は答える。とっておく食べものがないな。するとセサが、出発が近くなったら、サトウキビのシロップか蜜を一瓶と、パンをいくらか手に入れるわ、と言う。ただ間違いなく毛布は約束した場所に置いてね、と念を押す。赤ん坊を背中にくくりつけるのと、道中わたしたちの躰を隠すのに、毛布は必要だから。着ている服以外に衣類はない。それからもちろん靴もない。ナイフは食べる時の役に立つ。ロープとそれに鍋も一つ埋めとこう。立派な段どりだ。

　彼らは「先生」と生徒の行動を、観察し記憶する。何の用事がいつ、どこで命ぜられ、それをすますのにどれだけの時間がかかるかを。ガーナー夫人は夜は眠れず、午前いっぱいぐっすり眠る。日によると生徒たちと彼らの「先生」は、朝食までおさらいをしている。週に一日、三人は朝食をいっさい食べず、帰宅してからとるたっぷり準備された正餐《せいさん》を愉しみに、十マイル離れた教会へ出かける。「先生」は夕食がすむと何やら帳面に書き込み、生徒は道具の汚れを落としたり、修理したりとがらしたりする。セサの仕事がいちばん不規則なのだ。ガーナー夫人に時間かまわず呼びつけられ、痛みや衰弱、身を刺す孤独が耐え切れなくなる夜の時間も免除されないのだ。

　それじゃ、こうしよう。シックソウとポール兄弟は夕食がすんだら出発し、川で三十マイルの女を待つ。ハーレは夜明け前にセサと三人の子供を連れてくる。日が昇る前、にわとりや乳牛の世話をする時間が来る前にだ。そうすれば、いつもならかまどから煙が上がってる時間までには、川の近くか川床で他の人たちと合流できるだろう。この段どりで行けば、ガーナー夫人が、夜中セサの助けが必要になって呼んでも、セサはそこにいて返事ができるというわけだ。春が過ぎていくのを待つだけだ。

ところが。春になるとセサは身ごもり、八月にはかなり躰が大儀になって、はたして男たちの速度についていけるかどうか危ぶまれる。彼らは子供は背負えるが、セサを背負うのは無理だ。

ところが。ガーナーの生存中は、歓迎されない訪問をひかえていた近所の白人が、いまでは気楽にスウィートホームにやってくるので、逃亡を決行しようとしているその場所に、たまたま運悪く姿を見せないとも限らない。

ところが。セサの子供たちはもうお屋敷の台所で遊べなくなっていて、セサはお屋敷と奴隷居住区をすさまじい勢いで走って往き来している——子供たちから目を離してはと、落ち着かず、不安だ。息子たちはまだ小さくて男の仕事ができず、赤ん坊の女の子は九ヵ月。奥さまが働けなくなったので、「先生」の要求が増えれば、セサの仕事がそれだけ増えるのだ。

ところがだ。子豚をめぐってやりとりがあった後、シックソウは夜になると、家畜といっしょに繋がれ、櫃《ひつ》、家畜の囲い、物置、にわとり小屋、馬具置場、納屋に錠がかけられる。駆け込む場所もなければ集まって相談する場所もない。いまではシックソウは始終口の中に釘《くぎ》を含んでいる。いざという時に、ロープをほどく助けになるからだ。

ところがだ。ハーレは、借金の返済分の時間外労働を、スウィートホームの仕事に当てるように命ぜられ、「先生」の命令がなければ、他の農園から呼ばれて外に出ることもなくなった。こっそり脱け出しては、女に会いにいっていたシックソウと、何年もよそに雇われて通っていたハーレだけが、スウィートホームの外の様子を知っていて、どう行けばいいのかわかっているのだが。

立派な計画だ。用心深い生徒と「先生」の鼻先で、決行できるというものだ。ところが。彼らは計画を変更しなければならなかった——ほんのわずか。まず脱け出すところを変える。彼らはハーレの指示を暗記する。シックソウは躰を縛っているロープを解き、馬をびっくりさせないように、扉を壊して出てくる時間が必要だから、後から脱け出し、川のところでポールたちや三十マイルの女に会うようにすればよい。四人そろってトウモロコシ畑に直行するのだ。セサが身重で、やっぱりもっと時間がかかるから、ハーレはセサと子供を夜連れてくることにする。白み始めるのを待たないで。家族は川の所で集まらず、直接トウモロコシ畑に行く。トウモロコシは彼らの肩のあたりまで伸びる——それ以上は高くならない。月はだんだん膨れてくる。小鳥でも蛇でもない、何かガラガラいう気配が聞こえてこないかと、刈り取り、叩き切り、取り除き、摘んだり、引っ張ったりする仕事も、上の空である。するとある朝、みんな聞くのだ。それともハーレが聞いて、それを他の男たちに歌い始める。「静かに、静かに。誰かがおいらの名前を呼んでいる。静かに、静かに。誰かがおいらの名前を呼んでいる。ああ神さま、ああ神さま、おいらはどうしたものだろう?」

昼休みを利用して、ハーレは畑を離れる、どうしても、そうしなければ。セサに合図が聞こえたことを教えてやらなければ。二晩続けて彼女はガーナー夫人につきっきりだったから、今夜はそうはできないことをちゃんと知らせておかなければ、安心できないのだ。ポール兄弟はハーレが歩いていくのを見る。「兄弟」の木陰でトウモロコシパンを嚙みながら、二人はハーレが歩いていくのを見る。揺れるように進んでいくのを。パンはうまい。二人は唇にたまった汗を舐めて、もう少し塩の風味を加える。「先生」と彼の生徒たちはもう家に入って昼食を食べている。ハーレは揺れるように進む。彼はもう歌っていない。何が起きたのか、誰も知らない。あの攪乳器《かくにゅうき》の光景を別にすれば、あれが、誰かがハーレを見た最後だった。ポールDが知ったことは、ハーレが姿を消したこと、セサには何も伝えなかったこと、そして次に見た時は、バターにまみれてうずくまっていたことだった。もしかしたら、彼が屋敷の門まできてセサに会わせて下さいと言った時、「先生」はその声にかすかな不安の気配を聞き取ったのかもしれない――いつでも発砲できるばかりになっている散弾銃を、取り上げさせるのに充分な気配を。もしかしたらハーレは、「先生」の目をきらりと光らせるような言い方で、「わしの女房」と言ってしまうようなへまをやらかしたのかもしれない。あの時銃声を聞いたけど、ガーナーの奥さまの寝室の窓から覗いてみることはしなかった、とセサはいまでも言っている。

でもハーレはあの日は殺されもしなかったし、傷も負わされなかったのだ。その後ポールDが彼の姿を見ているし、それはセサが誰の助けも借りずに逃亡した後のことで、シックソウが笑い、ポールDの兄の姿が見えなくなった後のことだった。ヌルヌルになって、魚のような無表情な目をした彼を見たのだ。もしかしたら「先生」は逃げていくハーレを威嚇《いかく》して撃ったのかもしれない。足元を狙って、屋敷に無断で入ってきたことを、気づかせたのかもしれない。もしかしたらハーレは納屋に逃げ込み、そこに隠れているうちに、「先生」の家畜といっしょに閉じ込められてしまったのかもしれない。どんなことでも起こり得るんだから。ハーレは姿を消し、みんなは各々自分だけが頼りになった。

ポールAは昼食がすむと、材木を運ぶ仕事に戻る。彼らは夕食の時、奴隷居住区で顔を合わせるはずだ。ポールAはいくら待っても現れない。ポールAが先に行っていることを信じ望みながら、ポールDは時間きっかりに、川に向かって出発する。確かに「先生」は、何か感づいたのだ。川に着いてみると、シックソウが請け合ったように水はない。彼はそこで三十マイルの女といっしょにシックソウとポールAを待つ。シックソウだけが現れるが、手首から血が流れ、舌は炎のように唇を舐めている。

「ポールAに会ったか？」

「会わん」

「ハーレには？」

「会わん」

「誰にも？」

「誰もいないんだ。居住区にいるのは子供だけだ」

「セサは？」

「セサの子供たちは眠ってる。彼女は、まだお屋敷にいるに違いない」

「ポールAを置いていけない」

「おまえの手伝いはできん」

「戻って、捜さなきゃいけないだろうか？」

「おまえの手伝いはできん」

「どうなってるんだろう」

「他の連中はまっすぐトウモロコシ畑に行くんじゃないかな」

そう言うと、シックソウは向きを変えて女を見る。二人はしがみつくように抱き合い、囁く。女は、何か輝き光るものでぱっと明かりを灯されたようだ。女の躰の中から出てくる何かキラキラしたもので。シックソウが来る前、ポールDと川床の小砂利の上に膝をついていた時は、女には存在感がなかった。暗闇でかすかに呼吸している形骸にすぎなかった。

埋めておいたナイフを捜そうと、シックソウは這《は》い出るところだ。シックソウは何かを上手に登ると、「先生」と彼の生徒たち、それに四人の白人がこちらに近づいてくる。三人が土手に登ると、「先生」と彼の生徒たち、それに四人の白人がこちらに近づいてくる。

聞く。耳をすます。何も聞こえない。ナイフのことは忘れろ。さあいまだ。三人が土手に登ると、「先生」と彼の生徒たち、それに四人の白人がこちらに近づいてくる。カンテラを持って。シックソウは三十マイルの女をどんと突き、女は川床の上を走って逃げる。ポールDとシックソウは森を目ざして反対方向へ走る。二人とも囲まれ、縛られる。

その頃大気は甘味を帯びてくる。蜜蜂《みつばち》の好きな植物の香りが立ちこめている。騾馬のように綱をかけられたまま、ポールDは露のたまった、うっとりするような草の肌ざわりを感じる。シックソウがぐるりと躰をまわして、いちばん手近に突きつけられていたライフルの銃口をむんずと掴む瞬間、ポールDは草のことや、ポールAの居場所のことを考えている。シックソウは歌いだす。二人の白人がポールDをこづいて一本の木に縛りつける。「生け捕り、生け捕りにするんだ。息はさせとくんだ」と「先生」が言ってる。シックソウは腕を振りまわし、一人の白人の肋骨《ろっこつ》を折るが、両手を縛られているので、銃を掴んだものの引き金に指が届かず、こうして殴るより使いようがない。そこにいる白人はみんな、待っているだけでいいのだ。たぶん、シックソウの唄が終わるのを？　奴らが唄を聞くあいだ、五丁の銃がシックソウに向けられている。奴らがカンテラの明かりの外に動いてしまうと、ポールDには奴らの姿が見えない。ついに一人がライフルでシックソウの頭を殴りつけ、彼の意識が戻った時は、目前でヒッコリーの木が燃え、腰は木にくくりつけられている。「先生」は気を変えたのだ。「こいつは絶対に使いものにならないだろう」そう確信させたのは先刻の唄に違いない。

火は何度も消えかけて、白人たちは、この非常事態にうろたえている自分たち自身にうんざりしている。捕まえにきただけだ、殺しにきたんじゃない。彼らにどうにか燃せるのは、ひき割りトウモロコシが煮えるぐらいの火だ。乾燥してる焚きつけの束はほんのわずかで、草は露に濡れている。

その貧弱な焚き火に照らされて、シックソウはぴんと躰を伸ばす。唄はもう歌わない。彼は笑う。セサの息子たちが干し草の中でころげまわったり、雨水を飛ばしてはしゃぐ時立てる、さざ波が走るような声。両足が焼けている。ズボンの布地から煙が出る。彼は笑う。何かがおかしいのだ。シックソウが笑うのをやめて「セブン・オー！　セブン・オー！」と叫ぶ時、ポールDは、何がおかしいのか見当がつくのだ。

くすぶって燃え上がろうとしない頑固な火。奴らは彼を撃って黙らせた。しかたがないのだ。手枷と足枷をつけられ、蜜蜂の好きなかぐわしい植物の中を歩きながら、ポールDは奴らが話しているのを聞き、初めて自分の値段を知る。働き手として、農園に利益をもたらす労働者としての自分の値打ちを、これまでだってずっと知っていたし、あるいは知っているものと思い込んでいた。しかしいま、彼は自分の値段を発見する。つまり自分の代価を知るのだ。自分の目方、自分の力、自分の心臓、自分の頭脳、自分のペニス、自分の将来をドルに換算した価値である。

乗ってきた馬を繋いだ場所まで来て、馬にまたがるとすぐ、白人たちは前よりも平静になり、自分たちが直面している困難を互いに話している。深刻な諸問題。いろんな声が、この農園の奴隷たちはガーナーの手元で甘やかされてしまったんだと、「先生」に注進している。ガーナーがやったことは法律に違反してるんだ。自分の躰を買い取るために、クロンボが自由時間に外で雇われるのを許すなんて。彼はクロンボに銃まで持たしたんだ。ガーナーはあのクロンボたちに交尾させて、クロンボの数を増やしたと思うかい？　するもんか！　彼は奴らが結婚するように計画してたんだ！　まったくあきれた話じゃないか。「先生」はため息をついて、わたしがそれを知らないとでもおっしゃるんですか？　と言う。この農園を立て直すために来たんですよ。いまじゃ農園は、ガーナーが死んだ当時よりもひどい荒廃に瀕してるんです。クロンボを、少なくとも二人、いや、ハーレというのが見つかるかどうかわかりませんから、もしかしたら三人失くしてしまいましたからね。義姉《あね》は病弱で力になりませんし、今度の集団逃亡がなくったって、まいってるんですよ。このクロンボをできれば九百ドルで売って、繁殖用に使えるあの女と彼女の生まれてくる子、それに見つかればの話ですが、もう一人の男の方を、手元に残す算段を始めなきゃならんでしょうな。ここにいるのを売った金で、若いのが、十二か十五ぐらいのが、二人買えるでしょうな。そうなったら、あの繁殖用のと彼女の三人のガキたち、それと男だか女だかわからないがこれから生まれてくる子で、わたしと甥たちは七人のクロンボを持つことになりますから、スウィートホームも、現在の大変な苦労に見合うだけの値打ちになりますよ。

「リリアンは、病気を乗り切れそうかい？」

「まったく、一進一退ですからな」

「リリアンの義妹《いもうと》があんたの奥さんでしたよね？」

「そうだったんですけど」

「その人もやっぱり弱かったんかね？」

「ええ、まあ。熱病にやられましてね」

「ま、ここいらでは、男やもめの暮らしを続ける必要はなさそうですよ」

「目下のところ、思案することと言えば、スウィートホームのことばかりでして」

「ごもっとも。かなりの広さですからな」

躰を横にできないよう、奴らはポールDに三本のスポークが伸びた首枷をはめ、左右の足首を一つにして鎖を巻く。さっきこの耳で聞いた数字が、彼の頭を離れない。二人。二人だって？　クロンボを二人失くしたって？　自分の心臓が跳びはねてるんじゃないかと、ポールDは思う。奴らはハーレを捜しにかかるんだな。ポールAじゃなくて。ポールAはきっと見つかっちまったんだ。白人に見つかるっていうことは、もう助からないっていうことなんだ。

奴隷小屋の戸を閉める前に、「先生」は長いこと彼を見る。ためつすがめつ、じっと見る。ポールDは見返さない。雨がぱらつきだしている。満たすことが不可能な期待を高めてるだけの、じらすような八月の雨。自分もいっしょに歌えばよかった、と彼は思う。大声で、シックソウの節に合わせて、高らかにうねるように何かを歌えばよかったのに、あの言葉が彼をひるませた——彼に理解できない言葉だった。音の意味はわかったんだから、言葉がわからなくても、かまわなかったのに。憎悪がほとばしり流れ、ジューバ（米国南部の農園の黒人の踊り。手、膝、腿などを激しくリズミカルに打ち合わせて踊る）の踊りのようだった。

生ぬるいまばらな雨が、降ってはやみ、降ってはやむ。ガーナー夫人の窓から洩《も》れてくるらしい、すすり泣きが聞こえるような気がするが、すすり泣きに限らず何の音にだって聞こえる。誰の声にだって。牝猫が相手ほしさを訴えている声かもしれない。頭を垂直に立てているのにくたびれて、顎を首枷の上に乗せて、火格子の所までよろよろと近寄り、少しばかり湯を沸かし、粗びきトウモロコシを一つかみ入れる手順を、思いめぐらす。セサが雨に濡れて、大儀そうな腹をしながら入ってきて、これから逃げるつもりだと告げる時、ポールDはこの動作をやっている最中だ。セサは子供たちをトウモロコシ畑に置いてきたところだ。白人の姿は見えなかったわ。ハーレが見つからなかった。捕まったのは誰？　シックソウは逃げた？　ポールAは？

ポールDは知っていることを話してやる。シックソウは死んだ。三十マイルの女は逃げた。ポールAやハーレがどうなったかは、わからない。「あのひとどこにいるんだろう?」彼女は訊く。

首を振れないので、ポールDは肩をすくめる。

「シックソウが死ぬとこを見たの? たしかに?」

「たしかさ」

「殺された時、気を失っていなかった? 死がやってくるのを自分の目で見てたの?」

「気はたしかだった。はっきりしていて、笑ってた」

「シックソウが笑った?」

「あいつが笑ってる声を聞かせたかったよ、セサ」

彼は湯を沸かし、ささやかな火の前に坐っているセサのドレスから蒸気が上がる。足首を鎖で縛られていたのでは、必要な動作もままならず、その上、首についている代物は、彼をまごつかせる。恥ずかしさのあまり、彼女の視線を避けるのだが、たまたま合わせると見えるのは真っ黒な黒目だけ。白目がない。何がなんでも行くんだと彼女は言ってるが、門までだって逃げられやしないと彼は思い、それでもやめろとは説得しない。二度と再びこの女に会えないということが、はっきりわかり、その瞬間その場で、彼の心は停止した。

あれからすぐ生徒たちは、いたずらする目的で、彼女を納屋に連れていったに違いない。彼女がガーナー夫人に話すと、奴らは牛皮の鞭で復讐《ふくしゅう》したというわけだ。地獄にいる誰が、この世の誰が、彼女がそれでも逃げ出せると思っただろう？　あの腹、あの背中では、どこにも行きっこないと、奴らはたかをくっていたに相違ない。奴らがセサの居場所をつきとめて、シンシナティまでやってきたことを知っても、ポールＤは驚かなかった。いまになって考えれば、彼女の値段は彼のより高かったのだ。費用をかけずに再生産してくれる資産だったのだ。

　自分自身の値段、「先生」が自分を売って手にした額をセントのけたまで思い出して、ポールＤは、セサならいくらに売られていただろうか、と考えた。ベビー・サッグスはいくらだったのか？　労働で払った他に、ハーレはまだいくら借りがあったのか？　ポールＦを、ガーナー夫人はいくらで手放したのか？　九百ドルより多いのか？　多いとしたらどのくらい？　十ドル？　二十ドル？　「先生」なら知ってるだろう。「先生」はあらゆるものの値打ちを知っていた。シックソウは使いものにならないと断言した奴の声が、心底悲しそうだったのも道理だった。銃を手にして唄を歌ってるクロンボを、欺《だま》されて買う奴がいるだろうか？　愛しい三十マイルの女が、彼の花を咲かせる種を体内に宿して逃れていったので、セブン・オー！　セブン・オー！　と叫んでいたんだ。なんという笑い。波だち歓喜に溢れていたので、笑いは火までも消してしまった。奴らがポールＤを荷車に繋いだ時、彼の心にあったのは、口にはめられたハミのことではなく、シックソウの笑う声だった。その後でハーレの姿を、その次にあのおんどりを見たのだ。おんどりは、おまえさん、そのくらいじゃ、まだ何も見ちゃいないんだぜ、と言わんばかりに、ニヤニヤ笑っていた。おんどりがどうして、ジョージア州アルフレッドのことを知っていたのか？

「やあ」

スタンプ・ペイドはまだリボンをいじっていたので、ズボンのポケットがかすかに動いていた。

ポールDが顔を上げ、スタンプの脇ポケットがもぞもぞしているのに気づくと、ふんと鼻をならした。「わしには字が読めないよ。また別の新聞を持ってきたって、時間の無駄っていうもんだ」

スタンプはリボンをポケットから出して、階段に腰かけた。

「いや。ここに持ってるのは、新聞じゃない」彼は赤い布地を人差し指と親指にはさんで撫でた。「他のものだ」

ポールDが何も言わなかったので、二人の男は数秒間沈黙したまま坐っていた。

「これはわしにはつらいことなんだが」スタンプが口を切った。「それでも、せにゃならん。二つ、あんたに言うことがあるんだ。楽な方を先に言おう」

もな」ポールDはクスクス笑った。「あんたにつらいことなら、わしが聞いたら死んじまうか

「いや、いや。そんなことじゃない。あんたに許してもらおうと、あんたを捜しにやってきたんだよ。あやまるって、何を？」ポールDは上着のポケットの酒瓶に手を伸ばした。

「あやまるって、何を？」

「どの家でも選んでくれ、黒人が住んでるんだったらどの家でもいい。シンシナティ全市の中から選んでくれ。どんな家でも選んだら、その家は喜んであんたを泊まらせてくれる。黒人の衆があんたに泊まれとも言わず、泊まれる家があることを教えもしなかったんで、わしはあんたにいま詫《わ》びを言うよ。あんたが住みたい場所で、あんたは歓迎されるんだ。わしの家はあんたの家でもある。ジョンとエラ、ミス・レディ、エイブル・ウッドラッフ、ウィリー・パイク――誰でもだ。あんたが選んでくれ。地下室なんかで眠ることあないんだ。あんたが地下室で眠った一晩一晩に残らず、すまなかったとあやまるよ。あの牧師はなんでまた、あんたにそんなことをさせておいたのか、合点がいかん。わしはあの男が子供の時から知ってるんだ」

「待てよ、スタンプ。あの人は申し出てくれたさ」

「そうか？　それで？」

「それで、わしがしたかったのは――わしはそうしたくなかったんだ。わしがしたかった

のは、しばらく一人でいることだったんで。あの人は申し出てくれたさ。いまだって、顔を合わせれば、何度でも言ってくれる」

「それを聞いて、一つ荷が降りるよ。わしは、みんながみんな気が狂っちまったのかと思った」

ポールDは首を振った。「狂ってるのは、わしだけさ」

「それを治すのに、何か計画はあるのかね？」

「ああ、おおありさ。大計画があるんだよ」彼は二回、瓶からラッパ飲みをやった。酒を飲みながらどんなに計画を立てたって、長続きするもんじゃない、とスタンプは思ったが、自身の経験から、現に飲んでる男に飲むなと忠告する無意味さも知っていた。鼻腔に空気を吸い込むと、それを言うのが目的でやってきた二つ目の話を、どう切り出したものかと考えた。今日は外に出ている者はほとんどいなかった。運河が凍結したので、交通も止まってしまったのだ。二人は、近づいてくる馬の蹄《ひづめ》の音を聞いた。馬上の男は、丈のある東部風の鞍に坐っていたが、それ以外はどこをとってもオハイオ盆地丸出しだった。通りすがりに二人を見ると突然手綱《たづな》を引いて向きを変え、教会に通じる小径を進んできた。男は身を乗り出した。

「おい」彼は言った。

スタンプはリボンをポケットにしまった。「はい、だんなさま」

「ジュディっちゅうオナゴを捜しとるだが。食肉処理場のあたりで働いとるんだが」

「知りませんです、だんなさま」

「プランク通りに住まっとるって聞いたが」

「プランク通り。はい、だんなさま。それはもうちょっくら先でございます。一マイルぐらいで」

「女を知らんのか？　ジュディっちゅうんだ。食肉処理場で稼いでる」

「いいえ、だんなさま。プランク通りは知っとりますが。一マイルほど、あっちに行った所でごぜえます」

ポールＤは酒瓶を上げて、ゴクリとやった。馬上の男は彼を見て、次にまたスタンプ・ペイドに目をやった。右手の手綱をゆるめ馬の向きを表通りに変えたが、また気を変えて戻ってきた。

「おい、こら」彼はポールＤに呼びかけた。「あそこに十字架があるとこを見ると、この建物は教会か、それとももとは教会だったんだな。ちいっとは敬意っちゅうもんを払うべきだと、わしは思う。わかるかな？」

「はい、だんなさま」スタンプが答えた。「おっしゃるとおりでごぜえますよ。わしもこいつに、そのことを言ってきかせようと、やってきたところです。いまおっしゃったとおりのことを」

馬上の男は舌を鳴らすと、速歩で馬を走らせて去った。スタンプは右手の二本の指で左の手のひらに小さな輪を何度も描いた。「選んでくれ」彼は言った。「誰でもいいから選ぶんだ。そうしてほしいと頼めば、一人にしておいてくれる。わしの家。エラ。ウィリー・パイク。わしらは誰もたいしたものは持ってやしない。だが、みんなもう一人受け入れるだけの余裕はある。支払える時は何がしか払えばいいし、払えん時は払わんでいいんだ。考えてくれ。あんたは大人だ。どうしても気の向かんことを無理強いすることはできんが、しかし考えてくれ」

ポールDは黙っていた。

「もしわしがあんたを傷つけてしまったのなら、それを正すためにここに来た」

「そんな必要ないさ。まったく、必要なしだ」

子供を四人連れた女が、通りの反対側を歩いていた。にっこり笑って手を振った。

「こんにちわぁ。いま急いでんの。じゃあ祈禱会《きとうかい》でね」

「ああ」スタンプは彼女の挨拶に応えた。

「スクリプチャー・ウッドラッフだ。エイブルの姉なんだよ。ブラシと獣脂の工場で働いてる。あんただっていまにわかる。ここらに少し住んでみるといい。そうすりゃ、この土地の黒人ほど心のやさしい黒人は、どこにもいないってことが、あんたにもわかるから。プライドがね、それが少しばかりこの人たちの気に障《さわ》るんだよ。誰かが気位が高すぎるんじゃないかって、感じると、扱いにくくなる人たちなんだが、実のところはみんな善人なんだ。誰だって、あんたを泊めてくれるさ」

「ジュディはどうかい？ ジュディは泊めてくれるかい？」

「場合によりけりだ。あんたが何を考えているかによる」

「ジュディを知ってるのか」

「ジュディスだ。わしは誰でも知ってる」

「プランク通りの連中も？」

「誰でもだ」

「で？ 彼女はわしを泊めてくれるかい？」

スタンプはかがんで靴の紐をほどいた。十二個の黒いホックが左右六個ずつ甲の上に並び、その上の足首のあたりに四対の通し穴が並んでいた。彼は紐をすっかり下までゆるめ、注意深く舌革を直してから締め直していった。通し穴の所まで来ると、通す前に紐の先端を指でねじった。

「わしが、いまの名前を自分につけたいきさつを、聞いてくれ」最初の一結びはコチコチに締まり、次の蝶結びにも同じ力が入った。

「みんなはわしをジョシュアと呼んだ」彼は言った。それから「わしは自分でそれを改名した」と言った。「なぜそうしたか。あんたに聞いてもらいたい」そしてスタンプはヴァシチのことを話した。

「そのあいだじゅう、わしは一度たりとも彼女《あれ》の躰には触れなかった。一度たりともだ。一年近く。始まった時はわしら夫婦は種まきをしとったが、終わった時は摘みとりをしとった。一年より長く思えた。奴を殺してやればよかった。彼女《あれ》がよせと言った。だが殺すべきだった。いまほど我慢強くなかったんだが、やっぱり奴に我慢のできん人間が他にもいるんじゃないかな、って考えた。奴の妻だ。奴の妻がわしより立派に耐えているかどうか、見てやろうと思いついた。ヴァシチとわしは昼間はいっしょに野良で働いてたんだが、時々彼女《あれ》は丸々一晩帰ってこなかった。けっして彼女《あれ》の躰に触らなかったばかりか、日に三言も話しかけなかった。あの女、若主人の妻に会おうと思い、わしはお屋敷に近づくどんな機会も見逃さなかった。若主人はほんの小僧っ子だった。十七、二十だったかな。とうとう奴の妻を見かけた。水の入ったコップを持って、裏庭の柵のそばに立っていた。コップの水を飲み、ただ庭の向こうをじっと見つめていた。わしは近寄ってった。少し離れて立って、帽子をとった。『ごめんなさいまし、奥さま。もし、ごめんなさいまし？』女はこっちを見た。わしはにこにこ顔をつくってる。『ごめんなさいまし。ヴァシチをお見かけですか？　わしの女房のヴァシチを？』ほんとにちっちゃな女だったよ、奴の妻は。黒い髪をして。顔なんか、わしの手ぐらいしかなかった。奴の妻は言うんだ。『なあに？　ヴァシチって？』わしは言う。『さようで、奥さま。ヴァシチで。わしの女房でごぜえます。彼女《あれ》が言いますにゃ、あなたさま方にタマゴをいくつかお借りしてますそうで。彼女《あれ》がお持ちしたかどうかご存じで？　ごらんになれば、あいつだってことはすぐおわかりになりますだ。彼女《あれ》は首に黒いリボンをつけてますんで』それを聞くと頬がぱあっとバラ色になったんで、この女は知ってるんだな、ってわかったんだ。奴はヴァシチに、黒いリボンをくれてつけろと言った。それにはカメオがついてた。彼女《あれ》は奴のところへ行く時は、必ずそれをつけてった。わしは帽子を被った。『彼女《あれ》をお見かけになりましたら、わしが用だとお伝え下さいまし。よろしく願います。どうぞよろしく願いますだ、奥さま』わしは奴の妻にものを言う間を与えず退散した。木立の陰に来るまで振り返ろうとしなかった。彼女はさっきと同じようにつっ立って、水の入ったコップに目を落としていた。もっと胸のすくような思いがするかと思ってたが、それほどじゃなかった。この女が例の事態を止めるかな、とも思ったんだが、それは依然として続いたんだよ。ところがある朝、ヴァシチが小屋に入ってきて窓のそばに坐った。日曜日だった。日曜日は自分たちの菜園の世話をする日だったからな。窓のそばに坐って外を見てるんだ。『戻ったわ』と彼女《あれ》は言った。『戻ったのよ、ジョシュ』わしは彼女《あれ》のうなじを見た。彼女《あれ》の首はほんとにきゃしゃだった。へし折ってやると決心した。小枝みたいにポキリと折ってやろうってね。わしは荒《すさ》みっぱなしだったが、あの時がいちばんひどかった」

「やったのか？　ポキリと？」

「いいや。わしは改名した」

「そこから、どうやって逃げ出したんだい？　どうやってこの土地に来た？」

「舟だ。ミシシッピー河を上ってメンフィスに行った。メンフィスから歩いてカンバーランドに来たんだ」

「ヴァシチもか？」

「いや。彼女《あれ》は死んだ」

「ああ、なんてこった。もう片方の靴紐を結んでくれ！」

「ええ？」

「自分のやくざな靴を結べよ！　真ん前にあるじゃないか！　結べったら！」

「これでちっとは気持ちが楽になるかい？」

「いいや」ポールDは酒瓶を地面に放り投げて、ラベルに描かれた金色の四輪馬車に目を凝らした。馬がついていなかった。水色の布に覆われた金色の馬車だけだった。

「二つ話さにゃならんとわしは言った。まだ一つしか話してない。もう一つのを話さにゃならん」

「知りたくないね。何も知りたくないんだ。ジュディがわしを泊めてくれるか、くれないのか、それだけ知れば充分だ」

「わしはあそこにいたんだ、ポールD」

「どこにいたって？」

「あそこの庭にいたんだ。彼女があの事件を起こした時」

「ジュディが？」

「セサだ」

「なんてこった」

「事情は、あんたが考えてるようなもんじゃないんだ」

「わしがどう考えてるか知らんくせに」

「彼女は狂ってるんじゃない。あの子供たちを愛してる。子供たちが傷つけられる以上に、彼らを傷つける奴をもっとひどい目に遭わせてやろうとしたんだ」

「やめてくれ」

「それであの修羅場を見せつけたんだ」

「スタンプ、かんべんしてくれ。わしはあの女を少女の頃知ったんだ。いまのあの女は恐ろしい。わしは少女の頃のあの女を知ってたんだ」

「あんたはセサなど怖がっちゃいない。あんたの言うことは信じられん」

「セサが怖いんだ。自分が怖いんだ。それにセサの家にいるあの娘が、いちばん怖い」

「あの娘は何者だ？　どこのもんか？」

「知らん。ある日とつぜん切り株の上に、キノコが生え出たみたいに坐ってた」

「そうか。どうも、一二四番地以外の人間で、あの娘を見たのは、あんたとわしだけのようだな」

「あの娘はどこにも行かないんだ。あんたはどこで、彼女を見たのかい？」

「台所で眠ってた。中を覗いたんだよ」

「初めて見た瞬間から、あの娘のそばにはいたくなかった。どこかおかしなとこがあった。おかしなことを言う。おかしな振るまいをする」ポールDはつばのついた帽子の下に指を突っ込んで、こめかみの上の頭皮をこすった。「あの娘を見てると、何かを思い出しそうなんだが。思い出してもよさそうなんだが、何かをね」

「どっから来たのか、どうしても言わんのか？　身内はどこにいるとか？」

「本人が知らんのだ。さもなきゃ知らんと言ってるんだ。あの娘が言ったことといえば、服を盗んだとか、橋の上で暮らしたとか」

「どんな橋かね？」

「わしが知るわけない」

「このあたりで、わしが知らない橋なんぞ、一つもないがね。橋の上には人なぞ住んでおらんよ。下にだってだ。あの娘がセサとあの家で暮らして、どのくらいになるね？」

「八月からだ。サーカスがあった日からだ」

「そりゃ悪い兆しだ。彼女はサーカスにいたのかい？」

「そうじゃない。わしたちが家に帰ってくると、そこにいたんだ――切り株の上に眠ってた。シルクのドレスで。新品の靴を履いて。石油みたいに黒かった」

「まさか。ふーん。ディア・クリークの近くで白人に閉じ込められてた娘がいたんだがね。去年の夏、白人は死んでるとこを発見されたんだが、娘は消えてた。たぶん、そいつが彼女だ。噂だと、その男は娘をほんの子犬みたいな頃から、そこで飼ってたそうだ」

「でもいまじゃ、いっちょまえの牝犬だ」

「あんたを追い出したのは、そいつかい？　わしがあんたにセサのことを話したせいじゃなかったのか？」

震えがポールDの全身に走った。思わず両膝を摑むほど、骨まで冷たくなるような痙攣《けいれん》。それが安ウィスキーのせいなのか、地下で過ごした夜のせいなのか、豚から感染した熱、鉄のハミ、ニヤニヤ笑っているおんどり、火のついた足、声を上げて笑ってる死んだ男たち、シュウシュウ音をたてている草、雨、リンゴの花盛り、首飾り、食肉処理場のジュディ、バターにまみれたハーレ、幽霊のように白い階段、桜の木、カメオのブローチ、ポプラの木、ポールAの顔、ソーセージのせいなのか、それとも赤い、赤い心臓を失くしたせいなのか、彼にはわからなかった。

「教えてくれ、スタンプ」ポールDの目はショボショボしていた。「このことを教えてくれ。クロンボはどれだけ耐えなきゃならんのだ？　教えてくれ。どれだけだ？」

「精一杯だ」スタンプは答えた。「できる限りだ」

「なぜだ？　なぜだ？　なぜだ？　なぜだ？　なぜだ？」

第三部

一二四番地は静まりかえっていた。

音のない世界のことならなんでも知っていると思っていたのに、デンヴァーは、飢えがこんなことをすると知って驚いた。飢えは人間を黙り込ませ消耗させる。セサもビラヴドもそんなことに気づかず、どちらの兆候が見えても頓着しなかった。互いに争うための精力を、振り分け小出しに使うことだけにかまけていた。この世界の端から外に出て死なねばならないのは、デンヴァーだった。そうしなければ、三人が三人とも死んでしまう恐れがあった。母親の人差し指と親指のあいだの肉は中国製のシルクのように薄くなり、家にあった服はどれを着てもブカブカで、彼女の躰《からだ》からたれ下がった。ビラヴドは両手の手のひらで頭を支え、ところかまわず眠り、日ごとに大きく丸ぽちゃに肥《ふと》っていくのに、甘いものがほしいとむずかった。卵を産んでいる二羽のめんどりを除いては、何一つ残っていなかった。遠からず誰《だれ》かが、時々卵が一個手に入るのと、一度に二羽のフライドチキンが食べられるのと、どちらがいいか決めなければならなくなっていた。空腹になればなるほど三人は衰弱し、衰弱すればするほど口数が少なくなったが、激しい口論よりまだましだった。三人が遊んだたった一度の幸せな新しい年の最初の一ヵ月の後に続いた激しい口論、火《ひ》掻《か》き棒が壁に叩《たた》きつけられ、わめき声と泣き声が飛びかうよりましだった。あんなに楽しく遊んだのは生まれて初めてだったけれど、デンヴァーは日頃の習慣で、いっしょに遊びながらも、ちょっと後ろに下がっていた。セサがあの傷跡を見てしまってからは――その先端の部分を、ビラヴドが服を脱ぐたびに、デンヴァーの方はずっと前から見ていたのだが、顎《あご》の下のコチョコチョをする場所に浮かぶ微笑がつくったような、小さな影のような曲線――セサがそれを見て、指で触れ、長いあいだ目を閉じた後は、二人の女はデンヴァーを遊びから外してしまった。料理遊び、裁縫遊び、髪を結って着飾る遊び。遊びに熱中するあまり、母親は仕事に行く時間を日ごとに遅らし、ついに予想しうる事態が現実となった。ソーヤーがセサに、もう来なくてもいいと言い渡したのだ。別の仕事を捜す代わりに、セサはそのぶんビラヴドと遊ぶことに打ち込んだが、ビラヴドは何をしてもらっても、けっしてもういいとは言わなかった。子守唄、新しいかがり模様、ケーキの焼き皿の底についたお焦げ、牛乳の薄い膜。めんどりが二つしか卵を産まなくても、二つとも彼女のものになった。デンヴァーの母親は正気を失ったみたいだった。昔やっていたことをいっさいやめて、ピンクがほしいとだけ言っていたベビーばあちゃんに似ていたが、ベビーばあちゃんと違って、セサはデンヴァーを完全にのけ者にした。昔はデンヴァーに歌って聞かせた唄でさえ、ビラヴドのためにだけ歌った。「高いなあ、ジョニー、広いなあ、ジョニー、あたしのそばから離れちゃだめだよ、ジョニーちゃん」

　最初のうちはいっしょに遊んだのだ。丸一カ月。デンヴァーはごきげんだった。降るような星空の下でアイススケートをしてストーブの傍らで甘い牛乳を飲んだ夜から、午後の光の中でセサが二人に見せてくれたあやとり、黄昏《たそがれ》の中の影絵遊びにいたるまで、こよなく楽しかった。冬のさなかになると、セサは熱で目をキラキラさせながら、野菜畑と花畑を作る計画を立てていた。畑にはどんな色が出てくるかを喋《しゃべ》りに喋っていた。ビラヴドの髪を編んだり、ふくらませたり、しばったり、油をつけたりして弄《もてあそ》び、とうとう見守っているデンヴァーが落ち着かなくなった。二人の女はベッドを取り替え服を交換した。腕を組んで歩きひっきりなしに微笑《ほほえ》んでいた。寒がゆるむと、裏庭に出て地面に膝《ひざ》をつき、鍬《くわ》の刃も入らないような凍った土に畑の区割りをした。一生かかって貯めた三十八ドルの虎の子は、贅沢《ぜいたく》な食品で飢えを満たし、リボンや服地で身を飾るために消えていった。買った服地はセサが裁断して縫《ぬ》ったが、まるで急いでどこかに出かけるところだといわんばかりの仕上がりだった。青い縞《しま》模様とか派手な柄の目が覚めるような明るい服。黄色いリボン、ピカピカ光るボタン、それに小幅の黒いレースを買うために、四マイルの道を歩いてジョン・シリトーの店に行った。三月も終わる頃には三人はそろって、手持ち無沙汰《ぶさた》の見世物小屋の女といった風体だった。二人の関心が互いに相手にしかないことが明白になった時、デンヴァーは遊びからぬけ始めたが、ビラヴドに危険が降りかかるような兆しを見逃すまいとして、二人が遊ぶのを見守った。やっと、危険な兆しなどないことを納得し、母親があんなにも幸せそうなのを、あんなふうに微笑んでいるのを見て——これが悪いようになるなんてことがあるかしら——デンヴァーが警戒を解くと事態は悪化した。彼女が直面した最初の問題は、この状況を作り出しているのはどちらの女かを知ることだった。彼女の監視の目は母親に注がれていた。母親の内部にある例のものが外に現れて、また殺人を犯すような気配はないかと、油断しなかった。だが、いろいろ要求を出すのはビラヴドの方だった。ほしいものはなんでも手に入れた上に、セサの方で与えるものがなくなると、ビラヴドは欲望をわざわざ作り出した。川底から二人に向かってゆらゆら挨拶《あいさつ》を送っている茶色の落ち葉のじゅうたんを、何時間でもいっしょに眺めていてくれと、セサにせがんだ。そこは、ちっちゃな女の子だった頃、デンヴァーが音のない世界でビラヴドと遊んだ場所だった。いま遊んでいるのは、デンヴァーとビラヴドではなかった。氷がすっかり解けると、待ちかねていたように、ビラヴドは、自分をじっと見つめている自分自身の顔が、小波《さざなみ》に揺れ、折り重なり、広がり、水底の落ち葉の中に消えていくのを見つめた。躰を地面にぺたりとつけて、けばけばしい縞模様のドレスを泥で汚しながら、自分の顔を揺れているいくつもの顔にくっつけた。暖かくなると芽を出す最初の草花を摘んで、次々に籠をいっぱいにしてはセサに差し出した。タンポポ、ヴァイオレット、レンギョウ。セサはそれを活けたり挿したり、家じゅういたる所に巻きつけたりした。セサの服を着込んで、ビラヴドは自分の肌を手のひらで撫《な》でた。セサの真似《まね》をしてセサが喋るように喋り、セサが笑うように笑い、歩き方にいたるまで同じような身のこなしで、手の動かし方、鼻でするため息のつき方、首の立て方までが、セサそっくりだった。時々、二人が男や女の形をしたクッキーをつくったり、ベビー・サッグスのキルトぶとんに布切れを当てたりしているところに出くわすと、どっちがセサでどっちがビラヴドなのか、デンヴァーには見分けがつけにくいほどだった。

やがて雲行きが変わり、口論が始まった。最初のうちはゆっくりと始まった。ビラヴドから不平が洩《も》れ、セサがあやまった。年長の女が払った特別の努力が、前ほど喜ばれなくなった。外にいるには寒すぎはしない？　ビラヴドは、だからどうなのよ？　と言うような顔つきをして見せた。もうとっくに寝る時間ですよ、縫いものするには明かりが足りないんじゃない？　ビラヴドは動かなかった。「やってよ」と言うと、セサが折れた。ビラヴドは何もかもいちばんいいものを取った――真っ先に。いちばんいい椅子《いす》、いちばん大きな取り分、いちばんきれいな皿、髪につけるいちばん明るい色のリボン。ビラヴドが取れば取るほど、ますますセサは、自分が子供のためにどれだけ苦しんできたか、耐えてきたか、ブドウ棚の下で蠅《はえ》を追ったこと、差し掛け小屋まで這っていったことなどをくどくど話し、弁明し、こと細かに説明し始めるのだった。心を動かすようなことがあってもいいはずだったが、セサのするどの話もビラヴドに何の効果も与えなかった。ビラヴドは自分を置き去りにした、と言って、セサを責めた。やさしくしてくれなかった、自分に笑いかけてくれなかった、と言って、責めた。自分たちは同じで同じ顔を持ってるのに、どうして置き去りになんかできたのよ？　とビラヴドは言った。するとセサは泣いて、けっして置き去りになんかしたんじゃないんだよ、そんなつもりもなかったんだよ、と言った――子供たちをよそへ、遠くへ、連れ出さなきゃならなかった、いつも乳が出てたんだよ、墓石のお金だって用意したんだけど足りなくってね、と言った。母さんの計画は、向こう側でみんないっしょになることだった。永遠にね、とも言った。ビラヴドは関心を示さなかった。声を出して泣いたら、誰もいなかったんだよ、とビラヴドは言った。あたいの上に死んだ男たちが寝てたんだ、と言った。食べるものが何にもなかったんだ、と言った。皮膚のない幽霊が、あたいの中に指を入れて、暗いとこじゃ、いとしい子って言い、明るいとこじゃ、ふしだら女って言ったんだ。セサは、繰り返し繰り返し理由を並べては、許しておくれと懇願した。わたしにとっておまえは、自分の命より大切で意味があるんだよ、と言った。いつだって喜んで入れ替わってあげたいんだよ、と言った。ビラヴドの流した涙を一粒でも元に戻せるものなら、わたしの人生を一時間残らず、いいえ一分残らず諦めたってかまわない。蚊がわたしの赤ちゃんを刺した時、わたしが痛かったのを知ってたかい、と訊いた。お屋敷に走っていく時、おまえを地面に置いていかなきゃならなくて、気が狂いそうになったのを知ってたかい、と訊いた。スウィートホームを出る前は、おまえはわたしの胸の中か、背中であるくなって眠ってたのを、知ってたかい、と訊いた。ビラヴドは、知っちゃいない、と言った。セサはあたいのとこへちっとも来なかったし、声もかけず笑いもせず、いちばんひどいのは、さよならと手も振らず、あたいのとこから逃げてく前にこっちを振り向きさえしなかったんだよ、と言った。

一、二度セサが自分の考えを押し通そうとした時――その言葉は掟《おきて》であり、最善を心得ている反駁《はんばく》の余地のない母親としてふるまおうとしたのだ――ビラヴドは物を叩きつけ、テーブルの上の皿を拭《ぬぐ》うように落とし、床に塩をまき散らし、窓ガラスを割った。

ビラヴドはセサやデンヴァーと異なっていた。野生のけものだった。それなのに、出ておゆき、少し分別がついたら戻っておいで、とは誰も言わなかった。わたしに向かって手を上げたら、来週の水曜日ぐらい遠くにぶん投げてやるからね、とは誰も言わなかった。幹に斧《おの》を打ち込めば枝が死ぬ。主なる汝《なんじ》の神が与え給うた土地で、汝の日々が長からんために、汝の母、汝の父を敬え、とは誰も教えなかった。おまえをドアの把手にぐるぐる巻きにしてやろう、誰もおまえのためになんか働かないし、神は邪《よこしま》な仕業《しわざ》を愛さない、とも言わなかった。

いや、誰も言わなかった。二人の女は皿を継ぎ、塩を掃いた。少しずつデンヴァーの頭の中で、ある朝目を覚まして、セサがナイフを摑《つか》まなかったら、ビラヴドがそうするかもしれないということが、はっきりわかってきた。セサの中に隠れていていつ出てくるかもしれないものに脅えていたのだが、年上といっても、自分とたいして違わない若い女に、母親が召使いのように仕えているのを見て、デンヴァーは恥ずかしかった。ビラヴドの夜のおまるを捨てにいく母親を見かけ、デンヴァーは走っていって彼女の手からおまるを取った。だが、食料が底をついた時の苦痛は耐えきれなかった。デンヴァーは母親が食事なしで過ごすのを——テーブルやかまどの隅から拾って食べているのを、見ていた。それは鍋底《なべぞこ》にこびりついたトウモロコシの粉、いろんな食べ物のカス、カケラ、果物や野菜の皮だったりした。一度、すすいでかたづける前に、からっぽになったジャムの瓶に中指を突っ込んでしごいているのを、見たこともあった。

三人は疲れていった。ますます躰が大きくなっていくのに、ビラヴドさえ、二人に劣らず疲れきっていた。ともかく、火搔き棒を振りまわすことはやめて、唸《うな》ったり、歯のあいだからシーシーと息を吸い込んだりするだけになったので、一二四番地はひっそりした。飢餓に責められ落ち着かず、絶えず睡魔に取りつかれながらも、デンヴァーには、母親の人差し指と親指のあいだの肉が溶けるように痩せていくのが、はっきりとわかった。セサの目が、ギラギラしているのに死んだように無表情で、油断なく見張っているのに虚ろで、そのくせビラヴドの顔や躰のあらゆる部分を、ひたすら見ているのがわかった。ビラヴドののっぺらぼうの手のひら、額、ゆがんで長すぎる顎の下の微笑――セサはビラヴドのあらゆるところを見ているくせに、ザルのように張り出した腹は見ていなかった。デンヴァーは見世物小屋の女が着るような自分のブラウスの袖口《そでぐち》が、指まで隠してしまっているのに気づいた。もとはくるぶしの上だったのに、いまではスカートの裾《すそ》が床を掃いていた。そして、リボンで飾りたて満艦飾に装って、飢えてぐったり萎《な》えているのに、全員を消耗させてしまう愛の中でがんじがらめになっている自分たちの姿が見えた。やがてセサが口に入れたことのないものを吐き出し、デンヴァーは銃声を聞いたように動転した。デンヴァーが最初に始めた仕事、ビラヴドをセサから護るという仕事は、母親をビラヴドから護ることに変わった。いまや母親の方が二人を遺《のこ》して死んでいくことになりかねないことが、目に見えていた。そんなことになったら、ビラヴドが何をしでかすか？　何が進行中でも、三人だからどうやらやれるのだ。二人ではだめだ。ビラヴドもセサも明日のことなど頓着しなかったので（ビラヴドの機嫌がよければセサは幸せだったし、ビラヴドはクリームを舐めるようにセサの献身をむさぼった）、デンヴァーは、なんとかするのは自分の責任だと分別した。庭の外に出なくては。この世界の端から踏み出さなくては。二人を置いて誰かに助けを求めに行かなくては。

　誰に？　母親が娘の世話をしよう、これまでの埋め合わせをしようと努めたあげく心も躰もボロボロになって布切れの人形みたいに坐り込んでいると話しても、デンヴァーに恥ずかしい思いをさせず、彼女が面と向かって話せる人間はいるのだろうか？　デンヴァーは何人かの人についいては聞いていた。でも個人的に彼女が知っていたのは二人だけだった。スタンプと呼ばれる白髪の老人とレディ・ジョーンズ。そりゃもちろん、ポールDもだが。それに、セサのことをデンヴァーに教えてくれたあの少年、ネルソン・ロード。でもポールDやあの少年ではだめだ。心臓が胸郭を蹴《け》って喉《のど》が燃えるようにひりひりするので、デンヴァーは唾を一滴残らず呑み込んだ。どっちへ歩き出していいのかも、わからなかった。セサがレストランで働いていた頃、それから買い物をする金がまだあった頃もだが、セサは右に曲がった。レディ・ジョーンズの塾に通っていた頃、デンヴァーが曲がったのは左だった。

気候は暖かく、美しく晴れた日だった。四月で、命あるものはみんなためらいがちに活動を始めていた。デンヴァーは髪と肩をショールでくるんだ。見世物小屋の女が着るような服のなかでもいちばん派手な服を着込み、誰のかわからない靴をはいて、ポーチが切れた向こうに広がっている世界に呑み込まれる覚悟で、一二四番地のポーチに立った。かさこそ動くちっちゃなものが、引っ掻いたり触ったりする、向こうの世界。こちらの耳をぴたりと塞《ふさ》いでしまうような言葉が、話されることもある場所。独りぼっちでいると、感じるという心の動きが追いついてきて、影のようにくっつく場所。一度ひどいことが起こって、それがあんまりひどいので、そこへ近づけば同じことがまた起こるような場所がある向こうの世界。時が流れず、母親が言ったように、悪いことが娘の彼女までをも待ちかまえている、スウィートホームのような場所があるんだ。どうやって、そんな場所を見分けたらいいんだろう？　その上もっと大変なのは、向こうには白人がいる。彼らをどうやって見分けるのか？　セサは口よ、時には手よ、と言った。ベビーばあちゃんは、防ぎようがないんだよ、と言った。奴《やつ》らは気ままにうろつき、やたらに気が変わり、自分たちはまともに振るまってるんだと思い込んでる時でさえ、ほんとうの人間がすることからはほど遠い行いをしてるんだよ。

「あの人たちは、わたしを留置場から出してくれたんですよ」セサはベビー・サッグスに言ったことがあった。

「入れたのも奴らじゃないか」彼女は答えた。「あの人たちは、義母《かあ》さんを南部から運んで、河を渡してくれたんじゃないですか」

「わしの息子に骨身を削らせてだよ」

「あの人たちは、義母さんにこの家をくれたんじゃないですか」

「ただで何かをくれた者なんか、誰もいないよ」

「わたしはあの人たちから、仕事をもらいましたよ」

「そりゃ、おまえを雇った人間は料理人を手に入れたんだよ」

「でも、あの人たちの中にも、わたしたちをまともに扱ってくれる人間はいますよ」

「そんな人間に会うたびに、びっくりするんだろう？」

「昔は、そんな口のきき方をなさらなかったのに」

「いちいち口答えしないでおくれ。この世の始まりから生きてきた奴らを全部合わせたよりも、ずっと大勢のわしらの仲間を、奴らは海の底に沈めてるんだ。剣をお置き。これは戦いにならないよ。完敗なんだから」

こんな会話《やりとり》や祖母が臨終に言った決定的な言葉を思い出しながら、デンヴァーは陽を浴びてポーチに立ったまま、そこを離れることができなかった。喉がピクピクした。心臓がはねていた――するとその時、ベビー・サッグスが笑った。勘違いのしようもないほど大きな声で。「おまえは、カロライナにいた頃のわしの話を聞いたことがないって言うのかい？　おまえのおとっつぁんのことも？　わしがいまみたいな歩き方を、どうしてするようになったか、おまえのおっかさんの背中はもちろん、足のことも、何にも覚えていないって言うつもりかい？　こういうことをみんな、わしはおまえに話さなかったかい？　それを知ってるせいで、階段を降りていけないのかい？　あきれたよ、まったく」

でもばあちゃん、ばあちゃんは防ぎようがないって、言ったじゃない。

「ないんだよ」

それじゃ、どうすればいいの？

「それをわきまえておくんだよ。わきまえてから、さっさと庭から出ておゆき。さあおゆき」

戻ってきた。十二年が過ぎた後で道が戻ってきた。右側に家が四軒、ミソサザイのようにくっつき合って並んでる。一軒目は階段が二段ついていて、ポーチには揺り椅子《いす》があった。二軒目の階段は三段で、ポーチの梁《はり》にホウキが立てかけてあって壊れた椅子が二脚、ポーチの脇《わき》にはレンギョウの茂みがあった。正面には窓がなかった。ちっちゃな男の子が地べたに坐《すわ》って棒切れを噛《か》んでいた。三軒目は、正面の窓に黄色い日除けが下がっていて、葉の中心が白か赤に染まった緑の観葉植物の鉢がずらりと並んでいた。デンヴァーには、ニワトリの鳴き声や蝶《ちょう》つがいの具合の悪い門が立てる大きな音が聞こえた。四軒目の家では、鈴掛けの花のつぼみが雨のように屋根の上に落ちて、草でも生えているように庭を緑に染めていた。女の人が一人、開いた戸口に立っていて挨拶しようと手を上げかけたが、それを振る相手が誰かを確かめようと身を乗り出したとたん、肩のところでぴたりと止めてしまった。デンヴァーは頭を下げた。次は柵《さく》で囲った子牛がいる小さな空き地。空き地は思い出したが、子牛には憶《おぼ》えがなかった。バンダナの下で頭皮が緊張のあまりじっとり濡《ぬ》れた。前方から、人の声、男の声が漂ってきて、彼女が一歩進むごとに近くなった。声の主が白人だった場合のことを考えて、路面から目を離さなかった。彼らが歩きたい場所を自分が歩いていたらどうしよう。話しかけられて、答えなければならなくなったらどうしよう。跳びかかってきて、ひっ掴み、縛りあげられたら？　声はますます近くなった。道を渡ってしまった方がいいかもしれない――いまだ。自分に手を振りかけたあの女の人は、まだ開いた戸口にいるかしら？　あの人は助けにきてくれるかしら？　それとも、デンヴァーが手を振り返さなかったので怒って、助けずに見ているかしら？　まわれ右をして、手を振った女の人の家の近くに行った方がいいのかもしれない。決心できないうちに手遅れになってしまった――彼らが真ん前に来てしまった。男が二人。ニグロだった。デンヴァーは息をついた。二人そろってつば付きの帽子に手をやって、「おはよう。おはよう」と呟いた。あたしの目は感謝の気持ちを表したわ、とデンヴァーは思ったが、すかさず口を開いて、挨拶を返すことはできなかった。二人はデンヴァーを左に避けて、通り過ぎた。すらすらと運んだこの出会いに元気も勇気もついて、デンヴァーは足を速め、周囲の家並みを注意深く眺め始めた。昔大きいと思っていたものが、どんなに小さいものかに気がついて呆然とするほどだった。道の端にあった、向こう側が見えないほどの大きな丸石は、腰かけ代わりになるほどの岩でしかなかった。家々に通じる小径は、何マイルも延びてはいなかった。犬たちはデンヴァーの膝にも届かなかった。大男たちがブナや樫《かし》の木に彫りつけた文字は、目の高さになっていた。

どこにいても、その家を見間違えはしなかっただろう。門柱と木材の切れ端で作った柵は、白いというより灰色になっていたが、どこにあっても見間違えはしなかっただろう。

石造りのポーチのぐるりには蔦《つた》がからまり、窓辺には淡い黄色のカーテンが見えた。レンガ敷きの小径の突きあたりが玄関で、厚板の通路が、デンヴァーが昔、敷居の上から覗こうと背のびした窓の下を通って、裏口へ続いていた。また同じことをしかけたが、レディ・ジョーンズ夫人の客間を覗《のぞ》いているところをもう一度見つかるなんて、馬鹿げていると気がついた。家を見つけた時の嬉《うれ》しさが、突然、疑いの中に溶けて消えた。夫人がもうここに住んでいなかったら、どうしよう？　こんなに時がたった後で、昔の生徒を憶えていなかったら？　夫人は何て言うかしら？　躰の中に悪寒が走り、デンヴァーは額の汗を拭いて、ノックした。

レディ・ジョーンズは干しブドウが届いたのかしら、と思いながら玄関に出た。ノックの音が小さいところをみると、子供だわ、たぶん。夕食会に出す自分の料理を、手間をかけただけの出来栄えにするために入用な干しブドウを、子供の母親が持たせて寄越したのだ。何も入れないケーキやポテトパイはいくらでも集まるはずだった。レディ・ジョーンズはしぶしぶながら、自分の考案した一品を申し出たのだが、それには干しブドウがないんですよ、と言ったのだ。いいわ、干しブドウは用意しますから、と会長が言った。間に合いませんでした、などと言われないように早々に用意しますからと。ジョーンズ夫人は、材料を叩き掻きまぜる力仕事で疲労するのが怖くて、会長が忘れてしまっていればいいのに、と思っていたところだった。彼女のパン焼き天火は一週間冷えたままだった。それを適温にまで熱くするのも、大儀だった。夫が死んで、自分の目もかすむようになってからは、ピカ一だった家事の腕を鈍るままにしておいた。教会に出すものを焼くことについても、心が二つに割れていた。一方では、自分の料理の腕前を、みんなに思い出させてやりたかったが、他方では、やらなければ、と感じるのがいやだった。玄関にやさしいノックの音を聞いた時、彼女はため息をつき、せめて干しブドウの種は、取り出しておいてほしいものだと思いながら出ていった。

もちろん大人になっていて、売春婦まがいの服装をしていたが、ジョーンズは一目で少女が誰だかわかった。子供だったら誰でも持ってる表情が、その顔にあった。五セント銅貨のようなまあるい目。大胆でそのくせ疑い深い。大きくて強そうな歯並びが、ノミで彫ったような開いた黒い唇のあいだから見えている。頰《ほお》の上あたり、鼻柱をまたいで、傷つきやすい性質が感じられる。それから肌。無傷で無駄がない。骨を覆うのにきっかり必要なだけの皮膚がぴんと張って、微塵《みじん》のたるみもない。十八か十九のはずだけど、と十二だと言ってもおかしくなさそうな幼い顔を見ながらレディ・ジョーンズは思った。太く濃い眉毛《まゆげ》、赤ん坊のように密生したまつ毛と、大人の知恵がつく前の子供たちにかげろうのように漂っている、間違えようのない愛を訴え求めている表情。

「まあ、デンヴァー」彼女は言った。「あなたなのね」

少女にどうにかやれたのはにっこり笑うだけだったので、レディ・ジョーンズはデンヴァーの手を取って、引っ張るように家に入れなければならなかった。他の人たちはこの子は頭が足りないんだと言ってたが、レディ・ジョーンズはそんなことをけっして信じなかった。この子を教えたことがあり、この子が本を、規則を、数字を、むさぼるように吸収するのを見守っていたので、その噂《うわさ》がほんとうでないことを知っていた。突然デンヴァーが通ってこなくなった時、レディ・ジョーンズは、五セントが払えないせいだ、と思った。彼女はある日、読み書きができない祖母、靴直しで生計を立てている森の説教師を道で呼びとめ、お金が遅れてもかまわないんですよ、と言った。お金じゃありません。あの子は耳が聞こえなくなっちまったんですよ、と女は言った。聞こえないのね、まだ、とレディ・ジョーンズは思ったが、彼女がお坐りなさいと言うと、デンヴァーにはちゃんと聞こえたのだ。

「よく会いにきてくれたわね。何の用で来たの？」

デンヴァーは答えなかった。

「そうね。人を訪ねるのに、誰も理由は要らないわ。お茶を淹れましょうね」

レディ・ジョーンズは混血だった。灰色の目と黄色い縮れ毛をしていたが、その一筋一筋を残らず嫌っていた。嫌いなのは黄色い色なのか、縮れた毛質なのか、彼女にさえわからなかったけれど。出会った男の中で、いちばん肌の黒い男と結婚して、五人の虹のように色とりどりの肌をした子供を産み、自宅の客間に坐ったよその子供たちと並べ、知っている限りのことを教えた後で五人全部をウィルバーフォース（黒人大学。オハイオ州ジニア州にある）へ送った。色の薄い肌のおかげで、レディ・ジョーンズは選ばれてペンシルヴェニア州の黒人女子師範学校の学生になったが、彼女は選ばれない人々を教育することでそれに報いた。雑用ができる年齢になるまで泥んこの中で遊んでいる子供たち、その子供たちを彼女は教えた。シンシナティの黒人は、二つの墓地と六つの教会を持っていたが、いかなる学校も病院も黒人の必要に応じる義務はなかったので、黒人は家で学び家で死んだ。レディ・ジョーンズは、夫を除いて、世界じゅうが（実の子供も含めてだ）、自分と自分の髪を軽蔑《けいべつ》してる、とひそかに信じていた。沈泥のような黒々とした子供たちで溢れている家で過ごした少女の頃から、「せっかくの黄色が台なしになっちまった」とか「白いクロンボ」とかいう言葉を聞いてきた。だから、他の人たちが自分と同じように、自分の髪を憎んでいるのだと信じ、そのためにあらゆる人間を少しばかり嫌った。教育をしっかり身につけると怨恨《えんこん》を捨て、相手が誰であろうとも慇懃《いんぎん》にふるまい、自分の真の愛情はシンシナティの選ばれない子供たちのために取っておいた。いまその一人が、刺し子模様の椅子のクッションも赤面するほど、けばけばしい色の服を着て、彼女の前に坐っていた。

「お砂糖は？」

「はい。いただきます」デンヴァーはカップのお茶をすっかり飲んだ。

「もっといかが？」

「いいえ、けっこうです」

「さあ、召し上がれ」

「はい、いただきます」

「おうちの方はお元気？　デンヴァーちゃん」

デンヴァーは喉の動きをぴたりと止めてしまった。家族の様子は説明のしようがなかったから、意識のいちばん上にあることを口に出した。

「仕事がほしいんです、レディ先生」

「しごと？」

「そうなんです。なんでもいいんです」

レディ・ジョーンズは微笑んだ。「何ができるの？」

「何もできないんですけど、でもお役に立つように憶えます。少し残りものを下されば」

「残りもの？」

「食べ物です。あたしの母さんが、調子が良くないんです」

「まあ、たいへん、ベビー」ジョーンズ夫人は言った。「まあ、たいへんだわ、ベビー」

デンヴァーは夫人を見た。その時はわからなかったが、彼女を一人の女としてこの世の人生の旅に歩み出させたのは、やさしく、こんなに深い思いやりをこめて発せられた「ベビー」という言葉だった。甘美なしかも棘《とげ》の多い世の中という場所へたどり着くために、デンヴァーが歩いていくことになった小径は、人々の名前が彼ら自身の手蹟《しゆせき》で記された、何枚もの紙切れからできていた。レディ・ジョーンズは米を少々、卵を四個、それに茶も少しくれた。母親の状態が心配で、長時間うちを離れてることはできないんです、とデンヴァーは言った。朝のうちに雑用をさせてもらえないでしょうか？ レディ・ジョーンズは、誰だって、わたしもそうだけど、わたしが知ってる誰だって、自分でやってる仕事を他人にやってもらって、お金を払ってあげることなんか、できはしないのよ、と教えた。「でもね、あなたのお母さんが良くなるまで、あなたたちに食べ物が必要なら、そう言いさえすればいいんですよ」レディ・ジョーンズは、自分が所属している教会の委員会が、誰も食べ物に困らなくてもよい方法を考え出したのだ、と言った。それを聞いてこの若い訪問者は取り乱し、縁もゆかりもない他人に助けを求めることは、飢えにも増して忌まわしい、と言わんばかりに、「とんでもありません。とんでもありません」と言った。レディ・ジョーンズはデンヴァーに別れを告げ、またいつでも来てちょうだいね、とも言った。「ほんとにいつでもいらっしゃいね」

二日後、デンヴァーがポーチに出てみると、庭のはずれの切り株に何かが置いてあった。近づいてみると、白インゲンの入った袋だった。また次に、冷えた兎の肉が一皿置いてあった。ある朝は同じ場所に、卵が入ったザルがあった。ザルを持ち上げると紙切れがひらりと落ちた。拾い上げて見た。「M・ルシル・ウィリアムズ」と大きな金釘《かなくぎ》文字で書いてあった。裏を見ると小麦粉を水で練った糊《のり》のしみが、小さくぽつんとついていた。そこでデンヴァーは、ポーチの外の世界へ二回目の訪問を敢行した。もっともザルを返した時、彼女が言ったのは「ありがとうございます」の一言だけだった。

「どういたしまして」M・ルシル・ウィリアムズは答えた。

春のあいだはずっと、いろいろな名前が、運ばれてきた食べ物の近くや中にちょいちょい見つかった。鍋、皿、ザルを返しやすいようにというのが、一目でわかる理由だったが、他には少女が知りたければ、贈り主がわかるように、という意図もあった。食べ物は紙にくるんだものもあり、返す器もないのに、贈り主の名前はやっぱり書いてあったからだ。名前の多くは字ではなく、各自の意匠をあしらったX印（字が書けない人が名前がわりに使った）だったから、レディ・ジョーンズが、皿、鍋、被せてあったタオルの所有者を見分ける役だった。レディ・ジョーンズがはっきり言いきれない時は、デンヴァーは彼女の指示に従って、その人が当の恩人であるかどうかは別として、ともかく「ありがとうございます」を言いにいった。レディ・ジョーンズの推測が当たらなかった時、ありがとうと言われた人間が「違いますよ、デンヴァーちゃん。それはわたしのボウルじゃありませんよ。わたしのは、青い線が一本ぐるりと入ってるの」と言い、ちょっとした会話が生まれた。その人たちはみんな、デンヴァーの祖母を知っていて、何人かは「開拓地」で、彼女と踊ったことさえあったのだ。他の人たちは、一二四番地が連絡所だった時代、一二四番地が人々が集まってきて、情報を入手し、牡牛《おうし》の尻尾《しっぽ》でつくったスープを味わい、子供たちを預け、スカートを裁断した場所だった時代を憶えていた。ある者は、あそこで調合した強壮剤で、親戚の病気が治ったことを憶えていた。ある者はデンヴァーに枕《まくら》カバーを見せてくれた。ベビー・サッグスの台所で、移住料金について意見を述べ合いながら、石油ランプの明かりを頼りにフレンチノットで刺しゅうした淡い水色の花模様だった。みんなは、十二羽の七面鳥と風呂《ふろ》桶《おけ》何杯分ものイチゴのパンチのパーティのことを憶えていた。一人の女は、わたしはあんたが生まれた次の日に、あんたの躰をくるみ、あんたのおっかさんのつぶれたトマトみたいな足に合わせて靴を切ったんだよ、と話した。たぶん彼女たちはデンヴァーに同情したのだ。じゃなかったらセサに。たぶん彼女たちは、長年セサたちを蔑《さげす》んできたことを、後悔していたのだ。たぶん彼女たちは心に裏のないやさしい人たちなのだ。互いに一定の期間は悪意を抱くけど、災難の足を掬《すく》おうと、迅速機敏にそれまでのこだわりを忘れて全力を尽くすのだ。なれば、災難が裸馬にまたがって自分たちのあいだを走りまわることにでもなれば。ともかく彼女たちの目には、一二四番地にいわば立ち入り禁止の杭を打ち込んだあのプライド、あの傲慢《ごうまん》な権利の主張は、頑張るだけ頑張って力尽きてしまったように見えた。そりゃもちろん、こそこそ囁《ささや》き合い、不思議がり、首を振った。ある者は、デンヴァーのあばずれ女のような服装を無遠慮に笑ったが、そうしたからといって、彼女がちゃんと食べてるかと気遣うことはやめなかったし、そうしたからといって、彼女に小さな声で「ありがとうございます」と言われると嬉しいことには変わりなかった。

週に一度は必ず、デンヴァーはレディ・ジョーンズを訪ね、レディ・ジョーンズは元気をぴーんと取りもどし、特別にデンヴァーのために干しブドウ入りのパンをこしらえた。デンヴァーは甘いものに目がなかった。レディ・ジョーンズはデンヴァーに聖書を抜粋した詩集を与え、デンヴァーがぼそぼそと口に出して文字をたどったり、叫ばんばかりの声で読み上げたりするのを聞いていた。六月までにデンヴァーは、五十二頁を残さず読んで暗記してしまった。一週間に一頁、一年かけて学ぶように編まれた冊子だった。

デンヴァーの外の世界での生活が好転するにつれて、家での生活は悪化した。シンシナティの白人が、自分たちの病院にニグロの入院を許可していたとしたら、入院必至の患者が一二四番地にいることを、とっくに見つけていただろう。セサもビラヴドもその出所を尋ねもしなかったが、善意で寄せられた食料で体力がついて、悪魔がもくろんだ破局的な休戦状態に行きついていた。ビラヴドはところかまわず坐り込み、食らい、ベッドからベッドへ移動した。時々「雨だあー！　雨だあー！」金切り声を上げて、喉をひっ掻き続け、ついにはルビーのような血の滴《しずく》が噴き出して、闇夜《やみよ》のような肌の上でいっそう紅く輝いた。するとセサが「いけない！」と叫んで、椅子を倒して駆け寄り、ルビーの玉を拭きとった。また別の時には、ビラヴドは床の上に躰を縮めて丸くなり、膝のあいだに手首を入れて何時間でもじっとしていた。そうでなければ、よく川に行っては流れの中に足を入れ、脛《すね》に水をかけて遊んだ。その後でセサのところへ行き、大きな黒い目から涙をはらはら流しながら、指をセサの歯並に走らせるのだった。その時デンヴァーには事態は最悪のところまで来てしまったように思えた。つまり、ビラヴドが何か用を言いつける時を除いて、セサは部屋の隅の椅子から動かなかったので、セサの方にかがみ込んでいるビラヴドが母親で、セサの方が歯が生え始めている子供に見えたのだ。ビラヴドの躰が大きくなればなるほど、セサは小さくなっていった。ビラヴドの目がらんらんと輝けば輝くほど、ビラヴドを凝視してそらすことのなかった二つの目は、睡眠不足のために二本の細い裂け目になっていった。セサは髪を梳《と》かすことも、軽く顔を洗うこともしなくなった。ビラヴドがセサの命に侵入し奪い、それを滋養に膨れ上がり、それを踏みつけますます丈高くなっていく一方で、セサはお仕置きをされた子供のように、唇を舐《な》め舐め椅子に坐っていた。年上の女は不平一つ洩らさず、その命を放棄したのだ。

デンヴァーは彼女たち二人に仕えた。洗濯と料理を受け持ち、折りを見ては強制したりおだてたりして、母親にわずかでものを食べさせ、ビラヴドには、静かにさせるためにできるだけ頻繁に甘いものを与えた。ビラヴドが一分後には何をしでかすか、予測するのはむずかしかった。暑さが厳しくなれば裸で、あるいは裸体にシーツを巻きつけたままで、よく実った西瓜《すいか》そっくりの腹を突き出して家じゅうを徘徊《はいかい》することだってあった。

自分は母親とビラヴドの関係を理解している、とデンヴァーは思っていた。セサは手引き鋸《のこぎり》の償いをしようとし、ビラヴドはセサにその償いを支払わせているのだ、と理解していた。だが、これは際限なく続いていくようだったし、自分の母親のだんだん小さくなっていく姿を見て、デンヴァーは恥ずかしく激しい怒りを憶えた。そのくせデンヴァーは、セサがいちばん恐れているのは、最初デンヴァーが恐れていたこと、つまりビラヴドに出ていかれることだともわかっていた。あの事件の意味をビラヴドにわかってもらえる前に——鋸の歯をちっちゃな顎の下に当てて引くことに、どんな覚悟があったかを、赤ん坊の血が石油のように自分の手の中に噴き上げてくるのを感じること、赤ん坊の頭がぐらつかないように顔をしっかり押さえていること、賞賛の的だったかわいらしい躰、丸々と肥って甘やかな命に満ちた躰を走る臨終の痙攣《けいれん》を自分の躰で吸い取ってやろうとぎゅっと抱きしめてやることに、どんな心がこめられていたかをわかってもらえる前に——ビラヴドは出ていってしまうかもしれなかった。セサがビラヴドに、あの出来事よりも忌まわしいのが——はるかに忌まわしいのだ——ベビー・サッグスが死んだ原因、エラが体験したこと、スタンプが目撃したもの、ポールDの躰を震えさせたものだということをわからせる前に、出ていってしまうかもしれなかった。白人でさえあれば誰でも、どんな気紛《きまぐ》れな思いつきだって満足させるために、黒人の全人格を奪ってしまうことができるのだっていうことをわからせる前に、出ていってしまうかもしれなかった。ただ働かせたり、殺したり、五体を傷つけるだけじゃないんだよ、おまえを汚してしまうんだ。あんまり無惨に汚されるんで、自分で自分がもう好きになれないくらい。あんまり無惨に汚されるんで、自分が誰だか忘れちまって、思い出すこともできないくらい。セサも他の黒人も、それを生きぬき乗り越えてきたけど、それが彼女の子供にふりかかるのは、絶対に許しておけないのだ。彼女の最良の部分は彼女の子供たちだった。白人は彼女を汚すことができても、彼女の最良の部分、彼女の美しい魔法のような最良の部分――清らかなままの彼女の一部を汚すことはできないのだ。プラカードをつけて、首なし足なしで木からぶらさがっている胴体が、彼女の亭主だったのか、それともポールAだったのか、愛国主義者に放火された黒人学校の中で、ぐつぐつ煮えたぎってる少女たちの中に、自分の娘がいるかどうか、白人の一団が自分の娘の性器の中に侵入し娘の腿《もも》を汚した後で、荷馬車の中から投げ捨てたのかどうか、などと、夢にも見られないような悪夢の思いを、味わわせてはならないのだ。やむない、彼女本人が食肉処理場の裏庭で働くことは避けられなくても、娘にはさせてはならないのだ。

それにどんな人間にだって、この世の誰にだって、自分の娘の特徴を、あの紙の動物側の欄に列挙させてなるものか。いやだ。させるものか。ベビー・サッグスだったら、心配に耐えられるかもしれない。それがいつ起きても不思議じゃない世の中を、生きていけるかもしれない。セサは一度拒絶した――そしていまだに拒絶していた。

こんなことを、それからもっと多くのことをビラヴドに説得しようとして、片隅の椅子からセサが語るのを、デンヴァーは聞いていた。ビラヴドこそセサがぜひ納得させねばならないと思っている、唯一の人間だった。あのことは真実の愛から出た行為なのだから、わたしのやったことは正しいんだよ、と。

ビラヴドは椅子に坐り、もう一つの椅子のシートの上に肥えた真新しい両足を伸ばし、線のついていない両手を腹において、セサを見ていた。セサは自分の顔を持ち去り、微笑みかけてくれるのを忘れて、暗い暗い所にうずくまっていた自分を置き去りにした女なのだ、ということ以外は、何を聞いても何のことだかさっぱりわからない、といったふうだった。

とうとう父親ゆずりの性質が頭をもたげ、デンヴァーは必要な処置を講ずることにした。切り株の上にものを置いてくれる親切に頼るのはやめようと決心した。どこかに雇われていくつもりだった。どちらかがどんな惨事を起こさないとも限らず、セサとビラヴドを一日じゅう二人だけにしておくことは恐ろしくもあったが、自分が家にいても、どちらの女もふるまいを慎むわけでもないことが、わかってきた。デンヴァーは二人が死なないように世話をしたのに、二人は彼女を無視した。そうしたければ唸りもした。拗《す》ねる、説明する、要求する、威張りくさって歩く、脅える、泣き叫ぶ、それから暴力沙汰の一歩前まで互いに挑発し合い、やっと一段落つくのだった。ビラヴドが鳴りをひそめて、ぼんやりと自分のことだけにかまけている時でさえ、セサがいつもの説明を延々と始めて彼女の興奮をまたぞろ煽《あお》ってしまうのに、デンヴァーは気づきだしていた。何か弁明らしきものを、事情がはっきりするような詳細をビラヴドに呟《つぶや》き囁くのだが、あの出来事の様子を、どんな理由でどんないきさつでそうなったかを、なんとしてでも説明しようとしていた。まるでセサは、ほんとうのところ許されるのを望んでいないかのようだった。許しが拒まれるのを望んでいるようだった。しかもビラヴドはそんな彼女に手を貸していた。

誰かを救ってやらなければならなかった。デンヴァーが仕事を見つけなければ、救おうにも誰もいなくなってしまうだろう。誰もいない家に仕事から帰ってくることになってしまう。そうなればデンヴァーだって消滅する。気を配って、大切に保持しなければならない自身《セルフ》を持っているということは、初めて得た思いだった。パイを半分もらった礼を言うためにネルソン・ロードの祖母の家に入りかけた時、入れ違いにそこから出てくるネルソンに会っていなければ、それはデンヴァーの心に浮かばなかったかもしれない。彼がしたことといえば、にっこり笑って、「自分を大切にね《ティク・ケア・オブ・ユアセルフ》、デンヴァー」と声をかけただけだった。デンヴァーには、まるでこの一言のために言語が作られたように響いた。最後にネルソンがデンヴァーに言葉をかけた時、彼の言葉は彼女の耳を閉ざしてしまった。いま彼の言葉は彼女の心を開いた。菜園の草取りをしながら、野菜を引きぬきながら、料理、洗濯をしながら、彼女は何をどんな方法でしようかと案を練った。ボドウィン家の人々は、前にも二回助けてくれたことがあるから、いちばん力になってくれそうだった。一度はベビー・サッグスを、あとの一度はデンヴァーの母親を助けてくれた。三世代目をも助けてくれそうではないか？

シンシナティの街で何度も道に迷ったので、日が昇ると同時に出かけたのに着いたのは正午を過ぎていた。その家は歩道から引っ込んだ所にあって、大きな窓が賑やかな通りを見下ろしていた。玄関を開けたニグロの女性が、「なんでしょう？」と言った。

「入ってもいいでしょうか？」

「御用は？」

「ボドウィンさんとミセス・ボドウィンに会いたいんですけど」

「ミス・ボドウィンですよ。あの方たちは兄と妹だから」

「そうですか」

「あの方たちになんの御用？」

「あたし、仕事捜してるんですけど。あの方たちだったら、なにかご存じかと思って」

「あなた、ベビー・サッグスの身内ね、そうじゃない？」

「そうです」

「お入んなさいよ。そこに立ってると、蠅が入ってくるのよ。最初に知らなきゃならないのは、まずどのドアをノックするかよ」と言いながら、女はデンヴァーを台所へ導いた。フワフワフワする青いものの上を踏んでいたせいで、デンヴァーは上の空だった。まわりじゅう、分厚くて、柔らかくて、青かった。キラキラ輝くものがぎっしり詰まったガラスの戸棚。テーブルや棚の上にあるたくさんの本。脚の部分がピカピカの金属で出来ている真珠のように白いランプ。それから、彼女がエメラルドの家の中で注いだコロンによく似た、でもあれよりずっと上等な香り。

「お坐りなさい」女が言った。「わたしの名前を知ってる？」

「いいえ」

「ジェイニー。ジェイニー・ワゴンよ」

「よろしく。如何ですか」

「まあまあ。あなたのお母さんが病気だって聞いたけど。そうなの？」

「はい」

「誰が面倒みてるの？」

「あたしが。でも、あたしは仕事を見つけなきゃならなくて」

ジェイニーは声をたてて笑った。「あのね、わたしは十四の時からこの家にいるんだけど、ベビー・サッグス・ホーリィがここに来て、ちょうどあなたがいまいる場所に坐ったのを、昨日のことのように憶えてるよ。白人に連れてこられてね。それが縁で、いまあなたたちが住んでるあの家をベビーが提供してもらったんだよ。他のものも色々ね」

「そうですか」

「セサはどこが悪いの？」ジェイニーは屋内流しによりかかり、腕を組んだ。

わずかな代償だったが、デンヴァーには大きなものに思えた。彼女の方で話さない限り――洗いざらい話さない限り、誰も彼女を助けてはくれないのだ。話さなければ、ジェイニーは助けてもくれず、ボドウィン兄妹にも会わせてくれるつもりもないことは、はっきりしていた。そこでデンヴァーは初めて会ったこの女性に、レディ・ジョーンズにも打ち明けなかったことを話し、そのお返しにジェイニーは、御当人たちは気がついていないけど、ボドウィン兄妹には確かに人手が要るのよ、と認めた。この家で働いてるのはジェイニー一人で、彼女の雇主二人は年を取ってきたし、ジェイニーだって昔のようには二人の世話をしきれなくなっていた。夜もこの家で眠るように頼まれることが、多くなる一方だった。ボドウィン兄妹を説得して、デンヴァーが夜勤をやらしてもらい、夕食後すぐやってきて、例えば、朝食なんかもすませて帰ればいい。そうすればデンヴァーだって、昼間はセサの世話ができるし、夜は少しだけどお金が稼げることになるけど、それでどうかしら？

デンヴァーは、自分の家に居坐って母親を苦しめている娘を、遊びにきた従妹だと説明した。その娘まで病気になって自分たち母娘に迷惑をかけているのだと。ジェイニーは従妹だという娘より、セサの容態に関心があるようだった。デンヴァーの話から察すると、あの女は頭がおかしくなってしまったらしい。あなたの話のセサは、わたしが憶えてるセサとは違うわ。いまのセサはまともな分別を失くしてしまってる。とうとうねえ。いつかそうなるんじゃないかと、思ってたのよ——傲慢そうに鼻をつんとさせて、何から何まで独りで切りぬけようとするんだもの。目の前で母親を批判されて、デンヴァーはいたたまれなくなって、坐り直したり、視線を屋内流しに当てたまま外さなかった。ジェイニー・ワゴンはなおもプライドについて延々と喋り続け、とうとう話はベビー・サッグスにまで及んだが、ベビーのこととなると、ジェイニーはいいことしか言わなかった。「彼女の開いた森の礼拝には一度も行かなかったけれど、あの人はいつもわたしに良くしてくれた。いつも変わらずよ。ああいう女《ひと》は二人といないよ」

「あたしも祖母がいてくれたらって、思います」デンヴァーは言った。

「そうでしょうとも。誰もが、彼女がいてくれたらな、って思ってるよ。善い女《ひと》だった」

デンヴァーは他に何も言わないで、ジェイニーはしばらくデンヴァーの顔を見ていた。

「兄さんたちのどっちかが、あなたの様子を見に帰ってくることはないの?」

「いいえ」

「便りはあるの?」

「いいえ。ぜんぜん」

「あなたの兄さんたち、あの家でずいぶんつらい思いをしたんだろうね。あのね、あなたの家にいるその女のことだけど。従姉妹とかいう。その人、手に筋が入ってる?」

「いいえ」デンヴァーは言った。

「そう」ジェイニーは言った。「やっぱり神さまはいるらしい」ジェイニーが、二、三日したらまたいらっしゃい、とデンヴァーに言って、会見は終わった。二人の雇主に、当人たちが必要としているものをわからせる時間が要るというわけだ。ジェイニーの家族だってジェイニーが要るのだから、あなた方は夜のお手伝いを雇わなければやっていけませんよ、と納得させるのだ。「この人たちのとこはやめたくないんだけど、夜も昼もというわけにはいかないのよ」

デンヴァーは夜何をすればよいのか？

「ここにいればいいのよ。万一のためにね」

万一何が起こるんですか？

ジェイニーは肩をすくめた。「万一家が焼け落ちたり」それから彼女はにっと笑った。「じゃなかったら、雨降りで道がぬかるんで、お二人が起きる前に、わたしがここに来れないことがあるかもしれない。夜遅く来た客に食事を出して、その後かたづけも必要になるかもしれない。何が起こるかわからないんだよ。白人の衆が夜言いつける用事はなんですか、なんてわたしにだって答えられないよ」

「あの人たちはいい白人だったんでしょ」

「もちろん、そうだよ。あの人たちはいい人たちだよ。あの人たちが良くないなんて、言えないさ。別の白人二人と取り替えてあげるって言われても、お断りだね。それは確かだよ」

こんなふうに安心できる言葉を聞いて、デンヴァーはこの家を出たのだが、出る前に、勝手口の脇についている棚の上に、坐って硬貨をいっぱいに入れた黒人の少年の口が目に入った。少年の頭は不自然に後ろにのけぞって、両手はポケットに突っ込まれていた。満月のように膨れた二つの目が、大きく開けた赤い口の上にあって、それだけで顔ができていた。髪の毛は釘の頭部でできていて、その胴の部分を外に残したまま、まばらに点々と打ち込まれた釘が固まっていた。少年は膝をついていた。口はコーヒー茶碗《ちゃわん》のようにぱくりと開いて、届け物や何かちょっとした雑用をした者にやる駄賃用の小銭を入れていたが、ボタンやピン、野リンゴのジャムなどを入れるのにも使えそうだった。少年が膝をついている台座には、「御自由に使ってくんなせい」と書いてあった。

自分が摑んだ情報を、ジェイニーは他の黒人の女たちにも広めた。セサの娘、あの女が喉をかき切った娘の方だよ、その子が仕返しに戻ってきたんだよ。セサは疲れ果て、躰には斑点《はんてん》が出て、死にかけて、ふらふらで、姿形も変わって、すっかり悪魔にとり憑かれてるんだよ。その娘ってのがセサを叩いたり、ベッドに縛りつけたり、セサの髪の毛を引っこ抜いたりするんだと。女たちが話をまことしやかに膨らませ、そのあげく当の自分たちまで怖くなり、やがて平静を取りもどして状況を評定するに至るまで数日かかった。彼女たちの意見は三つに分かれた。最悪を信じたもの。何一つ信じなかったもの。それにエラのようにとことん考えてみたものと。

「エラ。セサのことでいろいろ耳に入ってくるんだけど、いったいどうなってんの？」

「それが彼女といっしょにあの家で暮らしてんだって聞いてるよ。それしか知らないよ」

「例の娘？　殺された方の？」

「みんなわたしにそう言うんだけどね」

「みんなはどうして、それが殺された娘だってわかるの？」

「あそこに坐り込んでるんだよ。眠ったり、食べたり、暴れたりする。毎日セサを鞭《むち》で叩くんだと」

「たまげたね。赤ん坊だろ？」

「違うよ。大人さ。死んでなかったら、そうなってるくらいの年頃の」

「からだを持ってる人間ってこと？」

「からだを持ってる人間さ」

「セサを鞭でぶつの？」

「ケーキの材料みたいにビシビシ打たれるのさ」

「あの女には当然の報いだと思うけど」

「そんな報いは、誰にだって当然じゃないよ」

「でもね、エラ――」

「でも、なんて言わないでほしいね。公平なことが、正しいとは限らないよ」

「子供を殺すなんて、許されないわ」

「その通り。子供の方でもおっかさんを殺すなんて許されない」

他の女たちに、救助こそ理の当然であることを納得させたのは、まずエラだった。エラは、あらゆる病気には嚙《か》めば治る根っこか、触ればかかる根っこがあるんだ、と信じている実際的な女だった。「思案」と彼女が呼んでるものは、ものごとを曖昧《あいまい》にし行動を妨げた。誰もエラを愛さなかったし、愛されたとしたら、彼女の方が不愉快だったろう。愛というものを重度の疾病とみなしていたのだ。思春期を、父親と息子の両方が、彼女を使用していた家で過ごしたが、この二人を彼女は「最低の低」と呼んだ。エラに性に対する嫌悪を持たせたのはこの「最低の低」で、彼女はあらゆる暴虐非道の行為を、彼らを基準にして計った。殺し、人さらい、強姦《ごうかん》――何であれ、じっと聴いて頷《うなず》いた。どんなことだって「最低の低」の最低ぶりにはかなわなかった。エラには、二十年前、あの薪小屋でのセサの激怒が理解できたが、セサのその後の行動が解せず、その態度をプライドが高すぎるとも誤っているとも思い、セサの人柄は複雑すぎると感じた。セサが留置場から出てきても誰にも近づこうとせず、まるで友人も隣人もないかのように暮らし始めた時、エラは彼女を、廃品のように心から追い出し、完全に無視した。

だが、どうやら娘には、いくらか分別があるらしかった。少なくとも家の中から外に出てきて必要な援助を求め、仕事がほしいと言ったのだ。一二四番地が得体のはっきりしないものに占拠されて、それがセサを叩きのめそうとしていると聞いた時、その噂はエラを激怒させると同時に、「最低の低」を悪魔本人と並べてみれば、いったいどんなことになるかを計ってみる新しい好機にもなった。エラの憤怒《ふんぬ》にはきわめて個人的な事情もあった。セサが何をしでかしたにしろ、過去の過ちが現在までも乗っ取っている、という考えが、エラの気に入らなかった。セサの犯罪には愕然《がくぜん》としたが、彼女のプライドはその犯罪をさえ上回った。それでもエラは、鎖もつけられず、あつかましい態度で罪が家の中を動きまわっているのかもしれないと思うと、黙って見てはいられなかった。日々の営みは彼女の全精力を吸い取った。未来とは日没のことだった。過去とは、後ろに置いていくべきもののことだった。だから、もし過去が後ろに留まらなかったら、それじゃ、足で踏みつけても息の根を止めた方がいいだろう。奴隷の生活にしろ、解放されて自由になった生活にしろ、一日一日が試練であり苦難なのだ。自分自身が解決となった時でさえ、自分自身が問題であるような世界で、何一つあてにすることはできないのだ。「その日に起きた悪は、その日だけで充分」なのだ。誰もそれ以上ほしくないのだ。怨恨を抱えて食卓についてる悪霊なんか、お呼びじゃなかった。幽霊がそのおどろおどろした住処《すみか》から姿を見せている限り――ものを揺さぶったり、泣いたり、壊したりしている限り――エラは幽霊を敬った。

でも、それが肉をつけ人の形になって、こっちが生きてる世界に入り込んでくるんだったら、それじゃ、立場が逆転している。エラは二つの世界がちょっとした交信を行うのは、いっこうにかまわなかった。しかしこれでは侵入だ。

「みんなで祈りましょうか？」女たちが訊《き》いた。

「うん」エラが答えた。「まずはね。それがすんだら、行動開始だ」

デンヴァーがボドウィン家に初めて泊まることになっていた日、ボドウィン氏は街はずれに用事があったので、新しく来る娘を夕食前に迎えにいくつもりだと、ジェイニーに告げた。デンヴァーは膝に包みを載せてポーチの階段に坐った。見世物小屋まがいのドレスは陽に灼《や》けて、以前より穏やかな虹色になっていた。彼女は右を見ていた。ボドウィン氏がやってくる方向だった。左から、二人三人とかたまって、ゆっくり数を増やしながら近づいてくる女たちに、気がつかなかった。デンヴァーは右を見ていた。ボドウィン兄妹に満足してもらえるかどうか心配だったし、走って逃げていく一足の靴の夢から、泣きながら目が覚めたせいで不安だった。夢の中で味わった悲しさを払い落とせないでいた上に、家の中のこまごました用事をかたづけているあいだも、暑気が気をめいらせた。約束の時間のずいぶん前から、寝間着とヘアブラシを小さな包みにしたりした。気持ちが落ち着かず、結び目をいじったり右を見たりした。

何人かは持ってこられるもの、あるいは役に立つと思ったものを持ってきた。エプロンのポケットに詰め込まれたり、首にかかっていたり、胸のくぼみに入れてあったりした。他の何人かはキリスト教徒の信仰を持ってきた。楯《たて》と剣として。たいがいのものは、その両方を少しずつ持ってきた。彼女たちは、いったんめざす場所にやってきたら、次にどうしたものか皆目わかっていなかった。後のことは考えずともかく出発し、ブルーストーン通りを歩いて、申し合わせた時間に勢揃《せいぞろ》いした。行くと約束しながら、暑気のために家を出なかった女もいた。他にも噂を信じたものはいたが、彼女たちは幽霊との御対面に参加するなどまっぴらだと思っていたから、暑さや空模様に関わりなく、姿を見せはしなかったのだろう。レディ・ジョーンズのように噂を信じないで、信じた人の無知を憎んだ人もいた。三十人ほどの女たちがその一隊を組んで、そろり、そろりと一二四番地に向かって歩いた。

金曜日の午後三時、シンシナティの悪臭が市外地にまではるばる流れてくるほど、じっとりと湿度が高く暑かった。悪臭は運河から、吊《つ》るした肉から、瓶の中で腐っていく食べ物から流れてきた。野原で死んでいる小さな動物から、町の下水や工場から流れてきた。悪臭、暑気、湿気——悪魔が自分から居場所を知らせてくれるのを安心して待つばかりだ。この空気を除けば、普通の週日とほとんど変わらないように見えた。女たちは孤児院か精神病院に洗濯に行くか、製粉所にトウモロコシの殻むきに出かけていたかもしれない。魚のワタ抜き、豚の臓物洗い、白人の赤ん坊の揺りかごを揺すりに、店の床掃き、豚の皮そぎ、ラード固め、ソーセージの箱詰め、そうでなければ、白人が、自分たちの食べる食べ物を彼女たちが扱っているのを見なくてもすむように、居酒屋の調理場に隠れるために、出かけていたかもしれなかった。

だが今日は違う。

互いに追いついて三十人全員がそろい、一二四番地に到着すると、彼女たちに最初に見えたのは、階段に腰かけているデンヴァーではなく、自分たち自身の姿だった。いまよりも若く逞しく、草の中で横になって眠っているちっちゃな女の子にまでなっているものもいた。ナマズは鍋の中でパチパチと油をはじき、女たちは、ポテトサラダを皿の上に掬《すく》っている自分たちの姿を見た。コブラー・ケーキから滲み出す紫色のシロップは彼女たちの歯を染めた。ポーチに坐ったり、川まで駆け出したり、男たちをからかったり、子供たちを抱き上げて腰に乗せたりしていた。その頃子供だった女たちは、彼女たちのちっちゃな手を持ってオウマ、パカパカと進んでくれる老いた男たちの足首のあたりに、両足を広げて踏んばっていた。ベビー・サッグスは声を立てて笑い人々のあいだを跳ねるように歩いては、もっと食べなさい飲みなさい、としきりに勧めた。いまはもう故人になっている母親たちは、ハーモニカの音に合わせて肩を揺すった。女たちが寄りかかったりよじ登ったりした柵は、失くなっていた。クルミの木の切り株は扇状にひび割れていた。だがそこには彼女たちが若く幸せな姿で、翌日には頭をもたげた妬《ねた》みもまだ知らず、ベビー・サッグスの庭で遊んでいた。

デンヴァーは低いはっきりしない話し声を耳にして、左を見た。女たちの姿を認め、立ち上がった。彼女たちは固まって、呟いたり囁いたりしていたが、庭には足を踏み入れなかった。デンヴァーは手を振った。二、三人がそれに応えたが、それ以上近寄らなかった。何が起こっているのかしらと訝りながら、デンヴァーはまた坐った。一人の女ががくりと跪《ひざまず》いた。残りの半分がそれに倣《なら》った。デンヴァーはうつむいたたくさんの頭を見たが、先導の祈りは聞こえず、それに唱和する熱っぽく短い言葉だけが耳に入った。御照覧あれ、御照覧あれ、御照覧あれ、ああ主よ、御照覧あれ。聞きたまえ。聞きたまえ。示したまえ。創造主よ、示したまえ。御照覧あれ。跪かず立ったまま一二四番地をしかと睨みつけている女の中にエラがいたが、その目は壁を射抜き、扉を越え、家の中にはほんとうは何がいるのかを、見きわめようとしていた。死んだ娘が戻ったっていうのは、ほんとうか？　それともにせものなのか？　それはセサを鞭で叩いているんだって？　エラはありとあらゆる叩かれ方をされてきたが、叩きのめされたことはなかった。彼女はハミをはめられたために失くした下歯を思い出した。革帯でつけられた傷跡がロープほどの太さで、腰のくびれを取り巻いていた。子を産みはしたが、頑として乳を飲まそうとはしなかった。毛深い白い生きもので、「最低の低」が父親だった。一声も泣かずに五日間生きていた。あのチビが戻ってきて、自分を同じように鞭で叩いたら、と考えただけでも顎が動き出し、そこでエラは吠えるように叫んだ。

間髪を入れず、跪いている女たちも立っている女たちも、エラに倣って叫んだ。祈るのをやめて、一歩さがって原初に還った。初めに言葉はなかったのだ。初めにあったのは音だった。女たちは一人残らず、それがどんな音を立てたか知っていた。

エドワード・ボドウィンは一頭立ての二輪馬車を馭して、ブルーストーン通りを進んだ。プリンセスにまたがった自分の姿の方が気に入っていたので、馬車を馭すのは少々不本意だった。両手にかぶさるようにして背を丸め手綱を取ると、年相応に老人くさく見えた。だが妹に、遠回りして新しく来る娘を乗せてくると、約束してしまっていた。道順を考える必要はなかった——自分が生まれた家に行くところだったのだから。彼の物思いを時間というものに向けたのは、たぶん、この目的地だった——時間は水滴のようにしたたり落ちたり、走ったりするものだ。この家を三十年間見ていなかった。正面に生えたクルミの木も裏手の流れも、そのあいだにはさまれた角材で作った建物も見てなかった。通りの向こうの草地さえも。家族が町に引っ越したのは彼が三つの時だったから、家の中の細部は、ほとんど憶えていなかった。しかし、炊事は家の裏手でやっていたこと、井戸の近くで遊ぶのは禁じられていたこと、女たちがあの家で次々と死んだことは、はっきりと憶えていた。彼の母、祖母、伯母、そして彼が生まれる前に姉が一人、死んだ。男たち（彼の父と祖父）は彼と赤ん坊だった妹を連れて、六十七年前コート・ストリートに引っ越した。土地が、ブルーストーン通りの両側の八十エーカーの土地が、もちろん、主要な財産だったのだが、彼は土地よりも家に対して、懐かしく心惹かれるものを感じていて、そのことが、入ってくればの話であるが、わずかな家賃でこの家を貸した理由だった。完全な空き家にしておけばそのまま進んでいく荒廃を、借家人が少なくとも食い止めてはくれるから、家賃がまったく入らなくても意に介さなかった。

いろいろなものをあそこに埋めた時期があった。外敵から護ってやりたかった貴重な品品だった。子供の頃、彼が所有していた品々は一つ残らず、家人が手に取ることも、説明を受けることもできるものだった。プライバシーは大人の贅沢だったのに、いざ大人になってみると、彼には、その必要もないように思えた。

馬は速歩で駆け続け、エドワード・ボドウィンは立派な口ひげを息で冷やした。手を別にすれば、口ひげが彼の最も魅力的な特徴だというのが、「協会」の女たちのおおむね一致した意見だった。黒々としてベルベットのように艶《つや》があって、青々と剃《そ》り上がったがっしりとした顎との対照で、その美しさは際立った。彼の髪は妹と同じように白かった。それも青年時代から白かった。白髪のおかげで、あらゆる会合でいちばん目立ち、いちばん憶えられやすい人物になった。漫画家たちが地方の政治抗争を描く時はきまって、彼の白髪と大きな口ひげが漂わす劇的な雰囲気を、もっぱら強調した。二十年前、「協会」の奴隷制度に対する反対運動が全盛を極めていた頃、彼の躰の黒白そのものが、問題の核心であるかのように取り沙汰された。「漂白されたクロンボ」と彼の敵はエドワード・ボドウィンを呼んで、アーカンソーを旅行中に、ミシシッピー河の船乗りたちが商売の競争相手になったニグロの船頭たちにむかっ腹を立ててボドウィンを捕らえ、顔と髪を靴墨でまっ黒にしたことがあった。あの過激な時代はいまは過去のものだった。残っているのは悪意の泥濘《ぬかるみ》だった。打ちのめされた希望と、修復不可能な数々の難事だった。波風のおさまった共和国だって？　さて、彼の目が黒いうちは無理だろう。

天候さえ、彼には耐えがたいものになりかけていた。暑すぎるか、凍えそうに寒いかで、この日は火ぶくれができそうだった。首を陽から守るために、帽子を深々と押しつけた。首から日射病にかかることは、ほんとうにあり得ることなのだ。こんなふうに命の脆《もろ》さを考えるのは、今日に始まったことではなかったが（彼は七十を越していたのだから）、それでもまだ、死すべき命への思いには、彼を不快にする力があった。昔、農場があった場所、夢の中に現れ続けた家屋敷に近づくにつれて、彼はいっそう強く時の流れの不思議を意識した。その中を生きぬきはしたが、銃を取って戦うことはしなかった数々の戦争（マイアミ族を相手に、スペイン人を相手に、連邦を脱退した南部諸州の人々を相手に）から計ってみれば、遅々とした流れだった。だが、秘密の持ちものを埋めたあの遊びから計ってみると、瞬《まばた》きするあいだの速さだった。ブリキの兵隊を入れた箱が埋まっている、正確な場所はどこなんだろう？　時計のついてない懐中時計の鎖は？　それにしても、誰に見つけられないように、ああいうものを隠していたのだろうか？　父親か。たぶん、そうだ。神が知り給うことを知り、すべての人にそれを伝えた信仰の篤《あつ》い男だった。エドワード・ボドウィンは、父を変わり者だと思っていた。多くの点で普通の人間と違っていた。だが父は曇りない一つの至上命令を持っていた。人間の命は神聖である、命の丸ごとすべてが神聖である、ということだった。それを信じる理由は減じていくばかりだったが、息子はいまでも父の至上命令を信じていた。手紙を送り、請願書を提出し、会合を開き、討論し、同志を増やし、口論し、救出し、大胆にも暴動まで起こした過ぎ去った日々。あれ以来あの日々のように心を奮いたたせる出来事は、絶えてなかった。運動はある程度、効を奏しはしたのだ。ことがうまくいかなかった時は、彼と妹は必ず窮地に身を置いて、障害の回避に奔走した。逃亡してきた奴隷女が、彼の昔の農場に彼女の姑と住み、やがて災いの世界に踏み込んでしまった時も、兄妹は同様に力を惜しまなかった。「協会」は子殺しの罪と、野蛮な行為を糾弾する世間の声を、なんとかひっくり返し、奴隷制度を廃止するのは正当であると立証する、さらに確かな証拠を示すことに成功したのだ。充実していたあの年月。口角沫《こうかくあわ》を飛ばし、確信に満ちていた。いま彼は、自分の玩具の兵隊と時計のない鎖が、どこにあるかを知りたいだけだった。この耐えられない暑気の一日には、それで充分だろう。新来の娘を連れて帰ることと、宝がどこに埋まっているかを正確に思い出すことで。その後で我が家でくつろぎ夕食をとり、神の御意志があるなら日は再び沈んで、安らかな一夜の眠りの恵みを与えてくれるだろう。

道は肘《ひじ》のように曲がり、近づくにつれて、姿が見える前に歌っている人々の声が聞こえた。

女たちが一二四番地の外に集まった時、セサは、氷の塊を小さなかけらに砕いているところだった。彼女はアイスピックをエプロンのポケットにぽとりと入れて、砕いた氷を掬《すく》い水の入った桶に入れた。唄声が窓から入ってきた時は、ビラヴドの額に載せる冷たい布を絞っていた。ビラヴドはだらだらと汗を流し、塩の塊を手に、居間のベッドに大の字になっていた。二人の女は同時に唄声を聞き、二人とも頭を上げた。声が大きくなると、ビラヴドは起き上がり、塩を一舐めしてから大きな部屋に入っていった。セサとビラヴドは視線を交わし、窓に近寄った。階段に坐っているデンヴァーが見え、デンヴァーの向こう、庭が道路と接するあたりに、この界隈に住む三十人の女の恍惚《こうこつ》とした顔が見えた。目を閉じている顔もあれば、かんかん照りの雲一つない空を見上げている顔もあった。セサは入口の戸を開けて、ビラヴドの手を取ろうと、自分の手を伸ばした。並んで、二人は戸口に立った。セサは、暑さとぐつぐつ煮えているような木の葉といっしょに「開拓地」が自分のところへやってきたようだと思った。「開拓地」では、女たちの声はぴたりとなじむ音の組み合わせを捜した。キーをコードを、言葉の背を破る音を捜した。その音を見つけるまで、声の上に声を重ね、ついに見つけた時は、それは深い水の中から響くような音の波となって広がり、栗の木からイガを叩き落とした。音の波はセサの頭上で砕け、彼女は、波のしぶきで洗礼を受けた者のように震えた。

歌っている女たちは即座にセサの姿を認め、それから、セサの隣に立っているものを見ても、恐怖を感じない自分たち自身に驚いた。悪魔の子供は賢いな、と彼女たちは思った。それに美しい。妊婦に化けていて、裸で、昼下がりの炎暑の中で、微笑んでいた。雷雲のように黒く、キラキラと輝き、すらりと伸びた長い脚で立ち、腹は膨らみぴーんとしていた。つる草のような髪がもつれ茂って頭を覆っていた。おどろいた。あの女の微笑は目も眩《くら》むようにまぶしかった。

セサは両目に、灼けるような感覚を憶える。天を見上げるのは、視力をはっきりさせるためだったのかもしれない。空は青く澄みわたっている。あくまでも色鮮やかな木々の緑には、死の影など微塵もない。セサが彼の姿に気づくのは、視線を落とし、自分に向けられた愛に溢れた女たちの顔を再び見ようとする時である。牝馬の向きを変えて速度を落としている。黒いつば広の帽子で男の顔は隠れているが、目的は隠せない。奴はわたしの庭に入ってくる、わたしの最良のものを奪いにくる。セサは羽音を聞く。無数の小さな蜂鳥が針のような嘴《くちばし》で、被りものを破って髪の毛を突っつき、羽を打ち鳴らす。何か考えるとすれば、それはいやだということだ。いやだ、いやだ。いやだいやだいやだ。彼女は飛び出す。アイスピックが手にあるのではない。アイスピックが彼女の手だ。

一人でポーチに立って、ビラヴドは微笑んでいる。でもいま彼女の手は空っぽだ。セサが彼女から逃げていく、逃げていく。ビラヴドは、セサが摑んでいてくれた方の手が、虚ろなのを感じる。いまセサは、あそこにいる人たちの顔の海に逃げ込んでいく。あの人たちの仲間になってビラヴドを置き去りにする。独りぼっち。またなっちゃった。するとデンヴァーが、彼女も逃げていく。ビラヴドから、あそこにいる人たちの塊に逃げていく。あの人たちは山になる。黒人たちの山が崩れてる。するとあの人たち全部の上で、鞭を手にして馭者台から立ち上がり、皮膚のない男が、見ている。彼はビラヴドを見ている。

素足に染まるよ　カミルレの草の汁
靴を脱いだ、帽子を脱いだ
素足に染まるよ　カミルレの草の汁
おいらの靴を返しておくれ　おいらの帽子を返しておくれ

イモの袋がおいらの枕
悪魔がこっそり忍びよる
淋しく泣いてる、蒸気エンジン
愛してやるんだあの女
おまえの瞳が見えなくなるまで、つぶれるまで
見えなくなるまで、つぶれるまで

見えなくなるまで、つぶれるまで
スウィートホームのよかオナゴ
おかげでおまえは夢心地

彼の帰宅は、出ていった時と反対の順路を取る。最初に冷蔵小屋、物置、それから、ベッドと向き合う前に台所へ来る。ヒヤボーイが、よぼよぼになって所々脱毛の跡を見せて、井戸のそばで眠っている。ビラヴドはほんとに出ていったんだ、とそこでポールDは納得する。かき消えちまったんだよ、とある者は言う。わたしらの真ん前で爆発したんだ。エラはそれほど確信が持てない。「そうかもしれない」と彼女は言う。「そうじゃないかもしれない。次の機会をうかがって、森の中に隠れてるってこともあるからね」だがポールDは、どう見ても十八にはなっている老犬が戻っているのを見て、もう一二四番地にはビラヴドはいない、と確信する。それでも彼女の声が聞こえてきそうな気がして、冷蔵小屋の戸を半分だけ開けてみる。「あたしをさわって。あたしをさわって。なかをさわって、あたしをあたしの名前で呼んでちょうだい」

わらぶとんは敷きっぱなしで、ネズミに端を齧《かじ》られた古新聞が散らばっている。ラードの缶。イモ袋もあるが、いまは空っぽで、土間の上に重なっている。昼の光の中では、月光がすき間から滲《し》み込んでくる暗闇の中の情景を、想像することができない。またその暗闇の中で彼を溺《おぼ》れさせ、浮上しようともがかせた欲望も、想像することができない。女がまるで海面の澄んだ空気ででもあるかのように、彼は上に行こうともがき喘《あえ》ぎ女の中へと突き進んだのだ。彼女と性交するのは、楽しくさえなかった。それは性交というより、生きてこの世に留まろうとする、やみくもの衝動に近かった。あの娘がやってきてスカートを持ち上げるたびに、生命への飢餓感がポールDを圧倒し、自分の肺を意志の力で支配することができないように、この飢餓感を押し留めることができなかった。その上ことが終わると、水際に打ち上げられて、貪るように空気を吸いながら、嫌悪と我が身恥ずかしさのまっただ中にいながらも、昔自分が属していた深海のような場所まで、付き添われていってきたことに、感謝もしていたのだ。

洩れてくる昼の光は記憶を溶かし、光に浮かぶ細かい塵《ちり》の粒子に変える。ポールDは戸を閉める。家の方に目をやると、驚いたことに家は彼を見返しはしない。不幸な重荷から解放されると、一二四番地は、修理が心要な、どこにでもある風雨に傷んだただの家である。ひっそりしている。スタンプ・ペイドの言った通りだ。

「家のまわりじゅうで、騒々しい声がしていたものだが、いまは、ひっそりしてる」スタンプは言った。「二、三回通り過ぎたんだが、物音一つ聞こえない。懲らしめられておとなしくなったんだと思うよ。ボドウィンさんが、できるだけ早く売るつもりだって、おっしゃってるんでね」

「それは、彼女が刺そうとしたひとの名前かい？　そのひとかい？」

「そうだ。あの方の妹は、あの家には災難が詰まってるって、言うんだ。あの家は厄介払いにするつもりだって、ジェイニーに言われたそうだ」

「それであのひとの方はなんて言ってる？」

「ジェイニーが言うには、ボドウィンさんは反対なんだが、妹をとめるつもりはないそうだ」

「誰が、あんなとこに家を買いたがるって、あのひとたちは思ってるのかな？　それだけの金を持ってたら、誰だって、あんなとこに住みたかないさ」

「わしにはわからん」スタンプが答えた。「あの家がボドウィンさんの手を離れるまで、ちょっと時間がかかるだろうな」

「あのひとには、彼女を訴えるつもりがないんだろうか」

「どうもないらしい。ジェイニーが言うには、あの方が知りたいのは、ポーチに立ってた裸の黒人女は誰だったのか、ということだけらしい。彼女のことばかりじっと見てたんで、セサがしようとしていたことには、気がつかなかったんだよ。彼が見たのは、何人か、黒人の女たちが揉《も》み合ってるとこだけだ。セサは、この連中の一人をめがけて走ってきたんだと思ったんだ。そうジェイニーが言ってる」

「ジェイニーはボドウィンさんに、そうじゃないって、言ったのかい？」

「いいや。ジェイニーは自分の雇い主が死ななかったんで、ほっとしてるって、言ってるさ。エラがセサをぶん殴ってなかったら、自分が殴ってたろうって、言ってる。あの女に自分の雇い主を殺されちまうのかと、死ぬほど怖かったんだ。彼女に加えてデンヴァーまで二人して、いま頃は、働き口を捜してるところだったかもしれないからね」

「ジェイニーはボドウィンさんに、裸の女は誰だと言ったんだい？」

「誰も見なかったって、言ったんだよ」

「あんたは、女たちがそれを見たって、信じるかい？」

「そうさね。女たちは何かを見たんだよ。わしはともかく、エラを信頼するよ。そいつの目をじっと見てやったって、エラは言ってるんだ。セサのすぐ隣に立ってた。けど、彼女たちの説明を聞いてみると、わしが、あの家の中にいるのを見た娘じゃないようだな。わしが見た娘は、細っこかった。わしがあそこで見た娘じゃないらしい。エラたちが見たのはでかかった。二人は手をつないでおって、それと並ぶと、セサの方がちっちゃな女の子みたいだったって、エラが言ってる」

「アイスピックを持つ少女か。どのくらいまで、彼女はあのひとに近づいたのかい？」

「すぐそばまでだって、女たちは言ってる。あわやというとこで、デンヴァーと彼女たちとがセサの躰をつかまえ押さえて、エラが顎の下に一発くらわせたってわけだ」

「あのひとはセサが自分を狙《ねら》ったんだってことを、知ってたに違いない。そうに違いな

「そうかもしれん。わしにはわからんが。そうと思い当たっても、あの方は考えないことにしたんだ、と思うな。それもまったくあの方らしい。わしらを一度だって見捨てたことのないおひとだから。岩みたいにビクともしない。まったく、万一セサがあの方の躰に手をかけていたら、わしらにとっては、この世で最悪の事態になってるだろうよ。あんたも知ってるだろうが、第一、あの方は、セサが絞首台に上がるのを防ぐのに、いちばん力になったおひとだ」

「そのとおりさ。とんでもないことだったな。あの女は狂っちまってる。狂っちまってる」

「確かにそうだが。けど、わしらはそろって狂っちまってるんじゃないか？」

二人はそこで笑った。初めは錆《さ》びついたようなクスクス笑いが大きくなり、笑い声がどんどん高くなって、とうとうスタンプは、ポケットからハンカチを出して目を拭き、ポールDはポールDで、手のひらの付け根を自分の目に押しつけていた。どちらも目撃していなかった光景が、目の前にありありと見えてくると、その光景の深刻さと同時に、気まりの悪い滑稽さが、二人を、腹をよじって笑わせたのだ。

「白人が入口に近づくたびに、彼女は、誰かを殺さなきゃならないってことかい？」

「家賃を取りにきた男だってこともあるのにね」

「奴らがあっちの方まで郵便配達区域にしてなくってよかったよ」

「誰にも手紙が届かなくなるからな」

「もらうのは配達夫だけだろうな」

「えらくきつい報せをね」

「しかも、最後の手紙だ」

笑うだけ笑ってしまうと、二人は深く息を吸って、首を振った。

「それで、あのひとはそれでもまだ自分の家に、デンヴァーを泊まらせるつもりか？　おどろいたね！」

「ちょっと待った。デンヴァーを悪く言うのはよせ、ポールＤ。わしの宝だ。わしはあの娘《こ》が自慢なんだ。あの娘が、最初に母親にむしゃぶりついていって、投げ倒そうとしたんだ。誰かが、いったい何が起こりかけているのか、気がつく前にだよ」

「じゃあ、彼女があのひとの命を救ったとも、言えるわけだな」

「そうだ、そう言える」そう答えながらスタンプは、突然、自分の早業を思い出した。腕を大きく振り広げ、もう数インチで頭蓋を割られるところだったちっちゃなちぢれっ毛の赤ん坊を、ひったくるようにして救った瞬時の光景を。「わしは、あの娘が自慢なのさ。あの娘は立派になっていく。立派にな」

スタンプの言う通りだった。ポールＤは翌朝、仕事に行く途中で勤めから帰ってくるデンヴァーを見かけた。前よりはほっそりして、目には落ち着きがあり、以前にましてハーレの面影を偲《しの》ばせた。

彼女の方が先ににっこりした。「おはようございます、Dさん」

「やあ、ほんとにいい朝だ」

彼女の微笑は、彼が憶えていたあの嘲笑ではなくて、相手を打ち解けさせるような気配を漂わせ、その口元はセサに驚くほど似ていた。

ポールDは、つば付き帽子にちょっと手をやった。「うまくいってるのかい？」

「不平を言っても、良くはならないから」

「うちへ帰るところかい？」

デンヴァーはいいえ、と言った。シャツ工場に、午後から働ける口があると聞いたのだ。ボドウィンさんとこの夜の仕事と、もう一つ何かあれば、少々貯めることもできるし、母親の助けにもなるんじゃないか、と考えていた。あそこの家じゃ、ボドウィンさんたちはあんたをまともな待遇で働かしてるのか、とポールDが訊くと、まとも以上よ、とデンヴァーは答えた。ミス・ボドウィンはいろんなことを教えてくれる。どんなこと？　と彼が訊くと、彼女は笑って、本やなんかだと、答えた。「ミス・ボドウィンは、あたしがオバーリン（オハイオ州オバーリンにある同名の大学。早くから黒人の入学を認めていた）に行けるかもしれないって、言ってるの。あたしで実験してるのね」

それを聞いてもポールDは、「気をつけろ。気をつけろ。白人の学校教師ほど、この世に危険なもんはないからな」とは言わなかった。その代わりうなずいて、自分の方で尋ねたかったことを訊いた。「母さんは大丈夫かい？」

「いいえ」デンヴァーは言った。「ぜんぜん。だめなの。ちっとも大丈夫じゃないんです」

「わしが、立ち寄った方がいいと思うかい？　あの女《ひと》は喜ぶだろうか？」

「さあ」デンヴァーは言った。「あたしは母さんを失くしちゃったらしいわ、ポールD」

二人ともちょっと黙った後で、ポールDが言葉をついだ。「そのおー、あの娘のことだけど。ほら、ビラヴドっていう？」

「ええ、それが？」

「彼女は確かに、あんたの姉さんだったと、思うかい？」

デンヴァーは自分の靴に目を落とした。「時々はそう思ったけど。時々は、あたしは彼女が――もっと何か」デンヴァーは、何か汚点《しみ》でもこすり落とそうとしているのか、ブラウスをもぞもぞいじっていた。急に目を上げて、彼の目にひたと合わせた。「でも、あなたがいちばんよく知ってるんじゃないですか、ポールD？　あなたは、彼女ととっても親しくなったんだから」

彼は唇を舌で濡らした。「ああ、あんたが、わしの考えを知りたけりゃ――」

「知りたくないわ」彼女は言った。「あたしには、あたしの考えがあるから」

「大人になったね」

「ええ」

「そうか。じゃあ、仕事のこと、うまく行くように祈ってるよ」

「ありがとう。それからね、ポールD、遠慮しないでうちにいらしていいんですよ。でも母さんには、口のきき方に気を配って下さいね、わかる？」

「心配しないで」と彼は言って立ち去った。彼女の方が立ち去ったと言うべきだろう。一人の若者が「やあ、ミス・デンヴァー。待って」と言いながら、彼女の方へ駆け寄ってきたからだ。

デンヴァーは、誰かがガス灯の芯《しん》を上げたように、ぱっと顔を輝かせて若者の方へ振り向いた。

ポールDは、しぶしぶデンヴァーから離れた。もっと話して、これまで耳に入ってきたさまざまな噂の真偽を確かめたかったから。白人が仕事に連れていくために、デンヴァーを迎えにきたら、セサがその男を切りつけたとか。赤ん坊の幽霊が悪意を抱いてもどってきてセサをけしかけ、彼女を絞首刑から救ってくれた男を、殺させようとしたんだとか噂はまちまちだった。たった一つ一致していた点があった。最初女たちはそれを見て、次に見た時は、いなかったという点だった。女たちがセサを地面に組み伏せて、彼女の手からアイスピックをもぎ取った後で、家の方を振り返ると、それは消えていた。後になって一人の男の子が、一二四番地の裏、小川の近くで釣り餌を捜してると、森の中を駆けぬけていく、髪の代わりに魚を生やした裸の女を見た、と言いふらした。

実のところポールDには、それがどんなふうに出ていったかはもちろん、なぜ出ていったかも、どうでもいいことなのだ。気になるのは、自分がどんなふうに出ていき、またなぜ出ていったかなのだ。ガーナーの目を借りて自分自身を眺めてみれば、一つの姿が見える。シックソウの目で見てみれば、別の姿が見える。一つの姿は、自分は間違っていないんだ、と感じさせてくれる。別の姿は、自分を恥じ入らせる。南北両軍について働いた時に似ていた。テネシー州第四十四黒人連隊に加わるつもりで、ノースポイント銀行と鉄道会社を脱走したあげく、気がつくと、ニュージャージー州で、さる指揮官の下で編成中の、北部の黒人連隊にたどり着いていた。そこに四週間いた。兵たちに武器を持たせるべきか否かの論議が始まる以前に、すでに連隊の統制は乱れ始めていた。否と決定されて、白人の指揮官は、兵たちに白人を殺せと命令する代わりに、何をしろと命令したものか、考え出さねばならなかった。一万人の隊員の中で、何人かは留まって清掃、運搬、建設の仕事をした。隊を離れ、他の部隊に行くものもいた。ほとんどはそのまま見捨てられて、給料をもらえない恨みを抱えたまま、各人勝手に身の振り方をつけることになった。ノースポイント銀行と鉄道会社から雇われた追手が追いついて、デラウェアに連れもどされた時、ポールDは、これからどうしようかと思案のまっ最中だった。デラウェアで一年奴隷奉公をした。その後でノースポイント銀行は、三百ドルで彼の労役をアラバマに売った。アラバマでは反逆者である南軍に奉公し、最初は死者の選別、次には鉄の精錬をやらされた。仲間といっしょに戦場を草の根を分けて歩きまわった時、与えられた任務は、負傷した南軍兵士を死んでいる南軍兵士の中から、引きぬくことだった。見落とすな、白人兵は彼らに命じた。よおーく見るんだぞ。黒人も白人も目の近くまで覆面して、カンテラをかかげながら、草原を一歩ずつ用心深く進み、死者の無関心な沈黙を破る命の呻《うめ》き声を捕らえようと、闇の中で耳をそばだてた。たいていは青年だった。子供もいくらか交じっていた。ジョージア州アルフレッドの看守たちの息子かもしれない、と想像した死傷者を憐《あわ》れに思う自分が少し恥ずかしかった。

五回試してみて、ただの一度も永続的には成功しなかった。五回逃げ出して五回すべてが（スウィートホーム農園から、ブランディワインから、ジョージア州アルフレッドから、ウィルミントンから、ノースポイントから）失敗に終わっていた。単独で、変装もせず、一目でわかる肌をして、一度見たら忘れられないような髪をして、護ってくれる白人もいなかったから、捕まらずにいたことなど、一度もなかった。いちばん長かった逃亡期間は、囚人といっしょに脱走して、チェロキー・インディアンのところで世話になり、彼らの忠告に従って逃げだした後で、デラウェア州ウィルミントンの機織《はたお》り女のところに隠れ住んだ時だった。三年。こうした逃避行のあいだに、彼は、自分のものとは言えないこの国の美しさに、驚嘆せずにはいられなかった。その胸の中に隠れ、食べ物を求めてその土を引っ掻き、その川土手にへばりついて水を飲みながら、ポールDはこの土地を愛すまいと努めた。自らの星の重みで弱り、空が自身の思いにふける夜、彼はそれを愛すまいとした。その無数の墓場と大地に低く這う多くの河。センダンの木の下にぽつりと建っている一軒家。繋《つな》がれている一頭が騾馬《らば》のこともある。光がその背にあたっている具合が、なんとも言えなかった。どんなささやかなものにでも心が動かされ、彼は必死になって愛すまいとした。アラバマの戦場に二、三カ月いた後、彼はセルマの鋳物《いもの》工場に、捕獲されたり、貸し出されたり、捕虜になったりした三百人の黒人といっしょに、徴用された。そこが終戦を迎えた場所だった。自由の身になったのだと布告された時、アラバマを離れることは簡単至極のはずだった。セルマの鋳物工場から、まっすぐにフィラデルフィアまで歩いてこられたはずだったし、天下の公道を歩いたってよかったし、乗りたければ汽車にだって、船にだって乗れたはずだった。実際にはそうはいかなかった。ポールDと二人の黒人兵（彼らはポールDが行こうとしていた第四十四連隊にいて捕虜になったのだ）が、セルマからモービル（アラバマ州）に向かって歩いた時、最初の十八マイルを行くうちに、十二人の黒人が死んでいるのを見た。二人は女で、四人が小さな男の子だった。これが、と彼は思った。間違いなく、自分のこれからの人生だ。占領していた北軍が、反乱軍を野放しのままにして去ったのだ。三人がモービルの町はずれに着いてみると、以前自分たちが反乱軍の命令で引き剝がした線路を、別の黒人が北軍の命令で敷設しているところだった。彼といっしょだった二人のうちの一人は、キーンと呼ばれる二等兵で、マサチューセッツ第五十四連隊にいたことがあった。その男はポールDに、自分たちの給料は白人よりも安かったんだ、と話した。マサチューセッツ州がその差額を支払おうと申し出たのに、黒人兵が一つにまとまって拒否したことが、彼にとっては、思い出しても腹の立つ種だった。戦って給料がもらえるという考えにひどく感心して、ポールDはこの二等兵を、驚嘆と羨望をもって眺めた。

　キーンとその友人のロシター軍曹とかいう男が、小型ボートを没収して、三人はモービル湾に出た。そこで、二等兵は北軍の砲艦に大声で呼びかけ、砲艦は三人そろって乗せてくれた。キーンとロシターは各々指揮官を捜すために、メンフィスで下船した。砲艦の艦長は、ウェスト・ヴァージニア州ウィーリングまでの長距離を、ポールDが乗船することを許してくれた。ポールDは一人ニュージャージーに向かって進んだ。

　モービルに着くまでに見た死人の数は、生きた人間よりも多かった。だがトレントン（ニュージャージー州）まで来てみると、追いも追われもしていない生きた人間の群れが、自由な暮らしの感触を、わずかながらだが教えてくれたので、そのうっとりするような素晴らしさを、彼はけっして忘れなかった。なぜそんなところにいるのかと問い質《ただ》されもせず、ただちらちら視線が向けられたが、それは吐き気の出そうな汚れた服と、無礼千万な蓬髪《ほうはつ》のせいだった。それだって、騒ぎたてる人間はいなかった。やがて奇蹟が起こった。レンガ造りの家並みに面した通りに立っていると、白人が呼んでいるのが聞こえ（「おい、そこの奴！　おまえだ！」）、辻馬車からトランクを二個下ろすのを、手伝えと言った。言われた通りにすると、その白人は銅貨を一つくれた。ポールDはそれを持ったまま、何時間も歩きまわった――それで何が買えるのかも（背広の上下か？　一回分の食事か？　馬か？）、誰が自分に何かを売ってくれるかも、おぼつかなかった。とうとう、八百屋が荷車で野菜を売っているのが、目に入った。ポールDは一束のカブラを指でさした。八百屋はそれをポールDに渡し、彼のたった一つの銅貨を受け取って、二、三枚よけいに返してよこした。仰天して、彼は後ずさりした。まわりを見たが、誰もがこの「マチガイ」にも、自分にも無関心のようだったので、嬉々としてカブラを齧りながら、歩いていった。ただ二、三人の女が通りすがりに、それとなく、不快そうな表情をしただけだった。働いて初めてもらった金で物を買ったことで有頂天になっていて、カブラが萎《しな》びて水気がなかったことなど、ちっとも気にならなかった。食い、歩き、所かまわず眠ることが、到達可能な最高の生き方なんだ、と判断したのはその時だった。七年間それを実行して、気がついてみたら南オハイオにいた。昔知っていた年老いた女と少女が逃げてきていた土地だった。

いま、彼の帰宅は、出ていった時と反対の順路を取る。最初に裏手、冷蔵小屋の近くに立ち、夏の終わりの花が、野菜が育ってるはずの場所に、咲き乱れているのにびっくりする。スウィートウイリアム、朝顔、菊。腐りかけた植物の茎や、ちぢれ凋《しぼ》んで腫《は》れ物のようになった花が所狭しと詰め込まれた缶が、ぶざまに置かれている。枯れた葛《くず》が、豆づるの支柱やドアの把手に巻きついている。黄色に灼けた新聞の写真が、外便所や木立に釘で留められている。短すぎて縄跳びにしか使えないロープが、たらいの脇に打ち捨てられている。死んだ蛍の入った無数の瓶がある。子供の家のようだ。とても背の高い子供がいる家。

彼は玄関に歩みより、ドアを開ける。しーんと静まり返っている。かつて悲し気な赤い光の柱が彼を浸し、立ち止まったまま動けなくしてしまった所には、何もない。荒涼として、何も含まず無なのだ。不在と言った方がいいのかもしれないが、以前セサを信頼して脈打つ光を通りぬけた時と同じように、それは、決然と通りぬけなければならない不在なのだ。稲妻のような白い階段に、すばやく視線を走らせる。手すりにはびっしりとリボンが、蝶結びや花束のように巻かれている。ポールDは足を踏み入れる。いっしょに流れ込んだそよ風が、リボンをかすかに揺らす。注意深く、急いでいる様子はなかったが、時を移さずためらわず、階段を登る。セサの部屋に入る。セサの姿は見えず、ベッドがあまり小さく見えるので、どうやって自分たち二人はそこに横たわっていたのだろうかと、不思議な気がする。ベッドにはシーツがなく、天窓が開かないので、部屋の空気に息が詰まりそうだ。鮮やかな色の服が床に散らかっている。壁の釘《くぎ》にかかっているのは、初めてビラヴドを見た時、彼女が着ていたドレスだ。アイススケート用の靴が一足、隅の籠《かご》の中にうずくまっている。目を再びベッドに戻して、じっと見つめ続ける。それは、彼がいるべき場所ではないように見える。汗ばむほど気を詰めて、そこに横たわっている自分の姿を無理矢理に喚《よ》び起こそうと努め、姿が見えると、元気が湧いてくる。もう一つの寝室へ行く。デンヴァーの部屋は、いま出てきた部屋とは対照的にきちんと片付いている。だがセサの姿はここにもない。もしかしたら、ポールDがデンヴァーと立ち話をした後、数日のうちに良くなって、仕事に戻ったのかもしれない。狭いベッドに自分の面影をしっかり残した後で、再び階段を降りる。台所のテーブルの前に坐る。何かが、一二四番地から失くなっている。そこに住んでいた人々より、大きな何かが。ビラヴドや赤い光以上のものが。はっきりと指で示すことはできないが、失くなっているのは、彼が知らない所で、こちらを非難しながらも抱きとめてくれる、外の世界にあるものの眩しい光らしい、と一瞬思う。

右側を見ると、居間のドアが半開きになっていて、ハミングが聞こえてくる。誰かが、何かの節をハミングしてる。低く、やさしく、子守唄のようだ。それから言葉も二、三言。「高いなあ、ジョニー。広いなあ、ジョニー。スウィートウイリアムは小首をたれる」と聞こえる。そうだ、と彼は思う。彼女がいるのは、あそこだ——やっぱり、そうだ。陽気な彩りのキルトをかけて寝ている。セサの髪は、立派な植物の黒々とした細い根のように、枕の上に広がりうねっている。セサの目は吸いつくように窓に向けられていて、あまりに無表情なので、彼には自分が誰だかわかってもらえるかどうか、確信が持てなかった。この部屋は明るすぎる。ものが、裏切られた表情をしている。

「ジャックウィードはぐんぐん伸びて」セサは歌うのだ。「ラムズウールも肩の上。バターカップとクローバーは飛ぶよ」彼女は長い髪の束を弄《もてあそ》んでいる。

ポールDは咳払《せきばら》いして、唄をさえぎる。「セサ？」

彼女は頭をめぐらす。「ポールD」

「ああ、セサ」

「インクを作ったのはわたしなの、ポールD。わたしがインクを作ってなけりゃ、あいつは、あれが、できなかったはずよ」

「なんのインクかい？　誰のことだい？」

「あんた、髭剃《ひげそ》ったのね」

「そうだよ。みっともないかい？」

「いいえ、いい男に見える」

「悪魔のまちがいさ。おまえがベッドから出てこないって噂を聞くんだけど、どういうことなのかい？」

彼女はにっこり笑い、微笑が消えていくのを待ってから、再び窓に目を戻す。

「おまえに話がしたい」彼は告げる。

　彼女は応えない。

「デンヴァーに会ったよ。彼女、おまえに言った？」

「あの娘《こ》は昼間来てくれるの。デンヴァーはね。あの娘はまだわたしといるわ、わたしのデンヴァー」

「ここから起きなきゃだめだ」彼は不安だ。ここにこうしていると、何かを思い出す。

「疲れたのよ、ポールD。すごく疲れた。少し休まなくちゃ」

その時、自分が思い出しているものがわかって、ポールDはセサに向かって叫ぶ。

「わしを置いて死ぬな！　これはベビー・サッグスのベッドじゃないか！　おまえはそんな計画を立ててるのか？」

　腹立たしさのあまり、彼女を殺したいほどだ。デンヴァーの警告を思い出し、自分を抑え、「何を計画してるのかい、セサ？」と囁き声で尋ねる。

「計画なんかないわ。計画ぜんぜんなしよ」

「聴いてくれ」彼は言う。「デンヴァーが昼間ここにいる。わしは夜ここにいることにする。おまえの世話をするんだ。聞いてるかい？　いまから始める。まずだ、おまえの臭《にお》いは清潔じゃないよ。そこにいろよ。動くなよ。湯を沸かしてくるからな」彼は口を噤《つぐ》む。

「わしが湯を沸かしてもかまわないかな、セサ？」

「それから、わたしの足の数をかぞえるの？」彼女は尋ねる。

彼は歩み寄る。「おまえの足をさするんだ」

セサは目を閉じて、唇を固く結ぶ。彼女は考えている。そんなことしないで。窓ぎわのこの小さな場所にいるのが、わたしの望み。それから休息と。いまはさするところも、さする理由もありゃしないもの。この人がやり方を知っているとしても、洗ってもらう躰も残っちゃいない。この人は一ヵ所ずつ洗うかしら？最初にわたしの顔、それからわたしの手、わたしの腿、わたしの足、わたしの背中というふうに？最後には、わたしの涸れてしまった胸を洗ってくれるかしら？そうして一ヵ所ずつ洗ってくれても、躰はばらばらにならずにすむだろうか？この男を見るのは危険なことを承知で、セサは目を開ける。男の顔を見る。桃の種のような肌、すばやく応えてくれる、待っているような目と目のあいだの皺《しわ》に、視線を向けると、それが見える――彼の天賦、彼を他人の家に足を踏み入れることができて、女たちに涙の堰《せき》を切らせるような男にしている祝福された状態。この男がそばにいたから、見ていてくれたから、女たちは泣けたのだ。泣いて、互いに話したことしかなかったくさぐさを、この男に話せたのだ。時はじっと留まっていないことを。セサが呼んでもハワードとバグラーは線路を歩いて遠ざかり、彼女の声など聞こえなかったこと。彼女の足がむごたらしくて、背中は手の施しようもなく見えたから、エイミーはそばについているのを恐ろしがったこと。セサの母親がセサの気持ちを傷つけてしまったこと、母親の帽子がどこにも見当たらなかったことや、それから「ポールD？」

「なんだい、ベビー？」

「あの娘《こ》は、わたしを置き去りにしたわ」

「ああ、泣かないでくれ」

「あの娘《こ》は、わたしのかけがえのない宝だったのに」

　ポールDは揺り椅子に坐り、見世物小屋まがいの派手な彩りで継ぎ合わされたキルトぶとんをていねいに眺める。両手は膝のあいだに力なくたれている。この女は感じ尽くせないほど多くのことを感じさせる。頭が痛む。急にポールDは、シックソウが三十マイルの女について感じていたことを、説明しようとしたことを思い出す。「あの女はおれの心の友だちよ。おいらを一つにまとめてくれる。バラバラのおいらをさ、一つにまとめてさ、ぴたっと、まともなおいらにして返してくれるんだ。わかるだろ、心の友だちになる女ができるってのはなあ、いいもんだぜ」

　キルトぶとんに目を凝らしているが、考えているのは、セサの鉄細工を施したような背中のことだ。エラの拳固《げんこ》を受けてまだ腫れのひかない、うっとりするほど美しい口元のことだ。きつそうな黒い瞳。焚き火の前で湯気を上げていた濡れたドレス。彼の首飾りを見た時のこの女の思いやり――首枷《くびかせ》から三本の棒が、首をもたげたガラガラ蛇の子供みたいに、二フィートの長さでくねくねと宙に伸びていた。彼女がけっしてそのことを口にしなかったし、目も向けなかったから、けもののように首輪をつけられている恥ずかしさを、感じないですんだのだ。この女セサだけが、彼の中にある男の誇りを、そんなふうに大事に気づかうことができたのだ。彼は自分の人生の物語を、この女の物語の隣に置きたいと思う。

「セサ」と彼は言う。「おまえとおれ、おれたち二人は誰よりも、たくさんの昨日を背負ってる。おれたちにだって明日が要るんだ」

彼は身を前にかがめてセサの手を取る。もう片方の手で、彼女の顔に触れる。「おまえ自身が、おまえのかけがえのない宝なんだよ。セサ。おまえがだ」

よりどころを摑むような彼の指が、彼女の指を摑んでいる。

「わたしが？　わたしが？」

揺すってやれる淋しさがある。両腕を胸に重ね膝を引き寄せて、抱きながら、しがみつきながら、揺する動きは、船揺れと違って、揺する者まで宥《なだ》め、抱きとめてくれる。それは内側で起きる淋しさ――ぴったりと皮膚に包まれているような。さまよい動く淋しさもある。どんなに揺すってやっても、おとなしくならない。生きていて、勝手に歩きまわる。歩いている自分自身の足音をはるか遠くの国からやってくるように響かせ、荒涼と、拡散していく。

誰もが、彼女がなんと呼ばれていたかを知っていたのに、どこの誰も、彼女の名前を知らなかった。思い出されず説明されずにいるけれど、誰も彼女を捜してはいないから、迷《まい》子《ご》になってるはずはない。捜していても、名前を知らないのなら、どうやって彼女を呼べるのか？　彼女は、あたしを愛して、とせがむのだが、彼女を「あたしのもの」とは、誰も言い張らない。草の高くのびた野原が口を開ける場所で、愛されようと、また恨みつらみを掻きくどこうと、待ちかまえていた少女が、噴火でバラバラになって、身を噛むような笑い声が、彼女の躰をたやすくすっかり呑み込んでしまう。

人から人へ伝える物語ではなかった。

みんな悪い夢のように、彼女を忘れた。てんでに話を作り上げ、それらしくまとめて粉飾した後で、あの日ポーチで彼女を見た人々は、すばやく、故意に、彼女を忘れた。彼女に話しかけ、彼女と暮らし、彼女に夢中になった人たちが、忘れてしまうには、もっと時間がかかった。とうとうその人たちも、彼女が言ったことを、一つも思い出したり、繰り返したりできないことに気がついて、自分たちが心で考えていたこと以外には、彼女はまったく何にも言ってやしなかったのだ、と信じ始めた。そんなわけで、最後には、彼女の存在も忘れた。思い出すのは無分別に思われた。この人たちは、彼女がどこで何故うずくまっていたのか、彼女があんなにほしがっていた水の中の顔は誰のものだったのか、とうとう知らずじまいだった。彼女の顎の下に、微笑の記憶はついていたかもしれないが、それも消え去り、見ようにも掛け金ががちゃりと締まり、苔《こけ》が青リンゴ色の花をその金具に付けた。雨が濡らした錠前を、指の爪で開けられるなんて、どうして彼女は思い込んだのか？

人から人へ伝える物語ではなかった。

だからみんなは彼女を忘れた。寝苦しい眠りのあいだの不快な夢のように。それでも時には彼らが目を覚ますと、スカートの衣ずれの音がはたとやむので、眠りの中で誰かが指の関節で頰《ほお》を軽くなでたと思ったのは、眠りながら自分でやったしぐさらしいと考える。時々、親しい友人か身内の写真に――長々と凝視《みつめ》てしまうと――変化が起きて、懐かしいその人自身の顔よりも、もっと身近なものが、写真の中で動くことがある。触りたければ触ることもできるけれど、触らない。触ってしまえば、何もかも変わってしまうのを、知っているから。

これは人から人へ伝える物語ではないのだ。

一二四番地の裏手の流れのほとりで、彼女の足跡が往ったり来たり、往ったり来たり。誰もがその足跡をよく見なれている。誰か、子供か、それとも大人が、自分の足を合わせてみると、足と足跡はぴたりと合う。足をのけると足跡もまた消えて、誰もそこを歩かなかったかのようだ。

時がたてば、痕跡《こんせき》は残らず消えていく。忘れられていくのは足跡だけでなく、水も、それから水の中の風景も。後に残るのは天候。思い出されずに説明されずにいるものの息ではなく、軒端《のきば》をかすする風か、早すぎるほどの速度で解けていく春の氷の気配。気候だけ。もちろんキスをせがむ騒々しい声もない。

ビラヴド。

訳者あとがき

　『ビラヴド』の邦訳が文庫本の形で、より多くの読者との出会いの機会を得ることになったのは、喜ばしい限りである。

　奴隷制の言語を絶する状況を生き延びた人々の、苦悩と不屈の精神性を描くこの作品には、黒人霊歌《ニグロスピリッチュアル》の持つ民族の深い哀《かな》しみと救済への願いが脈打っていて、一九八七年に発表されて以来、国境を越えて多くの読者に衝撃を与え続けてきた。作者トニ・モリスンはアメリカ黒人史を題材にこれまで七篇の小説を書いているが、五作目にあたる『ビラヴド』は一九八八年度のピュリッツァー賞を受賞し、これまでのところ、彼女の文学の頂点を示している。一九九三年モリスンはノーベル文学賞を受賞する最初の黒人女性となった。

　『ビラヴド』は、奴隷としての経験の中で癒《いや》しがたい傷を心身に負った男女が、崩壊した「自身」を回復し、失われた愛の可能性を取り戻すために辿《たど》らなければならない、耐え難い記憶との苦悩に充《み》ちた闘いをドラマティックに描いている。モリスンにとってこの作品を書くという行為は、六千万余の先祖の霊に捧《ささ》げる鎮魂の儀式となった。彼らは二世紀半続いた奴隷制度の犠牲になったアフリカ人、とりわけ奴隷船の積み荷となってアフリカから運ばれてくる中間航路で命を落とした人々である。

一九九〇年の夏、プリンストン大学にモリスン女史を訪ねた訳者に、彼女は、彼岸から戻ってきたビラヴドが、セサの娘であるだけでなく、この死者たちでもあるのだ（ビラヴドの独白は、奴隷船での状況を語っている）と説明し、彼らは今生きているアフリカ人に気付かれ思い出されるのを虚《むな》しく待っているのだと、語ってくれた。「名も知られずに死んでいった人々でも、生者に喚《よ》び出され、先祖として祀《まつ》られるべきなのです。それは、この作品のテーマの一つでもあるのですよ」と言ったモリスンの言葉を今も思い出す。

この発言の背後には、痛みに充ちた過去から目を逸《そ》らし、それを忘却に附そうとする今日のアメリカの風潮、モリスンの表現を使えば「全国規模の記憶喪失」への危惧《きぐ》がある。日々発生する差別と偏見の事象の中に、いまだに奴隷制の後遺症を認めなければならないアメリカ社会の現実は、歴史の認識あってこそ改善可能になるという彼女の信念がある。『ビラヴド』の中核となっているセサの悲劇は、一八五六年に起きたマーガレット・ガーナーという名の逃亡奴隷の子殺しから想を得ているが、セサを取り巻く人々の経験も又、詳細に調べた史実を土台にして創造されたものである。とりわけ、作者の想像力を養ったと思われるのは、奴隷だった人々が遺《のこ》した「奴隷の物語《スレイヴ・ナラティヴ》」と呼ばれる多くの自伝や記録である。

マーガレット・ガーナーの事件を報じた当時の新聞記事によれば、追手に囲まれて、四人の子供と共に死のうとした彼女は、三歳の幼女を殺した時点で捕まっている。生き残った子供と共に南部に連れ戻されたことまでは分かっているが、その後の確かな消息は不明である。作者の想像力はこの記録が残した空白に向かって働き出した。我が子を殺害した後も生き長らえなければならなかった母親の苦悩を喚び出す作業である。その際過去に取り憑《つ》かれたセサの心の世界を描くために、生者と同じ屋根の下で呼吸する赤ん坊の霊や、あの世から帰ってきたビラヴドを登場させることは、アフリカの死生観に馴染《なじ》み、父親が語る幽霊物語《ゴーストストーリー》を聞いて育ったモリスンにとっては、ごく自然のことだった。

セサの物語は、彼女を取り巻く同様に奴隷の過去を持つ人々の物語をも不可避に喚び起こしていくのだが、セサをはじめこれらの登場人物は、しばしば自身の口から自らのトラウマティックな経験を語らなければならない。それらは「口に出すこともできず、口に出して語られたこともない思いや」「表す言葉もないような」悲惨な情景に充ちていて、語り手たちはしばしば口を噤《つぐ》み、生々しく甦《よみがえ》る記憶に圧倒されたまま沈黙に身を委ねてしまう。執拗な記憶と忘却への虚しい試みとの葛藤《かっとう》は、セサの、ポールDの、そして他の多くの登場人物のものでもあって、『ビラヴド』という小説は終始「語らなければならない」「忘れてしまいたい」という二つの矛盾した思いから生まれる緊張の中で展開していく。そして読者は、話の中の「穴」を聞き逃すまいとするエラのように、物語の中の沈黙の意味を察し、その重さを量る想像力によって、主体的に作品に参加するのだ。語ることと沈黙の間の緊張は、不思議なレフレイン(「人から人へ伝える物語ではなかった」)で閉じられる作品の最後まで続いている。「伝える」と訳した原文の、“pass on”には、「無視する」「忘れる」という意味もあるから、同じレフレインは全く反対の主張(「これは忘れてはならない物語だ」)を含んでいることになる。モリスンは訳者に、矛盾する主張を持つこのレフレインは、ビラヴドの記憶と同時にあの言語を絶する中間航路の記憶を抹消してしまいたいと願う黒人の心理を表現する一方で、この耐えがたい物語をあなた(読者)だけには聞いてもらいたいという、作者の気持ちをこめているのだと、説明してくれた。

「語らなければならない」という作者の、「忘れてしまいたい」という作中人物のコールとレスポンスになっているこのレフレインが、最後には現在形に変わって終わる時、読者は、哀しみと汚辱の過去を忘れようとする現代のアメリカ人の願いと、アメリカ黒人史の内奥から民族の魂を喚び出す語り部《グリオ》モリスンの使命が、拮抗《きっこう》するのを感じるだろう。

愛とアイデンティティ。人間であるためには欠かせないこの二つの追求は、モリスンの登場人物の受苦のドラマに共通するテーマであり、このテーマの展開には、個々の物語が合流する共同体が、重要な役割を果たしている。

セサ、ポールD、ベビー・サッグス、そしてスタンプ・ペイド。彼らは、愛することは己の正気を危うくする行為であり、「自身」の尊厳など存在し得ない奴隷制の地獄を生きた後も絶望に屈することなく、同じ運命を耐えてきた同胞との日々の中に癒しを見出していく。彼らが形成する共同体は、何よりも先ず互助と連帯で結ばれている。互助と連帯は白人の暴虐に対する堡塁《ほうるい》となり、また黒人の民族的アイデンティティを作ってきた。自分を知る地図さえ持たなかったベビー・サッグスも、死を選ぶかわりに自身の名を変えたスタンプ・ペイドも、この共同体の一員となり、その柱となることで、個性と人格を具えた底力のある人間として再生している。

モリスンにとって、黒人共同体における個人と集団は、一本の鎖で繋《つな》がれたポールDと四十五人の仲間のような関係で結ばれている。すなわち互助と連帯は、この両者が生き延びるためには不可欠であり、それが疎《おろそ》かにされれば、両者にとって破滅的な状況が生まれるのだ。セサの悲劇は、追手の出現を敏速に通報するという習慣を人々が怠ったために起きたのであり、その後十八年続いたセサと彼女の家族の共同体からの孤立は、両者を損なうこと大であった。孤立を選んだセサは、癒しと再生の場を失い、彼女に心を開き手をさし延べることをしなかった共同体は、そのあるべき姿を忘れていく。

共同体が本来の姿を取り戻すのは、助けを求めるセサの娘デンヴァーによってである。その成員のひとりひとりが、セサの、ポールDの、そしてデンヴァーの苦しみは、自分たちのものでもあることを、態度によって示すとき、共同体は傷ついた人々の癒しと再生の場としての機能を回復する。

モリスンは、個人の苦悩からの解放が、共感で結ばれた集団の中で果たされるこのような共同体の特徴を、人々がコーラスの中で作り出すハーモニーによって象徴している。開拓地でベビー・サッグスの「呼びかけ《コール》」に応えて歌う会衆や、ビラヴドを追放するために一二四番地の前に勢揃《せいぞろ》いした女たちのコーラスは、その好例であろう。ハーモニーは、隣人の苦しみが己の苦しみとなり、救いを願う己の叫びが全共同体の同じ思いに共鳴した時に生まれるのだ。同胞と共にあってこそ存在する「自身」という、黒人共同体の個と集団との関係は、西欧の個人主義とは異なった歴史の中から育ったものである。

『ビラヴド』には、黒人の口承文化が息づいている。それは、読み書きによる自己表現を禁じられていた民族の、臓腑《ぞうふ》の中から湧《わ》き上がる思いを吸い込んだ語りであり、歌である。主人公たちが語る自らの物語《スレイヴ・ナラティヴ》、セサの子守唄《こもりうた》、ポールDのブルース、鎖につながれた囚人のコーラス、開拓地での礼拝。これらの中に読者は、ブラック・イングリッシュの響きを聞き、黒人音楽の伝統を感じとるだろう。

黒人の口承文化の伝統を相続したいと考えるモリスンは、活字の中から語り手の声が立ち上ってくるような文体で書く。彼女は、かつて音楽が黒人共同体の中で持っていたような、また今日でも、黒人教会で説教師が会衆と結ぶような関係が、自分の作品と読者の間に生まれることを望んでいるのだ。

一九九七年から九八年にかけて、マンハッタンに住んでいた訳者は、しばしばハーレムの小さな教会の礼拝に参加して、牧師の比喩《ひゆ》に富んだリズム豊かな説教と、その説教に感動して立ち上がり、声を上げて言葉をはさむ会衆の間に交わされるコールとレスポンス、そして、天も裂けよとばかりに響きわたるゴスペルの中で、一体感を得た人々が、心の重荷を下ろすのを目撃した。ハーレムにある無数の教会は、かつての共同体精神が甦る場所であり、今日のアフリカ系アメリカ人にとっても魂の拠り所であり続けているようだ。

一九九八年一月の第二日曜日、トニ・モリスンは発売されたばかりの七作目の小説『パラダイス』の最初の朗読を、ハーレムで最も古い歴史を誇るアビシニアン・バプテスト教会で行った。十一時の礼拝に出席した会衆は、自分たちの一人として共に牧師の説教を聞き、共に祈り歌う「シスター・モリスン」の存在を意識し、午後には、説教壇に立って、西部フロンティアに自分たちのユートピアを建設しようと試みた黒人の一団とその子孫の姿を描いた『パラダイス』を読む民族の語り部《グリオ》モリスンの姿に見入り、声に聞き入った。

どちらも黒人共同体の精神が息づく中での経験であることを、会衆のなかにいた訳者は実感した。その後ビデオで、ハーレムに近いリバーサイド教会で行われた、エイズ患者救済のためのチャリティ・コンサートで『ビラヴド』の朗読を行うモリスンを見る機会があったが、作者の肉声を通して呼びかけるベビー・サッグスの愛のメッセージは、ハーレム聖歌隊のゴスペルやジェシー・ノーマンが歌うニグロスピリッチュアルと美しいハーモニーを作り、これを聞く全ての人々の心に静かで深い応答《レスポンス》を喚び起こす力を持って響いていた。

本書『ビラヴド』には黒人に対して、クロンボ、ニグロなど多くの差別語が使われている。人間の尊厳と平等への認識が、あらゆる言動の基礎であることが肝に銘じられているはずの今日の社会では、断じて許されてはならない言語である。しかし、作品の舞台となっている時代と社会を描くためには、当時の表現をそのまま用いなければならない。そのような言葉のひとつひとつには、差別に対する作者の深い嘆きと厳しい非難がこめられていることを、読者に今さら指摘する愚はすまい。訳書でも、原著にそってそのようにした。

文庫本の出版にあたって主人公の名前を「セス」から「セサ」に変えたことをお断りする。この名前の綴《つづ》りは“Sethe”で、一般的でないことからアメリカではセス、セシなどと様々に発音されてきた。まだ映画『ビラヴド』を観る機会はないが、アメリカでの試写会で観た知人が、セサと聞いたと記憶すると言っていた。しかし念のため最近エージェントを通してモリスンに問い合わせると「セサ」あるいは「セタ」と発音してほしいと、返事があった。此処《ここ》にお詫《わ》びと訂正をする。

アメリカでは十月の中旬に映画『ビラヴド』が封切られて話題になっている。監督は『羊たちの沈黙』でアカデミー最優秀監督賞を受けたジョナサン・デミ、セサを演じているのはタイム誌によって「二十世紀の最も影響力のある百人」の一人に選ばれたオプラ・ウィンフリーである。十年の歳月をかけて、及ぶかぎり原作に忠実であらんとして製作された作品であると聞いている。

トニ・モリスンは一九三一年オハイオ州ロレインに、ジョージ・ウィリィス・ウォフォードと妻ラーマの第二子として生まれ、クロエ・アンソニーと名付けられた。トニは大学時代にモリスン自身がつけた名で、モリスンは一九五八年から六四年まで彼女の夫だった男性の姓である。黒人文化を重んじた両親や鉄鋼の町ロレインの黒人社会は作家モリスンを育てる豊かな土壌となった。

一九五三年に黒人大学ハワードを卒業後、コーネル大学大学院で英文学を専攻し、五五年に修士号を取得。母校ハワードやその他いくつかの大学の教壇に立った後、六七年にランダム・ハウス社のシニア・エディターとなるが、同時にニューヨーク州立大学やエール大学でも教えた。八九年からプリンストン大学に教授として迎えられ現在に至っている。

作品には『ビラヴド』（一九八七）の他に『青い眼がほしい』（一九七〇）、『スーラ』

（一九七三）、『タール・ベイビー』（一九八一）、『ジャズ』（一九九二）、『パラダイス』（一九九八）がある。

八年前、『ビラヴド』の感動を分かち合い、この翻訳の完成を助けて下さった方々に対する感謝の念を新たにしている。細かい質問にていねいに答えて下さったモリスンさん御自身、青山学院大学のドナルド・スミス博士、北海道大学の井上和子教授、故人となられたビアトリックス・ローズ博士、そして集英社の池孝晃さん、石塚正治さん、阿部行子さんに、心からお礼を申し上げます。

一九九八年十月

吉田廸子

追　記

モリスンはその後、先述の作品に加えて、『ラヴ』（二〇〇三）及び『マーシィ』（二〇〇八）を発表し、また仄聞するところによれば、最新作の脱稿も近いようだ。

オピニオンリーダーとしての公人モリスンも多忙である。人種のみならず、性差、階級、貧富による、差別や格差が入り組んで混迷をきわめるアメリカ社会の諸現象に対する彼女の舌鋒するどい批判と洞察は、メディアを通じて、広く人々の耳目に届いてくる。二〇〇八年ニューヨーク・オブザーバー紙に掲載されたバラク・オバマ上院議員への公開状もその一例である。彼女はオバマ氏がアフリカ系アメリカ人だからではなく、天賦の創造性と智恵《ウィズダム》を具えた人物であるが故に、アメリカを危機の中から新しい未来に導く大統領になることを望んで、彼への投票を呼びかけている。

今回早川書房からの本書の再刊は、筆者に二つの機会をもたらした。ひとつは、邦訳の精度と読みやすさを高める目的で些か修正を加える機会であり、二つ目は、作品を読むかたわら、時折り目を上げて、アメリカの、日本の、そして世界全体の最近の二十年間を思い返して、一読者としての自身と『ビラヴド』との関係を考える機会であった。その折り『ビラヴド』を毎年のように演習のテクストに使い精読してこられた青山学院短期大学の田中芳子先生が原書と翻訳をていねいに読み返すことによって、刺激的な伴走者になって下さった。人間の内なる世界、その心と精神の相互作用の誠実な追求が、愛とアイデンティティを普遍のテーマとするモリスンの手法の根幹であることを思い合わせれば、翻訳者がこのような伴走者に恵まれたのは、意義深く、幸せなことである。また早川書房の山口晶氏の爽やかな仕事ぶりに触れたのも、予期せぬ喜びであった。

二〇〇九年十一月

吉田廸子

1973年　第二長篇『スーラ』発表。全米図書賞の候補となる。
1976年　イェール大学の客員講師となる。
1977年　第三長篇『ソロモンの歌』発表。全米批評家協会賞、アメリカ芸術院賞を受賞。著名読書クラブ〈ブック・オブ・ザ・マンス・クラブ〉の推薦図書となる。
1981年　第四長篇『タール・ベイビー』発表。この年、《ニューズウィーク》誌の表紙を飾る。
1983年　ランダムハウス退社。
1984年　ニューヨーク州立大学の教授となる。
1987年　第五長篇『ビラヴド』発表。ベストセラーとなる。各界より絶賛を浴びるが、全米図書賞及び全米批評家協会賞の選考にかからなかったことから、多くの作家より抗議の声が上がる。
1988年　『ビラヴド』がピュリッツァー賞受賞。
1989年　プリンストン大学教授となり、創作科で指導を始める。
1992年　第六長篇『ジャズ』発表。評論『白さと想像力――アメリカ文学の黒人像』発表。
1993年　アフリカン・アメリカンの女性作家として初のノーベル賞受賞。
1998年　第七長篇『パラダイス』発表。『ビラヴド』がオプラ・ウィンフリー／ダニー・グローヴァー主演で映画化。
2003年　第八長篇『ラヴ』発表。
2006年　プリンストン大学から引退。《ニューヨーク・タイムズ・ブックレビュー》が『ビラヴド』を過去25年に刊行された最も偉大なアメリカ小説に選出。
2008年　第九長篇 *A Mercy* 発表。

トニ・モリスン　年譜

1931年　2月18日、クロエ・アンソニー・ウォフォードとして、オハイオ州の労働者階級の家族に生まれる。

1949年　ワシントンD.C.のハワード大学文学部に入学。大学時代にクロエからミドルネームを短くしたトニに変名。

1953年　ハワード大学卒業。英文学の学士号を取得。その後、ニューヨークのコーネル大学大学院に進学。

1955年　コーネル大学大学院で英文学の修士号を取得。修士論文は、ウィリアム・フォークナーとヴァージニア・ウルフの作品における自殺について。卒業後は、南テキサス大学で英文学の講師となる。

1957年　ハワード大学で英文学を教える。

1958年　ジャマイカ人の建築家で大学の同僚ハロルド・モリスンと結婚。その後、二児をもうける。

1964年　離婚。ニューヨーク州シラキュースに転居し、出版社ランダムハウスの教科書部門で編集者となる。

1967年　ランダムハウスの本社に異動となり、アフリカン・アメリカンの著名人や作家による出版物の編集を手掛ける。

1970年　デビュー長篇『青い眼がほしい』発表。批評的成功を収める。

1971年　ランダムハウスに勤務しながら、ニューヨーク州立大学の准教授を務める。

本書では一部差別的ともとれる表現が使用されていますが、これは本書の歴史的、文学的価値に鑑み原文に忠実な翻訳を心がけた結果であることをご了承下さい。

本書は一九九八年十二月に集英社より刊行された作品を再文庫化したものです。

青い眼がほしい

The Bluest Eye

トニ・モリスン
大社淑子訳

誰よりも青い眼にしてください、と黒人の少女ピコーラは祈った。そうしたら、みんなが私を愛してくれるかもしれないから。美や人間の価値は白人の世界にのみ見出され、そこに属さない黒人には存在意義すら認められない。自らの価値に気づかず、無邪気に憧れを抱くだけの少女に悲劇は起きた——白人が定めた価値観を痛烈に問いただす、ノーベル賞作家の鮮烈なデビュー作

ハヤカワepi文庫

ソロモンの歌

Song of Solomon

トニ・モリスン
金田眞澄訳

〈全米批評家協会賞・アメリカ芸術院賞受賞作〉赤ん坊でなくなっても母の乳を飲んでいた黒人の少年は、ミルクマンと渾名された。鳥のように空を飛ぶことは叶わぬと知っては絶望し、家族とさえ馴染めない内気な少年だった。だが、親友ギターの導きで、叔母で密造酒の売人パイロットの家を訪れたとき、彼は自らの家族をめぐる奇怪な物語を知る。ノーベル賞作家の出世作。

日の名残り

The Remains of the Day

ノーベル文学賞受賞

カズオ・イシグロ

土屋政雄訳

人生の黄昏どきを迎えた老執事が、旅路で回想する古き良き時代の英国。長年仕えた先代の主人への敬慕、女中頭への淡い想い……忘れられぬ日々を胸に、彼は美しい田園風景の中を旅する。すべては過ぎさり、取り戻せないがゆえに一層せつない輝きを帯びる。執事のあるべき姿を求め続けた男の生き方を通して、英国の真髄を情感豊かに描くブッカー賞受賞作。解説／丸谷才一

ハヤカワ epi 文庫は、すぐれた文芸の発信源（epicentre）です。

訳者略歴　青山学院大学名誉教授，著（編）書『トニ＝モリスン』『シリーズもっと知りたい名作の世界8 ビラヴィド』『他者・眼差し・語り　アメリカ文学再読』，2011年没

〈トニ・モリスン・セレクション〉

ビラヴド

〈epi 57〉

二〇〇九年十二月二十五日　発行
二〇二一年　三　月　十五　日　三刷
（定価はカバーに表示してあります）

著　者　トニ・モリスン
訳　者　吉《よし》田《だ》廸《みち》子《こ》
発行者　早　川　　浩
発行所　株式会社　早川書房
郵便番号　一〇一 - 〇〇四六
東京都千代田区神田多町二ノ二
電話　〇三 - 三二五二 - 三一一一
振替　〇〇一六〇 - 三 - 四七七九九
https://www.hayakawa-online.co.jp
乱丁・落丁本は小社制作部宛お送り下さい。
送料小社負担にてお取りかえいたします。

印刷・精文堂印刷株式会社　製本・株式会社明光社
Printed and bound in Japan
ISBN978-4-15-120057-1 C0197

本書は活字が大きく読みやすい〈トールサイズ〉です。